会长的使命

源自中华诗词学会的感悟

周文彰 | 著

中央党校出版集团 大有书局

图书在版编目（CIP）数据

会长的使命：源自中华诗词学会的感悟 / 周文彰著. -- 北京：大有书局，2022.8

ISBN 978-7-80772-079-9

Ⅰ. ①会… Ⅱ. ①周… Ⅲ. ①诗歌研究－中国 Ⅳ. ① I207.22

中国版本图书馆 CIP 数据核字 (2022) 第 074075 号

书　　名　会长的使命：源自中华诗词学会的感悟
　　　　　HUIZHANG DE SHIMING：YUAN ZI ZHONGHUA SHICI XUEHUI DE GANWU
作　　者　周文彰　著

统筹策划　张作珍
责任编辑　张媛媛
责任校对　李盛博
责任印制　袁浩宇
出版发行　大有书局
　　　　　（北京市海淀区长春桥路 6 号　100089）
综 合 办　（010）68929273
发 行 部　（010）68922366
经　　销　新华书店
印　　刷　中煤（北京）印务有限公司
版　　次　2022 年 8 月北京第 1 版
印　　次　2022 年 8 月北京第 1 次印刷
开　　本　170 毫米 ×240 毫米　1/16
印　　张　25.75
字　　数　297 千字
定　　价　56.00 元

自　序

这本书给谁看？——我掩卷自问。

当然是给会长们看！书名《会长的使命：源自中华诗词学会的感悟》不是标明了吗？！——我自己做出了回答。

可是会长们又是谁啊？这一问，我把自己问住了。因为在我国，担任会长的人很多，这本书显然不会适合所有会长看；我心目中的会长，是像我一样的社会组织的会长。

可是，社会组织是指哪些组织呢？

于是，自序便从“社会组织”这个概念写起。

（一）

一琢磨社会组织这个词，我才发现，本以为含义十分清晰的概念，读者们读到的界说是很不一样的。在学术界，公共关系学认为，政党、政府、企业、商店、工厂、公司、学校等，都属于社会组织的范畴；而社会学视野中的社会组织的覆盖面则小了很多，社会组织是与经济组织、政治组织、宗教组织等并列的一种组织。在普通读者中，社会组织、社会团体、人民团体、群众团体、群团组织这几个概念常常是很难辨别的。

的确，在一段时间内，我国对社会组织没有固定的权威说法，但社会组织是有别于政府组织的社会群体，这一点则是十分明确的，因此，社会组织曾被称为民间组织。2006 年 10 月，党的十六届六中全会通过的《中共中央关于构建社会主义和谐社会若干重大问题的决定》(以下简称《决定》)，本着“创新社会管理体制，整合社会管理资源，提高社会管理水平”的理念，把民间组织纳入了社会建设与管理、构建和谐社会的工作大局，并正式提出“社会组织”这一称谓。《决定》写道：

> 健全社会组织，增强服务社会功能。坚持培育发展和管理监督并重，完善培育扶持和依法管理社会组织的政策，发挥各类社会组织提供服务、反映诉求、规范行为的作用。

正是在“健全社会组织”这一部分，《决定》规定了“社会组织”的内涵。《决定》写道：

> 发展和规范律师、公证、会计、资产评估等机构，鼓励社会力量在教育、科技、文化、卫生、体育、社会福利等领域兴办民办非企业单位。发挥行业协会、学会、商会等社会团体的社会功能，为经济社会发展服务。发展和规范各类基金会，促进公益事业发展。引导各类社会组织加强自身建设，提高自律性和诚信度。

自此，我国把社会组织明确分为三类，即社会团体、基金会和民办非企业单位。“民办非企业单位”是从早期的“民办事业单位”改变而来的，现在统称为“社会服务机构”。2016年8月，中共中央办公厅、国务院办公厅印发了《关于改革社会组织管理制度促进社会组织健康有序发展的意见》，明确指出：“以社会团体、基金会和社会服务机构为主体组成的社会组织，是我国社会主义现代化建设的重要力量。”

社会团体，是指中国公民自愿组成，为实现会员共同意愿，按照其章程开展活动的非营利性社会组织，包括行业性社团、学术性社团、专业性社团和联合性社团。基金会是利用捐赠财产从事公益事业的社会组织，包括公募基金会和非公募基金会。社会服务机构是由企业事业单位、社会团体以及公民个人，利用非国有资产举办的、从事社会服务活动的社会组织，涉及教育、卫生、科技、文化、劳动、民政、体育、中介服务和法律服务等十大行业。

根据相关数据显示，截至目前，我国共有全国性社会组织2280多家；在各级民政部门登记的社会组织，全国已超过90多万家。当然，市县这一级的社会组织，以社会服务机构居多。

我国各级工、青、妇等组织，是党领导下的人民团体。人民团体是不是社会团体呢？我没有查到明确的界说，《社会团体登记管理条例》只是规定，三类团体不属于本条例规定登记的范围：第一，参加中国人民政治协商会议的人民团体，一共有8家，分别是：中华全国总工会、中国共产主义青年团、中华全国妇女联合会、中国科学技术协会、中华全国归国华侨联合会、中华全国台湾同胞联谊会、中华全国青年联合会、中华全国工商业联合会。第二，由国务院机构编制管理机关核定，并经国务院批准免于登记的团体共21家，除了以上8家中的6家（中华全国青年联合会设在团中央内，中华全国工商业联合会属于行政编制，因此这两家不算）外，还有以下

15家：中国文学艺术界联合会、中国作家协会、中国法学会、中国人民对外友好协会、中华全国新闻工作者协会、中国国际贸易促进委员会（中国国际商会）、中国残疾人联合会、中国红十字会总会、中国人民外交学会、中国宋庆龄基金会、黄埔军校同学会、欧美同学会（中国留学人员联谊会）、中国思想政治工作研究会、中华职业教育社、中国计划生育协会。这些团体的机关实行编制管理。第三，机关、团体、企业事业单位内部经本单位批准成立、在本单位内部活动的团体。有人根据这一款规定，认为人民团体仍然属于社会团体，只是不要到民政部门登记而已。我们暂且认可这个说法，但一定要知道，人民团体与社会团体有很大不同，人民团体的主要职责、机构编制和领导职数，均由机构编制管理部门直接确定，人员参照公务员法管理。它们虽然是非政府性的组织，但在很大程度上行使着部分政府职能。

人民团体和群众团体有时是相提并论的。2006年，中共中央组织部、人事部联合印发《工会、共青团、妇联等人民团体和群众团体机关参照〈中华人民共和国公务员法〉管理的意见》，规定上述21个团体实行参公管理。这份文件提示我们，人民团体和群众团体不完全是一回事，否则不会用两个概念；同时这份文件也没有告诉我们哪些是人民团体，哪些是群众团体。

在我国，还有“群团组织”这一概念。2015年2月，中共中央印发了《关于加强和改进党的群团工作的意见》，多次提及“工会、共青团、妇联等群团组织”，但没有涉及“等”字后面的其他群团组织的具体名单。同年7月，中央召开党的群团工作会议。我的理解是，群团组织应是“群众性团体组织”的简称，是人民团体和群众团体的总称。例如，《中国作家协会章程》规定：“中国作家协会是中国共产党领导的、中国各民族作家自愿结合的专业性人民团体”，同时也写着“中国作家协会坚定不移走中国特色社会主义群团发展道路”。

总起来说，社会团体、人民团体、群众团体、群团组织这几个概念的共同点在于：第一，都是非政府组织，是政府组织之外的团体；第二，都可以归属于社会团体这个概念，因而都属于社会组织。它们的不同点在于：第一，人民团体和群团组织，既是社会团体，又是党直接领导的联系群众的桥梁和纽带；第二，人民团体和群团组织，属于社会团体，但却在“体制内”——职责法定、参公管理、财政供养。群众团体、群团组织这两个概念，似乎更多地存在于党内的话语体系中。

（二）

我所在的中华诗词学会，是由诗词组织、诗词创作者和研究者、诗词教育者自愿结成的全国性、学术性的非营利性社会组织，在民政部登记，中国作协为其业务主管部门。

1987 年 5 月 31 日，在赵朴初、楚图南、周谷城、钱昌照等著名人士倡导下，中华诗词学会在北京成立。时任中共中央政治局委员、书记处书记、全国人大常委会副委员长习仲勋同志到会祝贺并做了重要讲话。他指出，今天在这里成立中华诗词学会，我觉得这是件大好事。过去，我们从来没有这样一个全国性的诗词组织，现在，把这个空白补起来了。他强调，对我国古典诗词这一优秀的文化遗产，不仅要努力加以抢救和研究，还要不断创新，使我国古老文化能够发扬光大，这是摆在我们面前的一个重大任务。

从此，我国有了新中国成立以来第一个全国性的诗词组织，标志着传统诗词在沉寂了半个多世纪以后，开始了复苏、复兴的进程。全国政协原副主席钱昌照被选为首任会长。第二任会长由著名历史学家、全国人大常委会原副委员长周谷城出任。第三任会长由著名诗词家、书法家，全国政协原副秘书长孙轶青担任。第四任会长由原文化部副部长、时任故宫博物院院长郑欣淼担任。2020 年 11 月 30 日，中华诗词学会第五次全国会员代表大会在北京召开，我接替郑欣淼同志成为第五任会长。

35 年来，在历任会长的领导下，中华诗词学会的工作取得长足的进步。诗词队伍在不断壮大，诗词创作水平在逐步提高，诗词的社会影响力在日益增强。目前，全国各省级行政区以及香港地区、澳门地区，都已建立了诗词组织，绝大多数市、县级行政区也建立了诗词组织。诗词作者 300 多万人。中华诗词学会注册会员编号已达 45000 多人。

1994 年，《中华诗词》杂志创刊，该刊由中国作协主管，中华诗词学会主办，是目前国内发行量最大、发行地区最广、拥有读者和作者群最多的国家级诗歌刊物。1988 年，《中华诗词学会通讯》（内部交流）季刊创刊，用以赠送学会会员。2001 年，中华诗词学会制定并实施了《21 世纪初期中华诗词发展纲要》，提出“实施精品战略，繁荣诗词创作”工程，对推动和指导全国的诗词事业产生了重要影响。2018 年创办“中华诗人节”，每年一次，在端午节举办。2019 年，中华诗词学会组织编写的新中国第一部韵书《中华通韵》，由教育部和国家语言文字工作委员会颁布试行。学会以建设“中华诗词之乡”[现改为“诗词示范乡”（市、县、村）]、“诗教先进单位”（现改为“诗教示范单位”）为抓手，有力地推动了全国诗教诗词普及和提高工作。

我上任以后，中华诗词学会以“讲政治、讲团结、树正气、树形象”为引领，全面加强自身建设，积极探索更好地发挥学会作为全国性诗词组织的职能，发挥中华诗词在建设社会主义文化强国中的作用，制定了《“十四五”时期中华诗词发展规划》，成立了20多个诗词工作委员会，组织创作“诗颂”系列之《百年诗颂》《诗颂冬奥会》《诗颂新时代——迎接二十大》《诗颂中国好人》等，使学会工作出现了新气象。

（三）

会长的使命是什么呢？回答这个问题，就要研究社会组织在我国经济建设、政治建设、文化建设、社会建设、生态文明建设和对外交往中所发挥的作用。会长的使命是由社会组织的作用决定的。

关于社会组织的作用，中共中央办公厅、国务院办公厅2016年8月印发《关于改革社会组织管理制度促进社会组织健康有序发展的意见》明确指出，社会组织是我国社会主义现代化建设的重要力量，在促进经济发展、繁荣社会事业、创新社会治理、扩大对外交流等方面发挥了积极作用。在这里，一个“重要力量”、四个方面的“积极作用”，既是对过去社会组织的地位和作用的肯定，也是对此后社会组织重视自身地位、发挥积极作用的要求。

会长的使命，就是把自己所领导的社会团体，打造成为社会主义现代化建设的重要力量，发挥本团体在促进经济社会发展方面的积极作用、在繁荣社会事业方面的积极作用、在创新社会治理方面的积极作用、在扩大对外交流方面的积极作用。

对于社会组织在创新治理方面的积极作用，2006年《中共中央关于构建社会主义和谐社会若干重大问题的决定》提出“发挥各类社会组织提供服务、反映诉求、规范行为的作用”。具体来说，第一，社会力量在教育、科技、文化、卫生、体育、法律、社会福利等领域兴办社会服务机构，可以为企业和个人、为经济社会发展提供服务，方便人民群众生活，加快社会各项建设。第二，社会组织可以成为密切党政机关和人民群众关系的桥梁及纽带，既可以把群众的意见、呼声、想法、诉求传递给党政机关、党政领导，也可以把党政机关的政策和举措传达给人民群众。第三，在市场经济活动中，社会组织可以发挥行业自律、行业调解、活跃市场经济主体的作用。

这些是对社会组织的总体而言的，实际上，不同的社会组织发挥的作用有很大不同。我们在此无法一一论述，就举一个简单的例子，旅游协会和诗词学会（协会）的作用就很不相同。一个会长，只要把对本团体的力量尽到了，作用发挥了，会长的使命也就履行了；力量越强、作用越大，使命就履行得越好。反之亦然。

（四）

显然，会长必须要有使命感，使命感是会长对自己所承担的责任和义务的感知与认同。

使命是客观的，不是主观的，是被会长岗位所客观地规定了的，不以会长个人的意志为转移。谁当会长，使命就落到了谁身上；不当会长，使命也就随之而去。使命，也就是责任和义务，是会长之岗位要求会长所必须尽到的责任和必须履行的义务。一个会长，尽到了会长之岗位所要求的责任，完成了会长之岗位所必须履行的义务，就是履行了会长的使命。

履行使命的前提是认识使命，只有把客观的使命变成会长主观的认识，才能履行使命。毫无疑问，不知使命是什么，就不可能去想如何履行使命。对使命的认识和认同，便是使命感。所以，与使命是客观的恰好相反，使命感是主观的，是客观的使命在会长头脑中的主观反映，是会长对客观使命的主观自觉。

主观的自觉，有程度上的区别。例如，是浅层还是深层，是低度还是高度，这两级之间存在若干由浅到深、由低到高的递进状态。使命的履行与自觉的程度密切相关，浅层的自觉与深层的自觉相去甚远，低度的自觉与高度的自觉有天壤之别。所以，要当好会长，就要深刻认识会长所肩负的使命，达到高度自觉。

使命“感”是感性的吗？当然不全是！是理性的吗？也不全是！而是感性和理性的统一。使命感，首先是一种“感受”，这种感受不是感觉，感觉是感性认识的初步形态；感受是对使命的认识达到深刻的理性认识之后而生成的感悟。使命感还是一种“情感”，这种情感不是肤浅的而是极为深刻的，是责任感、荣誉感、崇高感、紧迫感等多种情感综合统一的结晶。这些情感，没有对使命的深刻认识是无法产生的。使命感又含有“感恩”的因素，如感恩信任、感恩重用、感恩付出而产生的把履行责任和义务作为报答的意志与决心。可见，使命感是一个会长从诸多方面对客观使命的认识和感悟而形成的一种高度自觉、一种可贵的境界。

当好会长，获得使命感是第一步。但停留在这一步，仍然不能履行好使命。会长还要把使命转化为理想，变成具有可能性实现的蓝图和目标；要有把理想变成现实、把蓝图和目标付诸实施的思路和举措；要能够建设或汇聚一支立足现实、面向未来的实干型队伍；要能够营造出风清气正、激发实干热情的环境或氛围；还要有无私奉献的精神……会长需要战略谋划和战术对策并举、长远和近期结合、善于用人激发人的方法、身先士卒的风范。总之，理想信念，忠诚、干净、担当，“九种本领”，“七种能力”，会长也是不可或缺的。

（五）

本书名是《会长的使命：源自中华诗词学会的感悟》，但它不是论著，没有对“会长的使命”的论述。内有一篇题为《会长的使命》的讲话文章，但也不过是即席讲话而已。本书是我就任中华诗词学会会长以来，从 2020 年 11 月 30 日到 2022 年 6 月 10 日的讲话和发言（含少量文章）的集子。这些讲话和发言，大部分是先有提纲、后根据录音整理的。

在我就任会长之前，一位深被诗词界所敬重的老领导叮嘱我：“把诗词当事业！”这句话不时在我心里响起。推动中华诗词事业繁荣发展，就是中华诗词学会会长的使命。这些讲话和发言，记录了我就任会长一年多来履职的所思所想、所作所为，从中可以感悟到关于会长使命的方方面面。

说到这里，本书所讲的“会长的使命”之“会长”就非常清楚了。会长，既指各级诗词学（协）会会长们，同时又兼及各行业协会、学会、商会等社会团体的会长、理事长、主席们；如果你们也对本书产生阅读兴趣，并且从中得到启发，那正是我本人所期待的。

周文彰

2022 年 6 月 12 日星期日

于北京寓所

会长的使命

源自中华诗词学会的感悟

目　录

会长的使命：源自中华诗词学会的感悟

让中华诗词唱响新时代*

各位代表、各位嘉宾：

中华诗词学会第五次全国会员代表大会，经过两天紧张有序的工作，在全体与会代表的共同努力下，圆满完成了各项议程，开得很务实、很成功，现在就要闭幕了。中央领导对这次会议非常重视，或专门做出重要批示，或对换届工作提出明确要求。中共中央原政治局委员、国务院原副总理马凯，全国政协原副主席、中国文联名誉主席孙家正同志亲临会议指导。中国作家协会副主席、书记处书记吉狄马加同志到会讲话，兄弟社会团体发来贺信，这对全国广大诗人和诗词爱好者都是极大鼓舞和鞭策，也是对中华诗词事业的重视和关心，我们一定要认真学习好、领会好、落实好中央领导的指示精神，把各项工作做得更好。

这是一次来之不易的会议，也是一次团结的会议、鼓劲的会议。众所周知，当今新冠肺炎疫情席卷全球，至今仍未结束，给国内外政治、经济、社会、文化等造成重大影响，也给人们的生活带来诸

---

* 本文是作者2020年11月30日在中华诗词学会第五次全国会员代表大会上的闭幕词。

多不便。中华诗词学会例行的换届大会能否举行，更是牵动着全国广大诗人的心弦。“青山遮不住，毕竟东流去”，虽然经历不易，但在各方面的大力支持和共同努力下，我们还是顺利召开并完成了这次换届大会的任务。

大会讨论并通过了第四届领导班子所做的报告，这个报告实事求是地总结了过去五年学会的各项工作，客观分析了中华诗词所面临的新形势和新挑战，提出了今后一段时期中华诗词事业发展的总体思路和初步设想，明确了工作目标和任务，必将进一步动员和组织全国广大诗人和诗词爱好者，奋力开创新时代中华诗词新局面。

这次大会选举产生了中华诗词学会第五届常务理事会和学会新的领导班子成员，实现了新老交替，为中华诗词事业的持续发展提供了坚强的组织保障。新当选的同志年富力强，热心诗词事业，具有很好的群众基础。希望大家不辜负广大会员的信任，谦虚谨慎，尽职尽责，努力工作，发挥表率作用，当好诗词事业发展的带头人。

这次大会选举我为中华诗词学会新任会长，我既深感使命光荣，责任重大，也有本领恐慌感。中华诗词发展的接力棒传到了我们这一代人的手上，这是时代赋予我们的责任。我们要学习老一代的奉献精神，团结奋斗，顺势而为，力争使中华诗词在新的历史条件下有所作为，有所突破，取得新成绩。郑欣淼同志在担任中华诗词学会第三届、第四届会长的十年期间，站位高，视野宽，工作实，善于抓大事、谋长远，充分调动和发挥社会各方面的资源和积极性，做了许多前瞻性、开创性的工作，使中华诗词事业迈上了新的台阶，打下了良好的基础。由于年龄原因，他离开了会长岗位。在此，我提议，让我们以热烈的掌声对郑欣淼同志为中华诗词事业所做出的突出贡献表示衷心感谢和崇高敬意！这次换届学会有几位副会长和一批常务理事退出了岗位，让我们对他们长期以来为中华诗词事业所做出的积极贡献表示感谢！

各位代表，当前中华诗词事业发展形势向好，局面来之不易，这是几代人努力奋斗的结果，我们要倍加珍惜。中华诗词无穷的魅力和强大的生命力正蓬勃显现。习近平总书记在讲话中经常引用中华诗词，带头填词做诗。党中央关于弘扬中华优秀传统文化的多个文件中不但写入“中华诗词”，而且将其放在突出位置上。这种中华文化自信和繁荣发展的大背景，不仅是促进中华诗词事业发展极为有利的条件，也为我们提供了难得的历史机遇，我们正站在一个承前启后的新起点上，时不我待，催人奋进，我们要不辱使命，奋发有为。新时代的诗词工作要认真贯彻党和国家的路线方针政策，落实习近平总书记关于新时代文艺工作的系列重要讲话精神，坚持“双百”方针和“二为”方向，提高政治站位，旗帜鲜明地倡导主旋律，歌颂真善美，传播正能量，把握好诗词工作正确的政治方向、创作导向和价值取向，促进中华诗词创造性转化和创新性发展，不断丰富和满足人民群众的精神文化需求。要发扬艺术民主，倡导创新，鼓励创新，形成诗词创作和学术研究的宽松环境与氛围，促进不同流派、不同观点的争鸣与竞争。诗词工作要紧跟时代，切入生活，书写改革开放的新成就，书写祖国山水的新风貌，书写人民群众对美好生活的新期待，使传统诗词焕发出新时代的夺目光彩。诗词工作要坚持普及与提高并行，大力推进中华诗教融入社会全面发展，不断改进和完善“诗词之乡”创建，“诗词大会”、“诗学讲堂”、“诗词在线”、诗词培训等项目的文化内涵和活动方式，使它们成为社会知名文化品牌。要继续深入实施诗词精品战略，多措并举，鼓励诗词出精品、攀高峰。目前，传统诗词作者很多，作品数量也很多，但精品力作不多。我们要有清醒认识，下决心改变这种现状。要充分发挥诗词大赛、诗词评论、诗词理论研讨会等综合功能，把那些叫得响、传得开、留得住的好作品发掘出来，宣传出去。广大诗人应积极参与社会实践，了解社会现实，关注民族命运，着力反映时代气象。诗人应该明确是非，远离浮躁，淡泊名利，潜心创作，善于创造新意象，讴歌新事物，敢于对社会丑恶现象进行批评和鞭笞，最大程度地发挥诗词的社会功能。要扩大与各种姊妹艺术的联系与合作，加强与新诗、楹联、曲艺、书画、音乐、吟诵等文化艺术的交流与沟通，相互学习，共同繁荣。要适应信息社会和互联网时代的新要求，加快构建传统手段与新媒体并重、线下线上一体的诗词传播综合体系，拓宽渠道，形成自身活动与社会力量联动的诗词宣传格局。

马凯同志于 2019 年 7 月在诗词座谈会上的讲话中，提出了当前和今后一段时期传承、繁荣与发展中华诗词事业所要研究及着力抓好的十个问题，为我们指明了努力的方向，并且殷切期望“中华诗词界的同仁们，我们要抓住机遇，不辱使命，把传承、繁荣、发展中华诗词当作事业来干，为中华优秀传统文化的弘扬，为中华民族的伟大复兴做出我们应有的贡献”。这对我们提出了更高的要求和标准。诗人是传统文化、民族精神的理解者和践行者，诗人应该有理想、有追求、有责任感，把诗词当成生命的一部分来对待、来珍惜，心中既要有国家、民族和人民的大爱情怀，也要有“语不惊人死不休”的志向和抱负，追求自身的高境界和诗词的高品位。与会代表中的许多人既是诗词创作骨干，也是其所在地区、所在行业诗词组织的负责人，要甘于奉献，善于组织和调动社会力量，发挥广大诗人的积极性和聪明才智。基层的诗词工作做好了，就会汇聚起强大的能量，就可以为诗词的全面繁荣发展提供不竭动力。

各位代表，让中华诗词唱响新时代，诗人们重任在肩，责无旁贷。新时代呼唤新的歌者，新的歌者来自新的时代。中华诗词事业在新的历史时代，一定要也一定会更加繁荣。让我们高举习近平新时代中国特色社会主义思想伟大旗帜，精心创作，勇于创新，勇攀高峰，让中华诗词为实现中华民族伟大复兴的中国梦做出新的更大贡献！

现在我宣布：中华诗词学会第五次全国会员代表大会胜利闭幕！

讲政治 讲团结 树正气 树形象 开启学会工作新征程*

各位会长、机关和编辑部的各位同事：

我们这一次会长会议的召开，标志着中华诗词学会的工作揭开了新的一页。我们能到学会领导班子工作，首先要感谢中央领导的厚爱，感谢我们的上级领导机关——中国作协的支持，感谢老会长郑欣淼同志和全国广大诗友对我们的信任。这里我尤其要说的是，这一次代表大会的顺利召开，在座的同志们，特别是机关和编辑部的同仁们，付出了极大努力，做出了重要贡献。

这一次换届大会，尽管遇到新冠肺炎疫情，做了很多改变，但最终还是召开了。给我的第一感觉是非常隆重，主席台中间是党徽，两边是五面红旗，庄严大气。第二感觉是规范，会议文件的印制，胸牌、座签、文件包配置等非常完整。第三感觉是流畅，代表报到、吃住安排、领导和嘉宾的接待、会议的各项流程，一切都进行得如同行云流水。第四感觉是如愿以偿，各项议程全部完成，会长班子人选、常务理事人选，全部当选。名誉会长、名誉顾问、顾问、副

---

* 本文是作者2020年11月30日在中华诗词学会五届一次会长会议上的讲话，张存寿同志根据录音整理。

秘书长的聘任工作，全部按照原有计划得到了实现。一个学会，能够开成这样一个会议，展示了机关和编辑部同志的工作实力，关键时候特别能“战斗”；也展示了驻会的常务副会长和各位副会长组织指挥、策划、运作的能力。对此，我作为新上任的会长，向同志们表示衷心的感谢！

刚才，各位副会长的发言，尽管受到时间的限制，三言两语，还是各有特色、各有境界，都体现了责任感和责任心；都表示不辱使命，尽心尽责做好自己应该做的工作。特别是，有的会长讲到形象建设、讲到机关作风、讲到团结，很多想法跟我不谋而合。正是因为我们都想站在新起点上干事，所以才能够想到一块儿，才会有共同的语言。我们是因为诗词而结缘，以往我们各自都有过不同经历，现在因为诗词而聚在一起，可谓一生难逢。所以我们应该珍惜，应该好好合作共事。

新的一页怎么写好？下面，我讲三个方面的意见，既是要求，也是请大家共同思考。请学会机关和编辑部的全体同志参加，用意也在这里，工作靠大家。

扛起责任，认真履行好各自的职责

我们现在常讲的一句话叫不忘初心。各位的初心是什么？不用说，两个字——“诗词”，诗词就是我们的初心。当初是我们个人的爱好，出于各种各样的动因，我们拿起笔写诗词，写到今天，我们都成了中华诗词学会的领导班子成员，成了这个比较著名的社会团体的机关工作人员，成了我们这个比较著名的、很有地位的《中华诗词》杂志的编辑部的成员。走到今天都是缘于初心的推动。而我们今天所从事的工作，也还是服务于这个初心、实现这个初心的。不过它的范围大多了，不再仅仅是我们个人的初心，而是全国四万多会员的初心，以及广大诗词爱好者的初心。就是说，我们的初心，已经转化为我们工作的使命，我们肩上扛着千斤重担。

那么，我们的重担是什么呢？就是通过我们的工作以及整个学会的工作，来推动中华诗词的传承、发展和繁荣，进而为党的文艺事业的繁荣、为文化的大发展大繁荣有所贡献。这就是我们共同的使命，也是我们肩扛的责任。我讲话的第一个标题叫扛起责任，就是指扛起这个责任。

怎样履行好这个责任呢？当然要带头创作。因为在这个位置上，诗词如果写得不尽如人意，不仅会员看不上，我们自己心里也不踏实。我现在就处在这种不踏实的状态。昨天晚上在预备会上，我给大家讲了心里话，我说我做梦也没想到会走到现在这个位置上，因此，同意作为会长候选人后还想过打退堂鼓。今天我在闭幕词里所讲到的我的“本领恐慌”感，首先是我诗词创作本领的恐慌。今后大家给我多指点、多帮助，我也希望走上这个岗位以后，在个人创作上能够有所长进。但这不是我今后的着力点，我也不认为是会长们第一位的着力点。第一位的着力点是组织诗词活动。

传承、繁荣、发展中华诗词的工作，就是要组织全国广大会员和诗友开展广泛多样、丰富多彩的诗词活动。对我们学会领导班子，对我们机关和编辑部的同志来说，这才是第一位要做的事情。带头创作跟它比起来还处在次要的位置。对此，同志们务必要认识到位。我们要着力的第一位的不是自己创作，而是学会的工作。尤其是我要提醒同志们，不能只要头衔不干实事，这个现象一定要自我避免。

分工的事情努力去做，没有分工的事情主动建议配合去做，而且发挥自己的长处去做。通过积极有为的工作，不辜负广大诗友对我们的信任，不辜负这么多张选票。学会机关和编辑部的同志，都在眼睁睁地盼新一届的学会班子能有新的起色，我们也不能辜负了他们的期望。因此，责任重于泰山，务必爱岗敬业。

“两讲两树”，建设过硬的领导班子和学会机关

两讲，一是讲政治，二是讲团结；两树，一是树正气，二是树形象。

第一，我们要讲政治。我们这个学会，不是一些人志同道合组合起来的一个同仁团体，而是中国作协主管下的一个诗词专业社团。所以我们第一位的事情，一定要讲政治，把准政治方向，提高政治站位，站好政治立场，培养政治眼光，牢固树立“四个意识”，做到“两个维护”。讲政治还包括我们要有强烈的组织观念，要懂规矩、守纪律。无论是共产党员还是非共产党员，都要好好读一读《关于新形势下党内政治生活的若干准则》。因为无论是谁，就讲政治而言，任何人不可以例外。任何违背政治纪律的言行，任何无组织无纪律的言行，在我们这个学会都不应当有存在的余地，都不应当有任何市场。

第二，讲团结。团结是中国共产党克敌制胜的法宝。我们从无到有、从困难到顺利、从弱小到强大，其中一条重要的原因就是团结。学会的团结很重要。会长班子成员都要做表率，讲团结，不要搞团团伙伙，不能搞拉帮结派；不说影响团结的话，不做影响团结的事。这个要求，也是对机关和编辑部同志的要求。如果说以往在

这方面我们没有这个意识，或者这个意识不强烈，那么，我们新的一页开始了，请大家照这个原则办事。通过讲团结，就使得十六个领导班子成员像一个人，我们一旦决定了的事情，找谁都是一句话：集体定的。不能说“我是帮你说话的，就是某会长不同意啊”；某会长不能说“我是同意的，就是会长不同意啊”。今后这一类语言一概不能出现，这就是影响团结的话。同样，我们每一个工作人员都要讲团结，维护团结就像维护眼睛一样。地方的党政领导班子都知道：团结出干部；只要闹不团结，谁都上不了，甚至两个人一起下。对我们学会来讲，闹不团结就是内耗，绝对削弱我们的战斗力，影响我们的工作环境，败坏我们的工作情绪。而且这种情绪还可能带回家，影响家庭团结，例如在家里莫名其妙地发牢骚，甩锅掼盆的。所以，机关和编辑部不团结，对谁都不好受。我们今后一定要把团结作为学会工作的基础——基础不牢，地动山摇。

第三，树正气。一个单位风气要正；风气正，才能激发人们昂扬向上；风气正，才能心情舒畅；风气正，大家才能够有一个好的工作环境。所以，我们的目标，是要建立一个风清气正的学会领导班子，一个风清气正的学会机关，一个风清气正的编辑部。不让歪风邪气有任何市场。一个风清气正的团队是什么标志？歪风邪气一露头就打，它没有市场。正气哪来的？正气要靠每一个人，更要靠领导班子。

要做到风清气正，一定不能搞自由主义、小团体主义、宗派主义、地方主义、团团伙伙。这是我们党内政治生活的若干准则专门点到的。因为党内有人就这么搞的，搞的结果是自己身败名裂。大家记住：凡是搞这些东西的，最后都没有好下场。

要得风清气正，就要廉洁自律。不知道廉洁自律这个话题在学会以前讲到什么程度，我今天跟大家讲一讲。我早就对民营企业的工作人员说，你千万不要以为民营企业老板好欺负，公款贪污不得，那我就贪污民营企业的。他不知道法律早就规定，侵吞其他法人的财产，就是犯罪。项目招标吃拿卡要，采购物品虚开发票、拿回扣，截流应收资金等，一样犯罪。所以我提醒大家：不要以为我们不是党政机关，我们是社团就可以任性。我们是履行公共服务的社团，是党领导下的全国性社会组织，我们都是公共服务人员，所以，廉洁自律的课题对于我们同样重要。

这里，我送大家两句话。第一句话，不能以诗谋私。利用我们这个诗词学会的便利来捞取个人的利益，这叫以诗谋私。第二句话，不能以私谋诗。就是不能从私心杂念出发去做诗词工作、策划诗词活动。例如，不能带着私心杂念去搞评比、搞竞赛，用稿、选稿等等。这些行为积多了，将来会祸及自身的。所以大家牢牢记住这两句话：既不“以诗谋私”，也不“以私谋诗”。

第四，树形象。我们虽然不是党政领导机关，但是对于广大诗友来说，我们不是领导机关却如同领导机关。我们是一个全国性的社团，各地有省一级诗词组织、地级市级诗词组织，不少县市也有了诗词组织。我们处于层层学会的顶层，经常面向省、市、县各级诗词组织，经常面对广大诗友，所以我们形象如何就相当重要。今天我相信没有一个人不讲个人形象的，比如出门洗个脸、梳个头，整理整理衣服，而学会和个人最重要的形象是公众形象。

那么我们要树立哪些形象呢？一是竭诚服务的形象。竭诚服务，就是不要把自己当领导，我们是为各级诗词学（协）会服务的，是为广大会员、广大诗友服务的，为全面建设社会主义现代化国家服务的，所以一定要树立竭诚服务的形象。

二是谦虚谨慎的形象。我为什么要提醒这句话？因为我们是全国最高层的诗词组织，很容易滋生高高在上、高人一等、趾高气扬、盛气凌人等不良现象。我还不知道有没有这样的现象，我只是作为新上任的会长，要求大家树立这个形象，提醒大家谦虚谨慎。习近平总书记早就教导我们各级领导干部都是人民公仆，公仆就是为人民服务。我们家里聘用的家政人员，绝大多数把自己位置摆得很正，事事处处是个服务者的角色。我们也是公仆性质的工作人员，所以，我们无论是在学会机关接待来访，还是到外地服务地方、服务基层，比如考察验收，都要谦虚谨慎，不能有高人一等、盛气凌人的想法和做派。

三是公平公正的形象。这一点尤其重要。因为我们要验收“诗词之乡”，考核诗教先进单位，评好诗好稿，我们不能以劣币驱逐良币。社会上如有劣币来驱逐我们，很多同志表示不满意；现在我们自己也有驱逐权力了，我们当然不能以劣币驱逐良币！当然这种驱逐有时是眼光问题，而更多的是带有私心杂念。私心，是一个万恶之源。只要没有私心，就可以公开透明；只要没有私心，就可以坦坦荡荡，就可以采取最公平公正的手段来选用好稿、评出好诗，认定出合格的诗词之乡、诗教先进单位。一旦带有私心，绝对不可能公平公正。我是从事干部教育培训工作的，我对领导干部学员讲得最多的是，做官的第一原则是为民，第二原则就是公正，将来为民成为高度自觉的行为了，那么公正就是第一原则。这个话题对我们学会，对编辑部，对我们会长们同样适用。

四是廉洁自律的形象。我希望，无论是会员个人，还是地方诗词组织、地方领导干部，对我们都赞不绝口：“哎呀！中华诗词学会的同志们都严格要求自己，没有以诗谋私和以私谋诗的现象啊！”

一定要树立这个形象。

我们要树立的形象很多，但我上任的第一天，就要求树立竭诚服务的形象、谦虚谨慎的形象、公平公正的形象、廉洁自律的形象。

那么，怎么来把形象树立好呢？我想我们分几个层次。一是要维护我们作为人的形象，叫人格形象。人之所以不同于动物，除了语言，就在于人有道德。那么具备什么样的道德就是一个人呢？古人有汗牛充栋的精彩论述，我记住的就是孟老夫子的四句话。这就是恻隐之心，即同情心；羞恶之心，就是我们今天讲的荣辱观，知道什么是羞，什么是恶，这叫羞恶之心。你想，一个不知廉耻的人还能算一个人吗？还有就是恭敬之心。恭敬，应该恭敬谁？我想大家都有数。一个毫无恭敬之心、毫无敬畏之心的人，他天不怕、地不怕，什么人都不在话下，什么规定都不在话下，这样的人能说是个人吗？好多领导干部犯罪堕落、好多流氓阿飞，都是从没有敬畏之心开始的。不敬畏父母、不敬畏同事、不敬畏群众、不敬畏法纪，这样的人必然会胡作非为。所以，习近平总书记在告诫领导干部廉洁自律当中，就特别强调了有敬畏之心。再有就是，要有是非之心，大是大非毫不含糊，面对歪风邪气、面对错误言论，敢于挺身而出。一个领导干部没有是非之心，能够管好一个市、一个县吗？没有是非之心，能管好一个部门、带好队伍吗？不可能！恻隐之心、羞恶之心、恭敬之心、是非之心，这是做人的四种起码的道德心。有这四种心才能称为人，这是孟老夫子讲的。今天我们通过吸收、改造古人智慧，已经颁布了公民道德规范。什么样的人才能成为公民？它是有道德要求和道德标准的。

二是要维护诗人形象。诗人在人当中，是一个特殊的身份。诗人是创造美的，大家都认识到，没有美的心灵，怎么能写出美的诗呢？没有美好的人格，你写出来的诗也是假的，不能让人信服。要写好诗，就要做好人；要写出美丽的诗，就要有美丽的心灵。所以我们在普通人当中要多树一个形象——诗人形象。

三是要维护公众人物的形象。我们不是一般的诗人，我们是中华诗词学会的领导班子的成员，是中华诗词学会机关工作人员，是编辑部的编辑人员，我们都是公众人物。不要以为电影明星是公众人物，也不要以为书记、市长才是公众人物，我们也是公众人物啊，只是我们有特定的指向领域和不同的活动舞台。社会对公众人物的要求就是高一点，一点过失都不能有，一有就给人“抓辫子”。大家要有公众人物意识，树立公众人物形象。

四是要树立特殊群体的形象。我们在座的都属于一个特殊的群体。第一个特殊的群体是共产党员的群体。党员一定要树立党员的形象，在哪里都是个党员的样子——在公共场所是党员的样子，在机关、在编辑部是党员的样子，在会长岗位上是党员的样子，在困难面前是党员的样子，在公私关系面前同样是党员的样子。我们不能玷污了党员这个称号。凡是党员，都要以党员标准要求自己。第二个特殊群体是军人群体。我们在座的有不少是军人，中国人民解放军是个大熔炉啊，多少年来“炼”出了多少钢铁战士，“炼”出了多少光辉榜样，为社会输送了多少人才！在我们党和祖国最需要的时候，他们不顾身家性命，不顾个人一切。解放军在人民心目中树立了光辉形象。现在，在座的，有离开部队的退役军人，来到我们会长群体当中，来到我们机关和编辑部，但是不要忘了你的军人出身。要把军人的好作风、好品质、好形象带到中华诗词学会来。军人是我们一笔宝贵的财富，是可以信赖和依靠的骨干力量。希望每个军人出身的同志经常问问自己，你的所作所为像个军人吗？保持军人的本色了吗？第三个特殊群体是知识分子群体。我们在座的教育背景有些不同，但大体上都是知识分子，我们从事的都是属于知识领域的工作，因此都属于知识群体，所以一定要树立知识分子形象。邓小平同志说知识分子是工人阶级的一部分，在把知识分子当作“臭老九”的时代，这句话一下子把知识分子的精神枷锁解除了。我们都是知识分子的群体，不管你是不是党员、是不是军人，但都属于知识分子，都是做知识领域的工作，一定要树立好我们知识分子形象。知识分子的形象代表，就是邓稼先、袁隆平、航天科技工作者群体……我们不指望每个人都做出他们那么大的贡献，但都要以他们为榜样，脚踏实地地对待自己的工作，诚心诚意地为中华诗词事业贡献自己的光和热。

我希望通过维护以上四种形象聚于一个焦点：维护我们学会的形象。请大家在不同的场合有意识地征求意见：中华诗词学会及其工作人员在社会上的形象怎么样？从而把我们好的形象保持下去，把会员和诗友不满意的形象消除。中华诗词学会，不管原来形象如何，都有一个不断向上的问题，有一个形象提高、提高、再提高的任务。我们要千方百计通过维护我们个人形象、诗人形象、公众人物形象、特殊群体形象，最后聚成一个焦点，维护我们学会的形象。通过“两讲两树”，我希望把我们学会变成一个政治高强、精诚团结、风清气正、艺术精湛、率先垂范的集体。这是需要我们齐心协力来实现的目标。

我们将采取什么措施来“两讲两树”呢？关键的关键是以党的建设为统领，加强党支部建设，发挥党支部的战斗堡垒作用，发挥党小组的作用，发挥好每个党员的作用。以党员的先进性、党组织的先进性来保证我们这个班子成为以上目标班子，成为以上目标机关。

通过自觉自律与制度约束相结合，加强学会班子和机关建设

自觉自律讲的是个人，个人通过提高思想认识，提高道德情操，通过自觉自为的修炼，来达到这一点。制度约束，就是要研究制定一系列规章制度，靠制度管事、管人。

第一，如何做到自觉自律，这需要个人修炼。习近平总书记讲到“三严三实”，其中的严以律己，就是讲的个人要去修炼。后来他要求通过思想淬炼、政治历练、实践锻炼、专业训练，不断提高自身素质。同时，我们学会将采取一定的方式，比如，抓住年终总结这个时机，关起门来学习三天，学什么呢？学习习近平总书记在文艺工作座谈会上的讲话，学习这次“五代会”精神，学习学会工作的方式方法，学习中央关于廉洁自律的各项规定等。然后大家谈，就是我们学会办到今天，有哪些好的东西需要本届学会班子带领大家继续发扬光大，还有哪些工作需要改进，特别是在树形象方面，还有哪些言行在影响着我们的形象，每个人、每个部门都去分析都去写怎么做，最后由学会来汇总，采取措施。这个学习是开创学会工作新征程的第一次，将来要进行常态化的学习；学习才能使人进步。习近平总书记说，我们共产党人依靠学习走到今天，也必将要依靠学习走向未来。学习与不学习是不一样的，知识结构不一样，思想境界不一样，眼光视角不一样，思维方式不一样。我们要把学习作为学会建设的看家本领。

第二，我们要加强制度建设。我们有哪些制度需要来制定和完善呢？我想了几点：一是要完善聘用制。就是通过合同来规范个人与学会机关和编辑部的劳动关系，有明确的聘期，有责任和义务。二是要完善年终测评制度，通过个人述职、大家投票测评，再通过谈话来给每个人做个总结。每年测评都在末位的怎么办？大家讨论。三是要完善坐班制度。现在学会有两部分工作状态，一种是天天坐班，还有就是每周一定时间坐班。我的想法，为了做好工作，也为了带好队伍，会长们可能要增加一点坐班时间，到底怎么增加，我跟大家商量了再定，保证天天有领导陪大家上班，带领大家干事。四是要完善离京请假报告制度。就是不坐班的时候到京外去了，要提前多少时间请假报告。五是要严格执行按期离岗制度，这个离岗啊，不知道大家有没有享受过，被戏称为人的第二春。现在很多人都盼望退休，你们之所以退而不休，是因为学会需要你们，你们也愿意在退休后发挥作用。工作了一辈子，到了 60 岁，一般都是工作经验最丰富、最年富力强的时候。但是人总是有个去的问题啊，所以学会定了一个在这里的离岗年龄，属于第二次退休。这个制度要把它执行起来，对谁都一样，到时就离岗。六是要建立服务地方的反馈监督制度。我们经常到地方去，那么地方对我们的反映怎么样？我们通过一些渠道，通过一些方式，有所督查，为的就是规范我们的行为，维护我们的形象。七是要建立岗位轮换制度。岗位轮换是个机关建设的有效的措施，为什么呢？一个人在一个岗位久了，容易得岗位病，比如疲了、没有动力了；比如固化了某种思维方式、某种工作套路。岗位一换，就有了新鲜感。所以，大家做好思想准备，我们要做一些轮岗。八是能不能定个奖励制度。对工作有突出表现的，我们发张奖状、给予表彰。

总而言之，我们要健全规范制度，在制度面前人人平等，用制度来规范约束自己，来推动我们个人自觉提高。

第三，与此相配套的，我们还将调整学会内设机构，保证学会顺畅运转。现在学会有九个内设机构，其中有三个机构是一个人。一个人就不大好干活了。说实在的，你就把我放到那儿，我一个人也干不了事啊。机构怎么样调整才比较好，总的来说要考虑四条原则：其一，科学。就是机构的设置要适应学会良性运作的客观要求。其二，精干。不要人浮于事，不要扯皮内耗。其三，经济。要讲究成本，这个成本不光是经济成本，人力成本是最大的成本，如何做到人尽其用，是机构调整的原则。其四，高效。这是最终目标，通过机构调整提高机关效能。

展望未来，我充满信心。我们即将全面建成小康社会，进入全面建设社会主义现代化国家新阶段。到2050年，即新中国成立100年，我们将建成社会主义现代化强国。在这样一个大好形势下，有历任工作的基础，特别是郑欣淼会长带领我们工作10年打下的基础，我们一定能够更好地履行职责，不辱使命，不负全国广大诗友的期望，建设我们学会的美好未来，推进中华诗词的伟大事业。

弘扬屈原精神 发展中华诗词*

各位领导、各位诗友：

我认真听取了大家的致辞和发言，很有收获。大家围绕“楚辞文化的继承和彰扬”这个主题，做了充分准备，从不同的角度，谈了自己的认识和理解，有的谈得非常深刻，涉及诗词创作的方方面面。那么，在这种情况下，我讲什么呢？我想讲三个层次的内容。

参加“汨罗江国际诗歌艺术周”的亲身感受

我把我的感受提炼为两句话：一句话叫“小县大志”，一句话叫“一江万流”。

先说第一句话，“小县大志”，正如汨罗市的领导同志们所讲，这里是个小县。无论从地域面积、人口、经济总量、财政收入，跟东部沿海（地区）比，包括跟我的老家比，的确是一个小县。但是，他们有雄心大志，所以叫“小县大志”。展现给我们的就是充分发掘

---

* 本文是作者2020年12月13日在“中国·汨罗江国际诗歌艺术周‘楚辞文化的继承和彰扬’高峰论坛”上的讲话，刘爱红同志根据录音整理。

本地文化资源，大力弘扬传统文化，用来振奋全市干部群众的精神，推动全市经济社会全面发展。而且这个传统文化是全国、全世界都著名的文化，这就是屈原和他所代表的楚辞文化。为此，他们深入发掘，系统梳理，周密策划，最后展示给我们这样一个比较完美的“汨罗江国际诗歌艺术周”的活动。大家可不要以为这纯粹是一种文化，而是整个经济社会发展的一项重要工作，一项带有根本性的、深刻性的工作。

习近平总书记讲了道路自信、理论自信、制度自信之后，又增加了文化自信，而且指出文化自信是更基础、更广泛、更深厚的自信。对此我深有体会，因为我从事了十年的文化宣传工作，又在国家行政学院从事文化的研究和教学工作。文化，看上去是政府投入、社会支持，似乎意义只在于文化。实际上，文化的作用和意义非常大。

第一，文化是政治，因为它涉及“三个代表”能否贯彻，科学发展观能否落实，涉及人民群众的文化生活是不是得到满足，这不就是政治吗？第二，文化是形象，是一个地区的文化标志。改革开放以后，很多地方通过打造文化名片来塑造本地形象，取得了极大的成功。汨罗市借助“屈原”“楚辞文化”来打造本地形象，是非常正确的，思路是对的。形象好，才有人跟你打交道，才能到你这里旅游，才能到你这里来投资。第三，文化是环境，是我们学习、生活、工作的环境，是后代的成长环境，是旅游环境、投资环境。第四，文化是生活。为什么呢？因为一部人类生活发展的历史，就是文化含量不断增加、文化质量不断提高的历史。没有文化的生活是原始人的生活，是蒙昧人的生活，是野蛮人的生活。对现在来说，光是吃饱穿暖是不够的。党的十九届五中全会提到一个新概念，就是人民的生活品质，这个品质，很大程度上要靠文化来提高。最后，文化是经济。为什么说它是经济呢？从两个方面来讲，一是文化能够推动经济。因为文化涉及更新观念、丰富知识、开拓眼界、提高境界，振奋精神，而所有的这些，都是生产力发展的首要因素。二是文化本身就是经济。政府投资办博物馆、图书馆，搞国际诗歌艺术周，这些带动了建筑、运输、就业、装饰材料、设备配置，增加就业和税收。整个文化建设和消费过程，就是经济增长过程。同时，我越来越深刻地认识到，文化经济已经成为农业经济、工业经济、商业经济之后的一个重要经济门类。特别是国家大力倡导发展文化产业之后，文化作为经济门类的作用越来越彰显出来。通过抓文化来推动经济的发展，投入小，收益大，是一个最划得来的投资。有些地方财政紧张，舍不得投入文化。亏了文化，就等于亏了整个地区经济和社会的长远发展。所以我说，管经济工作的如果不重视文化，我认为这并不是真的懂经济。不抓文化建设，就像不重视经济一样，不可原谅；在文化建设上无所建树，就像在经济上无所作为一样，不可容忍！

所以，我高度肯定汨罗市弘扬传统文化、推动本地发展的思路。我走的地方不少，像这样四大班子同心协力地致力于屈子文化的发掘与弘扬，是非常可贵的。这样做已经产生了很好的效果。比如，反映在接待工作中，志愿者们很好地展示了汨罗人民的形象；反映在教育上，正则学校给我们展示的，是很成功的素质教育。汨罗市是岳阳市排名第一的经济大市，是湖南全省的“十强县市”，它抓文化的作用，早就在它的经济发展中显示出来。这是我讲的一个印象，叫“小县大志”。

第二句话，叫“一江万流”。“一江”，就是汨罗江，“万”，就是多的意思。先从内容上看，汨罗江给我们带来了屈原精神、诗词鼻祖、端午开端、龙舟源头……汨罗江带来多少“流”啊！再从文学上看，诗词曲赋、散文等，刚才有专家谈到它对中国文学发展的影响几乎是全覆盖。不同体裁，都受到我们楚辞文化的影响。最后我们从地域看，这个“一江”啊，它的支流，已经遍及祖国各地的山山水水、村村寨寨以及世界很多国家和地区。

所以，我对汨罗的印象是“小县大志，一江万流”。这是我讲的第一点内容。

参加“汨罗江国际诗歌艺术周”的思考

这是大家给我的启发，我们今天对楚辞文化的继承与彰扬，到底如何进行？这里有两个问题。一是我们到底传承和彰扬什么？对屈原，我们不能什么都学，尤其是他的一些情绪，我们是不能弘扬的。因为他生活在那个时代，他身在那个处境，所以他的情绪有激愤、无奈、惆怅、失落，以至于最后以死抗争，我们能学习这种情绪吗？再如，我们能弘扬他的句式吗？他写诗都带“兮”，我们不能，只能偶尔为之。他用的一些词，今人看不懂，我们肯定不能弘扬！我们要弘扬什么？我们要弘扬的，是屈原的爱国主义、民本情怀、理想追求、浪漫主义风格等。

二是我们怎么弘扬？在座的很多同志是各省市区诗词学（协）会的领导，我们弘扬楚辞文化，应当落实在五句话上。

第一，发展诗词事业。这是我们的重大责任。大家在继续提高自己的诗词水平，努力使自己在本地区乃至全国诗词创作上有一席之地，我支持！但不是你的本职任务。作为学会领导，个人创作不是第一位的，而要把它放在次要位置。就像一个人当了校长，主要职责是管理，要成为教育家，不能只顾科研而忽视管理。既然我们已经成为诗词学（协）会的领导，第一位的工作就是发展本地诗词事业，切忌本末倒置。

第二，组织诗词活动。怎么发展呢？学会的生命力就在于活动，没有活动，学会就是“僵尸”，也就没有生命了。什么时候活动开展得多，什么时候生命力就旺盛；什么时候没有活动了，生命力也就暂时休止了。所以要千方百计策划各个层次、各种内容、各个载体的诗词活动。

第三，培养诗词人才。从我们在座的年龄结构来看，50 岁以下的有几个啊？举手看看。好，大部分都是 50 岁以上，我们现在是中华诗词的各级领军人物，一方面感到自豪，另一方面应感到不安。我们迫切需要培养不同年龄阶段的诗词创作的接班人和诗词组织工作的接班人。希望大家多方面地发现、培养诗词人才。我希望大家不要吝啬表扬，如果发现全家写诗词，你把他树为典型；你发现他坚持写诗词，而且写得很好，还是学理工科的，你好好树他为榜样；你看他一年工作这么繁忙，还坚持业余写诗，一年写上百首、几百首，你好好推广他；小孩子，像昨天正则学校 7 岁的孩子，绝句写得那么棒，我们就要表扬她。再有，就是用各种方式如采风创作、基础培训甚至用经费支持诗词人才，等等。

第四，发挥诗词作用。这个作用可以表现在多方面。比如庆典作用，马上就是中国共产党成立一百周年，我们各地要好好策划多场歌颂党的诗词活动。马上我们要向第二个百年奋斗目标迈进，新征程又开始了。党的第一个百年奋斗目标，就是全面建成小康社会，然后进入第二个百年奋斗目标，把我们国家建设成富强、民主、文明、和谐、美丽的社会主义现代化强国。这就是党和国家的新征程，新征程给我们创造了新机遇。在新征程上，我们要好好发挥诗词的作用。比如，当地组织招商引资活动、纪念活动，我们尽量以诗词方式参与。诗词进课堂，诗词学（协）会应当如何作为？浙江省在打造“四条唐诗之路”，我们要积极参与进去，发挥我们应有的作用。没有这个念头的，没有这个计划的，要加强。我们还要推动建设诗词的硬件设施，等等。大家好好想一想如何发挥诗词的作用。

第五，塑造诗词人格。我们都知道屈原的伟大，伟大首先在于他人格伟大。创作诗词是创造美的，这种美不只是自我享受，是给全社会分享的。我们自己首先要成为一个人格相对完美的诗人。在宣传文化领导工作中我常提醒同事们，对艺术家不能像公务员那样要求他们。比如，他能当众顶撞你、反驳你的观点；他不经过联系，就破门而入；他看不惯的场合能扬长而去。他们的穿着打扮也有个性。对他们，我们不能用公务员的标准去要求我们的艺术人才。“凡是奇才，必有怪癖”。怪癖指的就是个性。今天，我们已经成为诗词组织的领导了，我希望我们要节制怪癖、克制个性，要有诗词公共服务工作者的角色样子，原先是公务员的、是军人的，要继续保持过去的传统，是党员的更要发挥表率作用。一句话，我希望大家严格要求自己。比如遇到公私矛盾、遇到利益分配、遇到突发事件，这些都是在关键时刻对我们的考验。对人的考验，既有在平时的考验更有在关键时刻的考验。不要忘记，我们是为社会创造美的人，每时每刻都要保持好形象。特别要学会倾听不同的意见，学会倾听别人的批评意见，不要老虎屁股摸不得，好像自己的工作就很好了，自己的诗词就很完美了。实际上正是有价值的批评，才使我们从做人到做诗各方面不断地成熟起来。

“汨罗江国际诗歌艺术周”的后续工作

明天下午我们要分赴各地，回到自己的岗位上去了。我们的工作还没有完。我刚刚加入中华诗词界不到半个月，但是我对各地已经产生了很好的印象。比如，马凯同志写的五律《翘首好诗兼贺中华诗词学会五代会召开》，大家都自发唱和，很多省、自治区、直辖市专门出了微刊，一期连着一期。我估计你们当地的诗词杂志还会刊发，我们并没有组织。接着是中华诗词学会五代会召开，各地诗人们纷纷用各种诗词体裁表示庆祝，表达心情和期望，表达自己的态度，等等。其中有不少大家和我的诗。

我当选会长为什么会写出五律感言啊？我写第一首诗是2005年，就是《吊罗山瀑布》，后来一年也写不到一首。真正写诗词是从2010年开始的，每年一百到两百多首。但是长期的哲学思维、理论思考，使我很难摆脱它的窠臼。所以，我的诗词还在学习阶段，希望大家多多帮助。感言开头就是“学诗初上阵，岂敢料今天”，学写诗词我怎么会想到自己担任中华诗词学会会长呢？所以，我在“五代会”闭幕式上说，我既感到光荣，责任重大，又备感本领恐慌。承蒙大家盛情和了那么多佳作。马凯同志的诗词写得好、境界高，大家纷纷唱和，实际上是全国各地诗词创作的一个“大合唱”，是我们诗词创作水平的一个大展示，是为我们中华诗词的现代宝库添砖加瓦。所以，我充分肯定这种创作热情。

我们这次参加“汨罗江国际诗歌艺术周”之后，还要做什么呢？

第一，每人一诗。每位代表要向“汨罗江国际诗歌艺术周”组委会交一首诗词作品，上不封顶，下保底，体裁不限。我看，一周之内大家能不能交卷？至于汨罗江组委会怎么处理，是他们的事情，提供不提供采风诗词作品是我们的责任。大家可以写汨罗见闻、心得感言、汨罗山水、人文成就，等等。

第二，宣传报道。我们各地都有自己的诗词阵地。有的有杂志，有的有小报，各地诗词学（协）会都有自己的微信公众号。我希望各地能积极宣传报道，大力推介汨罗对中华传统诗词文化的弘扬及其做法，宣传汨罗的“小县大志”，报道汨罗的“一江万流”，报道汨罗人民的学习态度。昨天晚会大家看到了，几个不同的职业阶层，都能背诵楚辞。报道汨罗人民的精神风貌，报道他们的奋斗业绩以及奔向第二个百年的实际行动。

我今天讲的就是这三层，讲得不当的地方，请大家批评指正。

精品力作：中华诗词创作的不懈追求*

这次会议在湖南株洲市渌口区召开，得到湖南省、市县（区）各级诗词学（协）会和有关领导同志的重视与支持，我首先表示衷心感谢。你们如此重视和支持，让我们感到，在这里召开中华诗词精品创作研讨会，选对了地方。下面，围绕中华诗词精品创作这一主题，谈谈我的一些粗浅的想法，题目叫《精品力作：中华诗词创作的不懈追求》，我主要讲四层意思。

为什么要创作精品力作？

四个理由：一是精品力作才能动人，即打动人、感动人、熏陶人、教育人。二是精品力作才能传播，也就是让人们喜闻乐见，如口口相传，写成书法作品，收录于各种书籍，进入诗歌朗诵会等。三是精品力作才能传世。历史就是大浪淘沙，能够留下来的都是精品力作。对于我们这代诗人来说，同样是如此。我们只有创作精品

* 本文是作者 2020 年 12 月 15 日在中华诗词精品创作研讨会开幕式上的讲话，段淑芳同志根据录音整理。

力作，才能传至后代，甚至流芳百世。四是精品力作才能环球。这里的环是动词，即走向世界。我们和各国人民是人类命运共同体。自古以来，中国对世界文化的贡献是巨大的，现在更需要我们有所贡献，而中华诗词就是文化的一个重要方面。只有精品力作才能拿得出手，才能让世界人民共享。

什么叫精品力作？

习近平总书记在文艺工作座谈会上的讲话，发出了创作优秀文艺作品的号召。对于什么是优秀文艺作品，他从不同角度，在不同上下文中做了精彩论述。这些论述为我们认定什么是诗词的精品力作，提供了重要指南。

第一，精品力作是“三中”之作，也就是：传播中国当代价值观念，体现中华文化精神，反映中国人的审美追求。

第二，精品力作是“三性”之作。一是思想性，作品不能让人不知所云，要有明确的思想主题；二是艺术性，作品充满着艺术的智慧和魅力，思想不是通过标语口号来表达的；三是观赏性，让人能反复欣赏、乐此不疲，产生美的享受。

第三，精品力作是“三精”之作。精品力作之所以叫作“精”，就在于它思想精深、艺术精湛、制作精良。好的思想内容也要有好的艺术表现形式，例如，我们的诗词刊物，我们的诗集，湖南的刊物《诗国前沿》等，都应当成为精美的诗词载体，用精美的载体来承载精品力作，才能称得上真正的精。所以，我们要孜孜以求、精益求精，打造中华诗词精品。

第四，精品力作是“三能”之作。一有正能量、有感染力，二能够温润心灵、启迪心智，三能传得开、留得下，为人民群众所喜爱，这就是优秀作品。在讲话的第四部分，总书记又讲道，文艺是铸造灵魂的工程，文艺工作者是灵魂的工程师。好的文艺作品就应该像蓝天上的阳光、春季里的清风一样，能够启迪思想、温润心灵、陶冶人生，能够扫除颓废萎靡之风。凡是传世之作，都是“三能”之作。

第五，精品力作是“三效”之作。精品力作能够在思想上、艺术上、市场上这三个方面，都能产生好的效果。这就是说，优秀的文艺作品，最好的结果是，既能在思想上、艺术上取得成功，又能在市场上受到欢迎。

第六，精品力作是“三不”之作。即不拘于一格、不形于一态、不定于一尊，既要有阳春白雪，也要有下里巴人；既要顶天立地，也要铺天盖地；既要引经据典，又要以群众喜闻乐见的语言。小学语文老师讲课，我一直深深印在脑海里，终身不忘。他说伟大诗人白居易每写一首诗，都要先念给不识字的老太太听。如果她们听不懂就要修改。所以，我们写的诗词如果能做到既引经据典，又让群众喜闻乐见，就都能成为精品力作。

以上六点，是习近平总书记对优秀文艺作品提出的衡量尺度，值得我们高度重视，应当成为我们认定中华诗词精品的指导思想。我翻了一下本次研讨会的论文集，感到这是一本很好的论文集，我要一篇篇地去读完。文章虽短，但对什么是诗词精品，怎样创作诗词精品，都有自己的想法，提出了自己的见解。湖南省诗词协会会长彭崇谷先生说，诗词精品应是思想性和艺术性的高度统一，它是抒发家国情怀的黄钟大吕，是展示铁骨冰心的洁玉清风，是充满生活气息如杨柳春风的清歌雅韵，是启迪心扉的智慧才华。人民在品赏诗词作品时，能如闻铿锵鼓角，令人豪情满怀；如赏美酒鲜花，令人赏心悦目；如听警示钟鸣，使人心清神爽；如醍醐灌顶，令人启迪心智。这次活动结束后，主办方如果集中大家智慧，提炼出精品的原则和标准，供我们进一步研究，将是会议的重大成果之一。

创作精品力作要解决好为谁而写的问题

我们经常把文艺作品看作作者个人内在情感的抒发，离开了作者的个人情感，任何作品都是枯燥无味的。但是我们作为各级诗词学（协）会的领导人，要引领各路创作大军创作精品力作，就要树立以人民为中心的创作理念。本届中华诗词学会领导班子将大力宣传、大力推广这个理念，我们走到哪里，会议开到哪里，我们都要把“以人民为中心”的创作理念传播到哪里。

我们的创作不是为了迎合某种文艺流派，也不仅仅为了抒发个人感情，更不是全凭个人的兴趣爱好。这样的作品也可以写，你可以留着个人慢慢欣赏。但是要见诸报刊的，流传于世的，一定是要为人民而写。之所以如此，基于以下两点。

第一，人民需要诗词。越是往后，文化越将成为民生品质的重要内容，而诗词就是文化的一个重要组成部分。这几年，从北京到地方，兴起了一股诗词文化热潮，通过各种形式表现出来。现在，人们传诵最多的还是古人的诗词。当代的诗词也有，但从我参加的诗词活动看，所占分量并不多。而我们，反映当代社会生活的诗词不仅不能缺位，还要在质量上不断提升。这就需要我们为人民而创作。大家自己不妨体验一下，当你们下笔为人民而写，和下笔为自己而写，这是两种完全不同的出发点。比如我大姐 80 岁生日，我为她做诗一首，这首诗就是为大姐而写，别人看就没多少价值。我为老家乡贤文化研究会而写的诗作，只是家乡的有关同仁欢迎，他们可能特别高兴，对你们没有太大意义。所以，写作动机不同、目标不同，所产生的作品味道不一样，使用范围不一样，价值也完全不一样。我希望全国的诗人要为人民而写，因为人民需要诗词。

第二，诗词需要人民。没有人民，我们的诗词就是孤芳自赏，再好的诗词也是自我欣赏、自我陶醉、自我肯定的私藏珍品，对社会、对时代无法产生多大意义。我们的诗词一定要有欣赏者，没有欣赏者，作品的社会价值就等于零。因此，我们要以人民喜欢不喜欢、欢迎不欢迎、欣赏不欣赏作为诗词创作的最终标准，一切标准最后都要回归到这个标准。

当然，人民这个概念是复杂的，是多层次的。因此，我们在为人民创作中要划分对象。总体来讲，人民是中华诗词创作的深厚根基，也是创作源泉，要确定“以人民为中心”这个重要的思想理念，使诗词作品表现人民生活，接受人民评价，永为人民服务。诗词要永远热爱人民、拥抱人民。

怎样组织创作精品力作？

中华诗词作为源远流长的文化瑰宝，我们不去组织，也有人在自发地去创作、去传诵。但这是不够的，组织与不组织，结果完全不一样。因此多年来，我有一个根深蒂固的想法：我们各级文艺家协会的领导们，现在特指各级诗词学（协）会的领导们，即会长与副会长、秘书长与副秘书长，都要把组织诗词活动摆在首位。这是压在我们身上的千斤重担，学会的领导要把心用在学会上，精力放在学会上。这样，你才能够说是尽职尽责。

所以，我希望在座的各界诗词学（协）会的领导做到以下三点：一是孜孜不倦地发展诗词事业，要把发展诗词事业作为我们的追求。二是丰富多彩地组织诗词活动。对学会来说，没有活动就没有生命。什么时候活动，什么时候就有生命；什么时候不活动，这个学会就是个“僵尸”。活动是学会的生命所系。三是甘做人梯地培养诗词新秀。我们不能总是把各级诗词学（协）会当作退休人员的娱乐组织，也不能眼睁睁看着各行各业的人到退休年纪才开始喜欢中华诗词创作。我们要注意培养新人。“六进”是个非常好的载体。我们不是要开展诗词活动吗？就要大力开展“六进”活动。

我希望这次会议能够成为全国中华诗词精品力作创作的推动力，推动更多的中华诗词精品涌流在中华神州大地！

今天是我任中华诗词学会会长第十五天，情况还不十分熟悉，讲得不当的地方请原谅。

推进中华诗词复兴的初步思考*

各位领导、各位诗友、各位专家：

很高兴参加由中华文化学院、中国作协《诗刊》社（包括《中华辞赋》杂志）主办的第二届中华诗词复兴论坛。论坛的主题“中华诗词复兴”非常切合时代要求。借此机会，我围绕中华诗词复兴这个主题，讲十二句话。因时间关系，我只能点点题。

第一句话：中华民族伟大复兴呼唤中华诗词复兴

中华民族伟大复兴包含着中华诗词的复兴。中华诗词是中华民族的伟大创造，是中华民族的精神标志之一。所以，民族的复兴，必然要求诗词的复兴；民族的复兴内在包含诗词的复兴。没有诗词复兴，民族复兴就是不全面、不完整的。所以，我们致力于中华诗词的复兴实际是在履行着我们的一种使命，那就是为文化强国的建设，为中华民族的复兴来尽我们诗词的一份力量，尽我们诗人的一份努力。

---

* 本文是作者2020年12月19日在“第二届中华诗词复兴论坛”上的致辞。

第二句话：中华诗词复兴正处于重要机遇期

党的十九届五中全会指出，我国发展仍然处在重要战略机遇期，尽管全球化遭遇回头浪，尽管新冠肺炎疫情仍然在全世界肆虐。这是一个极为鼓舞人心的重大判断。

我国发展的重要战略机遇期当然也是中华诗词的重要历史机遇期，不同的是，中华诗词复兴的机遇更加突出、具体。这里我列举四个方面。

第一，习近平总书记大力推动弘扬中国优秀传统文化、运用中华诗词名篇名句信手拈来、带头做诗填词，为中华诗词复兴吹响了进军号。

第二，我国在 2035 年建成文化强国的目标，为中华诗词复兴下达了任务，提供了空间。中华诗词的复兴是文化强国的一个重要组成部分。

第三，人民对美好生活的向往为中华诗词复兴发出了由衷的期盼。美好生活就是充满诗情画意的生活。

第四，全面建成小康社会为中华诗词复兴提供了丰厚的经济社会基础，使我们有充分的条件发展诗词曲赋事业。

第三句话：中华诗词热是中华诗词复兴的良好开端

这些年，神州大地渐渐地掀起了一股诗词热潮，而且一浪高于一浪。诗词学习、诗词欣赏、诗词朗诵、诗词演唱、诗词创作等，已经成为一种社会风尚。

就拿诗词演唱来说，我就看过一场叫“诗韵中华”的诗歌音乐舞蹈表演，五年前在镇江首演，迄今在全国上演了几十场，并得到文化部（现为文化和旅游部）推荐与资助，走进洛杉矶、旧金山。我看了首场演出，很吸引人。这是由一个纯粹的民间诗词团体“世界华语诗歌联盟”主办主创的。我看的第二场诗词演出是在第五届“诗词中国”启动仪式上的音乐剧《诗经·采薇》，观众被演出深深地吸引了。这是中国出版集团旗下的一个企业的负责人包岩女士（现为中华诗词学会副会长）操办的。

诗词“六进”活动也在如火如荼地展开，六进包括：进校园、进机关、进社区、进农村、进企业、进景区等。可以说，有多少个地方，有多少个单位，就有多少个“进”。还有诗词公园、诗词墙、诗词街区、诗词展览、诗词酒店等建设。更有“中国诗词大会”“诗词中国大赛”等诗词活动，轰轰烈烈，轰动全国，影响世界。

这就是我所说的“中华诗词热”，是中华诗词复兴的良好开端，也是标志。

第四句话：中华诗词复兴形成了推动合力

这些年，推动中华诗词复兴的力量很多。我们首推宣传文化部门，比如，宣传部、文联、作协、新闻出版机构，这是一支最强有力的推动力量。第二是教育系统，比如教育主管部门、各级各类学校、社会培训机构等，它们是又一支强劲的推动力量。第三是企事业单位，一些有文化情结、有公益心的企业家资助中华诗词比赛、演出、出版、诗词设施建设等，出资注入诗词发展基金。第四是中华诗词学会、省市诗词学（协）会等遍布全国各地各级各类诗词社团，它们组织开展了丰富多彩的诗词活动，成为中华诗词复兴的重要组织者和推动者。第五是广大诗词作者，专业的、业余的，退休的、在职的，老年人、年轻人，还有中小学生、军人、市区居民，打工的、种田的，健康人、残疾人等，估计有400多万人。他们热爱诗词，视做诗填词为生活、为生命、为事业，在诗田词海耕耘不已。

所有的这些力量以及我未能讲到的其他力量，形成了中华诗词的“大合唱”，成为中华诗词复兴的推动合力，做出了各自的努力和贡献。

我在中华诗词学会五届一次会长会议上强调过，各级诗词学会的领导班子，个人诗词创作要继续、要提高，但这是次要的，主要的任务就是组织诗词活动。我们要践行四句话：发展诗词事业、组织诗词活动、发挥诗词作用、培养诗词新秀。一个诗词学会，如果没有活动就没有生命，就是“僵尸”。社会团体的生命就在于活动。

第五句话：中华诗词复兴既要普及更要提高，推出诗词精品

一是普及。要想复兴，不形成一定的规模，不形成一定的人气，不形成一定的氛围，何谈复兴？这就要普及。普及追求的是覆盖面，包括地区的覆盖、组织的覆盖、人口的覆盖。组织，是指党政机关、机关学校、企事业单位、群众团体，等等。

二是提高。普及的同时一定要有提高。提高追求的是精美度，包括思想、意境、技巧、艺术等各要素的提高。

我们讲的提高是普及基础上的提高，我们讲的普及是提高引领下的普及。没有普及的提高，是阳春白雪，和者必寡；没有提高的普及，是只求数量，忽视质量。不管是普及还是提高，中华诗词的复兴，都要形成一个越来越多的人在“读诗、诵诗、写诗、用诗”的局面。

第六句话：中华诗词复兴取决于诗词社会功能的发挥

诗词的功能是多方面的。到底有哪些功能，这是理论研究者要去研究的问题。在这里，我只能粗浅地点一点。比如：陶冶性情、抒发感情、表达志向，这些都是诗词的功能，是个人层面的功能。

这里我要讲的是发挥诗词的社会功能。中华诗词复兴的标志之一，就是它必须要有一定的覆盖面和美誉度。因此，每逢重大纪念日（如：纪念毛泽东同志诞辰、庆祝建党100周年等）、重大事件（如：全面建成小康社会、“两个一百年”交汇期、抗击新冠肺炎疫情等）、传统节日（如：清明、端午、中秋、春节等），要组织多种多样的诗词活动，包括开展创作、朗诵、演出、诗教活动，来发挥诗词的社会功能。特别是我们还能“以诗化境”（诗化环境）、“以诗化人”（感染熏陶）、“以诗化力”（优化旅游资源等吸引力、生产力等）。这些都叫“有为”，有为才能有位！无所作为，是争取不来位置的，也不可能出现中华诗词复兴，充其量也只是诗人范围内的自娱自乐，这种自娱自乐不是真正意义上的复兴。我们推动的复兴必须要有一定程度的社会性、群众性，诗词文化真正融入人民群众的业余生活。

第七句话：中华诗词复兴需要创作和评论两轮驱动

首先需要创作，没有一定数量和质量的诗词谈不上复兴。同时，创作水平的提高一定要有评论的驱动。通过评论，作者知道什么样的诗词是好诗词，对创作起到引领、鼓励和指导作用，评论还能影响读者对诗词的理解。

评论不光是肯定，还包括批评。文学评论和文学批评早就是一门学科了，成为一个专门的研究方向。我希望诗评也成为一个研究方向甚至一门学科。我们要在诗词界让评论跟创作成为中华诗词复兴的两个轮子、两个翅膀，并驾齐驱同时推动。当然，批评应当是善意的，而非恶意的；应当是建设性的，而非攻击性的；应当是能够接受的，而不是引起反感和不满的。所以，批评是艺术，也是科学。科学要求实事求是，艺术要求讲究时机、讲究分寸、讲究语言等。

第八句话：中华诗词复兴要求处理好守正与创新的关系

中华诗词是个久远的传统，一定要继承和守正。比如在句数、字数、平仄、押韵等方面，我们要守正，不能随心所欲，随便更改。但是在题材、意境、用词方面要大力创新，这是创新着力点之所在。至于对仗、押韵能不能放宽要求呢？大家早有探讨，马凯同志的“求正容变”说，得到很多诗词家的共鸣。大体可以说，形式要守正，内容要创新。

内容创新就需要我们转变诗词审美观念和评价尺度。比如我曾听人说过，这样那样的字或词语不能出现在诗句里，不像诗。现在，我想请大家考虑，“西楼”是诗的词语，“电视塔”能不能入诗呢？“幽径”经常在诗词里看到，“高铁”能不能出现在诗词里呢？“斜阳”经常出现在诗词里，“雾霾”呢？“锄禾日当午”的“锄禾”可以，那么“抗疫”呢，能入诗吗？“砚田”可以，“油田”呢？

实际上，说这个词语能入诗，那个词语不能入诗，是长期阅读古诗词形成的一种阅读眼光。当代词语如果不能入诗，诗词怎么反映当代生活呢？怎么能讴歌新时代呢？我们应该转变诗词审美观念和诗词评价尺度，而不能以古人用过的词汇为尺度和框架，来评价和看待今人的诗词语言。否则，中华诗词没法复兴，复兴了也没法具有时代性。这方面，我希望大家多发表看法，来引导和推动中华诗词义无反顾地往前走，而不是守旧和僵化。

第九句话：中华诗词复兴依赖于一支合理的人才梯队

这个人才梯队就是老、中、青、少。现在的情况离这一点还有不少差距。就拿诗词学（协）会这个组织来看，领导成员多数都是退休人员，年轻人很少。创作队伍中，也是退休人员居多。各级中华诗词学会不能成为退休人员的俱乐部，不能只是退休人员拿起笔创作中华诗词。作为一定时期的过渡是可以的，但长此以往就有问题了，也难以证明是复兴了。

因此，我们就有承上启下的重任。要利用我们这个组织的力量，发挥组织的作用，培养新秀，培养新人。“六进”就是一个很好的载体。我希望各级各类中华诗词组织要把“六进”当作比个人创作更重要的事情来抓，逐步形成“老、中、青、少”四个梯次的队伍结构。这样，中华诗词队伍就会后继有人，才会似长江流水、奔腾向前又绵延不绝。

第十句话：中华诗词复兴需要广泛传播

传播才能普及，传播才能形成氛围，传播才能推动中华复兴的进程。传播的内容很多，凡是中华诗词涉及的诗词创作成果、丰富多彩的诗词活动、百花齐放的诗词理论，突出的诗词人才、诗词家庭、诗词酒店等，要作为典型大力宣传。还有夫妻诗人、父女诗人、母子诗人等，都是我们要传播、褒扬、塑造的典型。

现在传播的媒介越来越多，报纸杂志、广播电视、互联网、微信、微博、抖音、快手、西瓜视频，等等，层出不穷的新媒体，我们都要把它们利用起来。因此，我在这里真诚地呼吁，有些报纸应当改变“不刊登诗词”的不成文规定。

第十一句话：中华诗词复兴应当推动当代诗词“入史”

当代文学史没有当代格律诗词的一席之地，这多少让我们搞诗词的人有一点失落。全国几百万诗词作者，比写小说、写散文的少吗？每年创作的诗词加在一起，作品数量已经非常可观。湖南省诗词协会每年编两本《诗国前沿》，以他们的眼光在全国范围内遴选诗词的精品力作，其中不乏可以“入史”的作品。诗词发挥这么大的作用，到处都能看到诗词的踪影、诗词的影响，而当代诗词却不能“入史”，这对诗词作者来说，不能不说是一种遗憾。

现在，我们要把对中华诗词“入史”的呼吁变成一种实实在在的行动。会后，中华诗词学会将成立专门队伍，将邀请各方面的诗人、专家学者一起调查研究，做一些实实在在的努力，让中华诗词“入史”的愿望变成行动，稳步推动中华诗词“入史”工作。

第十二句话：中华诗词复兴需要深入的理论研究

人的活动，无论是物质生产还是精神生产活动，都需要理论的指导。理论高度决定着中华诗词复兴的进程和水平。因此，要高度重视诗词理论研究，广泛开展诗词理论研究。比如，诗词创作理论、诗词鉴赏理论、诗词传播理论、诗词批评理论、古代诗论、现当代诗论等。我特别希望开展对现当代诗词的理论研究、理论梳理。

诗词理论研究不仅是专业诗词理论工作者的事，诗人，包括诗词爱好者都要学习和研究诗词理论，改变创作和研究“两张皮”的现象。没有理论高度的指引，诗词创作也很难有所突破。就连中华诗词复兴本身也需要理论研究，否则，容易盲目，容易出现偏差。中华诗词复兴工作要在理论的指导下进行。比如，我们要研究中华诗词复兴的目标和标志，研究中华诗词复兴的途径和方法，研究中华诗词复兴的主体和对象。我们还要总结推广各地、各方面推动中华诗词复兴的做法和经验，把它们上升到理论高度。

总而言之，要通过以上工作以及我还没有谈到的其他工作，把中华诗词复兴大业逐步推向前进。我们正在考虑依据党中央的“十四五”规划建议，编制中华诗词发展“十四五”时期中华诗词发展规划。

祝这次中华诗词复兴论坛圆满成功！

让“两讲两树”体现在中华诗词学会2021年各项工作中*

12月28日到30日，我们在中共北京铁路局委员会党校这座思想熔炉，举办了为期三天的“两讲两树”专题培训班。这是中华诗词学会成立33年来第一个集中培训班。

由于这次培训具有专门的目的和任务，所以叫专题培训班。我们是为提高政治素质而办，引导大家问问自己：我的一言一行从政治上考虑了吗？我们是为增强学会团结而办，引导大家问问自己：我为人处世从团结上考虑了吗？我们是为实现风清气正而办，引导大家问问自己：我身上有不正之风或不良风气吗？我们是为树立良好形象而办，引导大家问问自己：我自己的形象端正吗？显然，这是一次政治性的培训班。

通过个人通读学习、集中授课、分组讨论、全班交流四种形式，大家认真学习了毛泽东同志《在延安文艺座谈会上的讲话》、习近平总书记《在文艺工作座谈会上的讲话》、党的十九届五中全

* 本文是作者2020年12月30日在中华诗词学会“两讲两树”专题研讨班结业式上的讲话。

会精神、中央领导关于学会换届的重要批示精神以及中国作协领导的讲话精神、社团政治纪律和廉洁自律要求，学习了社团工作的规定和要求。许多同志说，这是一次“重回学生时代”的培训班，找到了青年学生的感觉。通过学习，大家明白了很多道理，懂得了很多规矩，清楚了很多要求。这里的“很多”是过去所不清晰甚至是闻所未闻的。

这次培训班安排了开班式、结业式、四次专题课，成立了班委会，配备了两名班主任，制定了培训纪律，印发了《秩序册》。这是一次按照党校培训规范而举办的正规培训班。中共北京铁路局委员会党校为这次培训班提供了非常好的条件和服务，而且是专门服务。让我们以热烈的掌声对中共北京铁路局委员会党校表示衷心的感谢!

培训班即将结束，落实培训成效的任务接着开始。我们一定要让“两讲两树”体现在2021年中华诗词学会各项工作中。下面我讲五个问题。

以“讲政治”作为学会工作的引领

11月30日下午，在学会新一届理事会第一次全体会长会议上，我就提出讲政治，没过多久，12月24—25日，中央政治局民主生活会强调，必须增强政治意识，善于从政治上看问题，善于把握政治大局，不断提高政治判断力、政治领悟力、政治执行力。看了报道，很多同志非常兴奋：学会把“讲政治”摆在第一条，是看得准。

实际上“讲政治”是我们党的一贯要求，是我们党治国理政的重要法宝。我们这个社团组织只是贯彻了党的要求。

今后，怎样做到让“讲政治”成为学会工作的引领呢?

第一，坚持正确的政治方向。方向有多重要？对一个人来说，关键的不是你现在所处的位置，而是你面朝的方向。方向对了，越走就越是接近目标的彼岸；方向搞反了，现在的位置越高，到头来跌得越是惨重。我们的方向最重要的就是政治方向。所以我们要牢固树立“四个意识”，坚决做到“两个维护”，在创作、评论、理论研究、诗词活动、学会工作的方方面面，坚持正确的政治方向。

第二，提高政治觉悟。怎样才能坚持正确的政治方向呢？关键我们头脑里要有较高的政治觉悟。所谓政治觉悟，就是对政治清醒的认识和感悟以及为政治目标而奋斗的自觉精神。这种认识和感悟要刻在心里，印在脑里，从而成为我们看待和对待一切事物的大脑软件或操作系统，只要我们头脑里有了这个软件，装上了这套操作系统，我们就能够坚持正确的政治方向。

第三，提高政治站位。我们一定要在政治上保持清醒头脑，在学会工作中站稳政治立场，分清是非界限，自觉抵制错误思想的侵蚀，跟一切违背党的政治要求和文艺路线方针政策的言行做坚决斗争。

第四，遵守政治规矩。在长期的革命斗争、社会主义建设和改革开放的伟大进程中，我们党形成了一整套政治规矩，正是凭着党的纪律、制度和各种各样的政治规矩，我们党才能更加紧密团结。即使出现了问题或暗流，甚至在内部出现了蛀虫，我们党总能凭借这一套纪律制度和规矩，战胜困难，一步一步向前发展。政治规矩的内容很多，我们都要懂规矩。一个不懂规矩的人是一个不懂事的人，没法融入学会；一个学会不按规矩办事，是没法成方圆的，也是大家不能认可的。

第五，保持政治本色。政治本色是我们党在长期斗争当中形成的一种固有的特色、品质、性质等。对这些政治本色，我们要继承发扬光大，比如，永不叛党、对党忠诚、党的组织纯洁先进、党与人民群众保持密切的联系、民主集中制、批评与自我批评、勤俭节约、艰苦奋斗等，都是我们党的政治本色。这是我们党之所以成为这样的党的特有标志。学会要向党看齐，保持应有的政治本色。

第六，坚定理想信念。正是因为具有理想信念，每个同志才走到今天。理想信念是一种精神追求，使我们人生有目标，做事有方向；理想信念是一种精神动力，一旦有了理想信念，我们就有使不完的劲，再苦再累也心甘情愿。比如回想考大学，那一两年多紧张，但是大家仍然每天精神饱满，这就是动力。理想信念是一种精神支柱，尤其是在我们遇到困难的时候、处在逆境的时候，理想信念使你坚定地挺着，让你不气馁、不退却、不后悔，终于渡过难关，继续前进。理想信念为什么有这么大的作用呢？机理很简单：遇到困难时，一个有理想信念的人就在心里念叨：“只要把这个坎闯过去，下面我就什么也不怕了！”他天天这么想，天天想着、坚持着，最后终于走过来了。所以，理想信念就是我们精神上的“钙”，没有理想信念，就是“缺钙”，就会得“软骨病”。

既然理想信念是我们的精神追求、精神动力、精神支柱，因此，理想信念什么时候都应该有。即使退休了，来到中华诗词学会，理想信念也要坚定；没有理想信念或者理想信念发生动摇、摇摆，麻烦就来了。在革命战争年代，没有理想信念，不是叛徒，就是逃兵，二者必居其一。在和平时期，一些人变得浑浑噩噩，萎靡不振，整天混日子，因为他缺少的就是理想信念。很多干部在很高的位置上落马了，他们后悔不已，异口同声地反思自己落到今天这个地步，就是因为理想信念的丧失。所以习近平总书记指出，理想信念的动摇是最危险的动摇，理想信念的滑坡是最危险的滑坡。我们学会有年轻人，也有退了休的同志，都要有理想信念，因为我们是为诗词而来，奔诗词而去，这样一个初心和动力，我们永远不能丢掉。现在我们不再是为自己而写诗词，我们是在组织全国的广大会员，在引领全国的诗词爱好者，为中华诗词事业的伟大复兴而工作。这个理想信念任何时候都不能动摇。尽管我们来到这里有过很多其他的动因，有过其他许多考虑，这都是正常的，也是合理的。但是现在我们这个岗位要求我们为中华诗词的复兴和繁荣而工作与奋斗，这就是我们这个组织共同的理想信念。

正因为我们有这样一个共同理想信念，我们才走到一起。我看到大家的身影很感动，多数都是60岁以上的人了，还坚持早出晚归，挤地铁赶公共汽车，为学会而工作。我希望大家坚定理想信念，继续做好世界观、人生观、价值观这样一个终身课题。我们什么时候都要研究好这个课题。理想信念为什么不能滑坡？“三观”为什么要始终解决好？有这样一句话：人的大脑，无产阶级不去占领，资产阶级就必然要去占领。事实上除了这两种思想之外，还有其他思想，还有中间状态。但是这句话讲出了一个真理，就是人的大脑留不得半点空白，一旦有空位置，其他的思想就进来了。农民都懂得这个道理，他们说：地里长满了菜，就不会长草；心里装满了善，就不会生恶。因为“长草”“生恶”没有位置了。这就是理想信念不能动摇、“三观”问题始终要解决好的一个重要原因。我们的大脑不能给邪恶的东西、消极的东西留地盘。所以，在“讲政治”这一部分，我最后强调的就是要坚定理想信念，端正“三观”。

以“讲团结”作为学会工作的保障

团结的重要性，大家无时无刻地都能感受到。比如，夫妻两人不团结，日子过得舒心吗？如果父母跟孩子有代沟，说不到一起走不到一起，做父母的心里舒服吗？我们学会是一个工作团体，如果相互之间不团结，我们会处在一种什么样的环境当中？你的心情和心境又会怎么样呢？不仅如此，学会的不团结还会诱发我们产生恶劣的心情，导致我们在分析处理其他问题，包括处理家庭关系、处理自己和孩子的关系时发生失误。为什么？不团结会影响到我们的心境，影响到我们大脑的思维方式，所以消极影响是很大的。更何况，不团结直接影响到学会机关同心协力，使我们心想不到一块儿，劲儿使不到一块儿，事干不到一块儿。

讲团结，是我们党在长期的革命斗争、建设和改革当中积累起来的一条宝贵经验。所以，我们党什么时候都强调讲团结。学会换届开门第一件事，我们就提出了“讲团结”。在这次培训中，大家重温了《关于新形势下党内政治生活的若干准则》(以下简称《准则》),《准则》指出：党员、干部特别是高级干部不准在党内搞小山头、小圈子、小团伙，严禁在党内拉私人关系、培植个人势力、结成利益集团。对那些投机取巧、拉帮结派、搞团团伙伙的人，要严格防范，依纪依规处理。坚决防止野心家、阴谋家窃取党和国家权力。这是对全党的一个严格的规定和要求，也是我们学会应当牢牢记住的准则。

我分析了很多不团结的现象，发现原因很多。有的是属于认识问题，就是对一件事情、对一个人、对一项工作看法不一致，这个不一致是正常的，怎么能影响到我们的人际关系呢？我们要把它区别开来。有的产生于误解，比如对别人一个表情的误解、一句话的误解、一个举动的误解等。所以，人对人要宽容，不能这么较真。有的不团结是因为不透明造成的，比如说话没有说到底，意思没有表达周全，管理工作不透明，等等，使人们产生了各种各样的猜想，就摆在心里成了隔阂，产生不团结。有鉴于此，我希望今后大家做到这么几条。

第一，相互尊重。每个人都有值得尊重的方面，因为谁都有长处。你看昨天晚上大家的舞台表演，有的朗诵很好，有的新疆舞跳得很好，有的主持很到位，有的稿子写得很好，有的诗写得很漂亮，有的会写毛笔字，有的会模仿邓小平同志讲话，有的还会讲《诗经》、讲《离骚》，有的写赋来谈这一次参加培训班的感受。在我看来，赋有很高的写作难度，这是诗词曲赋中文字表达的最高形式。所以说每个人都有值得我们尊重的地方。你尊重别人，别人才会尊重你。很多的不尊重是你不尊重别人的反作用，这个作用与反作用的主动权就在我们手里。要想别人尊重自己，自己首先要尊重别人。因此从这个意义上来说，尊重别人就是尊重自己。

第二，相互学习。这是在尊重别人的基础上从另外一个角度讲如何对待别人、如何处理同事之间的关系。既然每个人都有自己的长处，我们就要学习别人的长处。一个人如果能够不断地吸取别人的长处，来弥补自己的不足，那是一个非常高明的人，是一个最善于学习的人。如果眼睛只是盯着别人的短处，这是一个最容易导致不团结的眼光，短处长在别人身上，你干吗非要专注他的短处，他也有很多长处，为什么你只看短处不看长处呢？很多时候我们看看别人的长处，也就忽略了别人的短处。看别人的长处，往往会使自己的心境越来越亮；看别人的短处，会越来越暗。孔子说“三人行，必有吾师”，但是有一个前提，你只有看别人的长处，才会把别人当成你的老师。

假如总是看别人的短处，总是看自己的长处，这个世界上只有自己高明，别人都不如自己；拿自己的长处去比别人的短处，越比越觉得自己了不起，越不把别人看在眼里。实际上你的确有长处，但是我绝不相信你是一个完美的人、没有缺点的人。记得毛泽东同志说过：世界上只有两种人不犯错误，一是棺材里的死人，一个是母亲肚里的娃娃，为什么？这两种人，第一不跟别人打交道，第二他不做事，只要跟别人打交道，只要做事，人就不可能完美，总会有缺点错误暴露出来。因此，每个人不可能不犯错误，不犯错误那是天使的梦想，少犯错误才是做人的准则。而处理人与人的关系，摆正个人与他人的关系位置，最重要的就是看别人的长处，看自己的不足。这样看一段时期，你就会知道如何与别人相处了。

第三，相互理解。多年来，人们都在呼唤宽容，呼唤理解，因为我们总是有那么一种人对别人不宽容、不理解。因此，学会宽容，学会理解，这是一种人生本领。我观察了很多人、很多家庭，发现女婿跟丈母娘相处，一般没有什么问题，儿媳妇跟婆婆相处一般很少没有问题。什么道理？这就是女婿跟儿媳看问题的角度不同，思维方式不同，化解矛盾的方法能力不同。在女婿的眼里很多就不是问题，而在儿媳看就是问题，儿媳容易在看不到问题的地方看到问题。看到问题了，女婿的包容性强，儿媳的包容性弱。在工作中，我们同样需要学会相互理解与包容，这样才能更好地团结。

我经常说，别人的缺点往往是自己想出来的，不是他真有这个缺点。比如丈夫出差回来，妻子生气了，为什么？因为她有一个期待，期待他能给自己一件礼物，可丈夫偏偏什么也没有买，于是丈夫的缺点就这样被妻子想出来了。所以，少对别人怀抱期望，多想想自己为别人提供什么，这样，你与同志们的关系，你在家庭中的关系，就会融洽得多，就会省去很多的看法和内心的不快。

那么，我们怎样才能相互理解呢？请大家记住一个原则，这就是《论语》中孔老夫子教导我们的“己所不欲，勿施于人”，自己不想要的东西，你不要强加于人。反过来“己欲立而立人，己欲达而达人”，这个“达”，我们不管它原意是什么，可以把它理解为：你自己想要实现的，想要达到的，你就把它给予别人。这样给什么、不给什么，就像一个钱币的两面都有了。按照这个原则去处理人际关系就能够相互理解，从而做到相互宽容。

第四，相互帮助。尤其是当别人需要帮助的时候，我们都要表现出热情的态度，给予及时的帮助。而且，我们很多的时候还要主动为别人提供帮助，要让相互帮助在我们机关蔚然成风。

你们试试看，我们每一个人相互之间都做到相互尊重、相互学习、相互理解、相互帮助，我们还有什么不团结的因素呢，还有什么机会或理由不团结呢？所以这四个“相互”，一定要成为我们之间的新型关系。

第五，坚持一个原则：影响团结的话不说，影响团结的事不做。那么，哪些言行最影响团结呢？自以为是、背后议论、背后拆台、拨弄是非。我发现在我们人群当中，“唯恐天下不乱”者大有人在，还有的故意损害别人的利益。搞不团结的人不是没有代价的，一定是有代价的。尊重别人，就是尊重自己；同样道理，你损害别人也是损害自己。古今中外，没有一个搞分裂的人最后有好下场、好名声的。所以，我们一定要讲原则、讲规矩，共同维护、坚持“讲政治”基础上的团结。

以“树正气”作为学会工作的本色

中华诗词学会是全国会员和诗人共同的组织，是为全国会员和诗人服务的公共机构，是党和政府联系全国广大诗人的纽带与桥梁，是我们党和政府继承和弘扬中华优秀传统文化尤其是发展繁荣中华诗词的有力助手。这样一个组织，客观上就要求正气洋溢，没有正气，我们成不了这样一个社会团体，完不成身上的光荣使命。所以，“树正气”首先是我们履职的需要，是中华诗词事业发展大业的需要。

此外，“正气”还是我们工作的氛围，是我们每天8小时的环境。在一个正气洋溢的机构里工作，我们都会有一个好心情，都会心无旁骛地去工作，用不着防范什么，用不着对付谁，更用不着担心什么。学会充满了正气，我们浑身就能充满动力和活力，每天都有使不完的劲，再苦再累也心甘情愿。反过来，如果学会风气不正，你会觉得在这个环境当中怎么样？你会每天抱着什么样的心情、什么样的态度？全国的诗人们会怎样看待我们？我们又怎么能去完成肩上的重任？所以无论从哪个方面讲，正气十分重要。

正气不是天上掉下来的，不是党和政府自然赋予我们的，也不是我们盼能盼来的，而是我们共同自觉营造的。所以，我们每个人的修为和言行，不只是影响到自己，还大大影响整个机关的气氛；树立正气，一定要从我做起。只有每个人都怀着创造正气的愿望，为正气的形成添砖加瓦，不断优化我们机关的气氛，才能正气洋溢。要想有正气，每个人都不能搞半点歪风邪气，因为你只要搞歪风邪气，别人就会盯你，就会看不惯你。

有鉴于此，我们不要埋怨周围可能存在的不良风气，而要问问自己，你的风气正吗？如果每个人都能找出自己身上的不正之风加以改正，学会还有歪风邪气吗？对学会来讲，我们每个人都是正气的享受者，也是正气的提供者；每个人只能为机关提供正能量。你一旦提供负能量，会引发更多的负能量。因为大家都想着如何对付你，风气就很难正了。所以我期望大家，更是奉劝大家，一定要为别人、为机关提供正能量，而不是负能量。

第一，让正气充盈机关工作。在机关的各项工作当中，应当让正气洋溢。比如，积极肯干，干有所成，应当受到表扬；无所事事，大事做不来，小事又不做，应当没有市场；言行举止不文明，应当受到鄙视；言行得体，与人为善，应当得到尊重。

第二，让正气充盈编辑工作。我们的一切编辑工作都应当充满正气，充满正能量。主编要抓两条，第一条用好稿，让好稿子充满每一期《中华诗词》。如果烂稿、关系稿上了，好稿子就上不来。这不是“劣币驱逐良币”吗？我们老是痛恨社会上“劣币驱逐良币”现象，有的甚至以前深受“劣币驱逐良币”之害。今天我们到这个位置上就要用“良币”而舍弃“劣币”。毫无疑问，应该让我们人生所遇到的、受到的祸害“劣币驱逐良币”改过来，让别人不再遭受这种祸害。杂志社领导们要眼观六路，耳听八方，发现编辑风气不正，就要“咬咬耳、扯扯袖、红红脸”，不能装聋作哑；对搞不正当交易的人装聋作哑，就是纵容他。在座各位编辑，今天我对你们提出特别的要求，一定要心摆在中间，公平用稿。我们要建立一种检查机制，比如成立一个小组，专门来找刊物上的不合格作品，追究责任，从体制上来保证用稿的风气。

评奖也是如此，我们一定要建立好的机制，严防那些关系诗词、有交易的诗词入奖，否则我们没有正气。必要的时候到中国书法家协会去看看，看看他们是怎么评奖的，他们经历过一个逐步走上正轨的过程。

第三，让正气充盈人际关系。人与人之间的关系，一定要充满正气。刚才我讲的相互尊重、相互学习、相互理解、相互帮助，就是一种正气。刚才我讲的“己所不欲，勿施于人”，就是一种正气。刚才我讲的影响团结的话不说，影响团结的事不做，就是一种正气。

第四，让正气充盈诗词作品。我们自己所写的，我们的杂志所发表的，我们的获奖作品，我们的微信公众号上所发布的，我们的网站上所传播的，都应当充盈着正气。只有充盈正气的作品，才能够发挥诗词的作用，引领社会风气，感染熏陶人，汇成奔向中国梦的洪流。只有充满正气的作品，才能广泛传播，才能传世，才能环球。所以，我们一定要让“讲正气”，成为中华诗词学会的工作本色。

此外，我们将通过一系列的规章制度来保证正能量、处理负能量。

以“树形象”作为学会工作的亮点

所谓亮点，就是闪闪发光的地方、夺人眼球的地方，这些地方最令人关注。工作的亮点很多，针对学会工作现在的状态，我们最需要的就是形象。在第一次会长会议上，我讲过，我们一是要树立自己的“人格形象”，从每个人做起；二是要树立我们的“诗人形象”；三是要树立我们作为“公共服务人员”的形象；四是要树立我们作为“知识分子”的形象；五是要树立我们作为“特殊群体人”的形象，这就是党员的形象、军人的形象。

通过这些罗列，我们每个人在这些形象当中必居其一；没有人可以说这些形象与他无关。每个人只要树好其中一个形象，就足以汇成“树形象”的焦点——学会的整体形象。所以上次我讲了，我们所有这些形象的落脚点都是为了树立一个形象，这就是“学会形象”。

那么，我们学会形象应当是什么形象呢？目前最重要的是四大形象。

第一，公平公正的形象。公平公正是一切承担公共服务机构的生命。在海南工作的时候，我就写过一篇文章，公正是法院的生命，法院的设立就在于需要它提供公正，就在于它能够提供公正。公正是法院的生命！如果法院不公正，就等于没有法院，一个不公正的法院比没有法院要坏100倍，因为它在助长不公正。

所以我在全国政协十二届二次会议举行的第四次全体会议大会上做了题为《社会主义核心价值观贯穿政府的一切工作》的发言，其中就有公平公正，过去的法律法规条例都要用“核心价值观”来重新审视一番。我们学会同样具有公共服务的职能，每天做的都是公共服务的工作，一定要树立公平公正的形象，诗教示范单位验收、诗词大赛的评选、诗词作品的选择刊登，等等，都要公平公正。

第二，精诚服务的形象。就是说，我们不光要服务，而且要精诚服务。比如说，我们发展会员，就是为广大诗词爱好者服务。我们精诚服务没有？现在还没有。为什么？办证时间拖得很长，原因在于现在工作的流程太落后、太烦琐，结果交了会费却收不到会员证，就天天打电话，电话多又增加了我们工作的负担；负担增加了，办会员证的精力就少了，于是电话更多了……陷入了恶性循环。所以一定要围绕这个问题把它解决掉。

我们去检查验收诗教示范单位，有没有做到精诚服务？有没有颐指气使，摆官架子？有没有讲究接待条件？有没有礼贤下士？这些都是属于精诚服务应该对照检查的东西。挂上牌子以后，我们怎么对待的？有没有经常通报信息，有没有督促检查，让它进一步提高，还是牌子“一挂了之”，这也是精诚服务的内容。总而言之，我们既然干了这项工作，就要时时处处精诚服务。

第三，踏实工作的形象。我们只有踏踏实实地工作，才能够做到精诚服务。踏实工作要求主动工作，因此身在这个岗位，每天都要琢磨怎么做好。踏实工作还要细致，有些工作容不得闪失，有的闪失误事；有的闪失影响形象，让人们不快。踏实工作，还要求高效工作，做什么都要提高效率。慢慢腾腾工作，该做的也做了，最后得到的可能不是感激，而是愤恨，甚至痛骂。所以在海南工作时，我对负责财务工作的同志说，部长办公会议研究的拨款支持项目，迟早都要拨，迟拨不如早拨，就是这个道理。既然你已经审核通过他是会员，既然你已经验收过了，就要赶快办，只有这样才叫“好事办好”，否则好事给你办砸了，带来的是怨恨和骂名。工作低效，如果是机制问题，我们就要调整机制；是人的问题，我们就要调整人事；是科技运用不到位，就要用科技手段来提高工作效率，树立工作的形象。

第四，严于律己的形象。不用怀疑，我们学会就是公共服务机关，是担负公共服务的社会组织。我们每一个成员都是公共服务人员，尽管没有公务员的身份，尽管我们已经退休了，但我们现在的岗位就是公共服务人员，所以，对党政机关的要求同样适用于我们。对我们所服务的对象，一定不能有利益诉求。怎么做到严于律己呢？服从规章制度，但是光有规章制度不行，如果一个人老是在琢磨如何钻制度的漏洞，再好的制度也无济于事，所以就要求人格的完美，以补充制度的漏洞。

我们要严以修身。第一，要做到“敬畏”，心存敬畏。一个人如果没有敬畏之心，什么都是“天不怕地不怕”，那就是出事的开始，形象损害的开始。第二,一定要“慎独”，当独自一人，独办一件事情时，一定要谨慎，叫“慎独”。第三,一定要慎微，微小的事情都要谨慎，“小洞不补，大洞吃苦”。第四,一定要自省，学习曾子“吾日三省吾身”，即每天多次反省自己。唐太宗李世民说：每当我无事静坐，就反省自己，常常害怕对上天不能称心如意，对下为老百姓所怨恨。一个封建皇帝还能做到这么勤于自省，我们公共服务人员更应该做到这样。

敬畏、慎独、慎微、自省，是习近平总书记教给我们的“严于律己”的四个方法。大家把它们用起来。只有这样，严以修身再加上制度约束，我们就能够树立起严于律己的形象。

总之，学会一定要树立公平公正的形象、精诚服务的形象、踏实工作的形象、严于律己的形象。在这个过程中，学会领导班子要率先垂范，以上率下，为学会每一个成员做出示范作用，请大家监督！如果学会领导班子做不到这一点，请大家批评，请大家向我反映。如果我不闻不问，那就是我的失职。

学会各部门领导也要带头树立形象。因为有人反映，有的部门领导还不如一个工作人员。当然人家没说是谁，但愿说的不是你。如果你觉得自己能够对上号，赶快悄悄地改掉，从此以后要树立公平公正的形象、精诚服务的形象、踏实公正的形象、严于律己的形象，这样你才能带好队伍，这样你才能配合领导班子，才能完成你的本职工作。

综上所述，从第一次会长会议开始，到这次培训班结束，关于

“两讲两树”，该讲的我都讲了，关键在落实，所以我今天讲话的标题是《让“两讲两树”体现在中华诗词学会 2021 年各项工作中》。这是一个开局之年，形成习惯了，今后也就不用担心了。我希望大家一言一行、一举一动，都要用“两讲两树”来严格要求自己，从我做起，从现在做起，贯穿学会的一切工作。

关于 2021 年的工作

最后谈谈 2021 年的工作。2021 年，从国家来说，是开启全面建设社会主义现代化国家新征程的第一年，是“十四五”规划的开局之年，是我们党成立 100 周年的大庆之年。从学会来说，是我们换届之后翻开新的一页、开拓中华诗词工作新局面的一年。为此，我们要以“两讲两树”为统领，以改革为动力，坚持继承和创新的统一。为做好下一年的工作，就在这培训班期间，我们已经召开了三次会长会议：12 月 27 日下午的驻会会长会议、两次全体会长会议。会长们认真思考准备，发言都有独到之处，为新一年的工作提供了很多的素材。综合起来，我们将做到以下几条。

第一，坚持和完善各项制度，实现学会管理的制度之治。我们研究的第一个制度，就是会长会议制度。我们把会长会议分为两种：一种叫全体会长会议，职责是研究决定诗词发展工作和学会管理重大事项。一般半年召开一次；另一种是驻会会长会议，根据情况需要随时召开碰头会，固定的会议是每月召开一次，职责是研究决定学会机关日常管理，研究决定全体会长会议精神的贯彻落实。

研究的第二个制度，是会长坐班制度，会长每周坐班一天，常务副会长、副会长、秘书长每周坐班至少两天，如果工作需要随时到会处理，每周三为会长们的共同坐班时间，便于碰头，便于开会。会长坐班时间要合理编排，保证每天都有学会领导坐班。坐班的会长到底履行什么职责，我们还要进一步细化。

研究了学会下设专业委员会的若干规定，研究了机关人员聘用办法。从 2021 年开始实行合同聘用制。研究了网络信息部的职责及信息发布的规定，研究了出京请示报告制度、服务基层的工作纪律和要求、学会的财务制度。比如很重要的一条，坚持民主理财制度，每年 6 月 30 日、12 月 30 日，由驻会会长会议决定三个人组成民主理财小组，把半年以来的财务收支全部审查一遍。研究了诗词发展资金的运作增值问题。两次全体会长会议都同意把活期存款变成定期存款，最后由驻会会长会议选择具体金融机构。

我们还要制定一些制度，每项制度就是几条，便于操作。发现制度不合理的地方随时调整。先实行起来，不实行起来怎么能够知道哪里不合理呢？机关管理制度的制定权就在驻会会长会议上，调整比较方便。

第二，调整和完善内设机构，保证学会组织的高效运转。原有的机构和委员会在过去岁月里发挥了重要作用，各机构和各委员会的同志们都付出了很多努力，但是要开拓诗词工作新局面就要重组机构，重新设置委员会。一旦公布，人员到位，原有的机构就不复存在了。

全体会长会议决定把九个机关调整为五个。在这次机构设置中，我们把培训工作列为重要工作，单列一个机构来做。我们要培训诗词创作人才、诗词理论研究人才、诗词评论人才、诗词青年人才、诗词学（协）会管理人才、诗词教学人才，等等，实施全方位的培训，为中华诗词的复兴提供人才储备。抓什么都不如抓人才。培养人才是个百年大计，也是事业后继有人的一个重要保证。

专业委员会计划设20多个，今天上午的全体会长会议又讨论了农村诗词工作委员会和残疾人诗词工作委员会。为什么要设立这么多的委员会？就是为了调动千军万马、激发千家万户来投入诗词发展工作，发挥各方面的积极性。比如，设立青年诗词工作委员会、女子诗词工作委员会、部委机关诗词工作委员会、军旅诗词工作委员会、企业家诗词工作委员会、高校诗词工作委员会等。所有委员会都是学会领导下的二级内设机构，不是独立的法人，没有自己的账号，由全体会长会议研究批准年度活动计划，由委员会具体组织实施。当然可能会发生失控问题，对此我们也做了一些防范措施，比如一个委员会由一个副会长分管，由他为学会负责，组织委员会的工作班子，报全体会长会议决定任命。一旦发现问题，随时要求纠正直至撤销；决定撤销的委员会就不能继续活动了，再继续活动就违规了。

全体会长会议批准了专业委员会的整体计划框架，落实时坚持成熟一个，成立一个，设在学会内，但具体运作可以依托有条件的单位或地方。选择单位或地方首先是可靠和条件，所以能够防范和杜绝一些问题。

第三，制订和发布年度计划，实行学会工作的有序安排。元旦上班之后，我们就开始研究2021年的年度活动工作。多年坚持下来的工作继续进行，同时创新工作思路，使学会工作丰富多彩、扎扎实实。学会必须活动，没有活动就没有生命，就是一具“僵尸”。创建诗教示范单位是传统工作，要继续推进，并力求做得更好。我们研究的是总量控制、严守标准、规范流程、动态管理。诗教示范单位已经挂牌的，要进行回头看，比如，要求自我总结，委托地方学会逐个调研，督促完善，巩固提升。在已经挂牌的单位当中，还可以创建示范诗词之乡。《中华诗词年鉴》要不要接过来编、谁来编、怎么编？比如，开展哪些重大主题创作、吟诵活动？最大的主题就是“建党百年”诗词活动，我们一定要搞得轰轰烈烈，而且号召动员各级诗词组织都来做。

第四，研究和制定五年规划，明确未来五年的奋斗目标。20 年前我们有过一个规划，这个规划，我们要总结落实情况，在此基础上制定未来五年规划。比如李福祥副会长已经提出，未来五年我们可以实施诗词人才工程（比如诗词人才千人计划）、诗词精品工程（比如评选 1000 首诗）、诗词出版工程（比如出版百部精品集）、诗词之乡建设工程（同时推出系列报道，提高知名度，使其成为美丽乡村建设、农村振兴的组成部分）、学会作风建设工程（把各级诗词学会建设成为诗人的精神家园，政府联系诗人的桥梁和纽带）等。

有的提出搞中华诗词创作大会、组织编写现代诗词发展史、当代诗词发展史，评选年度诗词精品、诗词曲赋年度综述，等等，为文学史家提供基础材料。还可以把中华格律诗词“申遗”作为中长期奋斗目标。还有当代诗词的翻译、拓展诗词国际交流，等等。

第五，利用和提升地方平台，争取学会与地方的适度对接。这么多年来，很多地方搭建了很多平台，有的平台已经很有声势和规模了，有的我们已经挂了名，有的还没有挂名。罗辉同志主动找中华诗词学会直管聂绀弩诗词研究基金会。浙江经济职业技术学院成立的中华诗词文化学院创办了中华诗教刊物，迫切要求我们主管主办。上海大学中华诗词创作研究院拥有成套的格律诗培训老师、培训教材，也希望纳入中华诗词学会工作。此外，上海交大组织的“全球华语诗词大赛”、纯民间组织“世界华语诗歌联盟”等，都可以参与合作。浙江的四条“诗词之路”建设已经启动，我们要赶快调研，赶快参与。我们将和浙江省有关部门商量，联合写个调查报告。会长们提到的很多建议都很精彩。

第六，加强和密切同业合作，加强中华诗词的多轮推动。我们要主动联系中国韵文学会、中国楹联学会、中国当代文学研究会、中国书法家协会、中华诗词研究院、《诗刊》社，主动联系全球汉诗总会、欧美同学会，他们都是属于同业的或有同业的计划。我们一定要把马凯同志关于当代诗词“入史”的要求变成“入史”的实际行动，这些就要我们和同业合作，集中形成中华诗词的多轮推动。

总而言之，我们一要坚持和完善各项制度，实现学（协）会管理的制度之治；二要调整和完善内设机构，保障学会组织的高效运转；三要制订和发布年度计划，实行学（协）会工作的有序安排；四要研究和制定五年规划，明确未来五年的奋斗目标；五要利用和提升地方平台，争取学会地方的适度对接；六要加强和密切同业合作，集成中华诗词发展的多轮推动。这就是对明年工作的主要构想。元旦之后我们来逐项落实。

同志们，郑欣淼会长和历任会长团结带领大家，为中华诗词事业做了大量工作，创造了良好的基础。我们要在这个基础上，继承发扬，改革创新，把中华诗词事业推到一个新的高度。要做到这样，我们就要建设一个政治高强、精诚团结、风清气正、形象端正的领导班子和学会机关；我们就是要以这样的领导班子和学会机关来推动中华诗词的传承繁荣，带动地方诗词学（协）会的工作。

加强机关建设 构建学会工作新格局*

刚才，范诗银常务副会长总结部署了学会工作，沈华维副会长宣布了机关部门设置、人员调配决定和党支部组成方案，刘庆霖副会长总结部署了杂志社工作，张存寿秘书长报告了学会财务家底情况，即将离职的老员工代表田凤兰、员工代表武立胜、新入职员工代表李建春发了言，为离职同志颁发了荣誉证书。

我们一次开成了八个会：年终工作总结会、开年工作部署会、财务通报会、机关新机构运行启动会、人员调整到位工作动员会、老同志离职欢送会、新同志入职欢迎会，中午还有“辞旧岁迎新春酒会”。

会议开得非常成功！相关同志，从讲话、发言准备，到会场安排，做了精心准备。会场正面挂了横幅会标，按部门排了座席，规定了参会人员的坐姿朝向。如此正规安排内部工作会议是为了落实“两讲两树”，从现在起强化学会机关规范化建设的仪式感。

回顾2020工作，我们颇感自豪。在郑欣淼会长的带领下，在全年疫情防控的情况下，我们开展了那么多工作，取得了那么多成绩，

---

* 本文是作者2021年1月25日在中华诗词学会2020工作总结和2021工作部署大会上的讲话，张存寿同志根据录音整理。

产生了那么大影响！特别是郑会长顺利地主持了换届工作，让学会工作翻开了新的一页。想到这些，我们特别感谢郑会长，也特别感谢学会的全体同仁，为学会工作翻开新的一页，打下了很好的基础，积累了丰富的经验。

想到这些，我们也倍加感念老会长、老前辈钱昌照、周谷城、孙轶青同志，是他们前后接力，给我们创建了这么好的平台和基业，提供了这么好的机缘，使我们今生今世能够在这里合作共事，践初心圆梦想！

想到这些，我们也更加感动于历任中央领导同志对我们学会的关心和支持，感谢黄坤明、马凯同志的关心和支持！感动于中国作协领导同志的关心和支持！

自 2020 年 11 月 30 日“五代会”以来，学会新班子牢记使命和重托，开展工作至今正好 55 天。会长们精诚团结、精神饱满，谋划布局，有计划、有步骤地系统推进学会工作。2021 年工作已经安排就绪，“十四五”时期中华诗词发展规划制定工作即将启动！

2021 年，我们工作的总基调是：以“讲政治”作为学会工作的引领，以“讲团结”作为学会工作的保障，以“树正气”作为学会工作的特色，以“树形象”作为学会工作的亮点，让“两讲两树”体现在全年各项工作中，让中华诗词发展大业再上一个大台阶。为此，我提以下几点要求。

加强自身建设，塑造机关新风貌

第一，加强党支部建设，以党建引领学会机关建设，发挥党支部在学会机关建设中的核心作用，以党支部的建设带动机关建设，以思想建设促进业务建设和机关的全面建设，充分激发和发挥好机关内党员和军队干部的先锋模范作用。

第二，完善制度之治，规范学会工作。这个制度之治我们不是今天才开始的，我们一直就有，只是制度不够健全和随着形势任务变化需要完善而已。我们这届班子一上来就狠抓了制度建设，以简单、实用为前提，修订学会各项规章制度，逐步形成制度体系，实现学会的“制度之治”。目前已有八项制度基本定型，印成小册子发给大家，人手一册。下一步，五个部门、各专业委员会都要制定各自的工作职责，规范工作运行。现在已经制定的八项制度，也不是很成熟。不要紧，制度没有一个是成熟起来才干事，可以在游泳中学会游泳。我们先按这些制度办，有不合适咱们再调。需要制定新制度的，继续制定完善。总的来说，要做到用制度管人、制度管事、制度管钱。全国都在坚持和完善中国特色社会主义制度，推进国家治理体系和治理能力现代化，我们赶上了这么一个大形势。办公室要保证学会的协调高效运转。规范财务管理，实行民主理财，加强透明度，可以减少大家在财务方面的疑虑。什么开销都要预先请示，未经预先请示的发票没有用，拿来发票就报销的时期过去了。大家一定要注意这个新规定。

第三，扩大学习范围，提高自身素质。我们这个职业和爱好，只有不断地学习，才可能不断地进步。无论你的诗写得多好，都没有到头的时候，谁都不敢说，我不需要学习了。要想登高峰，那就要不断学习。希望大家扩大学习的覆盖面，不要老是看诗词，甚至不要老局限在看文学方面，要看看历史，看一些哲学、社会学、民族学，甚至包括语言学、文字学、文学史、诗词史等。新的一年要学党史，把庆祝建党百年作为一个工作重点。另外我发现，有的同志诗写得不错，写文章、写公文就不大行了。有文凭不一定有文化，有人说博士不一定有文化，更何况我们有的同志本科的学历还没有。希望你们扩大学习面，提高自身素质。

素质是一个综合概念，首先是政治素质，头一条就是提高政治站位。其次提高自己的情感素养。人都是有情感的，没有情感不成为人，但是情感要恰到好处，该高兴则高兴，该愤怒则愤怒，不能不该愤怒的时候愤怒了，不该高兴的时候却很高兴。既要感情丰富，还能够控制自己的感情，这就要理性。感性跟理性是相对的，而且两者应当恰当地结合。一个人只有感性而没有理性，感性就是盲目的；只有理性没有感性，理性就是枯燥的，所以我们要把理性和感性结合起来。为什么？我们有时候经常发火，就是没有控制好感性和理性的关系。比如对某一个人，感性告诉我，把他揉碎才能解心头之恨，但理性告诉我不能这样，否则只能把事情搞坏。最后到底是采取什么方式处理，就看理性跟情感之间的较量，看谁占了上风。理性占上风了，就会采取理性的态度；情感占上风了，他就采取非理性的态度，很多乱子就是这么出来的。最后提高讲文明懂礼貌素质。我们抽烟的同志要注意，刚才我在走廊上发现很多烟头，要把烟头管好，把废纸管好。这个大楼不是我们一家，有好几家。他们觉得，中华诗词学会的人诗写得不错，可是举止动作不美。什么时候我们搞一次集体学习，专门请专家来讲一讲礼仪，怎么接电话，怎么递名片，怎么跟别人说话，怎么穿衣戴帽，如何具备大家公认的文明素质。特别是遇到个人的愿望跟组织的安排相矛盾、收益跟自己的劳动不相匹配的时候，怎么看待？看到别人进步了，而自己还在原地，怎么对待？这里都反映一个素质问题。素质高了什么都不是问题，素质低什么都是问题。

我们所在的中华诗词学会是全国性的诗词组织，我们就要做一个素质与全国性诗词组织匹配的人。当然谁都不敢认为自己素质就高了，我们相互提醒，相互敦促，主要靠自己学习修养。习近平总书记对干部的一项重要要求，就是严于律己、严以修身，提高自己的道德境界，提高自己的党性修养，提高政治站位、理论素养，等等。所以我希望大家扩大学习的覆盖面，光是写诗词，这个素质提高是非常有限的。

拓展工作思路，构建学会工作新格局

第一，抓紧熟悉和细化工作。这一次我们机构大调整，经过全体会长会议和驻会会长会议讨论，学会机关由以前的九个整合为五个部门。人员大轮岗，就是两位同志在原岗位没动，因为这个岗位有一点特殊性，其他同志都安排了新的岗位，我们又迎来了三位新同志，所以大家抓紧熟悉工作。刚才诗银同志讲的是一个工作总体思路，不是具体的工作安排，需要大家去细化。在春节假期里，大家一边休息一边想想如何开展工作，想到一点就把它写出来，开年后我们工作要有一个明显的上升。

第二，做好组织联络工作。我希望会员发展工作要规范、流畅、及时，让会员满意。我们公开的电话，一定要打得通，有人给我说过永远打不通。要精准掌握会员实际人数，建立联系网络，精准发放会刊。每期会刊发放效果，都要会同邮局，查明退刊或未收到原因，减少发放误差。

第三，加强和扩大培训工作。要广开思路，充分利用有利条件，把培训常态化、规模化。依托上海大学中华诗词创作研究院、浙江经济职业技术学院中华诗词文化学院，开办中小学诗词师资培训班、诗词组织管理骨干培训班、诗词理论研究和评论人才培训班等，实施全方位的培训，为中华诗词复兴提供人才资源。争取发放具有一定权威性的资格证书。大力开展线上培训。

第四，诗教工作要提升质量。诗教工作总体原则是：总量控制、严守标准、规范流程、动态管理。严格申报、验收、评定、授牌程序，建立退出机制。诗教单位名称，根据具体情况，相应命名，不要一概称之为诗词之乡，可以分别叫作：诗词之村、诗词之乡（乡镇）、诗词之县（市）、诗词校园、诗词之家（酒店）等。对已经挂牌的，要建立联系，要求自我总结，委托地方学会逐个调研，督促完善，推动诗词之乡、诗教单位提档升级。建立“中华诗词学会诗教示范单位联席会议”制度，定期交流经验，解决问题，安排工作。

第五，理论评论要开拓新局面。到年终总结的时候，收成要有所提高。理论评论部的任务不光是自已写，主要是组织写。我一再强调，中华诗词学会的工作人员主要不是自已写，而是组织大家写。如果只是自已写，不去组织写，那就是自私。自已写诗，那是一个非常高雅的业余爱好，但是到了诗词学会工作，却只顾自已写而不组织写，就是自私自利了，占着学会工作平台只为自已服务。我们要组织联系全国的评论高手、理论高手，开展诗词评论和理论研究工作，我们给他们提供平台，还要出题目、给课题。

第六，杂志发稿和评奖工作要公正。所有发表作品都应当是精品，所有获奖作品都应当是极品，不是极品获什么奖？要制定一个很好的机制和制度，保证公平公正。研究完善评奖办法，重构评选流程，恪守公平公正原则，确保评出水平、评出权威、评出公信力，严防“劣币驱逐良币”。

第七，突出抓好网站建设。把学会网站建设成为我们诗词界的重要网站、中心网站、权威网站。这个网站不光是报道中华诗词学会的活动，它应该是一个信息平台、发表平台、交流平台、学习平台。要好好跟搜韵、诗词吾爱、诗词云等诗词网站链接，与学习强国链接。所有省会城市以上的地区，都应当在我们网站上有窗口，交给他们钥匙，为他们提供便利的发表渠道，同时把好关。总而言之，把我们的网站做好，让网站成为我们的主阵地，成为全国诗词工作联动平台。必要时我们也买个相机，买个摄像机，买一套设备，加强通讯报道、资料留存。我们要加强与学会合作的机构和同仁们的联系，合作并发挥好他们的优势作用。

第八，扩建专业委员会。为了组织和调动千军万马、千家万户投入中华诗词事业，形成推动中华诗词复兴的强大力量，把学会属下的专业委员会由以前的 6 个扩展为 20 个以上。专业委员会坚持“一次规划，成熟一个建立一个”的思路，上半年会长们分头负责，集中精力，逐个筹备，争取成立、运行一批。

组织开展“建党百年系列诗词活动”

这是 2021 年诗词工作的重中之重，我的初步设想如下：

一是组织创作以歌颂中国共产党为主题的《百年诗颂》。力争 6 月底前出版发行，向党的百年庆典献礼，开创格律诗词发挥政治社会作用的新路径。视情况决定是否举办专题朗诵会、书法展。

二是举办以庆祝建党百年为主题的“美景杯”诗词大赛、第三届“沈鹏杯”诗书画大奖赛。

三是《中华诗词》杂志重点组织建党百年诗词吟诵宣传系列

活动。

今年是国家“十四五”规划实施的第一年，我们要乘势制定《“十四五”时期中华诗词发展规划》，这是关乎今后五年的一件大事，要组织力量，集中精力来完成。可以考虑以理论评论部为主，大家积极参与，集思广益，共同来做好。

我们刚刚举办了“两讲两树”专题培训班，希望大家在新的一年，把“两讲两树”体现在学会各项工作中，把中华诗词学会工作推上一个新台阶，形成大变化。

春节即将到来，我代表学会领导班子向在座的全体同志和你们的家人拜个早年，祝大家春节快乐，阖家幸福！

迎接中华诗词学会五代会后的开局之年*

“鼓角梅花添一部，五更欢笑拜新年。”值此新春佳节到来之际，我谨代表中华诗词学会，向广大诗友、广大诗词工作者，向多年来关心支持中华诗词事业的各界领导、专家和朋友们致以亲切的问候和衷心的祝福！

过去的一年，我们诗词界践行习近平总书记在文艺工作座谈会上的重要讲话精神，以自己特有的方式，投入了抗击疫情的斗争和全面建成小康社会的决战，创作了大量诗词，充分发挥了中华诗词的社会作用，展示了中华诗词的独特魅力。诗词创作队伍越来越大，精品力作越来越多。各地诗词活动丰富多彩，持续开展，诗教工作扎实推进。走上会长岗位虽然才两个多月，我已经看到，许多同仁视诗词创作为生命，把诗词活动当事业，以为服务诗友为价值，乐于投入时间、精力和财物，做出了突出贡献，让我深受感动，也让我对履行好会长职责充满信心。

2021 年是中国共产党成立 100 周年。讴歌党的丰功伟绩，表达我们对党的无限敬仰和热爱，是中华诗词学会各项工作所围绕的中心。

---

* 本文是作者 2021 年 2 月 11 日所作的春节贺词。

2021 年是国家“十四五”规划的开局之年。我们将抓住机遇，制定《“十四五”时期中华诗词发展规划》，以引导和指导未来五年中华诗词的繁荣和发展。

2021 年，是全面建设社会主义现代化国家新征程的开启之年，中华诗词事业也应跨入新发展阶段。我们将加强与各地诗词组织的联系与联动，以更加有效的措施，发现和培养人才，组织和推动诗词创作、诗词评论、诗词研究、诗词普及、诗词运用和诗词“入史”工作。

中华诗词学会将以“讲政治”作为各项工作的引领，以“讲团结”作为各项工作的保障，以“树正气”作为学会工作的特色，以“树形象”作为学会工作的亮点，让“两讲两树”体现在 2021 年各项工作中，以崭新的姿态，翻开学会工作崭新的一页，开创工作新局面。

希望全国各级诗词学（协）会认真谋划、积极开展诗词工作，进一步加强自身建设！希望广大诗友牢固树立以人民为中心的创作理念，加强学习，不断提高自身政治和业务素质，创作更多优秀诗词作品！

最后，祝大家春节快乐，牛年大吉！

多出感动中国的诗人和诗作*

正琢磨卷首语写什么，正月初六传来了叶嘉莹先生荣获“感动中国2020年度人物”的讯息，我喜不自胜！

“感动中国”是中央广播电视总台综合频道的一档品牌栏目，2003年2月开播以来，每年都通过多种投票方式推出一批年度人物，这些人物身上都有一种让观众感到心灵震撼的精神力量。因此，“感动中国”节目也被誉为“中国人的年度精神史诗”。

近百岁高龄的嘉莹先生为什么能够感动中国？是她多年漂泊最终叶落归根的祖国情怀！是她一生研究、创作、传授中华诗词的杰出成就！是她慷慨捐赠支持中国传统文化研究的崇高境界……

“桃李天下，传承一家。你发掘诗歌的秘密，人们感发于你的传奇。转蓬万里，情牵华夏，续易安灯火，得唐宋薪传，继静安绝学，贯中西文脉。你是诗词的女儿，你是风雅的先生。”

叶嘉莹先生颁奖词，道出了她感动中国的缘由，可谓言简意赅，具体生动，耐人寻味。

嘉莹先生感动中国，我则为嘉莹先生感动中国这件事而感动！

---

* 本文为《诗词中国》卷首语，作者2021年2月19日写于北京寓所。

这是中华诗词的荣耀。中华诗词自《诗经》以降，薪火相传，与时俱进，到了当代，读背诵写，范围覆盖之广，参与人数之众，无与伦比。嘉莹先生因致力于中华诗词事业而感动中国，从而为中华诗词增添了炫目的色彩。

这是中华诗人的荣光。嘉莹先生，终其一生，就是一个“诗”字。说她是“诗词的女儿”“风雅的先生”，恰如其分。她以其创作的大量诗词、课堂的精彩诗教、诗论的真知灼见，诠释了诗人的内涵，树立了诗人的标杆，让诗人们懂得了如何才能赢得尊重和荣光。

这是中华诗词复兴的动力。中华诗词复兴是中华民族伟大复兴的内在要求，正处于空前优越的社会经济环境。中华诗词复兴呼唤全社会的参与和支持，需要千千万万个“嘉莹先生”奋发有为。嘉莹先生之感动中国，给中华诗词复兴大业注入了“振奋”，喊出了“加油”，给了一把“推动”。

正是被嘉莹先生感动中国而感动，我旋即写出绝句一首，突出表达的就是这件事的意义：

感动神州一众星，诗坛翘楚靓云屏。
殊荣激起千帆上，平仄风吹遍地青。

相信嘉莹先生之感动中国，一定会对诗词中国建设产生重要影响。

学党史 明责任 开新局*

同志们:

刚才听了诗银同志的工作安排，我感觉到我们这一年活动丰富多彩，内容精彩纷呈。特别是他对我们换届以来学会新局面，做了一个很好的概括和总结，对于提升我们的信心，做好今后的工作很有启发。各个部门的发言，都动了一番脑筋，有不少创意。这说明大家都在以诗词为事业，尽心尽责谋划。只要我们把这些事情落实到位，可以预计 2021 年学会工作又是一个丰收年。

换届三个多月，我们已形成两个会议成例，一个是年终的总结部署会，一个是年初的工作动员会，在我们这一届五年之内，我们将坚持这个制度。

今年是我们党成立 100 周年，党中央做出重要的决定，在全党开展党史学习教育，目的就在于用党的奋斗历程和伟大成就鼓舞斗志，明确方向；用党的光荣传统和优良作风，坚定信念，凝聚力量；用党的实践创造和历史经验，启迪智慧、砥砺品格。

---

* 本文是作者 2021 年 3 月 1 日在中华诗词学会学党史明责任开新局动员会上的讲话，张存寿同志根据录音整理。

我们党的百年奋斗历程，对于今天有极其重要的教育意义。我把它归纳为五句话，这就是以理想信念凝聚精英，以造福人民唤起百姓，以实事求是顺应时势，以百折不挠走出困境，以自我革命焕发生机。这五句话对于任何组织单位都有教育意义。我们要通过学习党史，达到“学史明理、学史增信、学史崇德、学史力行”的效果，以昂扬的姿态来奋力开启中华诗词学会工作的新局面。同时，学党史还是我们撰写《百年诗颂》的迫切需要，只有把党史学好了，我们才能从全局上把握好每一个历史事件、历史场景和历史人物；只是局限于一个事件、一个场景不一定能写好；写一个事件或场景，必须胸怀党史的全局。这里我也希望全国各级诗词组织都能够组织本地诗友自觉地、主动地投入党史学习教育，积极参与这百年史诗的创作。正因为如此，我们新年的第一个会议主题就定为“学党史、明责任、开新局”。下面我讲三个问题。

我们正在做什么事?

讲这个问题，是要让全体同志明确认识到我们在干什么，从而知道我们的责任，知道怎么去开新局。我们正在做什么事呢?

我们正在做诗词活动的组织和管理之事。我特别强调诗词活动，包括诗词的创作活动、普及活动、提高活动、研究活动、评论活动、传播活动、竞赛活动、创建活动、表演活动，还有发展会员的工作。中华诗词学会作为一个社团，任务就是做诗词活动的组织和管理工作。诗词活动的“组织”，是指策划、动员、宣传、验收、培训等；诗词活动的管理，是指制定规则、颁布标准、严格程序，是指保障导向、保障有序、保障公平，是指协调工作，包括活动协调、组织协调、关系协调。

我们正在做文艺繁荣和发展之事。诗词，毫无疑问属于文艺这样一个大类，诗词是文艺的重要组成部分，我们一定要认识到，文艺的繁荣需要诗词繁荣，而诗词繁荣能够助推文艺繁荣。文艺繁荣是中国文化建设的重要内容。当年，毛泽东同志在延安召开文艺座谈会，70余年后习近平总书记在北京召开文艺工作座谈会，两个座谈会前后相继、一脉相承，都是为了把握文艺创作的方向，明确文艺工作者的任务和使命，确立文艺创作的一些原则，以及什么是精品力作的标准等。要繁荣文艺，就要繁荣诗词。我们要自觉地把中华诗词的发展和繁荣，摆到国家文艺繁荣这样一个大盘子里去认识和对待，从而进一步认识我们工作的位置和任务。

我们正在做为文化软实力和文化自信添砖加瓦之事。文化软实力是最近这几十年国际上出现的一个新概念。看一个国家的实力，长期以来主要看军事、经济、科技，实际上，这只是硬实力。还有一个重要的实力，就是文化，我们把它叫作软实力。光有硬实力，但软实力不行，这个国家不能成为强盛国家。而文化软实力就是指文化的生产力、影响力、竞争力、凝聚力、感召力等，是文艺、文学、社会科学的发展状况、人的精神状态、意识形态的吸引力等，所有这些都是属于文化软实力的范围，其中最重要的是一个民族、一个国家的核心价值观。中华诗词学会所推动的工作，就是为国家的文化软实力来添砖加瓦。

综上所述，中华诗词学会的每一个活动、每一项组织和管理工作，都有它特殊的意义和价值，都在践行我们诗人的初心和使命，都在肩负着重要的责任。习近平总书记指出，文艺事业是党和人民的重要事业，文艺战线是党和人民的重要战线。没有高度的文化自信，没有文化的繁荣兴盛，就没有中华民族的伟大复兴。根据这句话，我讲过中华民族的伟大复兴呼唤中华诗词的复兴，中华诗词的复兴就包含在中华民族的伟大复兴当中。一个民族的复兴不仅需要强大的物质力量，也需要强大的精神力量。希望大家不要小看我们这个社团，不要小看自己这份工作，更不可掉以轻心，草率从事。

我们正在为什么人做事？

这是回答我们诗词和诗词工作是为什么人做事的问题。毛泽东同志在延安文艺座谈会上的讲话明确指出，为什么人做事的问题是一个根本的问题、原则的问题。我们学会的全体人员都要明明白白搞清楚这个问题。我们在为什么人做事呢？

第一，我们在为广大会员和诗友做事。我们吸收会员，编发《中华诗词学会通讯》，提供诗词作品发表园地，举办培训班，都是在为广大会员和诗友做事，我们是在为他们提供平台，提供服务。因此，我们要摆正位置，俯下身子，像个服务人员。

第二，我们在为全国各地的诗词组织做事。我们诗词组织有一个独特的优势，就是国家层面有我们中华诗词学会，各地有省市、地市诗词学会或协会，有的县都有。我在海南工作时，收到过一本诗刊，刊登了我的处女作七绝《吊罗山瀑布》，八九首和诗，还有点评。当时我当省委常委、宣传部部长，让我大吃一惊：一个乡镇居然办了一个刊物。后来苏东坡的流放地儋州，寄给我一本诗集，是他们步韵《吊罗山瀑布》的200首和诗。再后来，海南有一个诗词组织，在东南亚组织华人华侨和诗，内刊上登了100多首。说中国是诗的国度，这些就是证明。全国各地各种诗词组织不计其数。作为全国性社团，中华诗词学会要自觉地承担起牵头的责任，对各地诗词组织给予协调、指导上的服务，他们如果需要支持，我们就坚决给予支持，比如参与主办协办诗词活动，提供智力支持指导，提供工作交流平台，协调关系，调解矛盾等。

第三，我们在为基层和地方政府做事。广大的基层，比如村镇、学校、企业，包括乡镇政府、市县政府，他们挖掘本地文化资源，打造文化品牌，招商引资，优化营商环境，推动本地的经济社会发展。我们组织的创建诗教示范单位这件事，正是适应了这个需要。这是一件很好的事情。今天，大家对保质保量完成这件事发表了很好的意见。我们一定要把这个事情做好、做到底，持续地推进下去。而且要把这个牌子越擦越亮，让这项工作真正地为基层和地方政府谋求发展添砖加瓦，绝不给他们添乱，绝不为他们增加负担，绝不能引导他们去搞形式主义、表面文章。我们到基层去尽量少添麻烦，不指手画脚、盛气凌人，把自己摆在一个服务者的位置上，为他们做好事。

第四，我们在为人民做事。无论我们是为广大会员和诗友、为全国各地的诗词组织，还是为基层和地方政府做事，我们都是在为人民做事，我们是为人民服务。我上任第一天就强调，学会是一个公共服务机构。我们不是政府组织，但是我们有公共服务责任；我们不是在任的官员，但是各地基层诗词组织把我们当作上级机构，我们就要把自己看作为人民服务的公共服务人员。我们要始终把握的原则，就是坚持以人民为中心，把满足人民精神文化需求作为我们工作的出发点和落脚点，把人民作为我们诗词表现的主体，把人民作为我们诗词的鉴赏家和评判者，把为人民服务作为我们学会每一个同志的天职。我们所有的活动以及对活动的组织和管理，包括创作、普及、提高、研究、评论、传播、竞赛、表演等活动以及发展会员，都在为人民做事，一定要提到这个高度来认识。

我们怎样做事为人？

总的来说，以“两讲两树”为统领。我们一定要讲政治、讲团结，一定要树正气、树形象。在这样一个大的前提下，我希望我们做到六点。

第一，把准方向，坚守底线。这个方向，首先是政治方向、创作的艺术导向。最近发生的低俗诗歌事件，要引起我们的足够重视。《中华诗词》杂志不能发表这样的作品，不能让这种作品有展示的平台。要把好诗词活动导向，我们所组织和参与的一切诗词活动都要以人民为中心，把社会效益放在第一位。要把好言论导向，学会的每一个同志，无论你在哪里，你的身份始终跟学会联系在一起。对此，我有体会。我当学者时，我都以真名发表文章。当了宣传部副部长之后，我便以笔名“弘陶”发表文章，因为我的真名是跟省委宣传部副部长的职务联系在一起的，虽然是个人署名文章，不代表宣传部，但读者仍然把你看作宣传部的人。同样，对今天在座的各位来说，无论是在哪里，都要注意言谈，因为你是中华诗词学会的工作人员，不是在家里带儿弄孙的退休人员。这是言论导向。言论导向更表现在我们写的评论上、理论文章上，这些导向都要把握好。

第二，解放思想，开拓思路。把准方向、坚守底线与解放思想不矛盾。解放思想从来就不是为所欲为。解放思想怎么提出来的？是因为“文化大革命”十年把人们思想搞僵化了，一切从本本出发，教条主义盛行，不能做到实事求是。因此，要做到实事求是，必须解放思想，把我们的思想观念从那些教条的框框束缚中解放出来，从旧思想、旧观念、旧体制中解放出来，所以，解放思想本来就是为了实事求是。解放思想是改革开放以来我们党的一贯要求，也是我们开拓进取、有所作为的法宝。我们做事为人，要想开启新局面，就要解放思想开拓思路。换届以来，正因为我们坚持这一点，才能着手制定“十四五”时期中华诗词发展规划，这个规划创意是解放思想开拓思路的产物，同样需要解放思想开拓思路去完成。正因为解放思想开拓思路，我们才提出“中国共产党百年诗颂”这个创作课题，表达中华诗词爱好者和工作者对党的无限忠诚与热爱之情，探索如何把中华诗词融入新时代的政治、经济、社会生活当中，进一步发挥这一古老艺术的当代价值。在重大节庆日、纪念日，中华诗词从来没有失声，但是多半都在表达个人的感慨、感情。现在我们要做的，就是用中华诗词的各种体裁来表现中国共产党的百年奋斗历程，这是中华诗词自诞生以来为自己提出的一个新任务、新题材，也是一个新挑战，可能要更多地采用现实主义的写作手法。

上任三个多月，我感到全国有一批诗社、诗人，几乎是忘我地工作，组织集体创作，编辑微刊，筹办诗词活动等。有一天一位诗人编辑微刊，有全国各地的来稿，我问她花了多少时间？她说自己光编辑就花了12个小时，连续工作。所以，我们能不能表彰或宣扬全国优秀诗社、优秀微信公众号、优秀诗词工作者？不是要评比，而是报道推广他们的故事。再比如，有的三代写诗词，有的全家写诗词，我们能不能评选宣传诗词家庭？评选不是目的，就是为了让干事的人、干事的组织得到肯定，得到勉励，从而让他们做得更好，通过他们引导更多的人向他们学习、看齐。这样不就形成了中华诗词繁荣发展的大合唱了吗？ 我们要把“全国省区市诗词学会会长会议”制度建立起来，每年开一次。虽然会长们大多数是学会的常务理事，但是常务理事会跟会长会议是两个不同的内容，常务理事会是要研究讨论中华诗词学会工作，全国诗词学会会长会议主要是研究和交流各地的诗词工作。

再比如，理论研究和评论活动，如何解放思想，开拓思路把它搞起来。我从微信公众号上看到了《诗刊》主编李少君对当代中华诗词的评论，我觉得写得相当好，有血有肉有观点。我们就要组织和发现这样的文章，研究当代诗词、当代诗人。

第三，提高标准，严字当头。我们做事为人，都要坚持高标准，标准定的高还是低，工作起来不一样。学会机关五个部门、各位会长所分管的工作，都要高标准，到了年终回头看，看哪个部门、哪个会长分管的工作做得最有成就、最出彩，我们相互之间也得比一比、看一看。

为了做到高标准，我们要树立一个思维方式，叫效果导向思维。我出过一本书叫《效果是硬道理》，这个书名受邓小平同志“发展是硬道理”的启发。我们做工作搞管理，无论采取什么措施，无论怎么吃苦受累，最后看效果；效果不行，白费力气。这就叫效果是硬道理。我们做任何事情，都要树立一个目标效果，把它定好了，然后按照效果来倒推措施，这就叫效果导向思维。当然，要收到好的效果，一定要找问题。所以问题导向是效果导向的一个必须的思维方式，因为只有把影响效果的问题找出来，并加以解决，才能够达到好的效果。所以，问题导向与效果导向是一致的，效果导向注重结果，问题导向注重过程。

为了提高标准，严字当头，我们一定要遵守规矩，不成规矩，不能成方圆，不立规矩怎么能有好效果？正如不按照诗词格律的规矩来写诗词，不可能写出好的诗词一样。我们已经有了八个方面的规章制度，要严格执行，特别是考勤工作。

提高标准，包括诗教工作要提高标准。我们要建立诗教示范单位的认定流程，并严格按照这个流程办事。我们要完善诗教示范单位的标准，符合这个标准才能够授牌。对300多个已挂牌的，不能一挂了之，要建立联系，委托当地的诗词组织去关注现状。《中华诗词》杂志要提高标准。一位中央老领导在看我们这个杂志时，他提出要改善版面和版式设计，舒朗一点，美观一点。还要增加页码，保证诗词容量。这些要求马上落实。现在竞争加剧，我们要靠每一期刊物的质量取胜。有竞争是好事。从小我听农民说，养猪要养两头，这样就会“抢食”。要是只养一头，它这也不吃，那也不吃。孩子要生两个，一个孩子，给他什么他也不在乎。后来我才知道，这就叫竞争。管理工作的任务就是创造和规范竞争。一是要创造竞争，比如，把电信南北拆分，形成竞争，就会争相提高服务质量，降低服务收费。现在发现互联网巨头开始垄断市场了，国家马上加以敲打。所以管理的任务就是创造竞争，然后是规范竞争。

第四，公平公正、优胜劣汰。这是我一再强调的。杂志发表诗词要坚持公平公正的原则，竞赛评奖要坚持公平公正的原则，我们用人、奖励都要公平公正。如果刊物当中有很大一部分是人情稿，是利益交换来的，这个刊物还有什么威望，评比活动还有什么威望呢？自己就把自己的牌子砸掉了。所以公平公正非常重要。我提倡每期杂志都要评差稿，追究差稿是怎么上的。如果这个机制内部建立不起来，我们就进行外部监督。

第五，方便高效，全心全意。我们做事为人，一定要方便高效，全心全意。方便，就是把办事手续和环节降低到不能再降低；我们办结的速度快到不能再快，就要到这个程度。会员发展工作，要把手续简化到不能再简化。过去报批一个项目，要盖几十个章、跑几十个部门，为什么？前置条件太多。李克强总理主持改革，把这些前置审批全部砍掉了，留下用地、用海需要前置审批，然后加上事中事后监管。现在要求一次办、就近办、网上办。政府部门为民办事已经到了这个程度了，中华诗词学会还能够多环节低效率吗？如不立即加以改革，诗友会员会怨声载道的。我们做一切工作，都要方便高效，全心全意，这直接关系到中华诗词学会的形象。

第六，廉洁自律，严以修身。学会是带有公共服务性质的社会组织，我们是公共服务人员，就要遵守公共服务人员的规则，也就是公务员的规则，不能吃拿卡要，不能搞利益交换，必须遵守廉洁自律的八项规定。为此，我们要严以修身，提升道德境界，提高自身的业务素质和工作水平。

我们怎样做事为人，我就讲这六个方面。

总而言之，我希望通过今天的动员会，通过学党史、明责任、开新局，把我们既定的工作完成好。如果是这样，那么到年终总结工作时，大家都会为全年的工作而自豪，而不会因工作不落实而感到羞愧。

顶起中华诗词的半边天*

尊敬的女士们、先生们：

走进北京香山大学堂，我就感到光彩夺目，心潮激荡。今天这里娇娥云集，花团锦簇，俊男点缀衬托，大家济济一堂，以“迎接三八妇女节，庆祝建党一百周年”为主题，为中华女子诗词大会举行启动仪式，同时见证中华诗词学会女子诗词工作委员会的成立。我首先代表中华诗词学会表示热烈祝贺，向女士们表示节日的祝贺和亲切的问候！

中华女子诗词大会的发起和启动恰逢其时。在习近平总书记亲自倡导和推动下，中华优秀传统文化正在祖国大地上发生着创造性转化和创新性发展，中华诗词热潮也在一浪高于一浪地兴起。诗词学习、诗词欣赏、诗词朗诵、诗词演唱、诗词创作等，已经成为一种社会风尚。诗词“六进”活动也在如火如荼地展开，“六进”就是中华诗词进校园、进机关、进社区、进农村、进企业、进景区。各地各级诗词组织十分活跃，诗词活动十分频繁。诗词报刊、诗词微

---

* 本文是作者 2021 年 3 月 8 日在中华女子诗词大会启动仪式暨中华诗词学会女子诗词工作委员会成立仪式上的讲话。

刊、诗词微博、诗词抖音等争相斗艳。“中国诗词大会”影响巨大，以“诗词中国”冠名的全国传统诗词创作大赛已经办到第五届，正在进行。在此背景下，中华女子诗词大会今天登台亮相，为中华诗词百花园增添了一束绚丽的花朵。

在中华诗词3000多年的历史上，女子从来都是重要角色，涌现出蔡文姬(东汉)、谢道韫（魏晋）、薛涛(唐代)、上官婉儿(唐代)、李清照(南宋)等120多位颇有建树的女诗人，据有关资料介绍，留有诗作300多首。新中国成立以后，也涌现出了很多著名的女诗人，刚刚成为“感动中国2020年度人物”的叶嘉莹先生更是我们女性诗人的代表，也是我们诗词界的杰出代表。在全国当代300多万诗词创作队伍中，女诗人人数众多，十分活跃。中华女子诗词大会的启动，无疑给我们广大女诗人提供了一个展示才华的舞台，提供了一所培训锻炼的学校，也成为一面凝聚更多女性热爱诗词、创作诗词的旗帜。

女子诗词工作委员会成立很早，这次是重新组建。女子诗词工作委员会是我们正在筹备、组建的20多个委员会之一。这20多个委员会，包括创作委员会、评论委员会、少数民族诗词工作委员会、部委机关诗词工作委员会、企业家诗词工作委员会、高校诗词工作委员会，等等。之所以要组建这么多的诗词专业委员会，这是我们新一届中华诗词学会领导班子开拓新局面的一个重大举措，它的意义就在于广泛地调动和激发社会各界人士来参与中华诗词这个伟大的事业，让更多的人调动更多的积极性，来共同推动这项工作。

女子诗词工作委员会有一个很好的传统，就是在重大节日、纪念日、重大活动，总是要发出我们女子诗词的优美声音。这一次重组之后，进一步激发了活力，一露面就带给大家一个“中华女子诗词大会”，开局非常好，我祝愿这次活动圆满成功！

去年11月30日，中华诗词学会召开第五届全国会员代表大会，修改了章程，改选了理事、常务理事和学会领导班子。新一届领导班子决心在继承郑欣淼会长10年诗词学会工作的良好基础上，翻开新的一页。我们的思路就是以“两讲两树”开拓学会工作新局面——“讲政治、讲团结，树正气、树形象”。为此，我们举办了为期3天的培训班，取得了非常好的效果。诗人就是诗人，谈学习体会都是用诗词歌赋来表达的，这在全世界找不到第二例。

我们将“讲政治”作为学会工作的引领，“讲团结”作为学会工作的保障，“树正气”作为学会工作的本色，“树形象”作为学会工作的亮点，齐心协力，多多联络、协调、策划、组织工作，多发现、激励各界各地诗词组织、诗词平台、诗词人物，调动方方面面的积极性。我们的眼睛正在观察，看哪个省、哪个市的诗词界工作活跃，说不定哪一天我们会给你送个奖状；我们正在观察，诗词微信、抖音还有其他的载体，看哪里做得好，说不定哪天表彰就落在你手里了。有的一家三代同时写诗词，这都是我们中华诗词学会应当加以鼓励的现象。我们这样做，就是为了调动千军万马，推动中华诗词的伟大复兴，加入推动中华民族伟大复兴的壮美行列。

期待女子诗词工作委员会在包岩主任的带领下，组织和引领广大女士学习诗词，创作诗词，开展丰富多彩的诗词活动，顶起中华诗词的半边天！

中华诗词发展繁荣需要一部规划*

今天我们就“十四五”时期中华诗词发展规划，邀请各位来开一个座谈会。这是系列座谈会的第一个。大家放弃繁忙的领导工作、研究工作、编辑工作、学会工作前来与会，这是对规划工作的巨大支持，也是重要参与。我代表中华诗词学会对你们表示衷心的感谢！就规划如何制定、规划什么内容，大家发表了很好的意见和建议，我们将认真地汲取。现在，我就围绕规划工作讲几点想法，供下一步工作参考，作为大家进一步思考的引子。

为什么要制定规划?

制定规划主要出于两个考虑：第一个考虑是国家“十四五”规划大背景的感召。学会换届时，国家正在紧锣密鼓地制定“十四五”规划，而且是中央规划建议发布之际。中华诗词学会新一届领导班子就是借这个大背景，制定“十四五”时期的中华诗词发展规划。

---

* 本文是作者2021年3月11日在《“十四五”时期中华诗词发展规划》座谈会上的讲话，段淑芳同志根据录音整理。

规划的名称我反复琢磨过：第一，我们不能叫作“十四五”规划，因为过去我们没有制定过五年规划；第二，我们这届五年任期，所以，也不用“新时代”这个较长时期的概念。《“十四五”时期中华诗词发展规划》这个标题就是这么形成的。

这个规划也不是中华诗词学会的工作规划，它是整个中华诗词发展的五年规划。用五年规划、中长期规划引领经济社会发展，已经成为我们党治国理政的有效方式。这种做法对我们有很强的示范和指导意义。作为全国性的社团，中华诗词学会有责任用规划来协调、推动整个中华诗词未来五年的发展。当然，规划事项今后要靠我们学会协调推动落实，从一定意义上讲，它起着学会工作规划的作用，但制定规划的出发点主要不是学会工作，而是源于履行学会发展中华诗词事业的责任。

第二个考虑，制定规划是中华诗词事业发展和中华诗词学会工作的需要。这是由规划的作用和意义决定的。

第一，规划是一个目标。我们做任何工作都要有一个目标，要不然浑浑噩噩，不知方向，没有追求。中华诗词发展和学会今后五年工作都需要制定一个目标，有了目标就有了努力的方向。

第二，规划是一种计划。工作有计划和没计划，是两个完全不一样的工作状态。我们制定规划的过程，实际上就是思考和制订未来五年的工作计划。工作有计划、有步骤，有板有眼地向前推进，这是一种不可缺少的工作态度。这样可以避免心中无数，更不至于心血来潮，想到怎么做就去做什么，想不到就不做了，容易产生顾此失彼、虎头蛇尾等现象。这是没有计划的常见表现。

第三，规划是一套举措。我们有了目标，有了计划，肯定要有举措在规划里同时出现。没有举措，这个规划就是空的，比如发展要有载体，普及要有措施，研究要有项目，发表要有园地，协调要有机制，这些都是举措。这些举措由谁来落实？规划将会考虑，哪些请高校来承担，哪些请地方来承担，哪些请兄弟单位来承担，哪些工作还要请求领导部门来支持，这些都是举措。

第四，规划是一种监督。我们制定的规划不是为了在墙上挂挂，在资料室里陈列，它是未来五年的发展目标、工作计划。我们有没有实施呢？规划对我们是个提醒，是个监督。我们经常拿出来看看，检查一下哪些工作做了，哪些还没做，什么原因没做？然后抓落实。

所以，基于以上考虑，我们迫切需要制定一个规划。2001 年 3 月，中华诗词学会曾经制定过《二十一世纪初期中华诗词发展纲要》，我们这次规划是前辈们工作的继续，一定要制定好。

我们要制定什么样的规划？

这一点要非常明确，要不然我们规划会不到位，甚至走偏，制定出来的规划没有多大价值。

第一，我们要制定一部具有工作指导价值的规划。既指导我们中华诗词的工作，对兄弟诗词单位也能产生一定的参考价值。同时，对各地方诗词组织也可以提供参考和借鉴。

第二，我们要制定一部调动、整合、协同各方力量的规划。中华诗词的发展，绝不是中华诗词学会一家能够完成的，而要形成一个各方面的大合唱才能做到。换届之后，我们学会工作思路的一个重大转变，就是用多种方式动员、激发社会方方面面来投入和支持诗词事业，形成一个繁荣发展中华诗词的联动局面。我们不光有从事诗词业务的诗词创作委员会、评论理论委员会、散曲委员会，最多的是按界别或领域设计的工作委员会，比如高校诗词工作委员会、企业家诗词工作委员会、女子诗词工作委员会、军旅诗词工作委员会、部委机关诗词工作委员会、少数民族诗词工作委员会，等等。现在设计了 21 个专业委员会，我们不封顶，随着工作的需要还可以增加。三八妇女节期间，女子诗词工作委员会率先举行了“中华女子诗词大会”启动仪式，宣布领导班子组成及内设机构，颁发证书、出了雅集微刊，起步工作充满创意，有条不紊，给以后各专业委员会起步开了一个好头。高校诗词工作委员会、企业家诗词工作委员会、青年诗词工作委员会等专业委员会都已组建完毕，也有了工作思路，即将开启活动。如果每个专业委员会都这么积极主动并创造性地开展工作，发展繁荣中华诗词的“大合唱”就会越来越响。因此，我们要做的规划一定要形成一个激发、整合、协调各方力量，从而形成一个大合唱的繁荣局面。

第三，我们要制定一部便于操作和落实的规划。在规划中，我们要写明指导思想、目标任务，如何做到呢？一定要把它们落实在一件件具体事情上，落实在一个个具体项目上，落实在一个个具体活动上，而且要落实在一些机构和组织身上。

我们怎样制定规划？

这个就涉及制定规划的工作思路、方法、步骤和承担主体等问题。

第一，广泛征求意见，集思广益。规划靠闭门造车是完成不了的，靠中华诗词学会几个人是不可能的，靠纸上谈兵更是做不到的。所以，第一步就是要广泛征求意见，集中各方智慧。我们发函到各省市诗词学（协）会组织，在网络上征集全国广大诗友的意见。我们还要继续召开像今天这样的规划座谈会。比如下一步要召开“入史”工作座谈会，邀请国内权威的当代文学史专家学者来参加，同时还要请诗词创作者精英代表参加，围绕当代诗词“为什么没有入史、怎样才能入史、今后如何推动入史”等相关问题展开讨论和交流。我们还要召开主管部门、研究机构以及一些德高望重的文艺界老同志与会。他们能来我们就叫座谈会，他们不来我们就登门汇报请教，征求意见。

第二，争取领导部门的支持。我们的主管部门是中国作协，业务归口领导部门当然是中国文联、文化和旅游部、中宣部。怎样才能得到他们的支持，这就需要大家一起努力。

第三，规划要分头编写、集中合成。有些部分，我们要邀请动员有关的专业委员会、专业机构、高校来给我们出力，贡献智慧。

第四，初稿征集意见，修改完善。

我们要把制定规划工作当作本届学会的一项重要使命来完成。

创新思路做好学会工作*

2020年11月30日，中华诗词学会第五次全国会员代表大会把我推上了会长岗位。四个月来，在有关领导同志的亲切指导下，在中国作协的关心支持下，我团结带领学会领导班子，创新思路，主要做了以下几件事。

以“两讲两树”开新局

上任当天召开的第一次全体会长会议，扩大到学会全体工作人员，提出在前任工作成绩的基础上，“以‘两讲两树’开启学会工作新局面”。“两讲两树”即讲政治、讲团结，树正气、树形象。以“讲政治”作为学会工作的引领，以“讲团结”作为学会工作的保障；以“树正气”作为学会工作的本色，以“树形象”作为学会工作的亮点。

接着，在中共北京铁路局委员会党校的大力支持下，举办了为期三天的“中华诗词学会‘两讲两树’专题培训班”，这是学会成立

---

* 本文是作者2021年3月26日所写的述职报告。

33 年来的第一次。本次培训邀请中国作协社团管理部门有关负责同志、中共中央党校（国家行政学院）教授、中央纪委宣传部专家进行专题授课，我对习近平总书记在文艺工作座谈会上的重要讲话做了专题解读。

这个工作思路和工作切入点，坚持了问题导向，收到了喜人效果，学会出现了崭新的风貌。

以班子建设为龙头

我们坚持率先垂范。学会领导班子共 17 人，大家带头“两讲两树”。

我们严肃工作纪律。研究问题，各抒已见；一旦决定，一个声音对外。

我们制定会长会议制度。全体会长会议，研究决定学会重大事项，半年召开一次；驻会会长会议，研究学会日常工作，每月一次，遇事随时召开碰头会，坚持集体决策。

我们调整坐班制度。驻会领导每周增加一天坐班时间，达到每周两天，保证每天有领导和大家一起工作，抓纪律，处理学会事务。

我们实行集体领导，分工负责。每人都有明确的工作职责。

学会领导班子精诚团结，齐心协力。

以制度管人管事

我们一次制定颁布了八个方面的规章制度，使学会工作驶入“制度之治”轨道，使上班、财务、离京、人事、决策、专业委员会等各方面工作有章可循。

一些以往难以处理的问题，如岗位调整、到龄离岗等，成为相关人员的自觉行为。

我们开创了两个工作会议制度，即年终的工作总结会议、年初的工作安排会议。会议挂会标、排座次，充分准备会议议程，有领导讲话也有员工发言。会议既内容丰富，也充满了仪式感。

党支部坚持“三会一课”制度。党史学习教育开始后，根据党支部安排，我做了题为《中国共产党百年奋斗的成功道路及其教育意义》的报告。

我们明确学会是公共服务性质的社会组织，学会工作人员属于公共服务人员，必须廉洁自律，加强党风廉政建设。

以改革为动力

我们把学会机关内设机构，由原先的九个调整为五个。

第一次在全体人员中进行年终述职和测评，在此基础上进行轮岗，激发了活力。

中华诗词事业是大家的事业，需要调动和发挥各方积极性和创造性。我们一次规划20多个专业委员会，成熟一个，成立一个，运转一个。女子诗词工作委员会已经成立，“中华女子诗词大会”筹备工作启动。高校、青年、企业家等诗词工作委员会即将成立。

改革流程，从技术上找原因，提高新会员入会办理效率。

着手从制度和流程入手，进一步提高各项诗词大赛评选、杂志用稿方面的公平公正水平，杜绝“劣币驱逐良币”现象。

《中华诗词》改版，重新设计封面和内页版式。从今年第四期开始以崭新面貌亮相。

以繁荣中华诗词事业为落脚点

我们认识到，一切努力最终都要落实在中华诗词的发展繁荣上。所以，从2020年11月30日到2021年春节前这一段时间，我们以忙“家务”为主，从春节后上班第一天开始，我们转入以忙“业务”为主，即大力开展推动中华诗词创作、研究、普及、诗教、“入史”等各项工作。

研究和制定《“十四五”时期中华诗词发展规划》，计划6月底完成。

策划和组织编写以歌颂中国共产党为主题的《百年诗颂》，全国300多位诗人参加，以庆祝中国共产党成立100周年，表达中华诗词作家和中华诗词工作者对党的无限忠诚和热爱之情，探索发挥中华诗词在中国特色社会主义新时代的应有作用。

利用和提升地方诗词工作平台，争取学会和地方诗词组织的适度对接。

发挥高校的专业机构和专家学者的作用。浙江经济职业技术学院成立了中华诗词文化学院、创办了中华诗教刊物，迫切要求我们主管主办。上海大学中华诗词创作研究院，拥有成套的格律诗培训师资、培训教材，也希望纳入中华诗词学会工作。此外，上海交大组织的“全球华语诗词大赛”，将参与合作。浙江的四条“诗词之路”建设已经启动，我们计划进行调研，参与工作。

加强和密切同业合作，集成中华诗词发展的多轮推动。有计划地主动联系中国楹联学会、中国当代文学研究学会、中国书法家协会、中华诗词研究院、《诗刊》社，主动联系全球汉诗总会、欧美同学会，以形成中华诗词复兴的“大合唱”。

重点加强诗词理论研究和评论等短板工作。

常规工作如华夏诗词奖评选、诗教工作，都要以提高质量和水平为着力点。

以创新思维深入思考学会工作

我把每一次讲话发言都当作机会，深入思考学会工作，推动中华诗词发展繁荣进程。已经发表《推进中华诗词复兴的初步思考》《精品力作：中华诗词创作的不懈追求》《以“两讲两树”为引领，开启中华诗词学会工作新征程》《让“两讲两树”体现在中华诗词学会 2021 年各项工作中》《中华诗词发展繁荣需要一部规划》。

我接手学会工作四个多月，工作刚刚起步，能力和水平有所不足。我将在中国作协的领导和指导下，紧紧依靠学会领导班子，认真贯彻落实习近平新时代中国特色社会主义思想，特别是关于文化文艺工作的系列重要讲话精神，努力工作，不懈进取，为中华诗词的发展和繁荣尽职尽心尽力！

学会要做好组织和服务两大工作*

这次来海南，主要是应江苏省海南商会的邀请来参加一个活动，今天上午到海南农信社做了一个讲座，明天上午到文昌给市委中心组讲课。我把走访海南省诗词学会，作为必须进行的一项日程。作为中华诗词学会的会长，怎么能不关心我的第二故乡的诗词事业呢？！

当年在海南，我也写一些诗词。我的第一首诗，是2005年写的《吊罗山瀑布》。这首诗首先得到海南一个镇里的诗友唱和，儋州的诗友也相和，出了一个集子，选了200首。然后诗书画研究会在东南亚的华人中组织了140人的唱和。接着，我采纳了省教育厅一位同志的建议，决定把海南建设成“诗歌岛”，并于2009年2月举行了诗歌岛建设启动仪式，委托省文联、省作协牵头实施。诗歌岛建设刚启动，我就离开海南到国家行政学院履新。

刚才听了谢世强会长的情况介绍和大家的发言，我感觉大家对这次座谈会很重视，给我留下了深刻的印象。看起来，海南省诗词学会换届换来了动力，换来了新的精神状态，也产生了一系列新的

---

* 本文是作者2021年4月11日在海南省诗词学会调研座谈会上的讲话，王健强同志根据记录整理。

成果。这个成果既包括活动，也包括创作。说实在的，以前我对诗词界不了解，就像当年我刚进入书法界一样，很多诗词界的著名诗人，我都不知道他们的名字，很陌生，认识的诗人就更少了。我没想到最后一站还会走到中华诗词学会会长这个岗位上，这使我感到本领恐慌。如果早知道要当这个会长，那么我三岁就会去学唐诗宋词了，真的是没有诗词功力。好在中华诗词学会主要是做组织工作、服务工作。这些我都会尽力去做，并努力做到位。

结合海南的情况，我给大家提几点希望。

第一，活动要常年不断。一年一安排，五年一个大的安排。五年一届，你们也要做个大计划，一年做个小计划，然后按照计划实施。同时，根据形势的要求和宣传部门、主管部门布置的任务，可以随时再增加一些活动。你们自己也想到了，各年度都有一些工作的重点。活动是学会的生命力，刚才谢世强会长讲到了，我觉得认识很深刻。

第二，要做好服务。服务什么呢？一是服务会员。二是服务基层，包括学校、街道社区、村镇。三是服务党和政府的中心工作。我也知道基层对我们中华诗词学会的服务作风有一些反映，这个我们正在抓。我说我们就是公共服务人员，一定不能摆架子，一定不能发号施令，一定不能趾高气扬，这些都是不许可的，都是不能做好服务的。

第三，要抓好队伍建设。一定要把队伍建设抓紧、抓实。队伍建设有几个层次，首先要抓青少年。刚才临高的会长讲得很好，要注意抓青少年的培养。我在好几个场合讲过，我们各级的诗词学（协）会组织不能成为退休人员的俱乐部，对不对？习近平总书记要求我们弘扬中华优秀传统文化，这就一定要从青少年抓起，特别是在有一定创作能力的青年壮年中，采取各种措施推动诗词的普及和提高。另外，对海南来说，队伍建设要搞五湖四海，要注意发掘各地来琼的各类诗词人才，防止我们自己变成一个封闭的圈子。据我了解，海南现在就有一个旅琼文艺家协会，是候鸟型组织，你们可以从他们那里选一个人到学会班子里来。同时，可以考虑在学会中设立一个专门委员会，不断发现旅琼的诗词人才，把他们吸收过来，建设一支五湖四海的诗词队伍。要大力发挥海南高校的作用、中学教师的作用。我的提法是我们“千方百计”（多出思路、多搞活动）、调动“千军万马”（组织和发动各界人士）、“千家万户”（调动各机关单位、学校、企业、社会组织等）投身中华诗词事业。不知道你们是否认识，黄荣生、李景新两位都是三亚学院教授，都是省书协副主席，都出了几本诗集。我学习写诗，得到他们很多帮助。建议你们摸清诗词人才底数。

第四，要搞好各类培训。中华诗词学会打算举办各类培训班，比如，创作、评论、理论、编辑的培训，学会组织管理培训、师资培训等。培训一定要扩大，常年培训，但这涉及经费问题。我们一年到头没有固定经费，中华诗词学会同各省市的经费问题是一样的，因为我们都是体制外的。刚才省文联的同志说到一个新概念，叫新文艺组织，这就跟新经济组织一样。新经济组织是民办经济组织，从国家的层面来看，中央一级的各类文艺协会有13个，各省市也相对应，如戏剧家协会、影视家协会、音乐家协会、美术家协会、曲艺家协会、舞蹈家协会、摄影家协会、书法家协会、民间文艺家协会、文艺评论家协会，等等。这些是体制内的，人员有编制，有一定的经费。在海南时，我分管过文联的工作，那个时候连经费都没有。当时我从宣传经费当中每年给一家一点点钱，然后我鼓励他们举办各种个人展览，如书画展、绘画展、雕塑展、摄影展。当年海南省书画院的展览，一年最多的时候办过 36 场，同时还有个人的各类展演，如舞蹈、歌曲、二胡独奏、个人独唱会都有。为什么要这样做？因为文艺事业就是大家的事业，要想繁荣发展，我们文化事业一定要发动千军万马。

第五，要适当组织一些专业委员会。中华诗词学会计划组建 20 多个专业委员会，如创作、评论委员会，还有企业界的、高校界的、少数民族界的、青年界的、女子界的等诗词工作委员会。今年 3 月 8 日中华诗词学会女子诗词工作委员会成立后，现在搞得很活跃，还要开中华女子诗词大会。组织这些专业委员会，一方面是我们要把诗词延伸到方方面面，另一方面是要放手调动各方面的积极性。比如高校诗词工作委员会，可以依托一个学校，由他们来牵头全省的高校。又如企业家诗词工作委员会，委托一个企业家来做。省直机关诗词工作委员会，委托一个有号召力的退下来的同志来做，从而调动大家的积极性。每个诗词工作委员会可以申请一个微信公众号作为园地来发表作品。做微信公众号，在纸质刊物紧张的情况下，我认为是一个很好的平台。我感觉海南的英子公众号，做了大量的工作，她个人付出也很大。有一次我问她，你做公众号要花很多时间吧。她说那天整理编辑连续工作了 12 个小时。除了编以外她还要写，像这种个人的努力也是我们集体的荣誉。我们学会的同志，要给予支持。以后在中华诗词学会的网站上，对好的微刊、纸刊，包括诗社的学会的出色工作，要发现一个就给报道一个。做了事做好了事，我们要及时地加以点评，加以报道鼓励，这样大家积极性就高了，不能干与不干一个样子。

中华诗词学会还要组织全国诗词学会会长会议，每年开一次，各省诗词学（协）会的会长、省会城市诗词学（协）会的会长参加。这个会议，不同于中华诗词学会的常务理事会。常务理事会主要是研究诗词学会的大事，做决策。而会长会议，则是交流讨论各地的诗词工作，起到一个交流、促进、推动的作用。

第六，要切实抓好诗教工作。诗教是我们传承中华优秀传统文化、传承中华诗词的工作重点。抓好诗教工作，一个是普及，一个是创建。要在更多的校园、社区、企业、机关等，推动普及，充分重视起来。说实在的，重视不重视，关键在于推动。我在海南时，琼剧不景气到了什么程度呢？只有在婚丧喜庆时才有它们的“地盘”，当时我就大力支持琼剧。所以我们要通过我们的努力来推动诗教工作，这样我们的诗词学会就更加有价值。你们准备在临高召开全省的诗词进校园现场会，我看这很好。临高的经验值得推广，学会领导重视，通过工作争取地方政府领导的重视。

你们换届近两年，各方面工作做得不错，省文联的会议也让你们去交流介绍，我希望你们在现有的基础上再继续努力，争取做得更好。这里我特别强调一下，当了学会会长后，个人的创作就不是主要的，主要是组织活动。我们在职也好，退休之后也好，搞诗词创作，这是非常高雅的。但是当了学会领导之后，只顾自己的创作，那么就变成自私了，就是捡了芝麻丢西瓜了。我们学会的领导，一定要把组织和服务这两件大事做好。当然，诗词学会的领导作为诗人来说，这对我们提出了更高的要求。我们个人的言行举止，包括服务基层，包括会长之间一定要精诚团结，互相之间不要计较。谁能干什么，我们就让他干什么；谁能在什么方面发挥作用，我们就让他在这方面起作用。我们只怨能人太少，我们不怕能人太多。我们要有宽广的胸怀，鼓励一切干事的。同时，我们在会长之间也来个比学赶帮，看谁对我们诗词组织贡献最大。刚才我看了你们的汇报材料，我感到很新鲜，比如说每年年终你们都要登记理事的创作业绩，这很好。尽管我说诗词学会的领导个人创作不是主要的，但是我们毕竟是诗人，我们的诗词创作不能丢，而且还要带头创作精品力作。我希望你们更上一层楼。

“中华诗词之乡”品牌的创建利用和提升*

各位领导、各位同行：

这是我第一次来慈溪。汽车驶上了跨海大桥，我就遥望到了慈溪。来了这以后就受到诗词文化氛围的感染。刚才看了陈之佛先生的故居和生平事迹展览，看了慈溪书法家们两个展厅的书法展，看了慈溪创建“中华诗词之乡”的宣传片，听到孙黎明副书记和大家的介绍，我边听边看便形成了一首五言绝句，叫《慈溪座谈会随感》：

谁诵贺虞诗，光摇秘色瓷。
耳边瓯乐起，暗悔我来迟。

贺即贺知章，虞即虞世南。这么一个美丽富饶而又充满文化的地方，我竟然68年才第一次来，你说后悔不后悔？你们的介绍引发了我关于“中华诗词之乡”建设的一些思考，这里和大家做个交流研讨。我想讲三层意思。

---

* 本文是作者2021年4月24日在浙江省慈溪市诗词工作座谈会上的讲话，方若波同志根据录音整理。

创建“中华诗词之乡”的基础和条件

从慈溪刚才的介绍来看，一个地方，一座城市，要成为中华诗词之乡，至少要具备四个条件。

第一个条件，就是先贤的诗词遗产。这一点非常重要。慈溪光是先贤留下来的诗词就有3000多首，你们都加以收集、校注、出版，还为有的诗词大家出了专集。

先贤留下来的诗词文化遗产，是一种精神文化血脉。拥有这份文化遗产，使我们今天学有榜样、养料充足，好像就自然而然地形成了对诗词文化的特有感情，赋予我们以弘扬和传承的责任，激起我们弘扬传承先贤诗词文化遗产的热情和冲动，也使我们具备了创建“中华诗词之乡”的基础条件。现在看来，成为“中华诗词之乡”的地方，大部分都具备这个条件。习近平总书记高度重视传承中华优秀传统文化，提出对它们进行创造性转化和创新性发展。这个思想，是对我们中华民族心态的一种高度概括，也是一种非常自然的号召和要求，所以很快得到广泛传播、生根开花结果。

第二个条件，就是当代人的诗词情怀。这个条件十分重要。具有先贤诗词遗产的地方很多，但是能够产生创建“中华诗词之乡”的冲动和行动的，现在还不是全部。因此，当代有没有诗词情怀，就成为一个必不可少的条件。我们看到，好多地方是守着金饭碗没饭吃，守着摇钱树没钱花。穷乡僻壤有贫困人口可以理解，但是处在自然条件非常优越的地方也有贫困村庄，就让人深思了。所以在脱贫攻坚战中老讲扶贫要扶志，也要扶智，智力的智；不光要“输血”，还要帮助“造血”。同样，拥有丰富先贤诗词遗产的地方，当代人有没有诗词情怀是非常重要的。正是有了这份情怀，我们才能够把先贤的诗词遗产当作珍宝，当作资源，当作养料，当作我们今天创作诗词的源头。

第三个条件，就是经济社会发展。人们老说愤怒出诗人，还有什么贫穷困境能够产生优美的诗篇。但一般说来，在这种情况下还有诗情的、有做诗冲动的，实在是少数人，或许伟大人物才能做得到。在甘肃成县（古称同谷）飞龙峡，我看了杜甫草堂，就是当年杜甫为避安史之乱来到那里搭建的简陋草棚。那时大雪封山，杜甫及家人食不果腹，儿子在饥寒交迫中死去。身处如此困境，诗人却写下了许多优美和充满爱国情怀的诗篇，令人感慨万千。一些诗作，如《同谷七歌》，被誉为“我国古代诗歌发展史上长领风骚、不可多得的佳篇杰构”。伟人就是不同常人。一般说来，文化和经济是成正比的。经济为文化的发展创造了优越的条件，衣食无忧的人们，才有时间、才有热情去创造文化。我们经常看到生活富裕的地方，文化的发展程度也是较高的。同时，文化也能够推动经济社会的发展。我长期从事宣传文化工作，对文化的意义和价值，我归纳过五句话：文化是政治、文化是形象、文化是环境、文化是生活、文化是经济。文化是经济有两层意思：一是文化能够推动经济的发展。因为文化能够更新观念、优化思维、提高素质、凝心聚力，所有这些都是生产力的提高，因为在生产力的几大要素当中，人是第一宝贵的。所以，文化的重要作用在于化人、育人。昨天我们在浙江经济职业技术学院了解到，学校的教育理念就是“以文育人”。这是一个非常重要的教育观。二是文化本身就是经济。现在蓬勃兴起的文化产业，就是文化经济。2008 年金融危机之后，我国开始把文化产业作为经济来看待，提出文化产业可以增加税收、解决就业、提高 GDP 的总量等，而过去都是从政治、从意识形态方面讲文化的。文化产业开始被国家列为重要产业，并且提出要让文化产业成为支柱型产业。一般认为文化产业的比重在GDP中达到5%以上，就成为支柱性产业。所以文化本身就是经济。在这个基础上，我提出了“文化经济”这个概念。文化经济，是在农业经济、工业经济、商业经济之后产生的第四大经济形态。它虽然姗姗来迟，但是方兴未艾，前景非常好。

所以，一方面，文化的发展需要经济作为基础；另一方面，文化也促进了经济的发展。慈溪连续多年位居经济百强县的第六名，GDP已经突破了2000亿元人民币的大关，接近有的省份，是非常不简单的。当文化建设需要经费的时候，比如，当创建中华诗词之乡需要经费的时候，领导就能大笔一挥，给予支持。经济的发展使得文化有了基础，同时文化建设也推动了经济的发展，经济与文化形成了良性互动。凡是经济社会发展比较好的地方，就是文化比较发达的地方。反过来也是一样。当然，例外也是有的，但那是特例。

第四个条件，就是政府的策划引领。这个条件是必不可少的。即使前面三个条件都具备了，没有党委和政府的重视，人们的诗词情怀只能停留在一种自发状态，很难形成全社会的风尚，也就是很难形成合力，更难形成氛围。

很短时间的接触，就让我感到了慈溪宣传文化口的干部们精神状态非常好。从你们的介绍来看，这几年干劲十足，非常乐业、敬业、勤业。市委宣传部在那么多文化工作中，对诗词给予特别的关注。慈溪市文联想方设法抓文化工作，包括诗词工作，文联书记和主席都充满朝气、充满活力。慈溪市诗词学会在创建工作中发挥了专业社团的作用。在市委、市政府的领导下，全市上下齐心协力，使创建诗词之乡工作很快如愿以偿。

所以我说，一个地方先贤诗词遗产再多，人们自发的诗词热情再高，经济社会再发展，没有党委和政府的重视，没有宣传文化部门的组织引领工作，是不可能自然地成为"中华诗词之乡"的。还有慈溪古代的青瓷、瓯乐等文化遗产，这些都是需要人去发掘和传承的。

诗词文化起什么作用?

我们今天大力弘扬诗词文化，那么诗词文化可以起什么作用呢？我想到了三点。

第一，诗词作为文化，是文化建设的重要方面。中国是一个大国，但不是强国。而我们在新中国成立以后就有强国梦，但是由于种种原因，这个愿望迟迟没有实现。在党的十九大上，习近平总书记重提社会主义强国，就是把我们国家建设成为富强民主文明和谐美丽的社会主义现代化强国。总书记在报告中提出了多个强国，包括数字中国。党的十九届五中全会明确提到要在2035年实现的强国，第一个就是文化强国。我们党在十七届六中全会做出社会主义文化大发展大繁荣若干问题的决定，提出建成社会主义文化强国，现在有了时间点，就是2035年。我们应该提出文化强省、文化强市，因为文化强国依靠更多地方成为文化强省、文化强市、文化强县。

文化的内涵和领域很多，中国文联下属就有十三个文化专业协会。诗词，毫无疑问是文化建设的一个重要内容。所以我们抓诗词发展繁荣，也就是抓文化强市建设的题中应有之义。当然我们不一定说诗词不强就文化不强，但是诗词强，文化更强，这是肯定的。

第二，诗词作为素质，是文化品位的重要构成。这个素质，既是人的素质，也是一个城市的品位。我们走进一个城市，比如走进慈溪，看到那么多人在背诵唐诗宋词、学习古代先贤的诗词遗产，那么多人在创作诗词、吟诵诗词，毫无疑问，这是这座城市文化品位的重要标志。而这样的人越多，表明具有较高文化素质的人就越多。习近平总书记指出，学诗可以情飞扬、志高昂、人灵秀。所以，诗词不应当只是少数人用来自我娱乐、打发时光的一种文化消遣，而应该把它作为文化育人的一个重要方面去抓。刚才我在微信上看到，因为今天是读书日，一些名人谈到，从小他的父母就要他背诗词，从而给他幼小的心灵播下了诗词的种子。尽管那个时候他对诗词很多还不理解，但这个经历使他现在坚定地认为，从儿童抓起，是提高人的文化品位的一个有效途径。我也接触过很多人，他们的诗词功底和对诗词的热爱，包括诗词创作得心应手，就得益于从小背诵了大量的唐诗宋词、古代诗词。我要是知道在 68 岁成为中华诗词学会会长，我从 3 岁时就应该开始背诵唐诗宋词，古典诗词基础还能扎实些。这是我的一件非常遗憾的事情。现在我们应该从娃娃抓起。有很多家庭，从孩子牙牙学语就开始教他们唐诗。如果大中小学学生、机关干部、企业职工、村民，都能够学习诗词，并且有更多的人拿起笔来创作诗词，毫无疑问是我们人口文化素质提高的一个重要标志。一首绝句，20 个字至多 28 个字，要表达想要表达的意思，把外部环境、内心世界都能写进来，那正是字字如金，非常凝练，这的确是一种功夫。所以把诗词说成文学中的文学真是有道理的。当你能够写诗词的时候，你的素质就已经提高了。你写得越好，你的文化素质就越高。而且，诗词对人的素质，不光是只限于文字方面，还有审美观念、审美情操的培养呢。国家把美育纳入教育方针，这是长期的教育实践而得到的一条深刻经验。按马斯洛的需求层次心理学，审美需求是最高层次的需求。毫无疑问，用文字去创作美，是人在具有很高素质时才能产生的一种创造能力。

第三，诗词作为氛围，是人文环境的标志。人文环境包含的内容很多，第一位的是核心价值氛围。我把核心价值分为三个层次。第一个是社会主义核心价值体系，即马克思主义指导思想、中国特色社会主义共同理想、以爱国主义为核心的民族精神和以改革创新为核心的时代精神、社会主义荣辱观。第二个是核心价值观，就是富强、民主、文明、和谐；自由、平等、公正、法治；爱国、敬业、诚信、友善。核心价值观是对核心价值体系的凝练表达，更强调践行。第三个是核心价值风尚，就是当人们把核心价值观化为直接的行为的时候，核心价值风尚就形成了。核心价值体系、核心价值观，最终都要外化为核心价值风尚。全社会都自觉践行核心价值观，就成为一种风尚。文化的具体内容非常多，其中就包括诗词。当一个地方热爱诗词、吟诵诗词、创作诗词，形成气候的时候，这个地方的人文环境就有了更加丰满的内容。走进这样的环境，心境都不一样。对招商引资来说，这也是一个很好的营商环境。中央一再强调营商环境，过两天我要到淄博一个论坛去演讲，就谈营商环境。诗词氛围浓厚，毫无疑问它会成为优秀营商环境的一个重要组成部分。我们要把诗词文化当成环境来建设。

这就是我现场考虑的诗词的三大作用，或者说三大意义。

拿到"中华诗词之市"品牌之后怎么办?

刚才大家谈到，慈溪进入了一个新起点。这个新起点，恰好跟我国进入新发展阶段是同一个时间点。创建工作作为过去，已经翻过去了，慈溪进入了一个新诗词发展阶段。这个阶段，我想提三句话，也是三个希望。

第一，维护。维护“中华诗词之市”的品牌。我希望慈溪，尤其是市委、市政府，把它作为一个新的起点，对“中华诗词之市”品牌的维护工作，给予更多的重视、更多的资金投入，把这个品牌维护好。我们发现，有的地方牌子一挂了之，我正在考虑准备要来一个“回头看”，主要委托省诗词学（协）会来做，组成考察组或调研组，到挂了牌子的地方去看看。好的，加以鼓励；对放任不管的地方，提出完善的意见，让他们继续加油。“中华诗词之市”名称的取得，绝不是创建工作的终结，而是创建工作的新起点。

第二，运用。用好“中华诗词之市”的品牌。要把品牌用好，以维护这个品牌的责任感，在更大范围内，组织发动诗词的学习吟诵创作，用诗词装扮环境。让更多的人热爱诗词，包括新诗。诗词活动能够多层次、多领域、多种方式、多种场合展开。场合有时也是指时机，重大节日啊，甚至老人做寿、青年人婚礼……我们可以把诗词作为礼物，比如送一本贺诗集，等等，让诗词在社会生活当中发挥更大的作用。

这次中华诗词学会组织全国有关诗人编写以歌颂中国共产党为主题的《百年诗颂》，既是表达我们诗词组织者、爱好者、诗词家对党的感情，讴歌党的丰功伟绩，同时也是探索中华诗词的现代功能、在新时代的作用。这项工作，我说有两个“第一”：一是中华诗歌诞生 3000 多年来，第一次用来成系统、成体系地描写一个事物，就是中国共产党的百年奋斗；二是中国共产党诞生一百年来，第一次遇到中华诗词这种载体来集中、全面地讴歌它的百年奋斗历程。我希望大家在市委、市政府的领导下，在市委宣传部的具体指导下，市文联和诗词学会要主动地工作，发挥好每一个会长、秘书长、理事的作用，在各自的领域、在各自的单位，包括在各自的家庭，把诗词用起来。大家都动起来，品牌不就越来越亮了吗？把品牌用足用活了，诗词发挥的作用也就大了嘛。

第三，提升。提升“中华诗词之市”的品牌。从方方面面去提升，使“中华诗词之市”越来越名副其实，牌子越来越亮。只要把品牌用好了，也就提升了。所以前面讲的第二点最重要。运用品牌的过程，是维护品牌的过程，也是提升品牌的过程。

提升，既有软的提升，就是精神境界和水平的提升，创作水平、吟诵水平、欣赏水平力求越来越高；也有硬件建设水平的提升。比如“中华诗词之乡”的标志性场景，如广场、公园、校园、酒店、地铁、车厢等。要搞，就要高质量的。书法公园我看了不少，我觉得最有品位、质量最高的是山东临沂市王羲之书法广场。那个广场，不像很多地方只是在黑色大理石碑上刻书法，而是以高低不同、形状各异的石块组合分布，本身就是一个奇美的石头公园，然后把书法名家作品镌刻其上。高质量的建设，多少年都不落后，都引人入胜。

从慈溪当初的创建热情，到对我们调研工作的重视，我们感受到你们的诗词情怀。相信你们对“中华诗词之市”的品牌，一定会有效维护、广泛应用、稳步提升。

把获得“中华诗词之市”称号作为新起点 *

今天我来到慈溪，参加“中华诗词之市”授牌仪式暨“秘色瓷都、智造慈溪”全国诗词大赛颁奖典礼，非常高兴。

慈溪历史悠久，人杰地灵，千百年来的围垦文化、移民文化、青瓷文化、慈孝文化为慈溪的传统接续、诗脉绵延提供了丰厚的土壤。近年来慈溪统筹推进经济社会发展，列入全国新时代文明实践中心建设试点和国家创新型县市建设单位，连续四年获评“中国最具幸福感城市”，居全国综合经济竞争力百强县市第五。先后获得“中国慈孝文化之乡”“中国陶瓷文化历史名城”“华夏书香之乡”“中华诗词之市”等荣誉称号。慈溪是中国瓷器的发源地之一，慈溪人民以自己的聪明才智创造了无与伦比的秘色瓷。

在这块丰厚的土地上，以“初唐五绝”闻名于世的大诗人、大书法家虞世南，以及以高翥、袁枚等为代表的历代500多位慈溪诗人，为我们留下了3000余首脍炙人口的辉煌诗篇。作为一名诗词工作者，我对慈溪的久负盛名自然早有耳闻，也有到慈溪来走一走、

* 本文是作者2021年4月24日在“中华诗词之市”授牌仪式暨“秘色瓷都、智造慈溪”全国诗词大赛颁奖典礼上的致辞。

看一看的想法。据我的考察了解，目前慈溪市在诗词创作、诗词普及、诗词教育、刊物出版、新人培养等方面成绩斐然。这次中华诗词学会授予慈溪市“中华诗词之市”的荣誉称号，就是慈溪市委、市政府继承优秀传统文化，弘扬中华经典诗词的有力举措，也是慈溪市宣传、文化、旅游、教育等各部门和全市人民通力合作、齐心协力的成果。

非常有意义的是，慈溪获得“中华诗词之市”的高雅称号，与我国进入新发展阶段是同步的。我相信，慈溪市委、市政府，慈溪人民，慈溪文化人，慈溪诗词工作者和诗词爱好者，一定会把获得“中华诗词之市”称号作为新起点，作为诗词事业发展的新阶段，再接再厉，更上高楼。我所说的诗词发展新阶段，就是维护品牌声誉、发挥品牌作用、提高品牌质量的阶段。一个城市，获得“中华诗词之市”的称号，诗词文化的深厚历史积淀是不可或缺的，但更主要的是当代人的齐心创建。然而，维护、运用、提高品牌，古人先贤、历史积淀一点也帮不上忙，而是百分之百地靠我们当代人今后的努力。因此，我希望，慈溪要把诗词作为最靓丽、最重要的城市文化名片用好用足。名声固然重要，内涵更为宝贵。“中华诗词之市”的应有内涵，就是全社会对中华诗词的热爱、吟诵、写作、应用，就是全民的诗词文化素质和全社会的诗词文化氛围。慈溪，是我就任中华诗词学会会长以后第一个获得授牌的“中华诗词之市”，我钦佩慈溪以往对“中华诗词之市”品牌的热切向往、为获得品牌所付出的努力，我更期待慈溪今后在维护品牌声誉、发挥品牌作用、提高品牌质量方面，继续努力，创新创造，为全国的“中华诗词之乡”树立榜样，发挥示范作用。在这里，我也宣布，以往统一的“中华诗词之乡”这个称号，将根据行政区划名称，分别叫作“中华诗词之市”“中华诗词之县”“中华诗词之区”“中华诗词之镇”“中华诗词之乡”，等等。

这次由中华诗词学会、浙江省诗词与楹联学会、慈溪市人民政府主办，《中华诗词》杂志社、慈溪市委宣传部、慈溪市文联承办，慈溪市诗词学会协办的“秘色瓷都、智造慈溪”全国诗词大赛非常成功，收获了一大批优秀作品。

这次诗词大赛以“秘色瓷都、智造慈溪”为创作主题，不仅更好地宣传了慈溪一流的制造业绩和文明水平，也助推了慈溪经济社会的全面发展，提升了文化软实力。而且弘扬了中华国粹和优秀传统文化，真可谓强强联合，一举多得。

最后祝本次“中华诗词之市”授牌仪式暨“秘色瓷都、智造慈溪”全国诗词大赛颁奖典礼圆满成功！

雅集是促进诗词创作的有效方式*

各位诗友：

我们今天雅聚在“和合人间”文化园，举行一次别开生面的诗词雅集，这是我人生的第一次。

来到天台，我的印象更深了：佛教有四大教派——华严宗、唯识宗、密宗、天台宗，而我们天台就是天台宗的发源地；道教南宗的发源地也是我们天台，而南宗的主要代表白玉蟾是我的第二故乡海南人。来到这里我才知道，我们经常所讲所用的和合文化源头就在天台。来到这里，更让我感到什么叫实至名归。明天，我们将给天台挂上一个亮丽的牌子，这就是“中华诗词之县”。这张名片，天台受之无愧、名副其实。因为短短的时间里，我们已经看到天台弥漫着浓烈的诗词文化氛围。我们理解了古代贤士为什么不顾旅途劳顿，长途跋涉从长安从各地直奔天台，留下了无数脍炙人口的诗篇。难怪我们天台人说“天台是唐诗之路的目的地”。

今天晚上的雅集显示了天台诗词的实力。比如，刚才我看到开场两个节目，一个是古筝合奏《杏坛》，一个是琴箫伴奏吟唱《思江

---

* 本文是作者2021年4月26日在天台“和合赤城”诗词雅集上的讲话。

汉》，就是你们从诗词文化大花园中随便摘取的两朵花，就是那么精彩耀眼。你们临时召集了一批诗人，带来了“命题作文”的诗，这绝不是一时之功，绝不是“花架子”所能端出来的。多年来，你们在天台默默地弘扬着中华诗词文化，培育出一朵绚丽的中华诗词之花。

我们这次来，是代表中华诗词学会来考察调研浙江省委、省政府是如何精心打造诗词文化带的，是了解四条诗词之路的建设情况的。我们经过杭州，看了慈溪，最后一站来到天台，真是各有各的精彩，让我们深刻难忘。你们这里是浙东诗路上的一颗璀璨珍珠。这块“和合人间”文化园，展示了一个企业家的文化情怀，也成为天台一道亮丽的文化风景。

正因为如此，下午我临时动议，趁着中华诗词学会以及省、市、县四级诗词学（协）会会长齐聚天台，我们能不能搞一个雅集？这一提议得到了县委常委、宣传部部长曹蕉红的热烈响应，得到了张密珍会长和诗社社长的大力支持。于是就有了我们在这里难得的相会。天台，古称赤城，是和合文化的发祥地。于是今天下午我提议“四级会长”以“和合赤城”藏头，联吟一首七绝。这便是现在我们的雅集叫作“和合赤城”的由来。

“中华诗词之乡”是一块非常高雅的文化名片。你们经过多年的努力和弘扬，先是取得了“浙江省诗词之乡”，接着你们又在省协会的指导下，经过两年的努力，通过去年林峰副会长所带队的考核组验收，明天就要挂上这块牌子。在这里，我向在座各位付出的努力和取得的成就表示热烈的祝贺！这张名片的取得是对我们诗词水平、以往诗词事业发展所做出的努力的充分肯定，同时也是今后我们继续推进诗词事业的一个新的起点。我希望你们再接再厉，取得更大成绩。

政府主导是诗词之乡创建工作的必备条件*

同志们：

我首先代表中华诗词学会对天台县获得“中华诗词之县”荣誉称号表示衷心祝贺！

昨天来到天台，天色已晚。崔波县长对天台历史文化如数家珍般的介绍，让我恨不能马上就进入考察。这次来浙江的重要任务，就是考察浙江的“诗路文化带”建设。这一天多时间在天台，无论是在考察“和合人间”文化园、国清寺、石梁镇，还是与大家在一起座谈、雅集、翻阅你们提供的各种诗词集，刚才又看了你们创建“中华诗词之县”的专题片，都使我们深刻地感受到天台的天地人和与浓厚的诗词氛围，体会到中华传统人文的和合之美、诗词之美。这些活动让我深切感受到，政府主导是诗词之乡创建工作的必备条件。

天台县是文化名县，历史悠久、人文荟萃，有“十地”之称，即佛教天台宗发源地、道教南宗创立地、和合文化发祥地等，自古以来就是大家文豪心目中的“诗和远方”。尤其是“唐诗之路”为天

---

* 本文是作者2021年4月27日在“中华诗词之县”浙江省天台县授牌仪式上的致辞。

台留下了宝贵财富，唐朝有300多位诗人写过天台，诗作1300多首。“一座天台山，半部全唐诗”，此话虽然有点夸张，但却让我们形象地品味到天台在唐诗发展中的位置。近年来，天台在诗词创作、诗词普及、诗词教育、诗词出版、诗词之乡创建等方面成绩斐然，形成了“以吟诗为尚、以做诗为能”的风尚，获得“浙江省诗词之乡”，这次又获得中华诗词学会授予的“中华诗词之县”的荣誉称号，这是县委、县政府带领宣传、文化、旅游、教育等各部门及全县人民通力合作、齐心协力的成果。

非常有意义的是，天台获得“中华诗词之县”称号，与我国进入新发展阶段是同步的。在我国进入新发展阶段、贯彻新发展理念、构建新发展格局的时候，天台县委、县政府，天台县人民，包括天台文化人，天台诗词工作者和诗词爱好者，一定会把获得“中华诗词之县”称号作为新起点，作为天台诗词事业发展新阶段，再接再厉，更上高楼。我所说的诗词发展新阶段，就是维护品牌声誉、发挥品牌作用、提高品牌质量的阶段。“中华诗词之县”具有特定的内涵，就是全社会对中华诗词的热爱、吟诵、写作、应用，就是全民的诗词文化素质的提高和全社会的诗词文化氛围的营造。我期待天台把获得“中华诗词之县”称号作为开启维护品牌声誉、发挥品牌作用、提高品牌质量的新阶段，乘势而上，创新创造，为全国的“中华诗词之县”树立榜样，发挥示范作用。

天台是和合文化的发祥地，天台古称赤城。所以昨天中午在赤城诗社，我提议中华诗词学会以及省、市、县四级诗词学（协）会会长以“和合赤城”四字藏头，共同作一首七言绝句，大家热烈响应，推我出句。诗成之后，我们共推林峰副会长作序记之。于是这首诗整体面貌如下：

和合赤城

辛丑暮春，人间三月；天清气爽，景丽花明。是处赤霞叆叇，云台缥缈。京浙诸友于天台塔后村居小憩，座中书香缭绕，茶香浮动。文彰公约以“和合赤城”四字为题，藏头联句，令“四级会长”诗意盎然，余绪绵邈。今林峰以小序记之，是为传一时之盛也。联句者曰文彰、曰晓篁、曰新景 、曰密珍也。诗云：

和风携雨润天台,（周）
合是诗花一路开。（王）
赤岭霞飞延远客,（吕）
城南小筑漫浮杯。（张）

我把这件事和这首诗亮给大家，为我们今天的授牌仪式增添一点诗意。

最后，祝愿美丽的天台明天更美好！

会长的使命*

尊敬的赵润田会长、各位会长：

这一次到山东来进行专项诗词工作调研，一个是工作职责所驱使，一个也是为赵润田会长的真诚所感动。他多次邀请且对我们非常尊重，让我感到再不来就失礼了。这一次来，时间虽短，但是学到了很多东西。山东诗词学会换届以来，有了自有房产，面积达到500多平方米，这在全国省级诗词学（协）会当中是少见的。你们在解决经费问题方面非常有智慧，诗词发展基金的建立让我大开眼界。诗词工作开展得很有特色，比如与24个县合作，每个县出30万元，搞“六个一”的工程，包括培训、出书，这些工作很有创意，既发挥了学会的作用，又解决了学会的经费问题。还有一项巨大的工程就是《山东诗藏》的整理、编辑、出版，这将是一件前无古人、功德无量的事情。入会会员要求公开发表10首诗词，这个是比较严格的。到了淄博看到先贤诗词文化的弘扬，受到很大的触动，王士禛的故居、纪念馆都非常有特色。淄博的诗词组织也做到了全覆盖，而且创意之处在于有条件建学会的建学会，条件不够的就作为分会，

* 本文是作者2021年4月30日在山东诗词学会座谈会上的讲话。

乡镇则成立诗社，组织机构名称上给了有序排列，很有推广价值。今天又组织了这么一个好的会议，全省大部分市的会长都到场，临清市委宣传部常务副部长还专门到会做诗藏编写情况介绍。会议组织得非常好。

下面，我围绕《会长的使命》这个题目，与大家一起研究讨论。因为我们都是会长，我们来探讨一下会长到底是什么使命，希望能够形成共识，哪怕部分共识也好，从而一起履行好我们会长的职责。我从五个方面来讲。

会长：一会之长

这是讲会长在诗词学会中的位置和作用。这个“一会之长”怎么解释呢？通俗地说，首先是“领头羊”，就是引领学会前行的人，也可以叫作“火车头”。这就要求我们会长在两个重要方面努力提高。一个是把好方向。方向对于我们搞文化的人来讲是第一位重要的，跟我们当干部是一样的，我们领导干部最重要的不是现在你所处的位置，而是你面朝的方向。同样，学会的方向是一个重大问题。再一个就是要提供动力，成为学会工作的动力源。

“一会之长”的第二个含义，就叫“指挥长”，组织和指挥学会活动的人。组织指挥者就要求有战略眼光，比如全局意识、系统观念，善于从根本上、本质上去考虑问题、谋篇布局，尤其是要谋大局、谋全局。光是战略不够，还得要战术。所以，“一会之长”既要有宏观思维，又要有微观思维，两方面都要具备。

“一会之长”的第三个含义是“主心骨”，就是学会所能够依靠的人，会长就是学会的顶梁柱。作为“顶梁柱”，会长一定要有定力，没有定力做不好顶梁柱，靠不住。此外要有“决断力”，即决策拍板能力，敢于担当。习近平总书记非常重视领导干部的担当，干部最怕不担当，老百姓议论最多的也是干部不担当，该拍板的不拍板，该承担责任的不承担责任。不担当就没有作为。什么是担当呢？就是面对大是大非敢于亮剑，面对矛盾敢于迎难而上，面对危机敢于挺身而出，面对失误敢于承担责任，面对歪风邪气敢于坚决斗争。只要把使命和责任铭记在心，就能敢于担当。

“一会之长”的第四个含义是“班长”，“一把手”就叫班长，这个班长是领导班子的班长。班长要能够团结凝聚带领一班人同心同德去开展学会工作，班长如果做得不好，班子成员就难以齐心协力，难以拧成一股绳。班长如果做得不正，就容易在班子里面产生团团伙伙、拉帮结派。这个现象在有些诗词组织里是存在的。所以班长就要有班长的格局和才能，既能实现集体领导又能落实分工负责；班长还必须能够统揽全局。

“一会之长”的第五个含义是“表率”。就是要在各项工作当中身先士卒，模范带头；要班子成员做到的自己先要做到，要班子成员不做的自己带头不做。无数地方的事实证明，一个学会兴旺不兴旺，关键看会长；学会行不行，就看会长能不能。我们非常清楚地看到，还是这些人，还是这个天地，而不同的会长就产生不同的面貌，这就充分地说明了会长的重要和作用。我们既然当了会长，就要履行会长的职责；既然占了位置，就要做事。会长、副会长、秘书长、副秘书长，不能只占位置不做实事，只挂名不干活，只要职务不负责任。在中华诗词学会换届之后第一次会长会议上，我就提出要杜绝“只挂名不干事”的现象。既然工作忙，既然没有为大家服务的心，你最好谢绝兼任学会领导职务。既然当了，你就要准备做事。有的学会一年就召开一两次会议，会长、副会长都很难到齐，有的干脆一年没参加过一次会议。如果有这样的副会长，建议主动辞职为好。这个副会长当得没有意思，也没有什么价值，反而耽误了学会的事情。

人们常说事在人为，对一个学会来说，这个“人为”首先是会长的作为。所以我们当会长的，虽然不像过去在职时每天都要去上班，学会也不用像以前在机关那样去管理，但是把学会工作放在心上、担在肩上，经常思考、经常谋划、付诸实践，则是必须的。好多会长几乎每天都在盘算如何做好学会工作，这是会长的本分，懈怠不得。

那么诗词学会的会长要干些什么事、负些什么责呢？这就是我讲的第二个方面。

发展诗词事业：会长的职业

我们会长绝大多数都是已经退下来的同志，本来我们的职业生涯结束了，但是一当会长新的职业生涯又开始了，这是我们的“第二春”。退了以后的新职业，对诗词学会的会长来说，就是干诗词之事，负诗词之责。这里的诗词不是单纯指个人创作诗词，发表诗词，尽管我们会长应该这么做。这里的诗词是指一个地区、一个单位的诗词。我们在工作之余热爱诗词创作，退出领导岗位之后还在坚持诗词创作，这是值得肯定和赞美的高雅情操。我们希望全社会有更多这样的人坚持业余创作，坚持退了之后仍然老有所为。但是一旦当了诗词学会的会长和副会长，如果只考虑个人创作和发表诗词，对学会工作采取“不理朝政”的态度，性质上立马发生了一百八十度的变化，那就是自私自利的。一个非常高雅的爱好立刻变成自私的，为什么？因为承担了会长职务，却不谋这个地方或单位诗词的发展，只考虑个人去创作和发表诗词，这就等于利用职务之便来干个人的私事。作为会长，个人创作发表诗词不是主要的，学会工作才是最重要的。有时，例如某一段时间，甚至需要全身心地去做。只有这样，我们才能尽好会长职责。所以在高校时我发表过观点，我不太赞成“双肩挑”这个提法，因为人的精力和能力非常有限，全身心投入当校长还不一定当得好。校长就应该专心致志地治理学校，谋划学校的发展。当会长也是同样道理。

那么，诗词事业作为会长的职业，我们要做些什么事呢？

第一，普及诗词。我们第一位的任务是带领诗词学会机关的同志，组织动员各级诗词组织做广泛普及诗词的工作，让越来越多的人爱诗词、学诗词、诵诗词、写诗词，让中华经典诗词名篇在本地区得到普及，尤其是已经获得“中华诗词之乡”的地方。我前两天就阐述了“中华诗词之乡”的内涵，全社会要有浓厚的诗词氛围，要有越来越多的人有诗词情怀，要有一定数量和质量的诗词创作，还要有一些有特色的诗词场景，所以普及诗词在已经获得“中华诗词之乡”称号的地方和单位更要加大力度。赵会长说山东挂牌的学校要抽查20个人，要求每个人背多少诗词，而且随机抽查，我觉得这个要求是对的。

第二，创作诗词。即组织诗词创作。诗词传到我们这一代人手上，创作是一项重要任务，而且创作要多多益善，因为谁都不是天生的诗词作家，业余爱好更是与精品诗词要求相差甚远，但是不要紧。我认识扬州的一位企业家，他的企业很有成就，同时他热衷于诗词创作，80多岁高龄的他几乎每天都要创作，有时一天能创作几十首，现在已积累几万首诗词。他的诗词是分门别类的，爱国、感恩、道德、交往、家庭……他就是在做道德文章，我提醒过他少写一点，在创作水平上多下功夫，但他坚持这样做。我认为像这样的作者也是值得肯定、值得赞美的。总比每天什么事情都不干要好吧！所以无论是谁，也不管写作水平如何，只要他拿起笔来写诗词，我们都要满腔热情地欢迎和支持，多多益善，而只有在这个基础上我们才有可能谈提高。

第三，运用诗词。我们要推动诗词的运用，比如装扮环境、举办吟诵活动，又如能不能把吟诵引进婚礼、老人做寿、送友参军、送子上学等。用来装潢布置，比如水壶茶杯、公园建设、宾馆酒店到处都可以见到诗词。还有在书法、绘画以及其他艺术品载体上。

第四，整理诗词。把古人先贤的诗词做一个系统的整理肯定是我们诗词学会的工作，《山东诗藏》以县为单位来进行，这是一个了不起的事情，成功之后可能要达到数百卷。临清市委宣传部、市诗词学会在这一方面行动比较快，成效比较突出，希望有更多的市县这样做。

第五，开展诗教。诗教是诗词普及、诗词运用以及提高人们诗词文化素质的一个非常有效的工作，我们叫作“六进”，这项工作要持之以恒地抓起来。前几天我在浙江慈溪市对“中华诗词之乡”品牌的创建、运用与提升，做了比较系统的讲话，这里不再多说。

第六，建立诗词组织。诗词工作第一位的事情是建好诗词组织。当年在海南当省委常委、宣传部部长时，我就要求纵横交错地成立书法组织，建设“书法之乡”。诗词组织也需要这样。纵向的，比如金融口、教育口、文化口；横向的，比如成立女子、青年、省直机关的诗词组织，这是我们诗词繁荣的标志之一，也是推动诗词繁荣的组织保障。淄博市的诗词组织就比较健全，菏泽的诗词组织已经实现无缝衔接，市里跟省里衔接，县区跟市里衔接，乡镇也跟县区衔接。这些做法是值得学习和效仿的。

第七，壮大诗词队伍。诗词队伍包括吟诵、朗读、学习，特别是创作队伍。各种队伍的建立与诗词学会的工作息息相关。学会工作有名气和地位，就有凝聚力和吸引力，就会让人感到不加入诗词学会的活动是一种缺憾，加入是一种荣耀，也是学习与发挥自身价值的机会。

第八，建设诗词场景。我所谓的场景就像日照刚才介绍的，他们就有三个诗词公园，除了诗词公园还有楼堂馆所用诗词作为文化标志。

一句话，推动中华诗词事业的繁荣与发展，这就是我们会长的职业要求。几年前，我提出，为民，对领导干部来说是职业，不是境界；是责任，不是崇高，就像医生的职业是救死扶伤，教师的职业是教书育人，司机的职业是安全行车一样，干部的职业是为民造福、为民解忧。干部是为民的职业工作者，通俗地说，干部是为民专业户。既然干部从事的是为民的职业，就得好好为民。请问医生不看病行吗？教师不上课行吗？司机不开车行吗？这是一样的道理。依此类推，既然我们已经当了诗词学会的会长、副会长，这就是我们现在的职业了。这个职业，就是推动中华诗词事业的发展与繁荣，我们要尽心尽职。

那么我们怎么履行繁荣中华诗词的职责呢？就进入我讲的第三个方面了。

活动：学会的生命

会长的职责就是策划、组织、协调各种活动，这个活动当然是诗词活动，诗词之外的活动各地可以根据自己的情况决定。比如山东诗词学会还有扶贫活动，这个是我没有想到的，这让我感到非常的惊喜和钦佩。从诗词学会的工作来说，我这里主要讲的是诗词活动。毫无疑问，这些活动跟我们的职业要求是对应的，比如普及活动、创作活动、吟诵活动、雅集活动、采风活动、学习活动、交流活动、传播活动、培训活动、诗教活动、联谊活动等。

要想创作出好的诗词，诗词创作者和工作者都要不断学习，吸收营养，无论你诗词写了多久，只有不断学习才能不断提高。向书本学、向同行学、向实践学。一定要向实践学习，即中国特色社会主义建设实践，关注我们今天这个伟大时代。

我们特别要加强诗词传播，传播对我们有多方面的意义。一是传播我们的活动信息，传播我们的诗词作品，传播我们跟各地的交流等。所以要重视网站建设，要重视微信公众号，要重视我们自己办的报纸、刊物。山东诗词学会还编发了简报，这挺好，简报对相互交流传递信息非常有作用，但是这需要人力和物力，要花精力，这是一件很不容易做的工作。中华诗词学会正在部署网站的全面改版，原有网站功能比较少，网站搞起来之后是多功能的，给各省市区都留了窗口，把钥匙直接交给你们，你们就要像自己的网站一样首先把好政治关和文字关。在网站上运用诗词创作工具，那更是快捷方便的事情。

要大力开展培训活动。山东诗词学会跟 24 个县的合作其中就包括培训，现在已经有 3000 多人参加培训，这是一个很大的培训量。菏泽的培训要争取全覆盖，这很值得我们各地学习。这次我的诗词调研工作主要是两个省，我先去了浙江，因为浙江以省委、省政府的力量来组织“四条诗路”建设，即浙东唐诗之路、京杭大运河诗词之路、钱塘江诗词之路、瓯江诗词之路，把古人的诗词和当代的发展完美地结合，把文化和旅游完美地结合，定了三年行动计划，初步估算可能要投入资金 3000 多亿元。这样的大手笔令中华诗词学会高度关注和支持。同时我们考察了浙江经济职业技术学院，多年前我们跟他们成立了中华诗词文化学院，支持他们办了《中华诗教》刊物，后来我们关注参与不够。这一次与他们敲定策划一系列培训班次，比如创作培训班、理论评论培训班、吟诵培训班、学会管理培训班、诗刊编辑培训班、诗词师资培训班，但这其中涉及经费问题。将来可以开展网络培训，开辟云课堂等。总之，多渠道多方式开展培训。

要大力开展诗教活动、开展联谊活动等。我将活动做了这么一个罗列，希望给各位会长开展活动提供参考，以便你们多多谋划。开展诗词活动的一条重要原则就是要紧跟时代和党委、政府的中心工作。诗词既是我们个人抒发情感的一种内心独白，也是紧贴时代、配合中心工作的重要文学形式。中华诗词历来就有记事、抒情、言志、言政的内容，言政也是诗词的传统功能。中华诗词学会正在组织全国作者完成以歌颂中国共产党为主题的《百年诗颂》，共理出 13 章 600 个左右的题目。从收回的诗稿看有的诗人还不适应。比如说写“长征”，就一定要把长征的艰难困苦、代表性场景表现出来。比如，“开国大典”与“中华人民共和国成立”就是两个写法，开国大典重在“大典”，而“中华人民共和国”重在“新中国”。比如“井冈山”与“游井冈山”就是两个不同的题目，写“游井冈山”，主观感受要多点，写“井冈山”，客观描述要多点，更要突出井冈山的革命圣地、革命摇篮这些方面。习近平总书记说为人民而写、为时代而歌，这是文艺创作的总导向，我们诗词也不例外。所以赵润田会长在日照考察工作留下一句话“诗词要助力时代”，我非常赞成。

我们要造就一个活跃的诗词学会，造就一个有生命力的诗词学会，就要做到“小活动月月有，大活动三六九”。以上讲了活动是学会的生命，那么怎么开展这些活动？一要策划。策划很重要，最重要的策划是年度策划，一年的工作我们在上年度结束时就要安排好。还可以做五年规划，现在中华诗词学会正在组织编制，林峰副会长具体负责，建春主任具体操刀，我们叫《“十四五”时期中华诗词发展规划》，不称“十四五”规划，因为以前没搞过“十三五”和“十二五”诗词发展规划。这是讲策划活动。还有组织活动、协调活动，我就不展开讲了。

规范：学会工作的保障

诗词学会虽然是个社团，但也要讲规范，就怕事无定规，就怕会长随心所欲，就怕看人行事，更怕我行我素，所以学会工作一定要纳入规范化的轨道。这个规范指的是规矩、章法、制度。规矩不一定成文，流传下来的或者一般都这么操作的，不成文字的或者前任的经验，好的我们依照执行。所以总书记强调讲规矩，对我们学会工作有重要的指导意义。尤其是在党的十九届四中全会把国家治理现代化提上议事日程的背景下，诗词学会更要讲究规范化。

要做到规范化必须制度化，形成制度。关于制度，邓小平同志说，制度好可以使坏人无法横行，制度不好可以使好人无法充分做好事，甚至走向反面。所以制度很重要。山东诗词学会就制定并出台了十项制度，我一上任中华诗词学会就主持制定了八项制度，坐班制度、会长会议制度等。会长会议制度我特别看重，我们把会长会议分为两类，一是全体会长会议制度，由16名会长、副会长、秘书长组成，主要是研究决定中华诗词学会的重要工作、组织机构的设立以及其他重大事项。二是驻会会长会议，研究全体会长会议决定的落实，研究中华诗词学会机关日常管理工作。其他制度还有到基层服务制度、差旅制度、离京报告制度、聘用制度、财务制度、廉洁自律制度，等等。

廉洁自律是我们学会始终要注意的问题。因为诗词学会是一个公共服务机构，我们工作人员便是公共服务人员，因此，对公务员的廉政要求同样适用于我们，所以要特别提醒每一个工作人员既不能“以诗谋私”，也不能“以私谋诗”，就有社团组织工作人员随意挪用贪污被追究法律责任的。

政治：学会的方向

政治是第一位的，政治家办报、政治家办网，同样，要政治家办学会。中华诗词学会提出“两讲两树”，供你们参考。一是把“讲政治”作为学会工作的引领，要求每个机关和编刊人员坚持正确的政治方向，增强政治觉悟，提高政治站位，懂得政治规矩，保持政治本色，坚定理想信念。理想信念为什么不能动摇呢？有人说人的大脑，无产阶级不去占领资产阶级必然要去占领，这句话真理性在于，人的大脑留不得半点空白，正能量不够，负能量自动充填。农民都懂得这个道理，他们说地里长满了菜就不会长草，心里装满了善就不会生恶。理想信念一动摇，负能量自动充填。所以，即使退休了，仍然要坚定理想信念。二是以“讲团结”作为学会工作的保证。这就要相互尊重、相互学习、相互理解、相互帮助，同时坚持一个原则，影响团结的话不说，影响团结的事不做。三是以“树正气”作为学会工作的本色。让正气充盈机关和编辑工作，让正气充盈人际关系，让正气充盈诗词作品。四是以“树形象”作为学会工作的亮点。这里涉及我们每个个人。树立我们个人人格形象，树立我们作为公共服务人员的形象，树立我们作为知识分子的形象，树立我们作为特殊群体的形象，比如党员形象、军人形象，所有这些个人形象汇聚而成中华诗词学会新形象。中华诗词学会要树立公平公正、精诚服务、踏实工作、严于律己的形象。我说这些，既是为你们抓好学会工作提供参考，也是希望你们对中华诗词学会工作人员加以监督。

好，耽误大家不少时间，就讲这些。不当之处，请批评指正。

中华诗词的未来在青年 *

各位领导、各位同学、各位爱好诗词的朋友们：

成立青年诗词工作委员会是我们通盘考虑的重要一步。中华诗词学会第五次全国会员代表大会 2020 年 11 月 30 日成功换届之后，我们就开始考虑一系列专业委员会的设立。为什么要成立专业委员会？主要出于三个方面的考虑。

第一，出于细化的考虑。通过细化，集中力量深入钻研，使诗词艺术的方方面面都更加专业化，从各方面推动诗词的繁荣与发展。所以，我们要成立诗词创作委员会、评论理论委员会、散曲工作委员会、出版传媒工作委员会，还有涉及吟诵演唱方面的委员会等。

第二，出于扩展诗词队伍的考虑。为的是调动千军万马来推动中华诗词的繁荣与发展。所以，我们考虑要成立部委机关诗词工作委员会、企业家诗词工作委员会、高校诗词工作委员会、书画界诗词工作委员会、青年诗词工作委员会、女子诗词工作委员会、少数民族诗词工作委员会、残疾人诗词工作委员会等。

---

* 本文是作者 2021 年 5 月 10 日在中华诗词学会青年诗词工作委员会成立大会上的讲话。

第三，出于凝聚诗词力量的考虑。中华诗词发展和繁荣需要社会各方面力量的参与，所以，大部分专业委员会要依托相关有条件的单位和部门。残疾人诗词工作委员会依托中国残联，女子诗词工作委员会依托中国出版集团，而我们青年诗词工作委员会就依托中国地质大学来设立。

依托中国地质大学有这么几个原因。

原因之一，地质大学的领导和有关部门非常重视，把诗教纳入学生的素质教育，坚持多年开选修课，而且在选修学生中已经出现了很多在各类大赛中崭露头角的年轻诗人。

原因之二，地质大学连续4年举行“高校‘爱江山杯’中华通韵诗词创作大赛”，刚才高昌副会长宣布第五届大赛今天正式启动。每次大赛都是由校党委书记担任委员会主任，副书记、副校长挂帅，校党委宣传部、学生工作部等有关部门积极支持。

原因之三，地质大学的褚宝增教授，作为数学领域的专家，竟然能够在中国文学史方面，在诗词创作方面、诗词理论研究和评论方面很有建树。我看过一个诗词杂志，专门研究褚宝增教授的诗词创作，他已经成了学术研究对象。正是由于他策划、推动和亲自组织活动、担任课程讲授，才使得地质大学在高校诗教工作中独树一帜。

在这里，我代表中华诗词学会，向青年诗词工作委员会的成立表示热烈的祝贺！

今天我想讲的主题是中华诗词的未来在青年，讲四个问题。

中华诗词迫切需要青年参与

我们现在称作中华诗词的，就是指中国古典诗词，从《诗经》

算起，有3000多年的历史，其中，唐诗、宋词、元曲，是我们大家最熟知的几个高峰时期及其重要成果。《全唐诗》收录了唐代诗人2200余人的48900多首诗作，一共900卷，成熟于清代康熙四十五年（1706），是在我的家乡扬州雕版印制。《全宋词》共计收录了北宋、南宋1330余家词人的词作约2万首，引用书目达到530余种，1940年在重庆出版。1980年中华书局再版时，又增补了400首。我们的先贤留下的中华诗词遗产极其丰富。《全元散曲》收入自金代至元末明初213位曲家及无名氏散曲作品，总共小令3800余首，套曲450余套。20世纪20年代爆发的新文化运动，对于我国的历史发展具有非常重要的意义，但是它有一个重要缺点，就是对中国古典文学一味批判，对西学全盘肯定，最终导致中华古典文化走向末路。直到现在，中国现当代文学史中没有中华诗词的地位，这是极不正常的现象。

有鉴于此，诗词界提出了复兴中华诗词的口号，发出了中华诗词要“入史”的呼声。我们很多老同志，尤其是离开工作岗位的老同志，为诗词复兴发挥了重大作用。他们层层成立诗词组织，带头创作中华诗词，传播中华诗词，整理先贤留下的中华诗词的宝贵遗产，做了大量的工作，所以我们对老同志迄今所做的工作怀有深深的敬意！没有他们，中华诗词今天有这个局面是很难想象的。

党的十八大以后，习近平总书记提出了中国梦，中国梦的内涵，也就是中华民族伟大复兴。毫无疑问，中华民族复兴离不开中华传统文化的复兴。习近平总书记高度重视中华优秀传统文化的传承、发掘和利用，带头创作中华诗词，比如我们大家所熟知的《念奴娇·追思焦裕禄》。这样一个氛围就极大地鼓舞了各级诗词组织，他们不光自己创作，还积极推动中华诗词“六进”工作等。就在这期间，“中国诗词大会”“诗词中国”这样一些群众性诗词背诵和创作活动出现了，其中央视的“中国诗词大会”影响特别大，可以说家喻户晓。中华诗词被纳入了很多家庭的幼儿教育，不少青年开始学习创作中华诗词。这就是我所感受到的目前的中华诗词的形势。当然，比起我国这么多的青年来说，现在参与中华诗词的青年人数还相对较少，中华诗词迫切需要更多的年轻人参与。

中华诗词是青年的精神滋养

包括中华诗词在内的中华优秀传统文化，是我们中华民族的精神血脉，是我们中华民族的精神基因，所以对青年具有非常重要的价值。

第一，中华诗词是中华优秀传统文化的精粹。我们现在所讲的中华优秀传统文化，包括书法、绘画、中医、建筑、诗词，等等，中华诗词可以说是中华优秀传统文化当中的瑰宝，青年要想提高传统文化素质，诗词一定是必修课。第五届全国高校“爱江山杯”中华通韵诗词创作大赛征稿启事，有这么一段话，我觉得写得很好：

> 诗词是中华文化皇冠上的明珠。它不仅将汉语言文字之美引向极致，也将中华文化的理念、智慧、气度、神韵蕴藉其中。欲以一孔之见得窥中华文化之精彩，诗词一定是极佳的选择。即使放在世界文明进程中来审视，中国诗词依然具有无与伦比的文化魅力和独树一帜的文化价值。

这段话再次告诉我们，我们作为中国人，没有中华传统文化的功底，总是缺点什么。要夯实中华文化的功底，学习诗词是一个重要渠道，也是一个重要内容。

第二，中华诗词是中华优秀传统道德的诗意表达。在中国优秀传统文化的这块瑰宝当中，中华诗词对讲仁爱、重民本、守诚信、从正义、尚和合、求大同的古代核心价值观，有着大量深入而有特色的注解，成为涵养社会主义核心价值观的长效养料，在当代具有启智、教化、励志、交流、宣传等作用，有助于青年提升思想境界和审美水平，具有极其重要的时代价值。

第三，中华诗词充满普遍的美育价值。中华诗词蕴含意象之美、情感之美、境界之美和语言之美，能够潜移默化地滋养青年的精神世界，对青年审美教育和全面素质，具有积极意义。我们要想塑造美好的心灵，创造美好的生活，中华诗词一定对我们有所帮助。

所以从三个方面来讲，青年需要诗词。

中华诗词的希望在青年

毛泽东同志曾经说过，世界是你们的，也是我们的，但是归根结底是你们的。我们可以模仿说，诗词是我们的，也是你们的，但是归根结底是你们的。习近平总书记说："青年兴则国家兴，青年强则国家强。青年一代有理想、有本领、有担当，国家就有前途，民族就有希望。"[①] 我们可以接着说，中华诗词就有希望，中华诗词的复兴终将在一代代青年的接力奋斗中变为现实。

毫无疑问，中华诗词要实现复兴的希望和美好的未来，就要最

① 习近平：《决胜全面建成小康社会　夺取新时代中国特色社会主义伟大胜利》（2017 年 10 月 18 日），人民出版社 2017 年版，第 70 页。

大限度地动员和组织广大青年积极投入。

第一，青年要逐步成为中华诗词的创作主体。中华诗词创作主体不能总是老年人，不能总是一个人在退休之后或在离开领导岗位之后才开始创作诗词；青年应该尽早成为诗词创作的主力军。

第二，青年要逐步成为中华诗词鉴赏、传播、研究和评论的骨干队伍。不少青年在儿童时代背过很多中华优秀诗篇，可是到了大学很多人把它丢了，有的甚至忘记了，非常可惜。青年应当继续把鉴赏、吟诵、传播、引用中华诗词，作为自己学习、工作、生活当中的一个重要内容，而且只能加强，不能放松。因为前面讲过，中华诗词对我们无论是提高文化素质、涵养道德，还是培养审美观念、审美情操都具有极其重要的意义。

第三，青年要逐步成为中华诗词组织的中坚力量。各级诗词组织不能总是退休人的俱乐部，而应该逐步成为青年主导的诗词团体。只有这样，中华诗词的明天才更有希望。

青年诗词工作委员会的生命在活动

这是我就任中华诗词学会会长多次强调的一个观点。学会的生命在活动，学会的存在价值也在活动；如果没有了活动，这个组织就名存实亡了。今天就任青年诗词工作委员会主任的褚宝增教授刚才表示首先要开展诗词创作活动，而且要联系全国的青年诗社、诗词组织，还要大力推广中华通韵。宝增教授这些举动我非常赞成，中华通韵既然已经被国家认证推广发布，我们就应该用起来。当然，平水韵、中华通韵可以“双轨并行”。

我希望青年诗词工作委员会多多组织活动，那么组织什么活动呢？

第一，组织各种诗词活动。各种诗词活动，强调的是各种，比如创作活动、吟诵活动、普及活动、交流活动等。

第二，推动各地诗词活动。这里强调的是各地，既不限于我们地质大学也不限于我们经常联系的十几所高等院校，而是要把活动组织工作延伸到全国各地的青年，扩大到各个界别的青年，不光是在高校的青年。要依靠和争取各级共青团组织、青联组织的支持。

第三，组织有影响的诗词品牌活动。这里我强调是影响和品牌，比如“爱江山杯”，一定要在现有的基础上把它开展得规模更大、声势更大、影响更大。

我们不光要开展各种活动，而且要大力宣传，充分利用各种媒体，扩大它们的影响。我要特别提醒，我们不要搞离开诗词的活动，我们不要搞导向错误的活动，我们不要搞形式主义的活动——表面上轰轰烈烈，实际上没有什么内容。我们更不能搞以营利为目的的诗词活动。

各位领导、同志们，青年诗词工作委员会今天已经成立，它是在一个非常好的基础上成立的，又是中华诗词在神州大地上方兴未艾的大好形势下成立的。承担青年诗词工作委员会的名誉主任、主任，以及我们今天聘请的各位工作人员，已经具有丰富的经验和饱满的热情。所以，我相信，青年诗词工作委员会一定会在中华诗词的复兴繁荣大业中发挥出越来越大的作用！

高校是中华诗词人才培养、艺术创作和理论研究的高地*

尊敬的各位领导，各位院士、专家学者，各位诗人：

今天我们齐聚清华，参加中华诗词学会高校诗词工作委员会成立仪式、中华诗词高峰论坛、王玉明院士诗书歌影展开幕式，以及《诗词翰墨咏清华》《水木清华眷念》《赤子之心法自然》三本书的首发式，真是喜事连连，振奋人心。这些喜事既为清华大学 110 周年大庆献上了一份厚礼，也为诗词界、书法界、音乐界、摄影界送上了一顿“美餐”。首先，我代表中华诗词学会表示热烈的祝贺！

这四件喜事的主角都是王玉明院士。他，寿已八十，但激情四射，浑身活力，犹如中青年。一个人在专业上修成院士，已是凤毛麟角，但同时又在诗词、书法、摄影、音乐四大艺术领域硕果累累，实在难以让人相信，而王院士做到了。在他身上我们看到了多个方面的美妙结合。

他把科学与艺术美妙地结合起来；

他把诗词与书法美妙地结合起来；

---

* 本文是作者 2021 年 5 月 15 日在王玉明院士诗书歌影展开幕式暨中华诗词学会高校诗词工作委员会成立仪式上的讲话。

他把作词、作曲和吹奏美妙地结合起来；

他把旅行和摄影美妙地结合起来。

这些结合构成了王院士的多彩人生，多领域的成就，也给了我们多方面的启示。

启示之一，专业和副业是可以相互滋养的。副业，就是专业之外的业余爱好，这些爱好不仅没有影响专业的发展，而且促进了专业的成就。因为这些爱好优化了他的思维、丰富了他的知识、调节了他的身心、激发了他的活力……因此，我们做领导工作的同志，对干部职工的业余爱好，要慎用“不务正业”之词。艺术所造就的审美心理结构，是为人做事不可缺少的，更是科学研究所必备的精神要素。

启示之二，人的差异在业余。工作时间，我们要做的事情很多是共性的，谁的业余时间用得好，谁的人生就有所成就。但凡不同凡响的，都是业余时间用得好、用到极致的，王院士就是如此。我们应该像他那样“让业余时间更有意义”！

启示之三，执着和勤勉是成就人生的两大主观因素。执着，就是咬定青山不放松。青山就是目标，没有目标的人生是盲目的人生。目标就是追求，没有追求的人生是没有动力的人生。一旦确立起追求的目标，就要“咬定”，不能朝三暮四。一旦确立起追求的目标，就要勤勉，就要努力，就要奋斗，每天都要为目标大厦添砖加瓦。王院士是执着和勤勉的人生样板。

鉴于王院士的人生态度和诗词成就，鉴于王院士所在的清华大学在我国、在世界高等学府中的地位和名誉，我们轻松地决定：中华诗词学会高校诗词工作委员会就依托清华大学而设立。我们的这个计划得到了清华大学领导的高度重视和大力支持，陈旭书记刚才对此又做了明确的表示。

2020 年 11 月 30 日中华诗词学会换届以后，一位老领导嘱咐我要把中华诗词当作事业来做。他从多方面亲自关心和支持中华诗词事业，他每到一地都要了解当地的诗词情况，帮助当地诗词学会或协会协调解决所遇到的困难。中华诗词学会全体同志深深懂得，中华诗词的繁荣与发展，需要我们千方百计地组织和动员千军万马，激发千家万户来支持和参与。而成立各类专业委员会正是出于这方面的考虑。从诗词专业化考虑，我们要成立创作、散曲、评论理论、出版传媒、吟诵演唱等专业委员会。从诗词队伍考虑，我们要成立部委机关、企业家、高校、书画界、军旅、青年、女子、少数民族、残疾人等诗词工作委员会。女子诗词工作委员会已经在今年三八妇女节那一天成立。上一周我们在中国地质大学成立了青年诗词工作委员会，今天我们在这里成立高校诗词工作委员会，后天我们将要成立残疾人诗词工作委员会，5 月 18 日我们将要成立企业家诗词工作委员会，6 月底我们还要成立书画界诗词工作委员会。我们一共规划了 20 多个诗词工作委员会，“成熟一个，发展一个”，目的就是调动千军万马，激发千家万户。千家万户，指的是各单位、各高校、各企业、社会各界。

高校是中华诗词人才培养、艺术创作和理论研究的高地，人才济济，积淀深厚，是中华诗词发展和繁荣的营养库、聚宝盆和动力源。清华大学更是如此，刚才陈旭书记做了如数家珍的介绍。因此，高校诗词工作是中华诗词学会工作的着力点，而具体工作就要依托高校诗词工作委员会去做。为筹备成立委员会，几个月来，王玉明院士和他的团队付出了巨大的努力，清华大学领导给予了极大的支持，让我们深受感动，也怀抱希望。相信成立之后，他们一定能够联合、协调、带动全国各个高校开展丰富多彩的诗词活动，使诗词吟诵、诗词创作、诗词研究成为我国大学校园亮丽的文化风景，使中华诗词“入史”的愿望成为实实在在的行动，为高校人才培养和文化繁荣，做出中华诗词的独特贡献！

祝今天各项活动圆满成功！

让更多残疾人投身中华诗词事业*

今天，我们在第31个全国助残日，即《中华人民共和国残疾人保障法》实施的第30年，举行中华诗词学会残疾人诗词工作委员会成立仪式，很有意义，也令人难忘。我首先代表中华诗词学会对残疾人诗词工作委员会的成立表示热烈祝贺！

残疾人在我国是一个最让人惋惜又最令人感动的群体。让人惋惜的是他们不幸患有残障，导致很多不便；令人感动的是他们中的很多人身残志坚，顽强生活和拼搏，活出了意义，活出了精彩。张海迪主席就是一位杰出代表，邰丽华的表演也是震撼人心。我在海南工作时，身患肌无力症的青年洪志功被我称为“海南张海迪”。对残疾人可歌可泣的奋斗事迹，习近平总书记深情地赞美并指出，在当代中国，在改革开放进程中，我国残疾人中涌现出一大批像张海迪那样的自强模范，他们是改革开放大潮的弄潮儿，他们的事迹感人至深、催人泪下，激励了全社会的奋发自立精神。他们身上的精神就是自强不息精神，就是我们的民族精神、时代精神，也是社会

---

* 本文是作者2021年5月16日在中华诗词学会残疾人诗词工作委员会成立仪式上的讲话。

主义核心价值观的应有之义。

全国有 8500 万残疾人，在顽强拼搏的残疾人群体中，有不少人和中华诗词结缘。他们对诗词的热爱和追求达到了常人难以想象的程度。在筹备这次大会的过程中，学会副秘书长刘爱红经过半个月的寻找，在残疾人中发现有 9 名热爱诗词且已成绩不错的诗人，其中有 6 人已是中华诗词学会会员。

我在国家图书馆学津堂的讲座之后，做了一首《卜算子》，学会常务副会长范诗银提议听讲座的诗友分韵接龙写诗。这个消息一发布，今天在座的 9 位残疾人诗人中就有 7 位在 2 个小时内完成了自己的诗作，最快的只用了 1 小时。他们这些突出而感人的表现让我们坚信，成立残疾人诗词工作委员会的决定太有必要了。

我们之所以把残疾人诗词工作委员会作为一个必不可少的工作机构，原因在于：一是中华诗词的发展和繁荣需要残疾人的参与。习近平总书记指出，残疾人是人类文明发展的一支重要力量，是坚持和发展中国特色社会主义的一支重要力量，同样，我们可以说，残疾人是发展和繁荣中华诗词的一支重要力量。二是残疾人投身中华诗词事业需要得到比常人更多的支持和帮助。

因此，残疾人诗词工作委员会就是中华诗词学会专为残疾人而设立的内设机构，主要任务就是两项：一是组织动员更多的残疾人参与中华诗词事业。二是对残疾人参与中华诗词事业提供更多的支持和帮助。这个机构就依托中国残疾人联合会而设立。我们的想法得到了中国残联的大力支持，特别是得到张海迪主席的大力支持。中国残联宣传部承担了这个工作委员会的具体工作，一些志愿者热诚地参与这个机构工作。近一个月来，他们为筹建机构和成立大会付出了辛勤而细致的劳动。我代表中华诗词学会对他们表示衷心的感谢！

在此，我希望残疾人诗词工作委员会胸怀对中华诗词和残疾人的赤诚之心，精心谋划，努力工作，组织和动员越来越多的残疾人投入中华诗词事业；同时，为残疾人投入中华诗词事业更多更好地开展活动、创造条件、搭建平台、提供园地，对他们给予实实在在的支持和帮助。这就需要增强责任感和使命感，把残疾人诗词工作作为我国残疾人事业的一个重要组成部分来做。

在此，我希望越来越多的残疾人爱好诗词、学习诗词、创作诗词、吟诵诗词，把诗词作为自己的生活内容、生命活力和精神寄托，也为中华诗词的发展和繁荣贡献自己的聪明才智！

中华诗词学会本身和我本人也将比以往更加关注残疾人，支持和帮助残疾人的诗词生活！祝我国残疾人事业越办越好！

发挥企业家对于繁荣发展中华诗词的独特作用*

各位领导，同志们：

这几天，中华诗词界喜事不断。5月10日，中华诗词学会青年诗词工作委员会在中国地质大学宣告成立；15日，高校诗词工作委员会在清华大学举行成立仪式；16日，残疾人诗词工作委员会在盲文图书馆报告厅宣告成立；女子诗词工作委员会已在今年3月8日成立。今天，我们又来到这里见证中华诗词学会企业家诗词工作委员会的诞生。这是中华诗词学会2020年11月30日换届以来成立的第五个专业委员会。

企业家诗词工作委员会由代雨东副会长直接组织筹备，他本身就是一位很有成就的诗人。成立仪式选择在北京饭店金色大厅举行，一开始就出手不凡，显示了企业界的实力。我首先代表中华诗词学会对企业家诗词工作委员会的成立表示热烈祝贺。

中华诗词是中华优秀传统文化的精粹。党的十八大以来，习近平总书记大力号召传承和创新中华优秀传统文化，并且带头创

---

* 本文是作者2021年5月18日在中华诗词学会企业家诗词工作委员会成立仪式上的讲话。

作诗词，从而带来了中华诗词发展和繁荣的春天。可以说，以《诗经》为发端，中华诗词诞生3000多年来，从来没有像今天这样普及，这样为人们所喜闻乐见。无论是对诗词的学习、创作、吟诵、歌舞，还是用诗词布置厅堂、美化环境、设计装潢，今天都达到了史无前例的地步。这既是中华诗词的魅力所在，更是中华民族文化自信的突出表现。

推动中华诗词不断发展和繁荣，是中华诗词学会所肩负的职责和使命。为了履行职责、完成使命，我们采取了不少举措，而成立若干专业委员会就是其中一项重要措施。我们深深懂得，中华诗词的繁荣与发展需要我们千方百计地组织和动员千军万马、千家万户的支持和参与。成立各类专业委员会正是出于这方面的考虑。从诗词专业化考虑，我们要成立创作、散曲、评论理论、出版传媒、吟诵演唱等专业委员会。从诗词队伍考虑，我们要成立部委机关、企业家、高校、书画、军旅、青年、女子、少数民族、残疾人等诗词工作委员会。这些专业委员会一般都依托一个有条件的组织来设立，例如，女子诗词工作委员会依托中国出版集团原有的“诗词中国”组委会，高校诗词工作委员会依托清华大学，青年诗词工作委员会依托中国地质大学，残疾人诗词工作委员会依托中国残疾人事业新闻宣传促进会，企业家诗词工作委员会就依托龙之翔文化产业集团，中华诗词学会副会长代雨东任其董事长。从已经成立运行的几个工作委员会来看，这个思路不仅可行，而且有效。所依托单位都很欢迎，提供办公场所、提供人力财力支持。企业家诗词工作委员会组建和这个成立仪式的筹备，都是中华诗词学会副会长代雨东及其企业承担的。

企业是社会的经济细胞。习近平总书记指出，企业是我国经济活动的主要参与者、就业机会的主要提供者、技术进步的主要推动者，在国家发展中发挥着十分重要的作用。一大批企业家具有文化情怀，热爱文化，创作诗词，积极参与和慷慨支持文化建设，为我国的文化发展和诗词复兴做出了突出贡献。中华诗词学会决定成立企业家诗词工作委员会，就是为了组织和动员更多企业和企业家成为中华诗词发展繁荣的参与者、推动者和生力军。

企业家诗词工作委员会的职责和任务，目前考虑有以下几点：第一，组织动员企业和企业家投身及支持诗词事业；第二，在企业中广泛开展学习诗词、吟诵诗词、创作诗词工作，促进员工文化素质提高，发现和培养诗词人才，增强员工的文化自信；第三，推动诗词文化成为企业文化建设的重要内容；第四，围绕中心，服务大局，组织企业界的诗词创作和诗词吟诵活动。我先提这么几点，期待企业家诗词工作委员会在实践中细化和深化。

企业家诗词工作委员会的成立是一种标志，它标志着企业界的诗词事业由各企业的自发状态进入有组织地推动和引领状态。相信对于中华诗词的发展和繁荣，企业界的贡献一定是独特的、给力的！

诗词工作现状和近期要着力实现的几个“突破”*

各位诗友：

刚才听了河北省诗词协会郭羊成会长、梁剑章常务副会长以及涉县、衡水、邯郸等地同志的发言，让我了解了很多情况，学习了很多东西，使我们这次河北之行收获更加充实。

以《诗经》为发端的中华诗词，3000多年以来，从未像今天这样普及，这样为人们所喜闻乐见。无论是对诗词的学习、创作、吟诵、歌舞，还是利用诗词布置厅堂、美化环境、设计装潢，今天都达到了史无前例的地步。这既是中华诗词的魅力所在，更是中华文化自信的突出表现。在这样的新形势下，如何更进一步推动中华诗词事业不断向前迈进，取得更好的成绩，是摆在我们面前的重要课题。就此，我讲两点意见。

诗词工作的现状

总结工作，肯定成绩，特别是找出存在的问题，是把工作进一

---

* 本文是作者2021年5月21日在中华诗词学会河北涉县座谈会上的讲话，张雷同志根据录音整理。

步做好的前提和基础，这一点非常重要。因此，我们党特别强调总结经验。

一是诗词创作的现状。全国的诗词队伍到底有多大？没有准确的数字。有的同志通过网络平台诗词工具的使用，估计有300万以上。我国各级诗词学（协）会的会员人数也是非常多的。河北就有中华诗词学会会员900人，省协会会员2200多人，估计作者有11万人。全国每天创作的诗词数量，只能说是数以万计，诗词报刊、微刊数以千计，河北涉县就有20多个微刊。总的来说，诗词创作的形势喜人。如果细致分析，我觉得诗词创作上还存在以下“四多四少”。

第一，老同志多，青年人少。这是就总体而言的，当然，近些年，中小学生、大学生人数日益增多。邯郸的创作队伍居然实现了年轻化，骨干是30岁到40岁之间的青年群体，这是非常可喜的现象。中华诗词学会举办的青春诗会连续办了18届，今年有300多人踊跃投稿，经过层层筛选，选出了10位今天到涉县进行总决赛。可见中青年创作队伍正在日益扩大。但是总体上看，现在还是老同志居多。

第二，一般作品多，诗词精品少。首先包括我本人创作的作品在内，我也有近千首诗词，但做得好的，也没有几首。习近平总书记在文艺座谈会上讲的“有数量缺质量，有‘高原’缺‘高峰’”这句话，用来描述我们的诗词创作，我觉得也是适用的。

第三，有感而发多，系统创作少。我们的诗人创作，大多数都是有感而发，看山写山，见水写水，看到红色资源写红色资源，想起亲人写亲人，有计划成体系地围绕一个主题进行创作还不太多。最近我看到任海泉中将在为建党百年进行系统创作，逐个事件、逐个人物、逐个场景去写，微刊《红叶诗词》连续发表了他几十首作品。此前，他已经出了两部书《中华五千年》《世界五千年》，都是用格律诗系统写成的，这就是我心目中的系统创作。有感而发也能产生流传千古的好诗词，比如李白、杜甫大部分诗词都是有感而发的，如果去系统地创作某一部诗，像《荷马史诗》这样的诗歌，会产生不同的影响，但更主要的是我想提出，中华诗词传到我们这一代，要在进一步发挥其时代价值和社会作用方面做出新探索。所以我特别希望有更多的诗人进行系统的创作，就是围绕一个主题进行系统创作。从摄影界我们可以得到这方面的启示，有些摄影大家就是有系统地创作。比如，有人系统拍摄世界冠军的照片，有的系统拍摄全国劳模的照片，有的系统拍摄国家级文化遗产的照片，有条件的摄影家系统拍摄各国政要的照片……像这样有计划的拍摄，我把它叫作系统创作。它会吸引眼球，也会产生震撼力量，让人难忘，也更容易流传于世。

第四，抒发个人感情多，反映社会生活少。习近平总书记在讲文艺创作情况时谈到“只写一己悲欢、杯水风波”的现象，在诗词创作中也是存在的。当然，对诗人自己的经历或遭遇进行情感表达，这不仅是诗词创作的一个重要题材，也是诗词所大量表现的内容。我自己也写了不少这样的诗。但是如果只写这些，就容易使我们的作品脱离大众，脱离现实。关键是不能“只写”。

此外还有一个问题，就是“求正容变”的问题。求正，就是遵循诗词历史形成的固有格律和写作规范，不能以“不要以词害意”为由随意而为。容变，在我们诗词界还要进一步提倡。比如在我写诗词的过程中，有的老师明确地告诉我，写近体诗就得写平水韵，不写平水韵还叫什么近体诗呢？受这句话的影响，我一直写平水韵。

到了学会之后，我才感到中华通韵需要提倡。因为时代在变，语言也在变，古代一些字的读音，在平水韵中是押韵的，但用今天的普通话来读，就非常别扭，不随时代变化就出现新问题。因此在中华诗词学会内部我倡导带头写通韵。当然，用平水韵、中华新韵、中华通韵都是可以的，只是强调提倡使用中华通韵，这是新中国成立以来国家颁布的韵书。一些诗人对通韵归类所发表的意见我也看到了，韵书有一个不断完善的过程。习近平总书记在文艺工作座谈会讲话中讲到如何创新文艺作品时，引用清代赵翼的诗句说“诗文随世运，无日不趋新”，还借《文心雕龙》的观点指出：创新是文艺的生命，作家诗人要随着时代生活创新，以自己的艺术个性进行创新。我们应当遵循。

二是诗词组织活动的现状。让我们特别感到自豪的是诗词组织覆盖面广泛，经济发达的地区省、市两级基本上做到了全覆盖。有的省诗词协会还不止一个，比如安徽就有三个。我最近走访了浙江和山东，诗词组织覆盖面都比较广。河北涉县居然有 80 多个诗词组织，还有诗词楹联的培训机构定期开展培训活动。以小见大，窥一斑而见全貌，可见全国诗词组织非常多，开展了大量活动，发挥了重要作用。但是通过调研，通过和一些同志交谈，也发现了我们的诗词组织及其活动还存在以下几个问题。

第一，有的地方组织不健全，有的县区还没有诗词组织。刚才郭羊成会长讲到，要把诗词组织建设摆到一个突出的地位，我很赞同。昨天 5 月 20 日，山东淄博市专门召开淄博市诗词组织建设现场会，当天晚上就把报道发给了我。这次会议开得好，宣传也及时。新闻就应该讲究时效性，中华诗词学会现在还没有这个概念，活动之后三五天发出报道是经常的事，要改进。淄博乡镇一级的诗词协会有 36 个，占总数的 41%，还不满足，还在积极开会推动。

第二，有的诗词组织活动比较少，更不用说常态化了。一年没有年度计划，五年没有长远计划，活动的组织有时候凭着心血来潮。

第三，有的地方学（协）会领导只挂名、不干事的现象时有存在。有的学会会长自己的事情比较忙，对学会工作顾不上，用心不够，又不放手让别人去做。还有的地方会长之间闹不团结。

第四，有的学（协）会内部自我活动多，对学（协）会以外的活动重视不够、开展不力。有些地方“六进”工作开展不力，诗教工作搞得不好。涉县教育局刚才介绍的这些诗教活动，令人感慨振奋。安徽砀山县取得中华诗词学会颁发的“中华诗词之乡”称号之后，这几年继续推进，而不是牌子一挂了之。我们准备召开的第一个诗教工作现场会就放在砀山。我们涉县要继续努力，将来诗教现场会也希望能到这里召开。

第五，有的学（协）会争取主管部门的领导不够主动。我们上级主管部门有的是文联，有的是作协，有的是社科联，还有的是政协。我们总是喊不受重视，是不是该反思一下自己为什么不受重视？其中有一个重要原因，就是主动争取领导支持不够。

总之，目前全国诗词组织总体上覆盖面广，也很活跃，应给予充分肯定，但有的地方还不同程度地存在以上情况。

我一直强调，诗词学（协）会的生命就在于有活动。所以我们一定要大力开展各种诗词活动，比如：创作活动、吟诵活动、采风活动、学习活动、交流活动、传播活动、培训活动、诗教活动、联谊活动，等等。我把这些活动罗列在这里，希望我们诗词协会多多益善地开展工作。

三是诗词和诗词工作在社会上的位置。当前，诗词在社会上的影响越来越大，这一方面得益于各级诗词组织有力度的工作，另一方面也得益于国家宏观环境的巨大变化。党中央、国务院大力推动中华优秀传统文化的传承和创新，再加上中央电视台“中国诗词大会”活动特别给力，这样的文化盛会，而且是诗词的盛会，吸引了很多人，也助推了全国的诗词热。另外“诗词中国”活动也产生了一定影响。很多地方的党委、政府非常重视诗词工作，把创建“省级诗词之乡”“中华诗词之乡”，纳入政府工作计划，中华诗词的地位越来越高，这是非常喜人的。但在总体上，诗词地位、学会位置还有很大的上升空间。具体存在这几种情况。

第一，有的地方诗词学（协）会的知名度不高，甚至还不知道本地有诗词学（协）会的存在。而作协、书协、美协几乎人人皆知。如果诗词学（协）会都不为人所知，诗词作为文学中的文学，又怎么来体现呢？诗词组织又怎样发挥作用呢？

第二，诗词作品在主流媒体上没有应有的位置。许多媒体有不成文的规定：不刊登诗词。我就遇到过这样的事，一家省报为了刊登我写该省境内运河的诗词，要用专访的形式来发表，算是尽力了。现在很多报纸都有不登诗词这个规定。

第三，诗人的社会地位还没有其他的艺术家高。其他艺术门类地位较高的可能是音乐，然后是绘画、书法、相声等，这些艺术家的社会地位也比较高，诗人的社会地位我感到比他们要低一些。

第四，诗词家的社会作用还没有达到应有的程度。很多地方搞大庆，比较重视书法展、绘画展，请作家写电影电视剧剧本等，而请我们诗词人来写诗词，现在还没有形成惯例。有的地方虽然有，但不占多数，总体没有蔚然成风。

我今天之所以探讨这些问题，目的是在寻找我们诗词创作、诗词组织活动以及诗词社会地位这些方面的不足，为的是让我们进一步认清形势，针对问题，采取措施，多做工作。

近期要着力去实现的几个突破

一是走出清高，广泛组织发动，扩大诗词队伍。清高的原因，是因为不是人人都会写诗词，历朝历代诗词写得好的都不是多数人，属于“高雅文学”，所以就有人认为诗词是高贵文化，是由少数人所做的事情。当然，就创作而言，诗词在相当长的时间内“小众文学”的状况是存在的，写小说、写相声的人又有多少呢？但我觉得诗词作为中国优秀传统文化，我们自己不要把自己锁定在这么一个小天地里。中华诗词学会的工作思路就是千方百计，调动千军万马，激发千家万户，投入诗词事业，推动诗词繁荣。所以我们要大力发展会员。我不知道大家对会员怎么看？现在各地对会员的标准不太一样，有的地方就特别严。比如山东要求公开发表10首诗词，中华诗词学会要求是提供两首诗词，所以在山东，省诗词学会会员要比中华诗词学会会员少，出现了倒挂现象。有的直接提出来，希望由地方诗词学（协）会来推荐中华诗词学会会员，成为省级会员才能申报中华诗词学会会员。我认真考虑过这个问题，我们不强调统一标准，但我想统一这样一些认识：会员是个人爱好的一种艺术归宿，不是一种艺术的等级；是标示创作队伍的成员，不是标示创作者的诗词级别。中华诗词学会会员没有理由骄傲，水平不一定比省市学会高；省市学会会员没有必要自惭，水平不一定比中华诗词学会会员低。我们目前还需要多多益善地发展会员，让更多人爱诗词写诗词，要求加入诗词组织，成为创作队伍中的一员。当然，我也不反对有的地方继续坚持高标准严要求。大家都尝试尝试，过若干年再回头看，看怎样更有利于中华诗词的发展。我感到诗词组织没有必要对会员要求太严，只要讲政治守公德，热爱诗词，有一定的基础，有若干作品，自愿加入，又有所在单位背书就可以了，因为诗词还不是名利场。诗词卖不了钱，发表一首诗词稿费很低，甚至没有稿费。所以，我们不要把会员视为身份等级，一定要打破这种等级思维。

二是走出自我，保持正确的创作导向。走出自我，在创作上包含两个问题：一是为谁写，二是写什么。

首先是为谁写。我们究竟为谁写诗词，这个问题要特别明确，特别注意。习近平总书记要求我们树立以人民为中心的创作导向，真的讲出了诗词的生命所在。我们到底为谁而写？这在其他领域都是有教训的。我就总结过这么几种现象，就是有些学科的研究者下笔写文章，过多地注意专家同行，过少地顾及社会大众；过多地追求学术价值，过少地顾及社会效益；过多地当作学问来研究，过少地作为武器来锻造。结果点灯熬油辛辛苦苦写出来的作品，读者很少很少。这种情况对于我们诗词创作可以作为一个教训来吸取，如果我们在写作的动机和目的上，没有树立为社会为大众而写的指导思想，写出来的东西当然得不到社会大众的青睐，也就很难产生社会影响。所以写作动机和目的一定要扭转过来。如果说其他还可以商量的话，我觉得这一点没有商量。一定要树立“为人民书写、为人民抒情、为人民抒怀”的创作理念。

其次是写什么。我们不能过多地写一己情怀，要书写社会生活，书写和记录人民的伟大实践、时代的进步要求。古人就说过“文章合为时而著，歌诗合为事而作”，我们写社会生活这是总的要求。再进一步讲，我们还要写生活的方方面面。人民群众的事业和生活、顺境和逆境、梦想和期望、爱和恨、存在和死亡，人类生活的一切方面，都可以在我们的诗词作品中找到启迪。这就要求我们深入生活，深入社会，拥抱时代。所以本次《中华诗词》杂志改版，就把办刊宗旨凝聚为四句话：拥抱时代，情系人民，知古倡今，求正容变。我们把“拥抱时代，情系人民”摆在前面，讲的是方向，讲的是目的，“知古倡今，求正容变”讲的是内容和技法。我们要把方向摆在第一位，首先端正写作的动机和目的。一些轰动当时，传至后世的文艺作品，反映的都是时代的要求和人民的心声。总书记讲到的久传不衰的名篇佳作中有不少是诗词，如《古诗源》《诗经》《木兰诗》中一些传至今日的篇章，都是反映了人民生活的。还有一些名句，比如“朱门酒肉臭，路有冻死骨”“谁知盘中餐，粒粒皆辛苦”“些小吾曹州县吏，一枝一叶总关情”，都是深刻反映人民心声的佳句。所以，我们今后要在这些方面多着笔墨。这就要求我们深入生活、走进时代。为此，诗词组织可以多组织一些采风活动，但主要是靠作者个人注意观察社会、观察时代、观察生活，多写一些有时代意义，能够启迪人、受人民大众欢迎的作品。否则就是自我欣赏，自我陶醉。我们刻苦钻研写作技巧、表现手法，这些都是必要的，写作形式需要历练，需要狠下功夫。但是我们创作的诗词影响不大，诗人地位不高，首先是内容问题，不是技法技巧问题。我们要从内容上寻找今天诗词所处位置的原因，从而对症下药。我们不要忘记，诗词要想产生对社会的影响、对时代的影响，就要在写什么上多下功夫。我们既要有阳春白雪，也要有下里巴人；既要顶天立地，也要铺天盖地。邯郸市提出的“三个面向”——面向学生、面向社会、面向当下，我觉得这个方向是对的，各地的诗词组织都应该朝这方面去靠拢。

三是走出自我圈子，广泛吸引社会各界参与。毫无疑问，我们诗词界就是一个圈子，是爱好诗词的人走到一起，组成一个地方的诗词组织。所以这里头有若干的圈子是很正常的。如果我们扩大交流，突破组织界限，那就有了更大的圈子，如来自各个诗词组织的诗人的圈子。然后我们再扩大诗人与非诗人的交往，那就变成了更大的朋友圈子。如果我们跟书法界、绘画界融在一起，我们就走出了界域的圈子。河北省诗词协会非常注意构筑与相关部门合作的平台，比如有的市跟电视台、报社有非常好的合作关系，使诗词经常通过主流媒体和大众见面，这是一个“走出圈子”的很成功的范例。我们千万不要自我封闭，一定要扩大工作的覆盖面，延伸我们的联系手臂，把手要伸长一点，伸到其他圈子里去，伸到其他界域里去，伸到社会生活各个领域当中去。这样我们才能发挥作用，才能产生影响。

四是走出沉静，高度重视宣传工作。“沉静”两个字，我刚刚开始用的是“低调”。我们老是闷声不响地在写在创作，不大注意宣传。也可以说这是一种低调。但是低调对应的是“高调”，“高调”现在多用作贬义词，所以我就不用这个“低调”，改用“走出沉静”，意在强调高度重视诗词宣传工作，因为诗词要普及就需要宣传，要想吸引大众就要宣传，要想扩大影响就要宣传。我在课堂上讲过，提出要多干少说，只干不说，这个理念要看干什么事，改革试验阶段，不争论、坚决试验是对的。但这个观念在开放地区招商引资就不适用，开放地区是要吸引资金人才技术到本地来投资的。如果只干不说或者多干少说，你就吸引不了人，因为人家不知道你的优势在哪里，优惠在哪里，软环境怎么样。所以经济特区和开放地区要未干先说，边干边说，大干大说，大力宣传，大张旗鼓地强化吸引力。当下诗词的地位和诗词的影响，一方面需要我们在写作内容和质量上狠下功夫；另一方面需要我们重视宣传。本次采风，大家深深感受到了宣传的重要。河北省诗词协会专门邀请《石家庄日报》《邯郸日报》随团采访，使得大家的诗词作品一出手就在党报上刊登出来，大家自然非常高兴。我们应该从中受到启发，河北省诗词协会专门成立宣传中心，不光向省内宣传，还要向外省宣传，我为河北点赞。而且，各个学会之间应该多交流，各省之间也要多交流。刚才河北省诗词协会常务副会长兼秘书长梁剑章同志提到，应该开展地区性、区域性的合作与交流。我赞成！最好是由一个省牵头，各自组织华北、华东、中南、西南、东北的诗词活动。如果区域组织诗词活动，我们愿意派会长参加给予支持。关于宣传工作，现在媒体很多，自媒体、内部简报等对宣传推动工作都很有作用，只是需要人力和物力的投入。

五是走出被动，主动争取主管部门和社会各界的大力支持。我们不要抱怨主管部门对诗词组织不重视，首先要检讨自己，检讨自己两个方面：一是我们是不是有为。有为才能有位，我在海南工作的时候，有一个部门不是政府组成部门，就是一个行业办公室，活动开展得有声有色，每搞活动，省领导都去。为什么？有为啊！主动工作，做得很好，就会得到重视。二是在有为的基础上，要主动多汇报、多请示、多邀请。主动争取领导、争取指导和支持，同时也争取社会各界的支持。

六是走出纷争，书写诗意人生。诗人是塑造美的人，我们自己的人生也应当是美的。因此我们除了要有较好的专业素养，还要有较好的人格修为，有铁肩担道义的社会责任。我们应当胸怀大度，不要计较一时一事的得失。比如有的因为排名不当而生气；做了好事没有得到肯定又生气；别人说的哪句话不对劲就跳起来……这些都是缺乏修为的表现。这种修为的人还能写出美丽的诗篇？就是写出来别人也不大认可你的人格，顶多评价你写的诗倒是很大气，做人却很小气。所以会长与会长之间，会员与会员之间，编辑与编辑之间，工作机关人员之间，都应当表现得有修养，相互不要计较。斤斤计较的永远是小格局的人，大格局的人当中没有斤斤计较的，要想做大人不做小人就不能斤斤计较。你只要不斤斤计较，就会有更多人赞赏你，就会有更多的人愿意跟你合作，愿意跟你交朋友，学会也就和谐了，工作环境就舒适了。我们经常夸奖别人，这个人为人好，诗也好。人好，我们为什么不学呢？为什么不对照他改掉自己身上存在的一些习气呢？当我听到有些学会内部钩心斗角争名夺利，我就感到很不理解。我今天再次提醒，也希望你们相互传达到各个诗词组织：我们是志同道合的诗友，因共同的爱好和事业走到一起，应该求大同存小异，齐心协力为我们诗词学（协）会营造一个充满友善的环境，让诗词界成为一个干净的、相互友爱的、相互促进的群体。我们要讲品位重艺德，为历史存正气，为世人弘美德，为自身留清明。在这方面，河北省诗词协会制定会员行为守则的做法值得推广，邯郸市诗词楹联学会提倡“风气儒雅化”值得赞赏。

同志们，我们正置身于诗词的春天，我们正处在诗词工作的最佳时期。我们要不辱使命，努力工作，让诗词的鲜花开放得更加灿烂，让诗词的果实挂满神州大地，为我国在 2035 年建成文化强国做出我们应有的贡献！

诗词的功能以及诗人的社会责任*

各位会长、各位诗友:

昨天到了徐州，才知道宋善岭会长安排了今天的座谈会，请来了各个市、区、县的会长，特别是江苏省诗词协会安排江建平、徐崇先两位副会长专程来到徐州，大家都希望我讲一讲，促使我把平时一些零星的思考梳理了一下，“诗词的功能以及诗人的社会责任”这个问题。利用这个难得的机会，我把我的初步思考和盘托出，以期引发讨论、引起重视。

今天我们所讲的诗词，是以古体诗、近体诗和格律词为代表的中国传统诗歌。它起源于先秦，鼎盛于唐代，流行于宋代以后。诗歌起源于上古的社会生活，它是在劳动生产、两性相恋、原始宗教等活动过程中产生的，是一种从民间发端的草根文学。因此，说诗词是贵族文学，要看从哪个角度讲。

如今，诗词越发深受社会大众欢迎。这就引出一个问题，大众为什么喜欢诗词？或者诗词为什么受大众喜爱？回答就是四个字:

---

* 本文是作者2021年5月28日在徐州市诗词协会调研时的讲话，经压缩修改，发表于2021年10月8日《光明日报》。

诗词有用。那么我们进一步追问，诗词有什么用呢？这就是诗词的功能或作用问题了。诗词既然有用，那么就引出第二个问题，诗人对诗词应该采取什么态度？这就涉及诗人的社会责任。可见，诗词的功能和诗人的社会责任是两个联系在一起的问题。下面，我分几个层次来讲讲我的初步思考。

从诗词的表达功能看诗人的社会责任

诗词的功能首先是表达。表达什么呢？通常讲一个叫抒情，即表达情感；一个叫言志，即表达志向。诗词是一种抒情言志的文学体裁，而且是用高度凝练的语言，依照一定的节奏和韵律来形象地表达作者的情感和志向。通常认为诗比较适合言志，词更适合抒情，大家百度一下或者打开诗词书籍，就可以看到对此问题的阐释。

我爱好诗词之后，发现诗词的表达功能很多，至少有五种表达功能。

第一，抒情。抒什么情？亲情、乡亲、友情、爱情、同学情、战友情、爱国情，等等，表达喜怒哀乐、花前月下、悲欢离合等，诗可以成为我们的一种情感表达方式，这是诗家们、诗论家们公认的。

第二，言志。这也是大家讲得比较多的，诗用来表达我们的某种志向，诗就是我们愿望、志向的一种表达方式，这个在诗歌中也非常普遍。比如我到全国政协当委员，本以为那是退休的前奏或退休前的过渡。但经过政协培训，感到政协工作大有作为，很多事情都经过政协委员呼吁而变成决策、成为现实的。所以我激动了，写诗言志，“好自担当行使命，青春花甲再飞扬”，以此表达我当好政协委员的决心和志向。

第三，记事。把诗人自己所经历的事情、看到的事情、想到的事情，用诗的语言表达出来。诗是一种记事方式。比如，参观了一个景点写首诗，做过的事情写首诗。有人提醒不要把诗词当作日记来写，可能意在提醒不要把诗词写滥，但诗词一定是有记事功能的，而且在很多诗人那里实际上起着记事的作用。我就是其中之一。比如我的第三代即将出生，我要做爷爷了，于是写首诗迎接他出生。刚写好，微信来了，说孙女出生了，赶紧又写一首诗。回到家看看孩子那红红的脸蛋又写了一首。此后只要我去看她就写一首诗，一年下来，共写了28首诗。她周岁生日时，我送她一个影集作为礼物，内含28首诗、28幅书法、28张她出生当天的照片。现在要查孩子什么时候长牙，什么时候会爬，什么时候会走，看我的诗作就清清楚楚。这就是我所理解的记事。

第四，议政。议论政治、议论政策、议论形势，等等。这个功能自古有之。最著名的议政诗要算唐代章碣的《焚书坑》了：竹帛烟销帝业虚，关河空锁祖龙居。坑灰未冷山东乱，刘项原来不读书。唐代皮日休的《汴河怀古》也是我所说的议政诗：尽道隋亡为此河，至今千里赖通波。若无水殿龙舟事，共禹论功不较多。这次中华诗词学会组织撰写以歌颂中国共产党为主题的《百年诗颂》，就是用传统诗歌来讴歌我们党百年的奋斗历程，写它的历史事件、历史场景、历史人物、大政方针、伟大成就，等等。这就是我们用诗歌来言政议政。

第五，喻理。即通过诗词表达一个道理。苏东坡的“不识庐山真面目，只缘身在此山中”，说出了很深刻的道理，程颢的《秋日偶成》可以看成是一首哲理诗：“闲来无事不从容，睡觉东窗日已红。万物静观皆自得，四时佳兴与人同。道通天地有形外，思入风云变态中。富贵不淫贫贱乐，男儿到此是豪雄。”我特别喜欢这首诗，可能跟我是学哲学的有关。

所谓诗词表达功能，就是指诗词可以用来表达我们的经历，表达我们的情感、志向、愿望，表达我们对时政的看法和态度，说明一个道理。诗词的表达功能涉及一系列问题，这就是：表达什么，如何表达，表达目的何在，表达的社会效果如何等，这就涉及诗人的社会责任。

前几年我到过陇南成县的杜公祠。为避安史之乱，杜甫逃离长安，来到同谷县（今成县）。当时大雪封山，食不果腹，挖草根都很难，他的儿子饿死冻死了。在如此严酷的环境中，他写出《龙门镇》《积草岭》《凤凰台》《乾元中寓居同谷县作歌七首》《发同谷县》等十几首诗，记录山水，感伤离乱，但对国家和民族的赤子之心仍然炽热如火。这些让我们感到一个诗人在身处绝境仍然保持这种精神，难能可贵，今天读来令人感慨万端。

同样是表达情感，到底在表达什么？习近平总书记在文艺工作座谈会的讲话中明确提到，社会上还有许多不尽如人意之处、还存在一些丑恶现象。对这些现象不是不要反映，而是要解决好如何反映的问题。“文艺诗词创作如果只是单纯记述现状、原始展示丑恶，而没有对光明的歌颂、对理想的抒发、对道德的引导，就不能鼓舞人民前进。应该用现实主义精神和浪漫主义情怀观照现实生活，用光明驱散黑暗，用美善战胜丑恶，让人们看到美好、看到希望、看到梦想就在前方。”[①] 总书记这番话我们要铭记在心。

总之，对社会生活的各种情感体验都可以表达，关键在于：首先，你抱着什么目的、什么动机去表达；其次，你想给人传递什么，

---

① 习近平：《在文艺工作座谈会上的讲话》（2014 年 10 月 15 日），人民出版社 2015 年版，第 20 页。

给人一种什么样的印象？最后，你想达到什么结果？这就是我所讲的社会责任问题。所以，诗词作为文艺，表达什么、怎么表达，与诗人的社会责任紧紧地联系在一起。我们一定要强化我们的大局意识、政治意识、人民意识等，一句话，强化社会责任意识。习近平总书记指出："文艺是铸造灵魂的工程，文艺工作者是灵魂的工程师。好的文艺作品就应该像蓝天上的阳光、春季里的清风一样，能够启迪思想、温润心灵、陶冶人生，能够扫除颓废萎靡之风。"① 诗词应当成为这样的文艺作品。

从诗词的反映功能来看诗人的社会责任

诗词和其他文学样式一样，都是作者主体对客观世界的反映。诗词的表达功能侧重从诗词的主体方面讲，诗词的反映功能则侧重从诗词的客体方面讲。诗词所反映的客观世界指的是什么？哲学上讲三大类：自然界、人类社会和人的思维。首先是自然界，日月星辰、山川河流、城市农村、男女老少、花草树木、鸟兽虫鱼……都是自然界的组成部分。我们的诗歌反映的就是这些。诗词反映的第二个客体是人类社会，就是反映我们这个社会的经济生活（如经济建设、富裕程度、柴米油盐等）、政治生活（如制度、政策、领导治理水平等）、文化生活（如文化建设、文化状态、文化现象、文化成果、文化问题等）、社会生活（这是狭义的社会，通常指教育、卫生、养老、社会治安等）、生态文明建设（如生态环境、资源保

---

① 习近平：《在文艺工作座谈会上的讲话》（2014 年 10 月 15 日），人民出版社 2015 年版，第 23 页。

护、空气质量等）。我们现在讲的社会生活，就是这“五位一体”。这是我们经过多年的摸索而归纳出来的。诗词所反映的离不开这些客观事物。现在人们研究中国古代社会，当时的诗词也成了一种宝贵资料，因为诗词以其特有的方式反映了那个时代的社会生活。大家熟知的唐代白居易的《卖炭翁》写了一个烧木炭的老人谋生的困苦，反映了当时社会制度的不公，而且全诗描写具体生动，历历如绘。第三方面是人的思维，我这里指的是人的精神世界，首先是作者的精神世界，即诗人的主观感受、愿望、怨恨。刚才说的情绪、愿望、理想、愤懑都属于这方面，我把它归于“表达”已经讲过了，这里不再重复。这里强调的是社会的精神世界，包括社会道德境界、社会思潮、社会心理等，如社会的从众心理。别人家的孩子上补习班，我们的孩子也要上；别人家的孩子暑假出去旅游，我们不把孩子带出去看看，可能就会觉得丢面子等，这就叫社会从众心理。

诗词所反映的无非就是自然界、人类社会、人的精神世界三大部分。从这三大部分来看，考问我们诗人的社会责任，那就首先要问问自己：你写诗有没有注意反映这些方方面面，尤其是社会生活方面。要让人民群众的事业和生活、顺境和逆境、梦想和期望、爱和恨、存在和死亡，人类生活的一切方面，都可以在我们的诗词作品中找到启迪。其次要问问自己反映的深刻不深刻？是不是给人茅塞顿开、给人精神振奋、给处在困境当中的人带去一种精神激励？这就是我们的社会责任。最后要问问自己：我们的作品到底有多少人能够看到，有多少人喜欢看？作品是用于自我欣赏、自我肯定、自我陶醉，用于诗人圈子的相互交流，还是通过各种手段把它们推出去满足人们的精神文化需求，满足人们在提升素质过程中所期盼的精神营养？这就是我们的社会责任。

总之，从诗词的反映功能来看，诗人们不能只是待在自己的小天地，应该广泛地拥抱自然、深入社会，了解社会心理、人民心声，然后从为社会提供正能量的角度去尽到我们诗人的社会责任。对此，习近平总书记有精彩的论述，他指出："要始终把人民的冷暖、人民的幸福放在心中，把人民的喜怒哀乐倾注在自己的笔端，讴歌奋斗人生，刻画最美人物，坚定人们对美好生活的憧憬和信心。"[①]他强调指出："文艺工作者要想有成就，就必须自觉与人民同呼吸、共命运、心连心，欢乐着人民的欢乐，忧患着人民的忧患，做人民的孺子牛。这是唯一正确的道路，也是作家、艺术家最大的幸福。"[②]我们要努力去做，落实在自己的诗词创作上。

从诗词的服务功能看诗人的社会责任

诗词除了表达、反映功能，还有服务功能。诗歌历来具有服务功能。比如有一种诗可以称之为训导诗，训导就是一种道德教育，让人从诗的欣赏中受到道德的教化，提升自己的道德境界，在这方面，中国戏剧的训导作用尤为突出，我看过一些古装戏，"孝子"与"逆子"、"善"与"恶"，看得要么让人满眼泪水，要么让人咬牙切齿。诗歌的训导的功能不可小视。唐代颜真卿的《劝学》应该属于这种类型："三更灯火五更鸡，正是男儿读书时。黑发不知勤学早，

① 习近平:《在文艺工作座谈会上的讲话》(2014年10月15日)，人民出版社2015年版，第17页。

② 习近平:《在文艺工作座谈会上的讲话》(2014年10月15日)，人民出版社2015年版，第18页。

白首方悔读书迟。”这首诗跨越时空，为此后历代所传颂，今天来读也是满满的正能量。而唐代孟郊的《列女操》则是一首颂扬贞妇烈女的诗：“梧桐相待老，鸳鸯会双死。贞妇贵徇夫，舍生亦如此。波澜誓不起，妾心井中水。”以梧桐偕老，鸳鸯双死，比喻贞妇殉夫，由于它宣扬的是封建礼教道德，早已为时代所淘汰，为人们所遗忘。

我们在《红楼梦》《三国演义》等古典小说中看到的诗词，在戏剧、当代散文、小说中看到的诗词，总体上是在发挥着服务功能，即诗词服务于戏剧、散文、小说，等等，帮助刻画人物、烘托主题、提炼要义等。最著名的就是《临江仙·滚滚长江东逝水》：“滚滚长江东逝水，浪花淘尽英雄。是非成败转头空。青山依旧在，几度夕阳红。白发渔樵江渚上，惯看秋月春风。一壶浊酒喜相逢。古今多少事，都付笑谈中。”这是明代文学家杨慎所做，后毛宗岗父子评刻《三国演义》时将其放在卷首。

营造声势、营造氛围，是诗歌极具时代性的服务功能，可以简称为造势功能。诗歌可以造势。现在的庆典活动，比如说厂庆、市庆、党的百年大庆，诗词的作用既是表达，又是反映，还是造势，即营造喜庆氛围。一些文化人的婚庆、寿庆，也越来越重视诗歌的作用。

再比如美化环境、装饰厅堂。我在海南工作时，力倡用书画装饰环境，呼吁楼堂馆所、车站码头、办公场地等公共场所，都要用书画装扮，而且还专门开现场会去推动，而书法内容基本是诗词。

我们应该看到，现在诗词所发挥的服务作用远不及歌曲、书画等艺术。这个不要抱怨政府或者社会不了解诗词、不重视诗词，只知道找明星，不知道找诗人。而是因为我们自己长期以来在这方面做得不够，老是把诗词当作一个自我表达、自我欣赏的私藏珍品或“圈子文化”，忽视了诗词的服务功能。今天我们要“破圈”，走出自我的圈子，走出诗词界的圈子，发挥诗词的社会作用。这就需要我们，一是认识诗词的服务功能；二是要寻找实施服务功能的机会，这个机会就是时空条件，即把握好时机和空间；三是要去研究诗词的服务方式，是刻石头还是搞灯柱？是搞朗诵还是搞演唱？这属于诗词的服务方式。最后要认真地考虑诗词的服务效果。最近一个部级机关要举办一期诗词培训班，让中华诗词学会派老师讲课，我就特别强调一定要组织最好的讲师团队，包括学会外的教师；凡是讲课没有把握的暂时不安排，安排了会影响服务效果，也砸牌子丢面子。安排谁讲课，第一不能讲照顾，第二不能搞平衡，一定选择讲课效果好的老师。为此，我们拟策划学会内部学习和交流，以培养老师、发现老师，培养能写会讲的诗人。哪怕就讲一点，比如讲诗词欣赏、讲诗词朗诵、讲诗词微刊编辑、讲诗词传播，培养和发现一批“一招鲜吃遍天”的诗人。

在今天，文化越来越受到重视，文化发展早已成为国家战略，我国要在2035年建成文化强国。我们要想在文化强国建设的进程中发挥好诗词的作用，就一定要树立服务意识，要提高服务本领，要有服务的渠道或者手段，要讲究服务的效果。这就是我讲的诗人的社会责任。

我今天不是全面阐述诗词的功能。这方面，大家要读专家学者的论著，他们研究得比我深刻；要倾听社会和大众的心声，这样诗词各种功能才能发挥得深受欢迎。以上三个方面，即从诗词的表达功能看诗人的社会责任，从诗词的反映功能看诗人的社会责任，从诗词的服务功能看诗人的社会责任，是我的一些思考，很不成熟。总而言之一句话，写诗是诗人自己的事情，没有人强迫你，也没有人规定你写什么。但是，既然我们已经成了诗人，而且成了我们一级诗词协会的会员甚至是领导，大家已经组织和联合起来从事诗词事业了，我们就要从诗人所担负的社会责任的角度，来选择我们写什么不写什么，从而让诗词在我们这个时代，发挥越来越多的作用和价值。如果我们这样想也这样做了，我们从中也会得到自我安慰和自我陶醉，因为我们爱好诗词，没有白爱好，它不仅满足了我们的喜爱，而且实现了诗词的社会价值，在这个过程中，也实现了我们诗人的自我价值。

徐州历史悠久，文化底蕴深厚，历史上名人大家众多，现在也拥有一批在国内有一定知名度的诗人。希望你们进一步朝着发挥好诗词的社会功能方面，再向前走一步，从而把诗人的社会责任尽得更好、更全面。

让中华诗词在全面建设社会主义现代化国家新征程上大放异彩*

尊敬的各位领导、各位来宾、各位诗人，
女士们、先生们：

今天，我们在民族风情浓郁的玉溪，举办第三届中华诗人节。首先我代表中华诗词学会、中华诗词研究院等主办单位，向全国所有诗人词家，向诗词教育、诗词吟诵、诗词传播工作者，向广大诗词爱好者、诗词事业支持者，致以节日的祝贺和亲切的慰问！

中华诗人节是由中华诗词学会、中华诗词研究院共同倡议设立的。时间定在农历端午节、伟大诗人屈原殉难的日子，意在动员和团结全国广大诗人，学习和弘扬屈原伟大的爱国主义和浪漫主义精神，发展和繁荣中华诗词事业，为建设中国特色社会主义文化强国、增强文化自信而努力奋斗！

第一届中华诗人节于 2018 年端午节在屈原故里湖北省荆州市举办。中华诗人，生逢伟大时代，有了属于自己的节日。

第二届中华诗人节于 2019 年 6 月在重庆市奉节县白帝城举办。

---

* 本文是作者 2021 年 6 月 14 日在玉溪“第三届中华诗人节”开幕式上的致辞。

诗仙李白、诗圣杜甫以及元稹、白居易、苏东坡、陆游等曾在此或者为官，或者旅居，留下了大量不朽诗篇。

第三届中华诗人节本应在2020年6月举行，但突如其来的新冠肺炎疫情，使得它后延了一年，今天在云南玉溪开幕。玉溪是云南省第三大城市、中华人民共和国《国歌》曲作者聂耳的诞生地，享有“四乡”——聂耳故乡、云烟之乡、花灯之乡、高原水乡的美誉。这里四季如春，风景秀丽，旅游资源丰富，是云南“国际大道”的重要枢纽和面向东南亚、南亚实施“走出去”战略的集散加工“腹地”。马上又将获得“中华诗词之市”的美誉。

这届中华诗人节以“五十六个民族唱响新时代”为主题，以庆祝中国共产党百年华诞为主要内容，感召和凝聚五十六个民族的广大诗人，拥抱时代、情系人民、知古倡今，求正容变，让中华诗词在全面建设社会主义现代化国家新征程上大放异彩。

让中华诗词大放异彩，就要牢记诗人所肩负的社会责任和历史使命。个人爱好和兴趣是许多人进入诗词生涯的原始动因，也是现在和未来诗词创作的内在因素。如果写诗只是自我观照、自我留存，我不用再多说什么。如果诗用于发表，社会责任立即同步而来。因为诗词公开发表，诗词就成了共享精神产品；诗词公开发表，诗词就成了公共文化环境；诗词公开发表，诗词就成了未来人的前辈精神遗产。每一首诗都事关公众学习、精神涵养、文化价值、道德教化、心灵塑造、文化积累。于是，一个严肃的问题立刻摆到了我们面前：写诗为什么、现在写什么、身后留什么。这既涉及个人价值，更关联社会责任。习近平总书记指出，文艺是铸造灵魂的工程，文艺工作者是灵魂的工程师。为社会、为大众、为时代源源不断创作“能够启迪思想、温润心灵、陶冶人生，能够扫除颓废萎靡之风”的诗词作品，不仅是我们的社会责任，也是我们的历史使命。

让中华诗词大放异彩，就要确立以人民为中心的创作导向。这是承担社会责任，完成历史使命的必要条件。我们要把为人民而写、满足人民需求作为诗词创作的目的，把写人民、表现人民生活作为诗词创作的内容，把接受人民评价作为诗词创作的一个标准，自觉与人民同呼吸、共命运、心连心，欢乐着人民的欢乐，忧患着人民的忧患，做人民的孺子牛。在这次华夏奖征稿的3000多首诗词作品中，凡是坚持为人民而写、为祖国而吟、为时代而歌的作品，就特别打动人。为什么人的问题，是一个根本的问题、原则的问题。新时代的广大诗人必须解决好这个问题。

让中华诗词大放异彩，就要努力创作无愧于时代的优秀作品。作品是硬道理，一个诗人的艺术成就最终看作品，一个民族的艺术创作水平最终看作品，一个时代的诗词发展与繁荣最终看作品。只有优秀作品才能感人，只有优秀作品才能传播，只有优秀作品才能传世。广大诗人要把优秀作品作为每一首诗词的创作追求，作为诗意人生的毕生追求，努力创作出有正能量、有感染力，传得开、留得下，为人民群众所喜爱的诗词作品。要写出这样的优秀作品，广大诗人就要紧跟时代节拍，深入群众，深入生活。

让中华诗词大放异彩，所有诗词组织都要不断加强自身建设。组织不纯不正，必然没有心情出思路、想办法，谋中华诗词事业发展之路；组织不纯不正，必然会失去凝聚力和号召力，导致诗人人心涣散。诗词组织是公共服务性质的社会团体，诗词组织的工作人员都是公共服务人员。因此，党对各级公务人员的要求同样适用于诗词组织及其工作人员；诗词组织及其工作人员必须自觉与党对公务人员的要求对标。公共组织和公共服务人员的核心价值就是两个字：服务！因此，各级诗词组织要全心全意服务会员、服务基层、服务社会、服务党和政府中心工作。绝不能只要位置不干事情；绝不能争权夺利、斤斤计较；绝不能拉帮结派、搞团团伙伙；绝不能搞嫉贤妒能，压制人才；绝不能搞文人相轻、相互贬低甚至相互攻击。我提议所有诗词组织都要“两讲两树”——讲政治、讲团结，树形象、树正气，开拓学会工作新局面。

各位领导、各位来宾、各位诗人，女士们、先生们，中华诗词事业不仅仅是诗词组织的事业，不仅仅是文联、作协和宣传文化部门的事业，而是党和政府及其所属各部门各单位的事业，是全社会的事业。中华诗人节，不光是诗人的盛会，而是全社会认识诗词作用、体验诗词魅力、发展诗词队伍的体验会，是全社会都来投身于中华诗词发展和繁荣大业的动员会。现在我已经有把握地说，第三届中华诗人节一定是成功的、顺利的、卓有成效的。奥秘何在？就在于玉溪市委、市政府及其相关部门的重视和投入，单靠诗词组织是不可能做到的。所以，这次中华诗人节又是党委、政府重视中华诗词及其成效的展示会、观摩会。让中华诗词大放异彩，一方面需要党委、政府把诗词发展纳入本地文化建设规划，主动关心和支持诗词工作；另一方面需要诗词组织主动作为、积极作为，以实际行动赢得党委、政府的重视和支持，千方百计动员千军万马，激发千家万户投入诗词发展大业。

五十六个民族是最大的千军万马和千家万户。让我们各民族诗人紧密团结在以习近平同志为核心的党中央周围，广泛动员各民族兄弟一起发力，中华诗词复兴必然伴随着中华民族伟大复兴的前进步伐而同步实现！

健全诗词工作联动机制
构建中华诗词新发展格局*

各位会长、同志们:

今天是中华诗词学会有史以来第一次全国诗词学会会长联席会议，特意安排了山东赵润田会长介绍培训工作，湖南彭崇谷会长介绍如何打造诗词精品，浙江王骏会长介绍浙江“四条诗路”建设，江苏江建平副会长介绍诗教工作，湖北姚传敏会长介绍聂甘弩基金会的运作及其成绩（罗辉顾问做了补充），内蒙古苗恒泰副会长介绍了内蒙古诗词工作。这是我们安排的六个重点发言。休息之后我们又听取了陕西、黑龙江、四川、甘肃、江西、安徽、海南、贵州等地的情况介绍，让我们了解了很多情况，学到了很多经验，也给我自己丰富中华诗词学会的工作思路提供了很好的养料。下面我将围绕“健全诗词工作联动机制 构建中华诗词新发展格局”这个主题，讲五个问题。

建立会长联席会议制度

换届之后，我们就把建立会长联席会议制度提上了议事日程，

---

* 本文是作者2021年6月15日在首次全国诗词学会会长联席会议上的讲话，张存寿同志根据录音整理。

今天终于召开了第一次联席会议。为什么要建立这个制度？就是为了健全诗词工作的联动机制，从而构建中华诗词新发展格局，这至少有三个方面的需要。

第一，这是中华诗词学会组织建设的需要。中华诗词学会作为全国性的诗词组织，本身的建设就需要这么一个会长联席会议制度。各个省、自治区、直辖市诗词组织都是中华诗词学会的单位会员，单位会员的义务是什么呢？有六条：执行学会的决议，维护学会的合法权益，完成学会交办的工作，按规定缴纳会费，向学会反映情况，提供有关资料。我们有这么多的单位会员，但是一直没有召开过单位会员代表会议。这里的代表就是各地的会长。没有会长联席会议，组织建设就是一个缺憾。这次会议意味着我们开始完善组织建设，从而形成中华诗词学会和各省、自治区、直辖市诗词学（协）会的大家庭。通过会长联席会议把我们进一步联为一体，实现诗词工作联动。

第二，这是构建中华诗词新发展格局的需要。从今年开始，我国已经进入新发展阶段。毫无疑问，贯彻新发展理念，构建新发展格局，既为中华诗词的发展提供了机遇，也提出了更高的要求。我们要构建一个什么样的新发展格局呢？我想了八个字，就是“整体发展，系统推进”。就是我们全国各省、自治区、直辖市要形成一个整体发展、系统推进的新发展格局。所以我们需要这样一个会长联席会议制度。

第三，这是相互交流、相互学习、相互促进的需要。既然我们都是中华诗词学会的单位会员，那么如何开展工作，遇到什么问题，想什么办法加以解决，工作的成就如何，以及如何规划未来，等等，需要我们通过相互交流、相互学习、相互促进，来取长补短，完善思路，改善工作。今天第一次会长联席会议，我相信与会的所有同志都会感到这种相互交流、相互学习的重要性，并尝到了甜头。为了把这个机制建好，我们便把内地30个省市区，扩大到15个副省级城市，它们是广州、武汉、哈尔滨、沈阳、成都、南京、西安、长春、济南、杭州、大连、青岛、深圳、厦门、宁波，这样一共是45个会长联席会议单位。今天到会的情况很好，各副省级城市都派来了代表。第一次会议有这么多会长与会，起步不错。我希望第二次开会的时候，会长们都能来，一年就这一次，请会长们尽量抽时间来参加会议。

会长联席会议是什么性质？就是中华诗词学会单位会员代表联席会议。大家看看，我们要不要再重新履行一次入会的工作程序？45个地方都是中华诗词学会的单位会员，这个联席会议就名正言顺了。

抓实学会基本建设

抓实学会基本建设，是各地学会的基础性工作。它包含哪些建设呢？

第一，队伍建设。没有队伍，我们会长们能耐再强，也发挥不了多少作用。在哲学史上，人们讨论过到底是英雄创造历史，还是群众创造历史？有人就主张英雄创造历史，有人主张群众创造历史。主张英雄创造历史一说：群众再多也是0，只有加上英雄1，这才是一个庞大的数字，甚至是一个无穷大的数字。这么说是突出英雄的作用。实际上我们也可以反过来说，英雄本事再强再大，没有后面这一串0，就是一个光杆司令，什么事情也做不成。这个例子让我们明白了一个道理：英雄重要，群众同样重要，归根结底历史是由群众创造的，但是关键少数起关键作用。所以，我们学会要想做强，一定要抓队伍建设。我们诗词队伍包括创作队伍、吟诵朗读队伍、传播宣传队伍，等等，其中创作队伍是最重要的一支队伍。各个诗词学会队伍的建设情况怎么样？与学会工作是如何息息相关的？我们学会想要有成绩、有生机，就是要靠我们的队伍。所以一定要抓好队伍建设。加入我们学会的是我们队伍成员，我们要大力发展。没有加入学会的，我们也要高度重视。现在山东有10万人的队伍，河北有11万人的队伍，湖南最多的县有3700多个会员，有10个县超过1000个会员。无论如何，我们首先要多在会员发展上下功夫。各地掌握的入会标准不太一样，高标准有高标准的好处，低标准也有低标准的长处，这个我们不去统一。总而言之，都要把他作为队伍。

第二，组织建设，主要指的是机构建设。多年的经验告诉我们，任何事情都要靠机构来带动，要通过组织体系去贯彻落实。所以组织建设非常重要。在湖南，省、市、县、镇都有诗词组织，有的村里都有，这给我们做了个示范，我们要向湖南学习。山东淄博给我发了一个报道，他们召开组织建设现场会。全市到今年5月20日，一共建立乡镇级诗词组织36个，占全市镇、街道总数的41%。市、县、区直机关诗词组织12个，村级诗词组织15个，企业组织13个，学校组织15个。他们感到不满足，还在开现场会推动。这个抓组织建设的劲头，值得我们各省、自治区、直辖市效仿。我们共产党打天下就靠一套组织系统，治天下也靠组织系统。在这次抗疫斗争当中，我们这套组织系统，一直到最基层的村委会、居委会，发挥了巨大作用！这是共产党的组织优势。我们要把组织健全起来。残疾人是一个特殊的群体，在所有群体中是一个最弱势的群体。他们跟我说，残疾人最大的苦恼就是孤独，而诗词写作就是排解孤独的一个最有效的办法，同时也是残疾人自强不息的表现。一些残疾人眼睛看不见，耳朵听不见，甚至说话都不能，但写的诗词特别感人。专业委员会不需要上下对口，但是残疾人诗词工作委员会是个例外，通过这个委员会，我们给这部分人以特殊的关照，特殊的关爱，特殊的支持。

第三，业务建设。这个业务建设就是培养诗词创作、诗词朗诵、诗词吟诵、诗词的师资、诗词的评论与鉴赏、诗词刊物的编辑等方面的队伍，这都是我们业务建设要抓的工作。刚才陕西孟建国会长提出来培养诗词新人，这个做法很好。在疫情那么严重的情况下，活动搞不了，他们就搞线上培训，做得也很好。山东培训工作可以说是突飞猛进，规模推进，在不到一年时间内，一下子就培训了那么多人。山东诗词学会推进以县为单位的培训，好处是它不要住宿、成本低等，有很多的便利条件。所以要动脑筋想办法，把业务建设抓起来。中华诗词学会本身现在也抓两个培训，一个是导师制培训，每年一两期函授培训。还有一个集中培训，在地方的支持下搞集中培训。另外，我们跟浙江经济职业技术学院共同创办了一个中华诗词文化学院，一直在坚持培训。但是靠他们的力量招生困难，我们诗教培训部设计了一套培训方案，准备办 7 个班次的高级人才培训班，每个班次计划招生 100 名，每年为各地培训诗词人才 700 名，5 年培训 3500 名。想把名额分到各个省市去，请你们去协调把它安排落实。收费标准是按照浙江省核定的标准收 2900 多元，包括吃、住、行、培训费用都在里面。后来我征求了几位地方同志的意见，他们感到实施起来还是有困难，因为有的学会根本就没有钱，要靠个人掏钱，培训一次至少要 5000 元，这也是个不小的开支，所以这个计划就暂时先放一放，等找到赞助再办。业务建设一定要靠培训、交流，还有诗词比赛，战斗出英雄啊，通过赛事加强业务建设。

第四，思想建设。我们学会工作人员多数都是退休的。退下来的老同志一辈子受到思想教育，到了学会之后就忽视了这项工作，以为不成问题了。但实际上学会组织可能比机关单位还要复杂一点，因为在机关单位约束比较多，干部纪律的约束，党组织的约束，同事之间的约束，还有提拔任用等重要因素约束。到学会就比较松散，约束力小了很多，更需要加强思想政治工作。昨天我在会上讲到，各学会都要抓“两讲两树”，即靠讲政治、讲团结、树正气、树形象来提高大家的思想觉悟、精神境界、道德水平，提高政治意识、大局意识、核心意识、看齐意识，做一个各方面合格的诗人，做一个合格的学会带头人。我昨天讲了几个绝不能出现的情况，即绝不能只要位置不干事情；绝不能争权夺利、斤斤计较；绝不能拉帮结派、搞团团伙伙；绝不能搞嫉贤妒能，压制人才；绝不能搞文人相轻、相互贬低甚至相互攻击。很多同志都赞同，认为我讲到了实际存在的情况。会后有人对我说文人相轻，有的诗人还不能说是文人，因为他只会写个诗，叫他写篇文章他写不了，叫他干点有关文化的其他事干不了，还不能称为文化人，有什么资本“相轻”呢？文人的标准挺高的。退休了就要一切顺其自然，有能力的发挥出来，在学会领导岗位的要尽好职，要做到与世无争。活到这个时候，我们具备了与世无争的条件（退休了），到了与世无争的年龄，现在需要的是与世无争的境界。如果有人在争名逐利，希望你们会长绝不容忍，因为他争的不是地方，也不是时候！一定要把争名夺利的这个歪风邪气压下去。我们争什么？要争出精品，争多做贡献，争多做工作，争培养新人、帮助别人。安徽省太白楼诗词学会集中了两天进行“两讲两树”学习，效果很好，大家的精神面貌明显变了，这是他们的切身体会。大家回去都要抓学会的思想建设。

以上我讲的是关于学会的基本建设——四大建设。中华诗词学会近一年来不断地进行这四个方面的建设，收到了很好的成效。我们现在每年还有一个开年动员会、年终总结会，会场安排好，有个仪式感。今年年底，中华诗词学会机关还要继续举办自己的思想教育专题培训班。

发挥学会社会作用

诗词长期以来多半都是抒发个人感情的，或是自娱自乐，或相互交流。这些年来诗词的社会作用发挥得越来越大，影响越来越大，大家这个意识也越来越强。中华诗词学会本届班子上任以来，非常强调从这些方面发挥社会作用：一是要普及诗词。让越来越多的人爱诗词、学诗词、诵诗词、写诗词，让中华诗词经典名篇在本地区得到普及，尤其是在已经获得“中华诗词之乡”的地方，要做得更好。这个普及诗词的工作大家要继续去抓。二是创作诗词。三是运用诗词。四是整理诗词，刚才几个地方都介绍了在整理历史上留下来的诗词。五是开展诗教。关于诗教工作，我在浙江慈溪市对“中华诗词之乡”品牌的创建运用与提升，做了一个经过认真考虑的讲话，大家都看到了，这里不再重复。下面，我重点讲发挥学会的社会作用，要集中在如下几个方面。

第一，服务中心工作。要服务党和政府的中心工作，包括宣传部、文联、作协的中心工作。所以，我们每年都要认真琢磨党委、政府的中心工作是什么，然后策划我们以什么样的方式来加以配合，做到在重要的时间上、重要的工作上不缺位、不失声，发挥好诗词影响力。比如安徽省太白楼诗词学会，就把安徽“中国好人”每人写一首诗作为一次活动。这就是服务了中心工作，既投身道德建设，又把500多位诗人组织起来，出了一本书，成果也有了。今年建党百年，中华诗词学会策划了以歌颂中国共产党为主题的《百年诗颂》，全国诗人热烈响应，大力支持，现在进展顺利。

第二，参与文化建设。一定要参与本地的文化建设。创建诗词之乡，这是中华诗词的抓手和载体。这个作用比较大，影响比较大，吸引力也比较大，做得很好。浙江的“四条诗路”建设更是个特例，浙江省委、省政府举全省之力建设浙东唐诗之路、京杭大运河诗路、钱塘江诗路和瓯江诗路。各学会要多多参与这样的本地文化建设。

第三，普及诗词文化。推动诗词的学习，推动诗词的创作，推动诗词的表演，推动诗词文化氛围的营造。

只要我们服务中心工作，参与文化建设，普及诗词文化，学会的社会作用就会越来越大。

创新学会工作

学会工作，我们都已经开展了30多年了，也形成了一些套路，这些套路是行之有效的。这是我们多年探索之后形成的带有规律性的工作，要继续坚持。同时，时代在变化，环境在变化，任务在翻新，困难和挑战也在增多。所以我们要创新学会工作。

第一，我们要持续开展活动。活动就是学会的生命，活动多就生命力旺盛，活动少就生命力脆弱。不开展活动，学会就是一个“僵尸”。黑龙江的陈修文会长说得好，要以活动增活力。这个活动当然是诗词活动。让我们感动的是在诗词活动之外，黑龙江省诗词协会居然还个人掏钱支持抗疫活动，支持白血病治疗和抗癌活动，还去看望监狱的犯人，做转化工作。山东诗词学会参与扶贫工作，承担扶贫任务。这都是做得非常突出的。作为诗词学（协）会，我在这里只限于强调诗词活动，其他活动你们根据自己情况，尽力而为、量力而行。我在《会长的使命》那个讲话当中，把我们所要进行的活动做了一个梳理，就是我们要开展普及活动、创作活动、吟诵活动、雅集活动、采访活动、学习活动、交流活动、传播活动、培训活动、诗教活动、联谊活动。年初规划，分步实行，做到“小活动月月有，大活动三六九”，这是个形象的说法，就是经常化。

第二，要争取领导支持。创新学会工作要争取领导支持。孔祥庚会长这两天跟我有三句话说得很好：我们诗词组织要主动争取党委、政府领导，主动服务党委、政府工作，主动把诗词工作转化为党委、政府工作。这三句话我建议大家带回去，认真去思索，这是怎么样才能主动争取领导支持的有效思路。因为党委、政府工作头绪非常多，这个从我工作的经历我是知道的。不得不做的事情天天在脑子里盘算，在此之外的事情就要看谁主动了。你跑得多呢我就重视多，你跑得少呢我就重视少，你不跑呢我基本就顾不上了，因为党委、政府领导要做的事情太多了。所以主动争取党委、政府领导就非常重要。如果当地对你们不重视，有没有自身的原因？你主动不主动？很多动人的故事都是通过自己一而再、再而三的努力，然后打动领导才获得机会的。再一个就是主动服务党委、政府工作。你主动的服务做多了就是有成效了，他自动会找你，甚至是把工作交给你，然后就依赖你，你就成了“体制内”的队伍了。这个我是有体会的。我在海南工作的时候，一些政府组成部门搞活动，领导不一定去。有一个办事机构每次搞活动，省领导都会参加，为什么？他主动工作，把工作做得风生水起，使得领导对他很重视。所以还是那句话，有为才能有位。最后就是主动争取把诗词工作转化为党委、政府工作，这有没有可能？有可能。“中华诗词之乡”的创建工作不就是这样吗？完全是我们发起主导的一个诗词工作，最后变成党委、政府各部门都积极参与的工作，变成全社会的工作。这是我们一个成功的转化，我们应该从这个转化当中得到启发。浙江“四条诗路”建设也是由一个学者提出来的，最后成为党委、政府的工作了。我也没想过有一天我会到中华诗词学会工作，当年我在海南工作时，举行了把海南建设成诗歌岛的启动仪式。“建设诗歌岛”是一个学者的建议，就变成了省委宣传部和省文联的行动。

第三，创新工作方式。“创新”，最先是1912年经济学家熊彼特在他的德文著作《经济发展理论》中提出来的。熊彼特认为，“创新”就是把生产要素和生产条件的新组合引入生产体系，即“建立一种新的生产函数”，其目的是为了获取潜在的利润。20世纪90年代，我国把“创新”一词引入了科技界，形成了“知识创新”“科技创新”等各种提法，进而发展到社会生活的各个领域，使创新的说法几乎无处不在。最著名的是江泽民同志这样一段话：创新是一个民族进步的灵魂，是一个国家兴旺发达的不竭动力，也是一个政党永葆生机的源泉。党的十九届五中全会把创新提到什么程度？提到建设社会主义现代化国家的核心地位，把它摆在第一的位置来加以阐述。过去安排工作都是按照经济建设、政治建设、文化建设、社会建设、生态文明建设、党的建设这样的顺序，“十四五”规划是按照新发展理念来安排的，第一个是创新，然后是协调、绿色、开放、共享。习近平总书记指出，要让创新贯穿党和政府一切工作，让创新在全社会蔚然成风。诗词是老文学样式，今天要想把它做得好，就要用创新的工作方式来推广。比如学会没有钱，而学会要开展工作，怎么办？山东省的办法就是跟县市合作。你给我 30 万元，我给你做 6 件事情。结果学会有钱了，诗词工作也做了。多好的一个思路！很有创意。再比如疫情来了，学会工作也不能停止啊，怎么办？从过去的以活动为主，变成以培训为主，从线下为主转到线上为主。这是刚才陕西孟建国会长介绍的，这就是创新，保证什么时候都不停止学会的工作。所以大家都要用创新的思路，各地可能创新的东西很多，因为我走得太少，所以我只能提到我去过的几个地方。中华诗词学会换届以来，是按着创新的思路来做各项工作的。前辈们为我们今天打下了很好的基础，只有创新才能产生新的成效。刚才四川省诗词协会会长提出要不要品牌这个概念？绝对要啊，我们就是要创新品牌、打造品牌。我的回答跟你的回答是一样的，就要创新诗词工作的载体和服务社会的方式。你们组织 500 人画了 290 米长的画卷，这是能传世的，这就是创新。敦煌要举办诗歌周，通过办诗歌周，搞一系列的硬件设施建设，这都是创新的思路。今天上午参观的玉溪兰溪阁，可以说是一个标志性的建筑物。这座建筑，政府就交给当地诗词学（协）会来安排，可以搞展览，可以展示诗词文化，可以召开诗词会议，可以做很多事情，还可以推动旅游，把文化和旅游结合起来。开现场会是老套路了，但对诗词工作来说就是创新。刚才介绍了淄博召开基层诗词组织建设现场会，海南介绍了诗词进校园现场会等活动，我们今年计划在安徽砀山县召开创建“中华诗词之乡”现场会。我们规划了 20 多个专业委员会，这也是创新，跟着我们每年要召开一个中华诗词学会专业委员会主任工作会议，这就是推动。所以大家一定要创新工作思路，创新工作方式。

第四，筹措工作经费。这是我们大家遇到的共同问题。我建议，经费问题不要向中华诗词学会提，中华诗词学会也面临这个问题。山东赵润田会长给我介绍，他们建立了一个1000万元的诗词基金会，新的思路让我叫绝。他去找一个企业出900万元，学会出100万元，然后一起交给这个企业去管，每年给学会50万元回报即可，学会给企业提供价值超过50万元的服务。企业什么时候要结束这个基金会，什么时候就结束。诗词学（协）会是个学术组织，是个社团，由我们诗人、专家教授来当领导当然好。请一个退下来的领导当学会领导也好，各有各的优势。你做个常务，困难会减少一点。

关于学会的具体工作，我不多讲了，因为我在其他场合讲过了。这次给大家发了四个电子版材料，一个是“会长的使命”，一个是“‘中华诗词之乡’品牌的创建、运用与维护”，还有就是当前诗词工作的现状和近期要着力实现的几个突破，再加上昨天一个开幕讲话，供大家参考，以抛砖引玉。

用好全国诗词工作的联动平台

全国诗词工作联动平台是什么？就是中华诗词学会即将要开通运行的官方网站。这个网站我们动了脑筋，下定决心进行脱胎换骨的改造。为此，我们会长会议经过研究，听了汇报，由副秘书长张谷一的技术团队设计，学会网络信息部具体抓，刘庆霖副会长分管。网站在原栏目基础上改设诗坛讯息、诗词速递、经典博览、诗教在线、诗韵家风、会员档案、网站互联、赛事纵横等18个板块，计划于7月进行试运行。

为带动各省、自治区、直辖市及所属诗词组织、独立诗词社团的同步发展，共享融媒体时代的诗词创作和诗词传播成果，学会愿意给大家提供技术支持，帮助各地搭建或完善你们各自的诗词网站，形成中华诗词学会和各级、各地诗词组织网站的整体联动，实现以下六大主体功能。

第一，信息发布功能。利用各自的网站发布会议、研讨、采风、赛事等诗词动态，及时推出诗词创作成果，实现诗词信息的即时高效。

第二，线上办事功能。可在网上进行会员入会申请、诗乡诗教先进单位申报、诗词刊物和诗词赛事作品的投稿，简化办事程序，提高办事效率。

第三，阅读学习功能。网站与各地诗词网站互联互通，高度集约，丰富作品数量，拓宽阅读范围，提高阅读的可选择性，实现古今中外诗词书画曲联赋等中华优秀传统文化产品的一站式浏览。

第四，在线教学功能。建立诗教导师人才库，链接诗词写作常识、诗词理论文章、诗词教学音视频文件，条件允许时开通在线问答，使受众面更加广大。

第五，格律检测功能。链接搜韵、诗词云等具备诗词格律检测功能的网站，并计划针对现有格律检测软件的不足，开发新的产品，使诗词格律检测更加准确。

第六，资料查询功能。与各级各地诗词组织共建会员档案库（包括个人和社团）、诗词作品库；完善诗乡诗教地图，链接诗乡诗教先进单位、诗词之家等事迹材料。实现对个体会员、诗词社团、先进单位、诗词之家的即时更新和快捷查询。

当然，这些功能的实现，仅靠中华诗词学会自己是不行的，需要我们上下联动、紧密配合。目前，在北京诗词学会的主动要求下，我们正对他们的网站进行试点建设，下一步将逐步铺开。这项工作，由我们学会的网络信息部总体协调，诗词云平台提供技术支持。请各省、自治区、直辖市学会安排专人与网络信息部建立联系，按照谁先报谁先建的原则组织实施。

所以，它不是一个普通的网站，它是中华诗词学会跟各省、自治区、直辖市实行联动的一个工作平台。你们回去之后，第一个先告诉大家，7 月份这个网站就要开通了。第二个告诉大家，今后上这个网，可一网解决与诗词有关的问题。第三个告诉大家，如何实现跟我们的对接，你们的网站需要做一些技术改造。另外，准备搞一次培训，来教大家怎么来应用它。有的人把多年诗词作品的积累搞消失了，技术人员说在我们这个网上绝不可能，一定会永远保存完好。

最后还有两件事情，一件事情就是庆祝中国共产党百年华诞，即将进入高潮。请大家一鼓作气，把成果推出来，把活动开展起来，营造庆祝的气氛。第二件事情，“中华诗词之乡”“回头看”工作，马上就要开始布置安排，现在我们已经有 300 多个诗词之乡，有 29 个地级的中华诗词之市，还有很多诗教示范单位。现在怎么样？我们将委托省、自治区、直辖市的学会帮我们来回头看，我们自己也要抽查，主要是推动促进，再采取一些措施，以保证创建品牌保持和提高，发挥作用。这些工作从来不收费，不搞吃拿卡要，就是为社会服务，为基层的文化建设服务，我们要把它做得更好，总量控制，提高质量。

各位会长，首次全国诗词学会会长联席会议的召开，是一个重要标志，它标志着健全诗词工作联动机制，构建中华诗词新发展格局的工作已经起步，并且已经形成共识，取得了初步成效。通过会长联席会议，通过我们的官方网站平台，通过其他机制，我们要形成全国的诗词创作、诗词创建、诗词培训、诗词宣传工作的联动，形成中华诗词整体发展、系统推进的新发展格局。这个新发展格局就在一个新字，我们要有新的精神状态、新的发展目标、新的工作格局、新的发展成就、新的发展影响，来向我们党100周年献礼，为全面建设社会主义现代化国家献力！

我们向毛泽东诗词学习什么*

这次来到陕北重镇榆林，参加“风流人物·毛泽东诗词与启航新征程学术研讨会”，榆林市委宣传部、榆林市诗词学会精心安排，不辞劳苦，带着我们参观了杨家沟、袁家沟，受到了革命精神的洗礼。特别是参观毛泽东同志的《沁园春·雪》诞生地，让我们身临其境体验毛泽东当年这首大气恢宏、脍炙人口的辉煌诗篇的源景。我当场做了小诗一首《登高家洼塬领悟毛主席〈沁园春·雪〉》：“登塬四望觅当年，满目皑皑岭接天。蜡像驰原千里雪，身临诗境意延绵。”

我浏览了大会论文集，重点阅读了郑伯农、星汉、李树喜、彭崇谷、宋彩霞、易礼、李德身、薛建民、王艳荣等诗人的大作，今天又听取了中华诗词学会常务副会长范诗银的开幕词和大家的发言，深受启发，学了很多。作为闭幕讲话，我想讲一讲“我们向毛泽东诗词学习什么？”

毛泽东是20世纪我们最敬仰的伟人。他是中国人民的伟大领

* 本文是作者2021年6月19日在“风流人物·毛泽东诗词与启航新征程学术研讨会”闭幕式上的讲话，发表于2021年8月3日《榆林日报》。

袖！是他，在人民蒙难、民族蒙羞、文明蒙尘的黑暗年代，带领中国人民顽强奋斗，从“三座大山”的重压下站了起来，步入了社会主义时代。他是伟大的革命家、军事家、战略家！他是伟大的理论家、哲学家，他还是伟大的诗词家和书法家。集这么多“大家”于一身，既是他“伟大”的表现，也是他“伟大”的证明。毛泽东的诗词和书法一样豪迈奔放、气吞山河，是中华优秀传统文化“创造性转化和创新性发展”的典范，是亿万人民共同喜爱的艺术珍品。

毛泽东一共写了多少首诗？没有统一说法。他生前发表 39 首，1996 年中共中央文献研究室编辑了《毛泽东诗词集》，收录 67 首，包括已经发表的 39 首、从未发表过的 28 首。2017 年人民文学出版社出版的《毛泽东诗词全编鉴赏》，收录 78 首，比 1996 年的《毛泽东诗词集》多了 11 首。编者表示，“本书收录了现在已经公开披露并经严谨考证的所有毛泽东诗词”，其他标榜毛泽东诗词全编、全集、大全的，最多的一个版本收了 150 多首，但其中很多“是四言、五言、六言、七言、杂言韵语。这些韵语不能看作毛泽东自称的‘旧体诗词’，即不符合毛泽东诗论”。

我们今天学习毛泽东诗词，应该学习什么呢？我初步归纳，要学习以下几个方面。

以诗情拥抱时代

毛泽东诗词题材广泛，有写草木山川的，也有写爱情友情的；有咏怀古迹的，也有研习史实的；但最引人瞩目的是政治抒情诗。

我们说，毛泽东诗词开拓了中华诗词的一个新时代，首先因为它反映的是一个崭新的时代：这是民族求解放、求振兴的新时代，劳动人民当家作主的新时代、社会主义革命和建设的新时代。中国革命和建设的许多重大历史事件：第一次国内革命战争，开辟井冈山根据地，“围剿”与反“围剿”、长征、抗日战争、解放全中国；解放后的翻身喜悦、社会主义现代化建设，国际风云和外交斡旋……都反映在毛泽东诗词中。我们现在所讲的中国共产党人的初心和使命，即为中国人民谋幸福，为中华民族谋复兴，是毛泽东诗词一以贯之的鲜明主题。

毛泽东诗词，立足于时代，记叙世纪风云，心系人民大众，事关社稷江山。可以说，毛泽东诗词是时代的需要、时代的反映、时代的强音、时代的号角。毛泽东诗词就是中国新民主主义革命、社会主义革命和社会主义建设的壮丽史诗。因此，毛泽东诗词绝不是花前柳下或茶亭酒肆的小情小调；更不是矫揉造作或无病呻吟所能比拟的。

也正因为如此，没有一首诗词像毛泽东诗词那样受到人民群众如此广泛的喜爱、高频的运用，没有一首诗词像毛泽东诗词那样产生如此巨大的政治影响和社会作用。

这启发我们，诗词要想得到人民大众的喜爱，就一定要“拥抱时代、情系人民”。“拥抱时代、情系人民”这两句话，已经被列为《中华诗词》杂志的办刊宗旨。

基于这一认识，在庆祝党的百年华诞的日子里，中华诗词学会策划并组织创作了《百年诗颂》专题诗集，按时间顺序，用传统诗词抒写党史上的重大事件、重要场景、重要任务和重大政策，9月底将出版问世！

以天下作为己任

这是在毛泽东诗词中随处可见的伟大情怀。

1925 年秋，《沁园春·长沙》就反映出毛泽东和他的一批同学，忧国忧民，燃烧着“指点江山，激扬文字，粪土当年万户侯”的澎湃激情。32 岁的毛泽东发出“问苍茫大地，谁主沉浮”这震撼神州之问。

1929 年 2 月至 4 月，蒋介石和桂系军阀李宗仁、白崇禧为控制两湖而进行战争。一方面，“军阀重开战，洒向人间都是怨”；而另一方面，“红旗跃过汀江，直下龙岩上杭。收拾金瓯一片，分田分地真忙”。这里，毛泽东为革命根据地内无田无地的农民群众“分田分地真忙”而真情欢呼。千百年来，农民苦于无地，不是向地主租种，就是到地主家扛长工。现在，在各革命根据地，共产党把地主的土地分给农民，毛泽东深知，土地是农民安身立命的根基！

1945 年，毛泽东从重庆与国民党谈判回到延安后，写了《忆重庆谈判》一诗。诗中写到共产党力主天下百姓要“有田有地”，要拯救“遍地哀鸿满城血”的国家，而这一切都是“无非一念救苍生”。

《沁园春·雪》豪迈地指出，能够把中国人民带入新世界的，不是秦皇汉武、不是唐宗宋祖，也不是成吉思汗，而是今朝的“风流人物”！

纵观毛泽东诗词，我们可以看到，“报道敌军宵遁”“六月天兵征腐恶”“宜将剩勇追穷寇”等诗句，写出在战争年代，毛泽东不辱使命推翻“三座大山”、解救劳苦大众的坚毅。“一桥飞架南北，天堑变通途”“天连五岭银锄落，地动山河铁臂摇”等诗句，表达了和平时期，毛泽东带领人民致力于建设一个新世界的喜悦。“太平世界，环球同此凉热”“冷眼向洋看世界，热风吹雨洒江天”“四海翻腾云水怒，五洲震荡风雷激。要扫除一切害人虫，全无敌”等诗句，抒发了毛泽东立足中国、胸怀天下的境界。

以天下为己任，是毛泽东年轻时就具备的远大抱负！1910年秋天，他前往湘乡县立东山高等小学堂就读。临行前，他改写了一首诗《七绝·呈父亲》：“孩儿立志出乡关，学不成名誓不还。埋骨何须桑梓地，人生无处不青山。”毛泽东表达了外出求学、四海为家的人生志向和坚定决心。1919年，26岁的毛泽东就在《湘江评论》中疾呼：“天下者，我们的天下；国家者，我们的国家；社会者，我们的社会。我们不说，谁说？我们不干，谁干？”

以乐观对待困苦

毛泽东诗词，有不少是在受贬斥、受压制的情况下写成的，是在条件艰苦、形势险恶的环境下写成的。

1927年革命前途和中国命运正面临着严峻的考验，毛泽东本人也连遭不幸。1927年9月9日秋收起义，进展不顺。9月19日，起义部队到达湖南文家市，毛泽东决定改变攻打长沙的计划，调转方向上井冈山，中央为此开除了他的中央政治局候补委员职务。当特派员周鲁到井冈山传达中央决定时，只记得要开除，却把开除什么给忘记了，结果误传为“开除党籍”。周鲁又传达了湘南特委的决定，取消前委，毛泽东改任师长。直到见到了中央文件后，才恢复了他的党籍。

1929年1月，朱毛红军下井冈山，转战赣南、闽西开辟新的根据地。其间，毛泽东和一些领导同志在一系列问题上发生了严重分歧。1929年6月召开的红四军党的第七次代表大会，否定了毛泽东的一系列建军思想，并给他党内严重警告处分，还被选掉了前委书记。1929 年 9 月下旬，红四军召开党的第八次代表大会，会前，给毛泽东写信，让他参加会议。毛泽东回信表示不参加会议了。因此信，毛泽东再次受到党内警告处分，并要他马上赶来。毛泽东只得坐担架到上杭。但他赶到时，会议已经结束。此时的毛泽东，面色蜡黄，脚和肚子都浮肿了，高烧不退，上吐下泻，病得很厉害。国民党媒体造谣说，毛泽东已死于肺结核病。共产国际听到毛泽东病逝消息后，于 1930 年初在《国际新闻通讯》上专门补发 1000 多字的讣告。

我们看到，1928 年毛泽东在井冈山上被误开党籍，1929 年在福建龙岩落选红四军前委书记，但这一时期，毛泽东诗词却没有伤感颓废之色，而是“把酒酹滔滔，心潮逐浪高”（《菩萨蛮 · 黄鹤楼》，写于 1927 年）。秋收起义失败后，不少人丧失理想信念，而毛泽东却写下“匡庐一带不停留，要向潇湘直进”（《西江月 · 秋收起义》，写于 1927 年 9 月 9 日秋收起义后），何其坚毅而果敢。

1929 年，被排斥在红四军领导集体之外的毛泽东身患重病，却在悲凉、肃杀的秋天写下“战地黄花分外香。一年一度秋风劲，不似春光。胜似春光，寥廓江天万里霜”，充满昂扬之气。

1931 年到 1935 年初长征前后，是毛泽东一生最难熬的日子。毛泽东受到王明等人的打击和排挤，完全丧失了党权、军权，变成一个无职无权的“普通一兵”。他在延安时曾轻描淡写地对人讲，他在瑞金的中央苏区“过了四年小媳妇日子”。处于人生低谷，他的诗词却充满了革命乐观主义精神。

1933 年 6 月，在苏区中央局会议上遭到严厉批评之后，他却写下了“赤橙黄绿青蓝紫，谁持彩练当空舞？……装点此关山，今朝更好看”的诗句。

1934 年 7 月 23 日清晨，正值第五次反“围剿”节节失利，形势危急，彭荷宠等红军高级将领丧失理想信念投敌，毛泽东又被王明等人排斥在军事领导之外。在这种情况下，他却写下了“踏遍青山人未老，风景这边独好。……战士指看南粤，更加郁郁葱葱”（《清平乐·会昌》）的优美诗句。

长征，是中央和中央红军处于最深重的苦难时期，毛泽东创作了《十六字令三首》《忆秦娥·娄山关》《七律·长征》《念奴娇·昆仑》《清平乐·六盘山》《六言诗·给彭德怀同志》等诗词，“今日长缨在手，何时缚住苍龙”“雄关漫道真如铁，而今迈步从头越”充满了必胜决心，“更喜岷山千里雪，三军过后尽开颜”（《七律·长征》）充满了革命乐观主义精神。

毛泽东的人生道路并非一帆风顺，他的诗词也不是没有悲欢离合的内容。但是，他始终以革命乐观主义精神面对人间的坎坷，坚信光明终会代替黑暗。1949 年 12 月，苏联著名汉学家费德林问到毛泽东的诗词创作时，毛泽东说，现在连我自己也搞不明白，当一个人处于极度考验，身心交瘁之时，当他不知道自己还能活几个小时甚至几分钟的时候，居然还有诗兴来表达这种严峻的现实。这是什么力量在驱使着他？值得我们永久品味！

以豪迈塑造精神

毛泽东诗词充满排山倒海之势、雷霆万钧之力，把豪放词风提到了至高境界。《沁园春·雪》一开篇就显得气势磅礴：“北国风光，千里冰封，万里雪飘。望长城内外，惟余莽莽。”中国历史成就卓著的秦皇汉武还是“略输文采”，唐宗宋祖更是“稍逊风骚”，而成吉思汗不过是“只识弯弓射大雕”，显示出毛泽东的无比大气和恢宏。而最后两句“数风流人物，还看今朝”，体现了诗人无比自信和伟大的抱负。

1935年，在雪山中艰难跋涉的毛泽东一抬头，目之所及的天地之间矗立着世界第一巍峨山峰，震撼之余写下“江河横溢，人或为鱼鳖”“一截遗欧，一截赠美，一截还东国。太平世界，环球同此凉热”等气势磅礴的诗句。

1963年1月，中苏关系恶化，苏联赫鲁晓夫集团联合国际上的反华势力掀起了反华浪潮。正是在这样复杂的国际形势下，毛泽东写了《满江红·和郭沫若同志》：“小小寰球，有几个苍蝇碰壁。嗡嗡叫，几声凄厉，几声抽泣”，充满对反华势力的藐视，显示了中国气派。而“四海翻腾云水怒，五洲震荡风雷激”，更是波澜壮阔！

毛泽东以豪迈的诗风，为我们塑造了艰苦奋斗精神、革命乐观主义精神、藐视敌人不畏艰险的英雄气概；他的诗词让我们看到了满篇的家国情怀，情系人民、为了人民的领袖风范，不忘初心、牢记使命的共产党人的鲜红本色等。

也许有人会说，毛泽东诗词之所以有吞吐山河的磅礴大气和刚毅顽强的意志，正是由于毛泽东处于党和国家领袖地位，是别的诗人学不会也不可能具备的。

事实上，我在前面已经涉及，还在学生时代，毛泽东的诗作或其他文字就充满豪迈之气。所以，一位研究者写道：在笔者看来，毛泽东所处的领袖地位，对毛泽东晚年诗词风格有一定的影响，但从毛泽东诗词整体来看，并没有起决定作用。毛泽东诗词的那种登峰造极的立意与豪迈恢宏来自于他的非凡见识与广博心境。对此，我深以为然。

以艺术创造意境

“风花雪月松竹梅”，这些传统诗词吟咏的对象，毛泽东诗词皆有涉及。但毛泽东却是注入新内涵，塑造新形象，创出新意境。对此，李树喜归纳如下：

风：“西风烈”“红旗漫卷西风”“西风漫卷孤城”“正西风落叶下长安”。不见了古诗中常见的东风，因为毛泽东面对的正是“西风”。

花：“战地黄花分外香”“万花纷谢一时稀”“待到山花烂漫时”。

雪：“赣江风雪弥漫处”“雪里行军情更迫”“雪压冬云白絮飞”，都是苍劲和阳刚之气。

月：“长空雁叫霜晨月”“可上九天揽月”；“秋风度河上，大野入苍穹。佳令随人至，明月傍云生”（《喜闻捷报》）。还有隐喻月宫的“寂寞嫦娥舒广袖”，或苍凉冷峻，或奇想浪漫，别有境界。

松：“暮色苍茫看劲松”，于乱云飞渡中淡定从容。“奇儿女，如松柏。上参天，傲霜雪。”（《杂言诗·八连颂》），“青松怒向苍天发”（《七律·有所思》），其中“劲松”“松柏”“青松”都是共产党人和革命者的人格化身。

竹：“斑竹一枝千滴泪”，幽婉蕴藉，风华绝代。

梅：“梅花欢喜漫天雪”。《卜算子·咏梅》的“俏也不争春，只把春来报。待到山花烂漫时，她在丛中笑”，堪称古今绝唱……

文贵出新，诗贵个性。在毛泽东笔下，风花雪月松竹梅，千姿百态，各具气格，洋溢着崭新的诗意。

以发奋用好时间

毛泽东诗词大多是在“马背上哼成”，是在战斗间隙写成的。成为党和人民的领袖后，毛泽东自己动手写讲话稿，为新华社写社论，为中央和解放军总部起草文件、信函、电报，而且是大量的，并不是偶尔为之。比如，1948年5月27日至1949年3月23日在西柏坡10个月的时间，毛泽东亲自起草的电报达400余封，仅三大战役期间就有197封。在西柏坡，毛泽东写下了《关于健全党委制》《党委会的工作方法》等多篇著作，仅收录在《毛泽东选集》第四卷中的就有20篇。新中国成立后，他每天都要处理大量的党务、政务、军务，还要抽空大量读书看报。尽管如此，他还坚持写诗。毛泽东以自己的勤奋把时间用到了极致，为我们树立了“善用时间”的典范。

我常说，“人的差异在时间”，特别是“人的差异在业余”。谁把时间用得好，特别是把业余时间用得好，谁就可能有所成就、有所建树。在这方面，我们要以毛泽东为榜样，珍惜时间，做时间的吝啬之人。

在深入开展党史学习教育的今天，我们学习毛泽东诗词，具有更深层次的价值。早有研究者指出，毛泽东的诗词一发表就深得人们喜爱，就被广为传颂和引用，原因在于它们凝聚了一种精神。日本著名汉学家竹内实在《毛泽东的诗词与人生》一书所说，毛泽东的一生与中国革命的发展相重叠，他吐露的诗情既是个人内心世界对于革命的憧憬，同时也是中国革命在精神层面的反映。这个评价是中肯的。习近平总书记在庆祝中国共产党成立100周年大会上的讲话中告诉我们，这种精神就是伟大建党精神：坚持真理、坚守理想，践行初心、担当使命，不怕牺牲、英勇斗争，对党忠诚、不负人民。建党精神是中国共产党的精神之源。毛泽东是伟大建党精神的创造者、实践者、代表者！毛泽东诗词通篇都洋溢着这些伟大精神及其衍生出来的中国共产党人的精神谱系：红岩精神、井冈山精神、长征精神、延安精神、抗战精神，发扬将革命进行到底的精神、自力更生艰苦奋斗精神……我们今天学习毛泽东诗词，特别要学习贯穿其中的伟大建党精神，以及以此为源头的中国共产党人的精神谱系。

中华诗词诞生以来，从来没有像今天这样受人喜爱，这样融入生活，这样繁荣。但这不是我们工作的终点，而是奋斗的起点。

要想让中华诗词得到越来越广泛的普及、出现越来越多的精品力作、产生越来越大的社会影响和社会作用、发挥出越来越重要的时代价值，我们就不能只是停留在抒发一己感受的小情小调，而要学习毛泽东诗词所体现出来的“以诗情拥抱时代、以天下作为己任、以乐观对待困苦、以豪迈塑造精神、以艺术创造境界、以发奋用好时间”，坚持拥抱时代、情系人民、倡古知今、求正容变，扎实有效地培养诗词人才，广泛深入地开展诗教活动，千方百计调动千军万马、激发千家万户，构建中华诗词发展新格局，开创中华诗词事业新境界！

促进诗书画的融合发展*

各位领导、各位同仁、各位来宾：

今天我们来到充满着古老与现代气息相融合，富有诗情画意又有美丽传说的山西河津，举行“庆祝中国共产党成立100周年全国名家诗词书画展”，见证中华诗词学会书画界诗词工作委员会的成立。这项“两位一体”的活动，完全是河津市委、市政府主动申办的。4月21日下午，我邀集在京的部分书画名家，在晋唐书画院商量中华诗词学会书画界诗词工作委员会筹备事宜，河津市委主要领导带着有关同志，专门从河津赶到会场，商定了今天的展览，我们也决定加快书画界诗词工作委员会的筹备工作，趁书画名家云集河津的机会宣告成立。这场活动的举办，既表现了河津市委、市政府对党的百年华诞的深情，也表现了他们对诗书画事业的支持！

这次前来参加活动的同仁来自书画界和诗词界。书画界的，多半写诗词；诗词界的，部分兼书画。我们今天走到一起，既继承古

---

* 本文是作者2021年6月24日在中华诗词学会书画界诗词工作委员会成立大会上的讲话。

人，也开拓未来。书画界诗词工作委员会就是为了开拓未来而成立的。

第一，成立书画界诗词工作委员会，是为了把书画界的诗人词家组织成为中华诗词复兴大业的骨干力量。书画界有一批同仁不但能书擅画，而且对中华诗词情有独钟，沈鹏老就是杰出的代表，中华诗词学会第三任会长孙轶青先生就是著名的书法家。这批诗人词家常有佳作问世，常有相互唱和，有的早有诗集出版发行，有的举办了自己的诗作书法展。我一担任会长，就考虑如何把他们请入中华诗词学会，成为推动中华诗词繁荣发展的骨干力量。这是成立书画界诗词工作委员会的第一个动因，也是第一个目的。今天终于实现了这个目的。

第二，成立书画界诗词工作委员会，是为了在书画界和诗词界之间搭建一座交流与合作的桥梁。书画需要诗词作为内容，诗词需要书画作为载体；两者的交流与合作，一方面可以使书画在内容上获得具有鲜明时代气息的诗词；另一方面可以使当代诗词搭乘书画载体而得到更有效的传播。有鉴于此，中华诗词学会与书画界曾有过多次合作，但都属于学会与书画界个人之间的合作。例如，在沈鹏老的支持下，中华诗词学会已经举办了三届“沈鹏诗书画奖”大赛，每两年一届，每一届都请书画界的朋友支持。成立书画界诗词工作委员会的第二个目的，就是要在书画界和诗词界之间架起一座相互联通的桥梁，形成交流与合作的组织保障。

第三，成立书画界诗词工作委员会，是为了推动中国传统文人集诗书或集诗书画创作于一身的回归历程。更简洁地说，就是要通过这个专业委员会，组织和引领更多的书画家写诗词，组织和引领更多的诗人词家学书画。诗书画历来被视为一体，这个“一体”，第一是在艺术的意义上而言的，例如，古人有“诗堪入画方称妙，画可融诗乃为奇”之论。苏轼称王维“诗中有画，画中有诗”。宋人张舜民在《跋百之诗画》中说“诗是无形画，画是有形诗”。第二是在作者的意义上而言的。历史上著名的书画家也是诗人；著名的诗人也是书画家。东晋的顾恺之，唐代的王维，宋代的苏轼、黄庭坚、米芾等，元代的赵孟頫，明代的董其昌、祝允明、唐寅等，清朝的郑板桥等，以及吴昌硕、黄宾虹、齐白石、李可染、潘天寿等，都被称为诗书画三绝的文化大师和艺术大家。而今，这样的艺术家凤毛麟角。应逐步改变创作上“单打一”的现象：会写诗而写不了字；会写字又写不了诗；擅画画，又写不好字，更写不了题画诗。书法界常说“笔墨当随时代”，而最能体现时代性的当是书写的内容。如果不管什么庆祝或纪念活动的书法展，都是写唐诗宋词，还有什么时代性可言？单靠笔法、墨色、布局的变化是很不够的。从这个意义上说，组织和引领更多的书画家写诗词，组织和引领更多的诗人词家学书画，让更多的艺术家成为集诗书或诗书画于一身的艺术家，是书画界诗词工作委员会成立之后一个最重要的工作。如果我们能形成共识，我们的媒体书画频道、书法报刊、诗词报刊、各类媒体，就都要增加栏目，以推动这个目标的实现。

第四，成立书画界诗词工作委员会，是为了满足人民越来越多样的精神文化需求。中国“诗书画”三者合璧作品，组成了一个立体的美学意境。郑板桥的精美画作，配上自己有意境的诗，又是绝美的书法作品。毛泽东同志龙飞凤舞的书法作品，写的是他自己豪迈大气的诗词，提供诗书双美的艺术价值和审美享受。可见，一幅作品，既是书法，又是作者创作的诗词，多好！一幅画作，既是画，又是诗，又是书，多美！相信观众会在这样的书画作品前停留更多的时间。

2021年是中国共产党建党100周年，中华诗词学会以积极助力推动山西省河津市、海南省文昌市两个友好城市的经济发展和文化交流为目的，联合两市举办“庆祝中国共产党成立100周年全国名家诗词书画作品展”，就是一次集诗书画为一体的尝试，书法表现的都是书家自己的诗词楹联作品。

各位领导、各位同仁、各位来宾，推动中华诗词不断发展和繁荣，是中华诗词学会所肩负的职责和使命。这就需要千方百计调动千军万马、激发千家万户。成立各类专业委员会正是出于这方面的考虑。这些专业委员会一般都依托一个有条件的组织来设立，而书画界诗词工作委员会就依托央视书画频道和晋唐书画院。这两个单位在委员会筹备过程中已经显示出它们的实力和作用。

今天在场的诗人、书画艺术家，很多人在诗词与书画的融合上付出了艰辛的劳动，取得了显著的成效。希望你们登一登附近的鹳雀楼，在诗书画一体发展上更上一层楼！期待书画界诗词工作委员会不负众望，多作多为！

让中华诗词更具有感染力和传播力*

各位领导、各位来宾、演艺界的各位朋友：

中华民族是一个诗的民族，诗词以其最精练、最抒情的文字直达人的心底。2000 多年前孔子就说过："小子何莫学夫诗？诗可以兴，可以观，可以群，可以怨。"意思是说：同学们怎么不学诗呢？诗可以激发情志，可以观察社会，可以交往朋友，可以怨愤不平。习近平总书记说得更具时代意义："学诗可以情飞扬、志高昂、人灵秀。"①诗词又与吟诵相生相伴。吟诵是一种独特的汉语声乐形态。通过吟诵，诗词内容通过抑扬顿挫与和谐动听的声乐形态，达到单纯的文字形态所无法达到的效果。发展到今天，诗词不仅可以吟诵，还能搬上舞台，通过朗诵、演唱、表演等艺术，产生更加多样的艺术价值，使诗词的艺术感染力和传播力产生倍数效应。

今天，在庆祝中国共产党成立 100 周年之际，我们借保利大厦

---

* 本文是作者 2021 年 6 月 28 日在中华诗词学会演艺界诗词工作委员会成立大会上的讲话。

① 习近平：《在中央党校建校 80 周年庆祝大会暨 2013 年春季学期开学典礼上的讲话》（2013 年 3 月 1 日），人民出版社 2013 年版，第 9 页。

多功能厅，举行中华诗词学会演艺界诗词工作委员会成立暨诗词吟诵大会，具有独特的意义。

第一，通过成立演艺界诗词工作委员会，把演艺界的诗词同仁组织进入中华诗词学会，共同推进中华诗词的繁荣与发展。我这里所说的诗词同仁，是指演艺界的诗词创作者、诗词朗诵者、诗词演唱者、诗词表演者。有你们加入，中华诗词队伍就更有实力，而且更加亮丽！

第二，通过成立演艺界诗词工作委员会，让中华诗词插上舞台艺术的翅膀飞得更高、传得更远。诗词一经朗诵、演唱和表演，就变得形象直观、轻松活泼、生动有趣，更富有欣赏价值，从而进一步强化了诗词的感染力、传播力和影响力。

第三，通过成立演艺界诗词工作委员会，让更多的演艺界朋友写诗词，让更多的诗词界朋友学习诗词朗诵、诗词演唱、诗词表演，实现诗词和演艺的深度融合。

今天是中华诗词学会演艺界诗词工作委员会的成立大会，同时又是诗词朗诵大会，我们讴歌党的百年奋斗伟业及其辉煌成就，表达我们对党的深厚感情，也意味着拉开了诗词与演艺相融合的序幕。

中华诗词学会是在民政部注册备案、由中国作家协会业务指导和监督管理的诗词组织，1987 年成立时得到老一辈革命家的关怀和支持，成立后一直沐浴着党和国家领导人关爱的阳光。目前，学会在全国拥有 4 万多会员，据相关统计，全国写诗词的人数约 400 万人。全国省市两级、绝大部分县市都有诗词学（协）会，形成了整体联动、系统发展的诗词发展格局。

各位领导、各位来宾，演艺界的各位朋友，中华诗词正处在繁荣发展的最好时期。习近平总书记大力推动弘扬中国优秀传统文化、运用中华诗词名篇名句信手拈来、带头做诗填词，为中华诗词的繁荣发展吹响了进军号。我国在 2035 年建成文化强国的目标，为中华诗词的繁荣发展下达了任务，提供了空间；中华诗词的繁荣发展是文化强国的一个重要组成部分。人民对美好生活的向往为中华诗词繁荣发展发出了由衷的期盼；美好生活就是充满诗情画意的生活。全面建成小康社会为中华诗词的繁荣发展提供了丰厚的经济社会基础，使我们有充分的条件发展诗词曲赋事业。这些年，神州大地兴起了诗词热潮，而且一浪高于一浪。诗词学习、诗词欣赏、诗词朗诵、诗词演唱、诗词创作等，已经成为一种社会风尚。央视的“中国诗词大会”对于“诗词热”的形成产生了广泛而深入的影响，“诗词中国大赛”以及各地的诗词赛事，极大地推动了诗词创作。今年以来，以讴歌中国共产党为内容的诗词创作和演艺活动，达到了史无前例的热度！

推动中华诗词不断繁荣发展，是中华诗词学会所肩负的职责和使命。这就需要千方百计，进一步调动千军万马、激发千家万户。成立各类专业委员会正是出于这方面的考虑。这些专业委员会一般都依托一个有条件的组织来设立，这些组织就是我所说的“千家万户”。从已经成立运行的几个工作委员会来看，这个思路不仅可行，而且有效。所依托单位都热情欢迎，提供办公场所、提供人力财力支持。而演艺界诗词工作委员会就是依托中国广播电视社会组织联合会而成立的。

“中广联合会”是经中央编办批准使用事业编制的社会组织，由国家广电总局主管，现有 15 家全国性广播电视一级协（学）会、57 个专业委员会，单位会员包括中央广播电视总台、中国教育电视台、中国传媒大学、各省级广播电视协（学）会等2000余家，实力雄厚。“中广联合会”在筹备演艺界诗词工作委员会过程中已经显示出它的实力和作用。这次大会由中华诗词学会和中广联合会联合主办；中华诗词学会演艺界诗词工作委员会、中国电视剧制作产业协会青年工作委员会、河南省美景集团有限公司共同承办；中华诗词学会青年诗词工作委员会、中华诗词学会高校诗词工作委员会、中华诗词学会残疾人诗词工作委员会、《中华诗词》杂志社、北京和平共展文化传媒有限公司协办，形成了繁荣发展中华诗词的大合唱，更是中华诗词学会和“中广联合会”合作的华丽序幕。这么多著名作家、导演、演员成为大会的亮丽风景。

热烈祝贺伟大的中国共产党百年华诞！

祝贺中华诗词学会演艺界诗词工作委员会精彩亮相！

加大对现当代诗词的研究力度*

各位领导、各位专家、各位同仁：

昨天，我们在北京成立了中华诗词学会演艺界诗词工作委员会。今天，我们又来到上海，依托上海大学成立中华诗词学会现当代诗词研究工作委员会。这是今年以来中华诗词学会成立的第九个专业委员会，是我们千方百计调动千军万马、激发千家万户投身中华诗词事业工作思路的又一重要成果。

我们知道，中华诗词和其他中国传统文化曾经遭遇过被全盘否定的不幸。然而，优秀就是优秀，瑰宝就是瑰宝！任何形式的人为否定只能是一时，而不可能长久。中华优秀传统文化，包括中华诗词在内，具有永恒的生命力。中华诗词从来就没有中断过。以毛泽东为代表的诗人词家始终坚持对中华诗词的热爱和创作，以至于到今天，诗词组织、诗词数量、诗词刊物，学习背诵诗词者，不计其数。可以说，中华诗词自《诗经》以来从来没有像今天这样普及、运用、创作。中华诗词正在从“小众文学”走向“大众文学”。然

* 本文是作者2021年6月29日在中华诗词学会现当代诗词研究工作委员会成立仪式上的讲话。

而，现当代文学研究界对现当代诗词的关注却严重不相匹配。成立现当代诗词研究工作委员会就是为了推动和引导改变这种状况，具体说来，有以下几点目的和意义。

第一，推动和研究对现当代诗词的研究。让我感到欣慰的是，一批学者早就致力于这项研究，而且出了一些成果。一些大学，例如今天到会的各位专家，都在研究当代诗词。上海大学已经成为研究重镇。“当代诗词创作批评与理论研究青年论坛”已经举办了四届。由《中华诗词》杂志社编写的中国第一部《当代诗词史》近日由中国书籍出版社出版发行。但比起对古代诗词的研究来，现当代诗词研究明显乏力。在知网进行主题搜索，可以看到对古代诗词研究的热闹与对当代诗词研究的冷落，形成巨大反差。成立现当代诗词研究工作委员会，就是要推动和引导这种状况的逐步改变。

第二，推动现当代诗词“入史”。在现当代文学史著作中，我们很少读到现当代诗词的内容。这是非常奇怪的现象。近些年来，一些领导和专家要求现当代诗词“入史”的呼声在日益增长。马凯同志的文章想必大家已经熟悉。一些学者也发出了“入史”的呼吁。如四川大学文学与新闻学院曹顺庆、周娇燕《关于中国现当代文学史不收录现当代人所著古体诗词的批判》，他们写道：现当代人的古体诗词创作，不但被长期排拒在中国现当代文学史论著之外，也长期被排斥在现当代文学研究的主流话语之外，受到极为不公正的对待。作者呼吁，中国现当代文学史研究者必须正视这一问题。这两位学者的文章旗帜鲜明，言之有理。而主张不“入史”的理由就有点牵强了，比如说近百年来古体诗词创作的总体趋势是式微、小众传播的；比如说现当代文学史不必无所不包，现当代诗词可以单独立史，等等。这里就不细说了。

我们应当形成这样的共识：现当代诗词应当而且必须“入史”；具有3000多年历史的中华诗词在当代的繁荣程度，决定了没有中华诗词的进入，现当代文学史就是不完整的历史，甚至是有缺陷的历史；现当代诗词的创作队伍、创作成果和广泛影响，使它有资格“入史”。而且退一步说，“入史”不“入史”，不仅跟诗词水平有关，而且更与诗词事实相关——水平高与不高，都有个“史”的问题。中国文学史难道是从文学繁荣的唐宋写起的吗？

现当代诗词研究工作委员会一定要把“入史”作为最重要的工作去推动，而最好的办法，就是邀集国内最权威的学者撰写《现代文学史》和《当代文学史》，把中华诗词纳入其中。

第三，创新诗词理论指导当代诗词的创作和评论。关于诗词的创作与评价，自古至今已经形成了一套成熟的理论，这套理论发挥了重要作用，并且还将发挥重要作用。但历史车轮已经驶入21世纪，中国特色社会主义已经进入新时代，诗词理论也应当与时俱进。唐诗宋词的巨大成就所产生的巨大影响，使今人形成了一些固定的观念和标准，制约着当代诗词创作和诗词评论，需要加以突破。例如，在创作题材上，诗词要不要紧跟形势、表现政治内容；在创作动机上，诗词应不应该服务于中心工作、服务于政治；在表现技巧上，诗词是不是都要含蓄、一概排斥“直白”；在诗词词汇上，如何评价当代新词在诗词中的运用，比如互联网、汽车、高铁、机器人、全面小康、现代化等词汇能不能入诗；在诗词功能上，诗词在当代到底可以发挥哪些社会作用、怎样发挥好这些功能？在诗词意境上，反映当代社会经济政治生活的诗词，怎么样才能有意境、才算有意境；等等。诸如此类的问题，如不在理论上加以明确、加以突破，就会严重制约诗词创作、影响诗词评价。现当代诗词研究工作委员会就要大力创新诗词理论，为诗词创作和评价提供正确的理论指导。

各位领导、各位学者、各位同仁，中华诗词学会依托上海大学成立现当代诗词研究工作委员会，就是因为这里有个中华诗词创作研究院和曹辛华教授。曹辛华教授是中华诗词学会副会长，文学史功力深厚，对研究现当代诗词情有独钟，硕果累累，已出版《民国词史考论》、《20 世纪中国古代文学研究史·词学卷》、《民国诗词学文献珍本整理与研究》（凡 55 种）、《全民国词》等，创立了国内高校首个中华诗词创作研究院，并创立国内高校唯一的现当代旧体文学方向博士点、硕士点。上海大学领导高度重视、大力扶持现当代诗词研究。因此，现当代诗词研究工作委员会依托上海大学是非常适合的。

希望现当代诗词研究工作委员会成立之后，团结和组织全国相关研究力量，制订现当代诗词研究计划，确立一批重点课题，包括编著含有现当代诗词的《现当代文学史》，逐步推出一批有分量的研究成果，并且在哲学社会科学研究体制中，确立起现当代诗词研究的学术地位。

曹辛华教授加油！在座的专家学者们加油！

繁荣散曲创作*

各位领导、各位诗友:

盛夏时节，大家从全国各地来到内蒙古正蓝旗，参加首届中华散曲“金莲花”文化艺术节，我首先代表中华诗词学会对散曲艺术节的举办表示热烈祝贺！对不惧旅途劳顿前来参加散曲艺术节的各位诗友表示热烈欢迎！

我们能够在这里举办散曲艺术节，是多方面共同努力的结果：一是散曲这些年大步迈向复兴路。大家知道，唐诗、宋词、元曲是我国诗歌史上的三座高峰。为复兴散曲，中华诗词学会于 2015 年 11 月成立了散曲工作委员会，开启了重视散曲、创作散曲、普及散曲的新局面。二是正蓝旗这块热土的吸引。正蓝旗是我国大元王朝及蒙元文化的发祥地，公元 1260 年忽必烈在此登基建立了元朝，使这里成为元王朝的临时行政地。现存的元上都遗址，1988 年被列入第三批全国重点文物保护单位，2012 年被第 36 届世界遗产大会列入了《世界遗产名录》。正蓝旗被散曲界视为散曲的圣地。三是草原艺术

---

* 本文是作者 2021 年 7 月 8 日在首届中华散曲“金莲花”文化艺术节开幕式上的讲话。

公社的争取和努力。草原艺术公社作为企业不算大，经济收益也不算高，但企业领导人出于对散曲文化和锡林郭勒草原的热爱，2017年举办锡林郭勒盟散曲研讨会，2018年承办全自治区诗词曲高级研训班，2019年举办了中国（锡林郭勒）第四届当代散曲创作学术论坛，成为中华诗词学会授牌的“中华散曲文化教育基地”。这次又全力承办散曲文化艺术节，让我们感动和钦佩。这个季节正是草原之花金莲花盛开的季节，因此，散曲艺术节有了一个美丽的名字——中华散曲“金莲花”文化艺术节。四是内蒙古各有关部门的精心策划和热情支持，这就是内蒙古文联、内蒙古诗词学会、锡林郭勒文联、正蓝旗党委和政府。对所有这些支持，我们表示衷心感谢！

散曲是中华诗词百花园中的一朵璀璨的奇葩。但较之诗和词，散曲发展曾一度滞后。散曲工作委员会成立以来，徐耿华主任带领工作委员会一班人积极工作，主动作为，出现了可喜的变化：一是建立了机构，壮大了队伍。省级散曲组织增加到15个，市县级的散曲组织数量可观。散曲作者从原有的两千余人发展到现在的两万多人。二是创建“中华散曲之乡”、设立“中华散曲文化教育基地”初见成效。今天，我们又要表彰首批“中华散曲之家”，他们的事迹都十分感人。三是开展散曲创作理论研究，“当代散曲创作学术论坛”已经成功举办五届。其他各种理论研讨活动十分活跃。四是《人世情散曲丛书》共8本书出版问世。陕西、湖南、山西、北京、江西、广西、浙江的散曲组织分别承担了各卷的选编出版工作。全国共有20多个省市数百个县市的3271人次投稿，其中2208人次的作品入选。

5年来，散曲工作委员会领导班子勇于创新，扎实工作，被诗友们称为“老黄牛”“拼命三郎”。现在，根据新的形势需要，学会对散曲工作委员会组成人员做了调整。我对新的工作委员会班子提以下几点希望：一是建立健全各级散曲组织，首先是省级散曲组织，要尽快做到全覆盖。二是散曲工作委员会“一班人”以及各地散曲组织负责人，要把散曲当作事业来做，尽心尽责，想方设法推动散曲的繁荣发展。不能只建组织不活动、只挂名不干事。三是树立精品意识，多出精品力作。

各位领导、各位诗友，在庆祝我们党成立100周年大会上，习近平总书记用“实现中华民族伟大复兴”10个字作为统领和贯穿讲话的主题，用这10个字总结过去、部署未来！实现中华民族伟大复兴，是我们党过去100年全部奋斗的主题，也是今后一切奋斗所要围绕的主题。毫无疑问，中华民族伟大复兴呼唤中华诗词的复兴；而新时代中华民族伟大复兴的进程又为中华诗词复兴提供了绝佳机遇和优越条件。中华诗词学会的职责和使命就是千方百计调动千军万马、激发千家万户一起投入中华诗词事业。中华诗词学会是在民政部注册备案、由中国作家协会业务指导和监督管理的全国性诗词组织，1987年成立时得到老一辈革命家的关怀和支持，亲自到场祝贺。成立后一直沐浴着党和国家领导人的关爱。目前在全国拥有4万多会员，据相关统计，全国写诗词的人数约400万人。全国省市两级、绝大部分县市都有诗词学（协）会，形成了整体联动、系统发展的诗词发展格局。这次散曲艺术节是这个新发展格局的生动景象。

这次散曲艺术节内容丰富，形式多样，包括“金莲花杯”全国散曲大赛、“金莲花”中华散曲文艺表演赛、《草原散曲咏金莲》散曲集首发、全国散曲组织和广大诗友捐赠的散曲专著展（300余册）、“金莲花”爱我中华草原环保健步行、“红歌唱响大草原”旗袍及民族服装秀展演，以及书画作品展、小型那达慕等活动。正蓝旗文物保护中心提供元朝影印画轴50幅。全国各地近140名诗友前来参加，2/3以上为自费，自愿服务人员40多人，显示了活动之魅力。

“初心易得，始终难守。”散曲艺术节既然办了第一届，就要有第二届、第三届……然而，要一届接着一届办下去，而且要一届比一届办得更有质量、更有成效，仅仅由社会团体和一家企业承办难免会有力不从心之感。我们衷心期望各方面都给予更大支持，特别是党委和政府给予更大支持。中国特色社会主义总体布局包含着文化建设；建设文化强国的蓝图和时间表都已经制定颁布。文化建设的意义不仅仅在于文化——文化是政治，文化是形象，文化是环境，文化是生活，文化是经济，文化是民族的“根家力福”。因此，文化是投入小、收益大的重要建设。让我们共同努力，更加给力，使中华散曲“金莲花”文化艺术节越办越好，使中华散曲日益发展繁荣。

广泛深入地开展诗教工作*

各位领导、各位诗人、各位老师、各位同学：

今天，我们在这里举行中华诗词学会诗教委员会成立仪式，同时举办“中华诗教深圳示范区”建设项目启动会。

诗教委员会，是2020年11月30日中华诗词学会换届以来成立的第十个专业委员会。成立若干个专业委员会，每个委员会依托一个有条件的单位，是我们千方百计调动千军万马、激发千家万户投入中华诗词事业的一个新思路。从今年3月8日成立第一个专业委员会即女子诗词工作委员会以来，4个半月的实践证明，这是一个非常有效的思路，已经形成了千家万户支持诗词事业的新局面。但是，诗教、创作和评论三个委员会，属于诗词自身业务和技术的委员会，它们将依托中华诗词学会机关而建，在全国范围内挑选一些特别擅长的同志组成领导班子开展工作。同时，在工作开展得比较突出的地方，建立若干示范区或示范单位。依据这个思路，河北省诗词协会会长郭羊成同志，以及即将担任诗教委员会顾问和副主任的各位

---

* 本文是作者2021年7月24日在中华诗词学会诗教委员会成立仪式暨“中华诗教深圳示范区”建设项目启动会上的讲话。

同志就“显山露水”了，作为第一个“中华诗教示范区”的深圳就进入了我们的视野。

中华诗词学会一贯重视诗教，甫一成立就开展工作，并于2005年3月成立了诗教工作委员会，工作卓有成效。这次我们重新组建诗教委员会，并调整组建思路，就是为了把中华诗词学会这一优良传统发扬光大。

深圳作为世界瞩目的经济特区，2001年起就在有关小学等开展诗教活动，同时在诗词进社区、进公园等方面也做了大量工作。近年来，深圳市教育局按照教育部、国家语委“中华经典诵读工程”要求，积极开展“中华诗词校园行”活动，取得了丰硕成果。在此基础上，为进一步推动这项工作，学会征得深圳市教育局同意，决定依托深圳市探索创立全国诗教样板课程和示范学校，取得经验后逐步推向全国。深圳市教育局及其所属深圳市教育科学研究院决定将中华诗教项目立项，拟发展100所试点学校，共分3年完成。今天设立“中华诗教深圳示范区”，既是对深圳诗教工作的肯定，也是新时代深入推进诗词进校园行动的动员。

“诗教”概念的原初含义是“以诗教人”，即用诗中所蕴含的道德、意志、情感等人民大众乐于接受的美学力量，来教化人心，提高素质。这个含义仍然是我们今天诗教工作的目的之所在，但诗教的内容、范围、途径、手段、形式以及组织，等等，已经发生了深刻变化。诵读唐诗宋词、毛泽东等无产阶级革命家的诗词是诗教内容的变化，推动诗词进校园、进机关、进社区、进农村、进企业、进景区等“六进”，是诗教范围的变化，课堂、广播、电视、报刊、融媒体是诗教途径的变化，培训、竞赛等是诗教手段的变化，诗墙、朗诵、歌舞等是诗教形式的变化，政府、学会、诗社、企业、学校等一起抓，是诗教组织的变化。特别是“中华诗词之乡”的创建活动，把诗教内容和成果，由软件引入硬件建设、从单纯文化活动变成五个文明协调推进的重大工程。

诗教委员会的重新组建和中华诗教深圳示范区的建立，寄托着我们一个重要期待，就是通过诗教委员会的工作和深圳示范区的带动，全国诗教工作热情更加高涨，措施更加扎实，成效更加显著，让中华诗词在建设文化强国、增强文化自信中发挥越来越大的作用。

北京诗词工作要在中华诗词发展全局上起示范作用*

同志们：

今天来北京诗词学会调研，我看了办公场所，听了张桂兴书记和李福祥会长的情况介绍，留下了很好的印象。我想就这次调研的目的，讲几点意见。

北京诗词工作要担负起对全国的示范作用

北京诗词学会成立以来，在诗词创作、服务社会、普及推广、开发功能等方面做了积极努力，在创立具有北京特色的燕赵诗风方面也做了有益尝试，取得了可喜的成绩。在这个基础上，要进一步担负起对全国诗词工作的示范作用。

我提这个希望，是基于这样几个条件：一是基于北京的地位。北京作为首都，是全国政治、文化中心，是被世界组织认定的世界级一线城市。这样独特的地位要求北京诗词工作与其相匹配，在全国形成影响力并具有方向标的作用；这样独特的地位决定了北京的

* 本文是作者2021年9月1日在北京诗词学会调研时的讲话，北京诗词学会根据录音整理。

各项诗词活动应更有特色、更加引人瞩目。因此，北京要努力成为诗词发展的坐标，成为诗词事业发展的榜样。二是基于北京的底蕴。北京有 3000 多年的历史，具有悠久深厚的文化积淀，是历史古城，更是文化名城；是六朝古都，更是文化中心。三是基于北京的实力。相关数据显示，目前北京有高等院校 92 所，在校大学生 59 万，在校研究生 39 万，同时还云集了我国各个领域的专家、教授、学者。北京是党中央、国务院、全国人大、全国政协、中央国家机关及军委、五大军兵种领导机关所在地，在京注册的各类文化团体及机构也多达 3000 多家。这支庞大的知识队伍和文化实力，全国无一城市能比，为北京诗词工作发挥示范作用提供了宝贵的资源和舞台。

北京在诗词精品创作上要走在全国前列

当代中华诗词，经过这些年的发展，取得了可喜的成绩。北京诗词也有了自己独特的韵味和特点。但在精品创作上，与各省市诗词一样，也面临着如何迈进一步的问题。北京作为国家的首都、文化中心，更有责任在诗词精品创作上走在前列。

自新中国成立以来，伴随着经济社会的大踏步发展和中华文化的日益复兴，到今天诗词创作已经进入历史上最为繁盛的时期，诗词创作队伍和作品数量多得惊人。各种新媒体更为诗词的普及、创作、欣赏和传播，提供了极大的便利。但我们应该看到，在浩如烟海的诗词新作中，精品还远远不能满足人们的欣赏需求。与历史高峰比，这是创作差距，更是创作的动力和发展的空间。

什么是精品力作？就是集思想性、艺术性、欣赏性于一体的作品，是能够温润人心、启迪心智的作品。今天的调研，让我欣喜地看到北京诗词学会已经形成了包括“北京诗苑”“燕赵壮歌”“竹枝新唱”“微课堂”等众多具有特色的明星栏目，并拥有了一支稳定的创作队伍。如何引领这支队伍创作出更多更好的诗词精品，应成为你们今后进一步规划和完成的重要任务。

北京诗词要在服务大局方面起带头作用

诗词自诞生之日起，就和人们的生活息息相关。如果说在漫长的古代社会，诗词只是服务于小众群体的话，而今的诗词则需要服务于更加广阔的天地。这是文化普及与发展的必然，更是时代发展的必然。

诗词作为中华文化的精粹，具有三大功能。一是表达功能，即可以记事、抒情、言志、喻理、议政。二是反映功能，即反映自然和社会事物，自然事物如山川河流，社会事物如人文风景、建设成就、风土人情等。三是服务功能。诗词可以服务于小说，如《红楼梦》《三国演义》中的诗词；服务于书画，即为书法提供书写内容，为画作揭示主题；服务于环境营造，如建设诗词碑林、诗词公园；服务于中心工作，如歌颂建党 100 周年等。

我特别希望北京诗词在服务大局、服务中心工作方面发挥示范带头作用。有为才能有位。服务大局工作做得多了、做得出彩，诗词的价值就会被社会广泛认识，诗词的社会地位就会大大提高，诗词在全面建设社会主义现代化国家新征程上就会发挥越来越大的作用。

北京要在推动诗词“入史”方面做出独特贡献

中华诗词在今天如此广泛的普及、如此庞大的创作队伍、如此海量的诗词新作、如此多的著名的诗人词家、如此巨大的社会影响，却在现当代文学史中没有地位，现当代文学史的本子中多数做不到记载现当代诗词的只言片语。这是很奇怪的现象。所以，多年来有识之士都在呼吁让诗词“入史”。

今天我们的使命是要把“入史”呼吁变成“入史”行动，就是和研究与撰写现当代文学史的权威大家们一起努力，让现代文学史增写诗词章节；要在哲学社会科学研究课题招标目录中，列有研究现当代诗词的课题。在这两个方面，北京具有得天独厚的条件，北京诗词界要在推动诗词“入史”方面做出独特贡献。

此外，要始终不渝地坚持在诗词“六进”上下功夫，即推动诗词进学校、进农村、进机关、进企业、进社区、进景区。我希望在这方面北京也要往前面赶。

抓好诗词组织和诗词队伍建设

我看了北京诗词学会的组织架构图，感觉非常好，目前已经发展有 63 个诗词组织。但以行政区划命名的诗词组织还没有做到全覆盖，我希望北京各个区县都要有一个以区县名字命名的诗词组织。同时，在街道乡镇都能普遍建立诗词组织，从而建立起一个市—区县—街道乡镇的三级诗词组织系统，如果能延伸到社区更好。在此基础上，进一步利用好诗词组织的优势，形成诗词整体发展态势。

要在现有基础上进一步扩大诗词会员队伍，不断挖掘创作人才和发现创作人才，特别是要在扩大创作队伍的同时，进一步加强精品作者队伍建设和精品创作人才的扶持。

要担负起全国诗词工作的示范责任，我对北京诗词工作提出如下建议：一是要系统谋划，统筹考虑，制定诗词发展规划和若干具体工作的规划。二是要整体联动、系统推进，把市、区县、街道乡镇、社区的诗词工作作为整体去统筹开展，形成诗词发展新格局。三是要协调推动诗词创作、研究和评论工作，开展形式多样的研究和交流活动，营造蓬勃向上的诗词文化气氛。

我相信北京诗词工作在中华诗词发展全局上一定能够发挥示范作用。

用《“十四五”时期中华诗词发展规划》指导和协调诗词发展工作*

同志们：

经过长达10个多月的努力，《“十四五”时期中华诗词发展规划》（以下简称《规划》）今天正式发布了。作为规划制定的倡议者和主持者，我感到十分高兴，并且对今天这个发布会也十分重视，细心安排。这么多嘉宾前来参会并发表了诚挚而精彩的感言，这么多媒体朋友前来采访报道，表现出对中华诗词发展大业的关心与支持，让我非常感动。我首先代表中华诗词学会表示衷心的感谢！借此机会，围绕这个《规划》，我讲几个问题。

《规划》是新时代感召的产物

中华诗词发展至今，正处在一个前所未有的伟大时代，这就是中国特色社会主义新时代。在这个新时代，我国已全面建成小康社会，正意气风发地行进在全面建设社会主义现代化国家新征程上。

---

* 本文是作者2021年10月9日在《“十四五”时期中华诗词发展规划》发布会上的讲话。

在我国要建成的一系列“强国”中，《中华人民共和国国民经济和社会发展第十四个五年规划和2035年远景目标纲要》已经明确提出要在2035年建成“文化强国”。在建设文化强国过程中，诗词界作为文化战线的一支重要力量，应当而且能够有所作为。

中华诗词学会是在民政部注册、由中国作协业务指导和监督管理的社会组织。一个社会组织为什么要牵头制定这么一个规划？就是因为时代的感召和使命的驱使。2020年11月30日，中华诗词学会第五次全国会员代表大会完成了换届任务，新一届学会领导班子走马上任，恰逢党的十九届五中全会通过了《中共中央关于制定国民经济和社会发展第十四个五年规划和二〇三五年远景目标的建议》，极大地激发了我们干事创业的积极性。中华诗词学会作为一个全国性的专业诗词组织，肩负着“团结、引领全体会员和广大诗词爱好者”弘扬传统、普及经典、创新发展的重任。因此，组织制定“十四五”时期中华诗词发展规划，明确主攻方向和工作重点，谋划相应措施，对于加强中华诗词学会自身建设、组织动员全体会员和广大诗词爱好者高质量地创作和普及诗词、指导单位会员开展诗词工作，并为其他相关单位和组织开展诗词活动提供参考，更好地发挥中华诗词在建设文化强国中的作用，就显得很有必要。

2001年3月，中华诗词学会曾经制定过《二十一世纪初期中华诗词发展纲要》，我们这次规划是对前辈们工作的继续。

规划的名称我们反复考虑过：第一，我们不能叫作“十四五”规划，因为过去我们没有制定过五年规划；第二，我们这届五年任期，管不了五年以后，因此也不用“新时代”这个较长时期的概念。《“十四五”时期中华诗词发展规划》这个标题就是这样形成的。

中华诗词作为一个专有名词，特指中国传统诗词，也就是旧体诗，包括古诗、律绝、词曲、辞赋等，不包括新诗，但我们支持新诗。

《规划》是集体智慧的结晶

《规划》酝酿于2020年底。12月28日至30日，我们在中共北京铁路局委员会党校举办中华诗词学会“两讲两树”专题培训班，全体会长连续两个晚上加班开会研究《规划》的框架和内容。春节一过，就成立《规划》起草班子。2021年3月11日召开座谈会，邀请与诗词相关的兄弟单位、社会团体和高等院校的领导与专家，为我们出谋划策、贡献智慧，大家发表了很好的意见和建议，我就“为什么要制定规划、制定一个什么样的规划、怎样制定《规划》”发表了意见，提出了要求。《规划》初稿完成后，通过内部渠道征求各省、自治区、直辖市诗词学（协）会的意见，同时通过中华诗词学会官方网站和微信公众号，公开向全社会征求意见，与此同时，报请有关领导同志、中国作协、民政部社团管理局等主管部门请求指导、听取意见。驻会会长和全体会长通过多种方式研究讨论、反复修改。所以，《规划》是集体智慧的产物。

发挥好《规划》的指导协调作用

中华诗词学会作为社会组织，牵头制定《“十四五”时期中华诗词发展规划》有没有用？各省市诗词学（协）会和广大会员的反映做了回答。很多会员和诗词爱好者自发写诗表达了欢欣鼓舞的心情，许多诗词学（协）会领导人表示要好好组织学习讨论，结合本地实际落实。一位在诗词学会担任多年领导职务的老同志说，《规划》彰显了中华诗词学会应有的文化责任和历史担当！我对此表示坚决支持和由衷点赞！他表示，《规划》指导思想明确，价值取向正确，目标引领有力，重点工程突出，落实措施可行，切中了诗词界存在的“远离时代、远离生活、远离政治”和“脱离人民，醉心自我”的思想积弊，立场坚定，旗帜鲜明，是一部凸显时代精神，符合诗词界实际的好文本。全国诗人词家自发写诗填词祝贺《规划》发布。

规划是一个目标、一种计划、一套举措、一种提醒。在我看来，《规划》的作用可以定位为：“指导”、“协调”和“参考”。指导，是说《规划》对诗词事业发展提供一个方向性指导，对诗词创作普及提供一个原则性指导，对各级诗词学（协）会的工作提供一个思路性指导。协调，是说诗词事业发展涉及很多单位，我称之为“诗词相关单位”，诗词相关单位是指诗词教学培训单位（高等院校、中小学、培训机构）、诗词研究单位（高校、社科院、咨询单位设立的研究机构）、各级宣传文化部门等。这些单位就有一个协调行动问题，《规划》可以成为一种协调方式。毫无疑问，它不是行政协调，也不是政策法规协调，而是规划协调，它的协调仅仅是参考性的，使诗词教学培训单位、诗词研究单位、各级宣传文化部门等，知道有这么一个《规划》，便于他们在工作中参考。

因此，这个规划不仅仅是中华诗词学会的工作规划，它是整个中华诗词发展的五年规划。用五年规划、中长期规划引领经济社会发展，已经成为我们党治国理政的有效方式。这种做法对我们有很强的示范和指导意义。作为全国性的社团，中华诗词学会有责任用规划来协调、推动整个中华诗词未来五年的发展。当然，规划事项今后要靠我们学会协调推动落实，从一定意义上讲，它起着学会工作规划的作用，但制定规划的出发点主要是基于履行学会发展中华诗词职责的责任。

这样一来，《规划》的“五个目标”和“九大工程”谁来落实的问题也就清楚了。中华诗词的发展，绝不是中华诗词学会一家能够完成的，而要形成一个各方面的“大合唱”才能做到。要发挥好《规划》的指导协调参考作用，诗词相关单位在工作上要相互配合、相互借鉴、相互促进，形成合力。我们特别仰仗宣传文化部门发挥领导、主导和支持作用，这对于《规划》的具体落实、《规划》目标的实现都是非常重要的。我相信诗词相关单位都会关注这个规划。

让体育诗词之花绽放得更加绚丽*

各位领导、各位诗友：

今天我们很高兴见证中华诗词学会第十二个专业委员会的成立，这就是体育诗词工作委员会。

体育进入诗词，诗词反映体育，古已有之。唐代王维《寒食城东即事》描写玩足球和荡秋千："蹴鞠屡过飞鸟上，秋千竞出垂杨里。"李白《古风·一百四十年》描写斗鸡和足球："斗鸡金宫里，蹴鞠瑶台边。"杜甫《哀江头》描写射箭："翻身向天仰射云，一笑正坠双飞翼。"古代诗词反映的体育活动有：蹴鞠、赛马、射箭、拔河、舞剑、象棋、斗鸡、龙舟竞渡等。所以说，在我国古代就有体育诗词。

当代，常有诗词光顾体育。个人健身体验入诗，重大体育赛事的喜悦与失望入诗。前不久东京残奥会，中华诗词学会残疾人诗词工作委员会组织写诗，收获颇丰，出了微刊。我昨天收到湖北省75岁的诗人6本诗集，其中有两本体育诗集——《奥运英雄榜》(1984—

---

* 本文是作者2021年10月20日在中华诗词学会体育诗词工作委员会成立仪式上的讲话。

2006)、《北京奥运之星》，为每一个中国奥运冠军赋诗。毫无疑问，当代专攻体育诗词最痴情、最有成就的，便是田麦久同志和他的诗社——浣花诗社。浣花诗社成立于 2013 年，社员不多，总共 14 人，但他们以创作和推广体育诗词为己任，先后创作了《中国奥运冠军风采诗词》(三卷集)、《体育运动项目诗词》、《中国少数民族传统体育项目诗词集萃》、《三晋体育诗赞》等作品，特别是《中国奥冠风采诗词》，为 237 项次中国奥运冠军各写一首诗、一幅书法、一幅素描。全书共收入奥冠诗词 237 首，奥冠诗词书法 237 幅、奥运冠军素描 237 幅、奥冠赞语篆刻 55 方。整个创作历时 4 年，于 2017 年 5 月出版。创作完成后，更是系统地组织了多元的宣介活动，在《中国体育报》连载，举办奥冠风采诗词朗诵大汇演等。中国体育博物馆收藏了全部诗、书、画、文、印作品 500 余件。2020 年东京奥运会，田麦久、崔大林等浣花诗社诗人为中国每一位冠军都创作了诗词，在《中华诗词》第九期“金牌荣耀”栏目集中推出。2021 年 5 月，新书《冰雪运动诗赞》出版发行，共收入 156 首诗词，分“北京冬奥会与冰雪运动发展”“冰雪运动项目”“冰雪运动冠军”“冰雪健身运动”四个章节，介绍了冬季运动项目的特点和趣味，展现了我国冰雪运动员刻苦训练、顽强拼搏的体育精神和为国争光的辉煌成绩。这些工作，得到国家体育总局、北京体育大学的大力支持。

中华诗词学会就是在这些工作和成果的基础上，决定依托北京体育大学成立体育诗词工作委员会的。成立若干诗词工作委员会是我们千方百计，调动千军万马，激发千家万户投入中华诗词事业的新思路。“千军万马”主要是指个人，如诗词组织会员、诗词爱好者、机关干部、企业职工、农民、军人、大中小学生、打工人员、快递小哥、残疾人等。“千家万户”则是指组织，如机关、学校、企业、群团、社团等。北京体育大学无疑是千军万马当中的一支铁军、一匹骏马。我们就是要千方百计把喜欢诗词、创作诗词、研究诗词、朗诵诗词、演唱诗词、运用诗词的队伍搞得大大的，人员搞得多多的。

比起浣花诗社来，体育诗词工作委员会的工作范围和工作责任发生了很大变化。因此，我提以下几点希望和要求，供大家参考。

第一，从工作范围来说，体育诗词工作委员会要立足北京、面向全国，把全国各地、把全国东西南北中的体育诗词工作都推动起来，开展起来。

第二，从工作对象来说，体育诗词工作委员会要依靠体育界，但不限于体育界。我把“体育诗词”看作一个专有名词，如同“山水诗词”“田园诗词”“军旅诗词”一样，在“体育”一词后面没有加“界”字。因此，体育诗词既要组织动员体育界的诗人们写，也要激发体育界之外的诗人们去写，形成推动体育诗词发展的合力。

第三，从工作内容来说，体育诗词的体育，不仅是重大赛事的体育，不仅包括体育界的专业体育，还应包括平民百姓的日常健身锻炼、大中小学的体育，等等。体育诗词内容覆盖面上拥有无限扩大的空间。

综上所述，较之浣花诗社，体育诗词工作委员会将要开辟体育诗词的新天地。体育诗词的繁荣发展具有多方面的意义。它的意义首先是体育的，它对于弘扬体育精神、建设体育文化、发展体育事业十分重要。同时，它的意义又不仅仅是体育的，它对于丰富中华诗词，推动文化强国建设，激发全社会你追我赶、昂扬向上，都具有非常重要的意义！

预祝体育诗词在体育诗词工作委员会的组织推动下，有一个更加生机勃勃的新气象！

自觉发挥诗词服务功能的重要标志*

尊敬的领导、同志们：

今天，我们中华诗词界以自己特有的方式——诗词著作发行——庆祝我们伟大的党成立100周年。

100年前，在国家蒙辱、人民蒙难、文明蒙尘的黑暗时代，中国共产党诞生了。从此，中华民族和中国人民在党的领导下，浴血奋战、百折不挠，自力更生、发愤图强，解放思想、锐意进取，自信自强、守正创新，走上了从站起来、富起来到强起来的伟大征程。

在我们党成立100周年华诞之际，中华诗词界应当做些什么呢？春节前后，一个庞大的计划在中华诗词学会会长们的思想碰撞中形成并定型：组织全国诗人词家，写一部以歌颂中国共产党为主题的《百年诗颂》。这样做，一是表达中华诗词工作者和爱好者对党的无限忠诚和热爱之情；二是探索发挥中华诗词在中国特色社会主义新时代的社会作用。这个计划立刻付诸实施。

我们党的百年历史，先后经历了四个时期：新民主主义革命时

---

* 本文是作者2021年10月21日在《百年诗颂》首发式上的讲话。

期、社会主义革命和建设时期、改革开放和社会主义现代化建设新时期、中国特色社会主义新时代。每一个历史时期又划分为不同阶段。《百年诗颂》选取党的各个历史时期、各个历史阶段的重要事件、重要地点、重要人物、重大政策、重大成就等，用绝句、律诗、词、曲、赋、古风等多种体裁加以表达。作者来自中华诗词学会的会员队伍。因此，《百年诗颂》是一部系统构思、集体创作的大型政治抒情诗。每一首诗词既独立成篇，又承上启下，是整个《百年诗颂》的有机组成部分。

今天，我们在这里举行《百年诗颂》首发式，我代表中华诗词学会对《百年诗颂》的作者、编者、组织联络者，对中国书籍出版社表示衷心的感谢！对北京莫秦文化产业有限公司秦雅南女士为本书出版提供资助表示衷心的感谢！

“中华诗词”是一个专门概念，特指律绝、词赋、散曲、古风这些中国古老的诗歌艺术。中华诗词具有表达、反映和服务三大功能。表达，是指诗词可以用来记事、抒情、言志、议政和喻理，表达作者的经历、感情、志向、看法和观点；反映，是说诗词可以用来反映自然事物、社会生活和精神世界，从诗词可以看到作者当时所看到的自然风光、所处的时代气象和人们的精神世界；服务，是指诗词可以为诗词之外的其他文化体裁和社会建设等方面提供帮助和支持，如诗词可以用于道德教化、环境建设、氛围营造、精神支持；等等。当然这三大功能不是截然分开的，而是经常同时兼有。《百年诗颂》同时体现了诗词的表达、反映和服务功能，但总体考虑是出于服务，是为了庆祝党的百年华诞而策划的。

诗词的表达和反映功能是自然而然的，是诗词与生俱来的功能，它也起到服务作用，但属于诗词产生的自发作用。《百年诗颂》不同，它是中华诗词界自觉地运用诗词，服务于党的重大庆典和重要活动。可以说，《百年诗颂》是一种象征，标志着中华诗词界发挥和拓展诗词的服务功能进入了自觉时期。

处于中国特色社会主义新时代，奔跑在全面建设社会主义现代化国家新征程上，我们就是要进一步强化诗词服务意识，更加自觉地发挥和拓展诗词的服务功能。为谁服务？“为人民服务、为社会主义服务。”习近平总书记强调，文艺为人民服务、为社会主义服务，这是党对文艺战线提出的一项基本要求，也是决定我国文艺事业前途命运的关键。

中华诗词要更加自觉地坚持以人民为中心的创作导向。“以人民为中心，就是要把满足人民精神文化需求作为文艺和文艺工作的出发点和落脚点，把人民作为文艺表现的主体，把人民作为文艺审美的鉴赏家和评判者，把为人民服务作为文艺工作者的天职。”“只有牢固树立马克思主义文艺观，真正做到了以人民为中心，文艺才能发挥最大正能量。”[①]我们要把习近平总书记在文艺工作座谈会上的讲话提出的这一要求贯穿于诗词创作的始终。

中华诗词要更加自觉地服务于党和政府的中心工作。为党和国家的发展全局凝心聚力、激发正能量。大力讴歌党和国家的重大决策、重要活动、建设成就、时代楷模，等等。大力弘扬以爱国主义为核心的民族精神和以改革创新为核心的时代精神，推动社会主义核心价值观落地生根，为全面建设社会主义现代化国家做出积极贡献。

---

① 习近平:《在文艺工作座谈会上的讲话》(2014 年 10 月 15 日)，人民出版社 2015 年版，第 13—14 页。

中华诗词要更加自觉地为新时代提供精品力作。越是精品，服务功能越强、作用越大。强化诗词服务功能，就要强化诗词精品意识。现在全国每天产生的诗词作品数以万计，局面十分喜人。繁荣发展中华诗词，功夫已经不需要花在增加诗词数量上，而是要花在提高诗词质量上，大力创作精品力作。精品力作既可以见山写山、见水写水，小情小调，也可以整篇构思、分段写作，宏大叙事。难度在于，律绝、词曲都有严格的字数限制。如何围绕一个重大主题，用有严格字数限制的律绝词曲加上古风与赋，构成一篇完整的宏大叙事，是对新时代诗词创作和诗词作用的新探索。既是探索，一定会有不足。对此，我们要鼓励探索，宽容不足。

各位领导、同志们、朋友们，金秋十月，对中华诗词来说，也是一个丰收的季节。10 月 9 日，《“十四五”时期中华诗词发展规划》正式发布，《规划》确立了五大目标，规划了九大工程。《规划》全文贯彻和体现了习近平总书记关于中华优秀传统文化和文艺工作的重要思想。广大会员和诗友们欢欣鼓舞，纷纷吟诗祝贺；10 月 20 日，中华诗词学会体育诗词工作委员会成立。今天，我们又在中华诗词学会会议室举行《百年诗颂》的首发式，真是好戏连台，令人高兴。

让我们继续努力！

用各种方式把诗词传播得越来越广*

尊敬的各位领导、各位诗人，各位书法家、艺术家，

同志们、朋友们：

今年是我们伟大的党百年华诞，中华诗词学会的同志们感到特别兴奋，一心想为我们党做一件能够表达我们心情、反映我们特点的事，于是，我们组织全国诗人词家，写了一部以歌颂中国共产党为主题的《百年诗颂》。

这部书已经由中国书籍出版社出版，林峰副会长马上要向大家介绍这本书的创作过程。本来，《百年诗颂》新书发布会、诗词朗诵音乐会、书画紫砂壶展览，还有出版传媒工作委员会成立仪式，定于10月9日在人民网演播厅一并举行的，但那几天新冠肺炎疫情反弹，出于安全考虑，没能如期举办。10月21日，我们在中华诗词学会会议室举办了《百年诗颂》新书发布会。其他活动直到今天才在北京喜剧院举行。

《百年诗颂》这本书除了表达中华诗词界对党的无限忠诚和热

---

* 本文是作者2021年10月21日在《百年诗颂》朗诵会·名家书画紫砂壶展暨中华诗词学会出版传媒工作委员会成立仪式上的讲话。

爱之情，还有一个象征意义，就是它是中华诗词服务党和国家工作大局、服务时代、服务人民达到高度自觉的一种标志。为什么这么说呢？大家知道，“中华诗词”是一个专门概念，特指律绝、词赋、散曲、古风这些中国古老的诗歌艺术。其中，诗词曲都有严格的字数限制，少则16字，多则一二百字。写诗自古以来都是诗人单兵作战、一事一咏，而我们要做的是集体创作，用它们来写党的百年奋斗的伟大历程和光辉成就，从五四运动一直写到今年“七一”重要讲话。每一首都独立成篇，严格遵守格律要求和字数限制，而它们首尾相接，则构成了一部党的百年史诗。这些年，一些诗人一直在进行类似的探索，如用中华诗词写“中华五千年”“世界五千年”，逐个写中国奥运冠军、写中国历史上的著名书法家等，安徽省诗词学会则组织诗人用中华诗词为全省的道德楷模树碑立传。这说明中华诗词发展到今天，越来越多的诗人和诗词组织已经有了“守正创新”的时代意识和时代精神。这是中华诗词与时俱进的必然结果，是历史发展的必然要求和必然趋势。《百年诗颂》是由全国性的诗词组织中华诗词学会组织全国诗人创作的，把它作为中华诗词界文化自觉的一种标志，应该是合适的。

《百年诗颂》是今天全部活动的基础：诗词朗诵就是朗诵这本书中的诗词，书法展览表现的是这本书中的诗词，紫砂壶上雕刻的是部分书法名家写这些诗词的墨迹。这里，我代表中华诗词学会对《百年诗颂》的作者、编者、组织联络者，对中国书籍出版社表示衷心的感谢！对热情挥毫书写《百年诗颂》诗词的孙晓云主席、苏士澍主席以及陈洪武、言恭达、刘洪彪、叶培贵、张改琴等著名书法家表示衷心的感谢！对国家级高级工艺师耿春华和她的助手以紫砂壶的传统工艺表现《百年诗颂》表示衷心感谢！对今天演出活动的导演、朗诵、歌唱、视频制作等所有艺术家和工作人员表示衷心的感谢！对北京莫秦文化产业有限公司秦雅南女士为本书出版和本次活动提供资助、对她和她的团队为本次活动的辛勤付出表示衷心的感谢！

今天成立的出版传媒工作委员会，一是中华诗词学会本着“千方百计调动千军万马、激发千家万户”的工作思路而成立的。从今年 3 月 8 日成立第一个专业委员会——女子诗词工作委员会开始，出版传媒工作委员会是第 18 个专业委员会。在已成立的专业委员会中，按诗词业务分，有创作、评论、散曲、吟诵、诗教、现当代诗词研究等专委会；按人口和界别分，有女子、青年、残疾人、少数民族、高校、企业家、书法界、演艺界、体育、文创和科技界等诗词工作委员会；按地域分，有城镇和乡村两个诗词工作委员会。今天下午还要举行部委机关诗词工作委员会成立仪式。人口和界别诗词工作委员会的首要任务是发现和吸引更多的人写诗词。二是在这些人口和界别中开展诗教活动，推动诗词普及，让越来越多的人爱诗词、学诗词。三是利用本专委会的人才和业务优势为推动诗词繁荣发展服务。例如，书画界、演艺界、出版传媒界就有自己的独特优势。演艺界诗词工作委员会主任前天告诉我，他们正在策划年前举办一场诗词朗诵音乐会。出版传媒工作委员会在筹备过程中就制定了利用影视和融媒体制作诗词项目，大力度地传播诗词的思路。在中华诗词学会许多诗词活动的宣传报道中，他们已经大显身手，不可取代。实践已经证明，成立若干专委会的思路是正确的，正在逐步显示“调动千军万马、激发千家万户”繁荣发展中华诗词事业的作用。关于出版传媒工作委员会的职责和任务，我在调研时已经讲过了，这里不再重复。今天它以承办这场活动而亮相，作为献给大家的见面礼。让我们以掌声对出版传媒工作委员会的成立表示热烈祝贺，并期待它出色而有效地工作！

中华诗词正呈现出越来越喜人的发展势头。我们即将送走硕果累累的2021年，迎来发展机遇更好的2022年。习近平总书记在中国文联十一大、中国作协十大开幕式上的重要讲话，无疑是我们在新的一年和今后进一步推动中华诗词高质量发展的重要指南和强大精神力量。

祝我们，也祝大家在新的一年内高歌猛进，吉祥如意！

把好诗词评论的方向盘*

诗词评论是文艺评论的重要组成部分。新时代应当如何开展文艺评论？2021 年 8 月，中央宣传部等五部门联合印发了《关于加强新时代文艺评论工作的指导意见》(以下简称《意见》)，为我们提供了指南和遵循。

《意见》明确指出：要把好文艺评论方向盘，要开展专业权威的文艺评论，要加强文艺评论阵地建设等。在我看来，把握好诗词评论的方向，这是新时代诗词评论要注意的首要问题。

综观目前我们的诗词评论，曾有同仁指出，绝大多数聚焦在小处，诸如对仗如何工稳、遣词如何灵动、起结如何惊警、翻转如何新巧等“小聪明”上，褒而不贬、套话连篇，甚至相互吹捧。这个看法值得我们重视。对这类评论，习近平总书记在文艺工作座谈会上的讲话中早就明确指出：“一点批评精神都没有，都是表扬和自我表扬、吹捧和自我吹捧、造势和自我造势相结合，那就不是文艺批

---

* 本文是作者应《心潮诗词》杂志之约而写的卷首语，发表于该杂志 2021 年 10 月刊。

评了！”“文艺批评就要褒优贬劣、激浊扬清。”[①] 如果文艺批评的褒贬甄别功能弱化了，缺乏战斗力、说服力，就不利于文艺健康发展。

习近平总书记所谈到的问题，就是文艺评论的方向问题，对我们来说，就是诗词评论的方向问题。方向问题，也就是诗词评论应当评什么、以什么为标准、提倡什么反对什么的问题。

那么，诗词评论应当注意哪些方向性问题呢？

第一，要把握好政治方向。诗词评论要以习近平新时代中国特色社会主义思想为指导，全面贯彻“二为”方向和“双百”方针，弘扬中华美学精神，促进诗词作品的精神高度、文化内涵、艺术价值的挖掘，增强诗词评论的引领力、鉴赏力、说服力。营造健康诗词评论生态，从而为读者提供更好更多的精神食粮。目前杂志、网络等媒体上对正能量的诗词作品评论不少，但对负能量的诗词作品往往看之任之，不评论、不抨击、不抵制，怕引火烧身。这是亟待改变的诗词评论现象。

第二，要弘扬家国情怀。我们今天所理解、所提倡的家国情怀，就是爱国、为民，就是融“小我”于“大我”之中，就是怀有“以天下为己任”的大志，具有“先天下之忧而忧，后天下之乐而乐”的境界。“致君尧舜上，再使风俗淳”，“夔府孤城落日斜，每依北斗望京华”，是杜甫的家国情怀。“袖里珍奇光五色，他年要补天西北”，“了却君王天下事，赢得生前身后名”，是辛弃疾的家国情怀。最值得我们赞美的，是毛泽东同志的家国情怀：“问苍茫大地，谁主沉浮？”“埋骨何须桑梓地，人生无处不青山。”诗词评论就要有鉴

① 习近平：《在文艺工作座谈会上的讲话》（2014 年 10 月 15 日），人民出版社 2015 年版，第 29 页。

赏家国情怀这种大美的主动，让家国情怀成为诗词的主色调。当然我们也乐于阅读小情调、多逸趣、纯山水等诗词作品。

第三，要褒贬恰如其分。诗词作品具有美、刺的双重功能，“美”即赞美，“刺”即讽刺，力求做到美而不媚、刺而不伤。美刺对应于诗词评论就是褒贬，也应力求做到褒而不媚、贬而不伤。对优点的褒扬不要用过誉的语言，否则会降低可信性；对缺点的点评不要用尖刻的语言，否则会被抵触甚至拒绝接受。诗词评论的目的在于帮助作者，指导读者，评论必须以善意为出发点，更不可带有诗外的情绪进行人身攻击。由于诗人们多数相对敏感，点到即止。诗词评论者有维系诗坛和谐的义务。

总之，诗词评论不可随意，不是如同送礼的人情，大处应优先于小处，思想应优先于艺法，方向永远是第一位。

诗词需要“破圈”*

这次来考察，我和几位会长强烈感受到了出版传媒工作委员会的激情、责任与担当。当初计划成立这个委员会时，目的是把这个界别的诗词活动开展起来。听了张朝阳主任的工作打算汇报，拓展了我们的思路。这个委员会的任务不光是组织诗词活动，还要在中华诗词的出版与传播方面有所作为。受汇报的启发，我讲以下三点意见，供大家参考。

策划和逐步实施系列项目

综合朝阳主任和中央新影集团融媒体中心的介绍，委员会可以策划和逐步实施以下五个系列的项目。

中华诗词晚会活动系列。中华诗词晚会是我们要开拓的一种新的诗词活动形式。中央电视台的“中国诗词大会”已经开了一个很好的头，为我们营造了非常好的诗词氛围，产生了很大的社会影响。

---

* 本文是作者2021年11月25日在中华诗词学会出版传媒工作委员会调研时的讲话，张朝阳同志安排工作人员根据录音整理。

现在我们计划做中华诗词晚会系列，是很好的创意。晚会可以拓展这样几项：第一项是诗词春晚，争取做起来。第二项是诗词季节晚会，比如中华诗词春季晚会、夏季晚会、秋季晚会、冬季晚会。第三项中华诗词地方晚会，比如中华诗词河南晚会、江苏晚会等。这些不同形式的晚会形成一个系列，其内容就是古今诗词结合，以当代诗词为主。现在全国每天产生的诗词数以万计，即便是考察质量，那高质量诗词数量也是相当可观的。要力争把中华诗词晚会系列活动做起来。

中华诗词外宣影视系列。习近平总书记多次强调，要加快构建中国话语和中国叙事体系，更好地推动中华文化“走出去”，以文载道、以文传声、以文化人，向世界阐释推介更多具有中国特色、体现中国精神、蕴藏中国智慧的优秀文化，做好外宣工作。为了讲好中国故事，这些年我们采取了很多措施，比如在国外办孔子学院、中国文化节、中国图书博览会等，但诗词文化的对外传播一直没有引起重视，没有获得应有的位置。大家计划与中国翻译协会、国家外文局文化传播中心一起合作，将是一个很好的选题。中华诗词学会负责精选当代诗词，比如 100 首，由他们组织翻译大赛，让参与大赛的翻译人员网上报名，自己选择其中的诗作，每首诗词的翻译者最多 10 名，额满为止，再报别的。这样一次活动就能让 100 首中华当代诗词的翻译作品“走出去”，用融媒体推介。今年 100 首，明年再来 100 首，我们连续做几年诗词翻译大赛，如此便将几百首内容不同的当代诗词介绍到国外去。诗词选择应该考虑反映中国特色社会主义新时代、反映中国山水风光、反映中国著名人物、中国建设成就等方方面面的优秀诗词，这样的外宣方式很好。

中华诗词与中国精神系列。习近平总书记非常重视中国精神，他多次提到中国文化、中国精神、中国风格、中国气派。而我们的诗词从古到今都是表达精神、托物言志，既有同仇敌忾又有温情似水，拥有多种风格。这个系列可以从建党精神开始。建党精神是中国共产党百年奋斗的一切精神之源，由此形成了一套中国共产党人特有的精神谱系。可以分为三个层次：第一层是党百年奋斗的各个时期，从红船精神开始，到井冈山精神、长征精神、抗战精神、延安精神，发扬将革命进行到底的精神、自力更生艰苦奋斗精神、改革开放精神、自信自强精神、创新精神等。第二层是英雄人物精神，是体现在无数英雄人物身上的建党精神，比如刘胡兰精神、张思德精神、雷锋精神、焦裕禄精神等。第三层是英雄集体精神，比如南泥湾精神、“两弹一星”精神、女排精神、右玉精神、企业家精神等。右玉是山西省的一个县，在这个地方，十几任县委书记几十年如一日接续植树造林，把右玉从荒漠变成了绿洲。建党精神是中国共产党百年奋斗征程中一切精神的源头，它滋养了中国共产党人特有的政治品格。值得我们从诗词和融媒体的结合去传播与弘扬。

中华诗词名家名诗系列。古代诗词名人名家，我们可以挑选一部分来做，这是新影融媒体中心筹拍《郑板桥》给我们的启示。当代的名人名家我们要高度重视，由中华诗词学会组织专家审定确定，还可以通过一些大赛激励创作优秀作品，为当代诗人树碑立传。

一些残疾人同胞，虽然他们行动不便，视听障碍严重，但是他们自强不息。残疾人遇到的最大问题就是寂寞，没有多少交往，而诗词可以把他们带入一个新的精神世界，支撑和鼓励他们快乐地生活。他们加入了当代诗词的创作大军。我们这个系列如能更好地反映他们的事迹，一定非常感人，非常励志。

当代英雄模范人物的优秀诗词作品，要格外重视收集发掘。

“中华诗词之乡”系列。中华诗词学会已经命名了很多中华诗词之乡、诗词之镇、诗词之县。外界不了解，“中华诗词”其实是个专有名词，特指格律诗词曲赋。但为了避嫌，我们已经把“中华诗词之乡”改为“诗词示范乡”（市、县、区、镇等）、“诗教示范单位（学校）”。这一系列数量非常多，可以好中选优来做。

以上五个系列的项目是作为一个长远计划而言的，具体实施只能一个个来逐步开展。

中华诗词如何“破圈”

一年来，我在很多场合讲过破圈问题，尽管有时没有用“破圈”这个概念。那么，怎么破圈呢？

第一，内容需要“破圈”。就是拓展诗词所要表达和反映的对象。当代诗词创作者可以继续书写自己的体会、情感，同时要跳出这个圈子，用诗词反映时代和社会，反映人民大众。

第二，形式需要“破圈”。比如，诗词都讲究韵，那么韵如何与时俱进？要不要向当代普通话的发音靠拢，这方面中华诗词学会和相关专家合作，已经做了很多工作，形成的成果《中华通韵》已由国家语委发布试行。使用过程中诗人们发现其中还存在一些问题，应该继续完善。特别是在中华诗词界，无论你是不是用通韵，你都要支持他人用通韵。我们还要支持时代新词入诗，甚至对创建词牌的也要抱支持的态度，至少是宽容态度。最近我听说有诗人热心于创造新的词牌，并要求当地诗词组织认定。创新词牌，应该支持，这符合“让创新贯穿党和国家一切工作，让创新在全社会蔚然成风”的时代要求，但不必追求认定，现阶段谁也没有资格认定，认定了的也“定”不了。如果新创的词牌好，有人跟着写，并且写得人越来越多，这就开始了“认定”的过程。这就是“实践认定”或“社会认定”。待这个词牌的应用成为一种诗词创作风气了，也就不需要谁去认定了；即使有机构要认定，也是水到渠成的事了。在现有传下来的词牌中，有的在钦定词谱以前仅由创造者用过一次，或者虽有他人使用但次数极少，后来一经“钦定”，就被认定了。这种事，也只有在历史上发生过。

第三，传播需要“破圈”。诗人创作的诗词，主要是在诗人之间流传，没有走出诗人这个圈子。微信已被普遍应用，但主要是在诗人之间发来发去。一些酒店用诗词装饰大厅房间，一些地方建诗词灯箱灯柱、诗词公园或广场，广播电视开辟诗词专栏，让诗词传播走出诗人圈子、走向大众，做了不少努力，但仍需加大传播力度。成立出版传媒工作委员会正好有利于推动实现传播“破圈”，通过多种融媒体手段让诗词越来越广泛深入地走进社会生活。

第四，载体需要“破圈”。自古以来，诗词的载体主要是文字，也通过声音，但受技术的局限，声音没有保留下来。我们现在很难确切知道古人是如何吟诵诗词的。当代科技的发展为诗词提供了多种生动活泼，易于传播、复制、存储的载体。各地包括诗词作者本人，运用微信、抖音、喜马拉雅等网络载体，但有这种自觉意识的地方和诗人还不多，而且这样做需要资金、技术和专业队伍。我们期待各地越来越多地运用科技手段创新诗词载体。朝阳主任多年前就把诗词以动漫、演员表演等手法加以表现，拍成微电影，投放于网络、大厅或广场大屏幕，虽然那时他不在诗词界，但已经在做诗词载体“破圈”的尝试，我们今天看了感到效果就是不一样，看到《游子吟》那一刻我流泪了。在载体“破圈”方面，出版传媒工作委员会既任重道远，又可以大有作为。

中华诗词传播普及的运作

过去诗词传播普及的最大问题是经费来源渠道特别狭窄，今天听取汇报我们得到很多启发，我们可以将诗词作为文化产业来做，鼓励企业参与，进行市场化运作。如此一来诗词传播普及包括创作都获得了一种新生态，它将大力推动我们实现中华诗词的应有功能，助力我们诗词“破圈”。

2021 年 11 月 30 日是我接任中华诗词学会会长的一周年，我们将在内部开展一个回顾活动。回顾不是目的，最主要的是总结经验，开创未来。下一年的工作重点将从以下四个方面展开：一是推动精品诗词创作，二是推动诗词“入史”，三是启动中华诗词“申遗”，四是推动诗词传播。这第四点就要请你们大显身手了。希望大家在新的一年里，为中华诗词传播与普及开拓新的局面。

宣传好年度诗坛人物及其作品*

今天，我们组织专家、学者在这里审定《当代诗坛百家文库》第三辑的入选诗人，以及2022“聂绀弩杯”年度诗坛人物。大家对湖北省荆门聂绀弩诗词研究基金会推荐的年度人物充分发表了意见，意见很统一，现在掌声通过。

持续出版《当代诗坛百家文库》、推荐年度诗坛人物这两件事，是聂绀弩诗词研究基金会对中华诗词事业的重要贡献，他们拿出了资金、付出了人力，所推荐的都是诗坛的精英人物和作品，可谓精品的集成。基金会的工作人员做了大量的工作，他们不计报酬，不计名利，大家应该以掌声表示感谢！基金会做的是中华诗词学会的事，我们支持一届届做下去，保证质量，推出精品。从各地报的预选人物来看，几乎每个省市都报了代表性的诗坛人物，说明前期工作做得很细，工作很扎实。

我们要多宣传这些人物。这一年我总在思考宣传的作用。中华诗词要走向大众，赢得地位，宣传是重要的工作。2022“聂绀弩杯”年度诗坛人物发布典礼完成后，中华诗词学会的网站要大力宣传，争取为每个“年度诗坛人物”出一期专辑，诗人上网站，代表作品微信公众号推荐、杂志推荐。甚至可以为每个“年度诗坛人物”组

* 本文是作者2021年11月27日在“聂绀弩杯”年度诗坛人物审定会上的讲话。

织一篇报道，报道事迹，树碑立传，以榜样的力量辐射社会，影响年轻一代，推进诗词工作。入选《当代诗坛百家文库》的24位诗家也要做好后期的宣传工作，宣传做好了，评奖的成效可以加倍。湖北的媒体也不少，可以提前宣传，或在颁奖现场做访谈。

中华诗词学会的网站建立起来了，这就是媒体之一。《中华诗词》杂志、《中华诗词学会通讯》、中华诗词学会网站、中华诗词学会微信公众号就是中华诗词学会的媒体。中华诗词学会网站目前正在调试、配套，我们有专门的副会长负责——就是刘庆霖副会长。目前网站的浏览量在逐步提升，正处在品牌创建阶段，也请大家把这个网站利用起来，把自己做的工作及时在网站上报道出来。活跃的诗词组织在创作、评论上勤奋耕耘的成果都是不错的，都要及时把情况报上来。现在是中华诗词学会网站自我宣传、充实内容的时候。学会网站在与地方的关系上，要成为上下联动的平台。网站的各种功能要充分利用起来，还要向各省的地级市发展，湖北要争取做带头人。目前，河北省诗词协会积极跟进中华诗词学会，在宣传上做了很多工作。我希望大家形成合力，共同把中华诗词的宣传工作做好做实。

根据大家在审定过程中的相关意见，今后要对“聂绀弩杯”年度诗坛人物的审定规则做进一步的修订，争取将这项工作越做越完善。

为中华诗词而更加努力地工作*

各位同事：

上任一年了，我感谢大家的信任，也感谢一年来大家的支持。一年前的今天，中华诗词学会第五次全国会员代表大会顺利召开。对一年来的工作进行总结，驻会会长们非常重视，昨天诗银、华维、存寿与办公室专门研究了今天的会议，六个部门都很认真地准备了总结发言稿。大家的总结有几个共同特点：一是每个部门都是人少事多。有的部门事不多，就一项，但工作量大，涉及人多，比如办理会员入会手续。二是每个部门都有全局意识。每家都讲到其他部门的支持，各部门的工作都离不开其他部门的帮助。三是大家都讲到形象问题，几乎都讲到“两讲两树”，都意识到自己的工作关系到学会的形象，关系到中华诗词的事业，站位很高。四是都讲了道德操守，讲到做事做人以及他们之间的相互关系，把道德摆在非常重要的位置。

诗银常务副会长讲了四句话，说“五代会”一年来，“社会近

---

* 本文是作者 2021 年 11 月 30 日在中华诗词学会第五次全国会员代表大会一年来工作总结会议上的讲话，张存寿、秦军同志根据录音整理。

了、工作活了、笑容多了、走廊静了”，这是诗人的形象思维，讲得好。他在大家谈具体工作的基础上，从宏观上用很形象的话，总结了这一年来发生的可喜变化。

无论是我们个人还是我们国家，总结经验都是非常重要的。通过总结肯定成绩寻找不足，以利于再战，以利于今后做得更好。正因为这样，我们党100年来做了三次重要决议：1945年一次，1981年一次，最近的党的十九届六中全会是第三次。我们对一年来工作的总结，也就是运用我们党的传统方法。这里讲几个问题，我是从另外一个角度来总结的。

一年来我们做了些什么事

第一，我们做了一点学会机关员工期待的事。我上任之前就了解了学会的一些情况，所以上任之后逐一跟大家谈话，知道了大家的期盼。我们做的事首先是机关员工（包括《中华诗词》杂志社）期待的事。大家期待风清气正、团结共事，所以我们用“两讲两树”作为新一届领导班子的开门锣鼓，以“两讲两树”开启学会工作的新局面；大家期待党支部战斗堡垒作用、党员先锋模范作用，所以我们健全了党支部，定期过组织生活，党员牢记自己的义务和责任，发挥了很好的作用；大家期待内设机构便于干事，原来有三个机构都是只有一个人，没法干事，所以我们把机构从九个调整为五个，这样集中力量便于工作；大家期待激发工作的新鲜感和活力，一个人几年乃至近十年在一个岗位上，就失去了新鲜感，所以我们就来一个大轮岗。大家也期待加强组织管理——人就是这样的，你管多了讨厌，你不管了他又盼你来管。我在海南工作的时候，一些文化企业就是这样，你要是老盯着他管他就受不了；你要是对他们不管不顾，他们就觉得像是没娘的孩子，期待着组织管一管。所以我们就加强了组织管理，开展述职评议，让大家认识组织和个人之间的关系，增强组织观念。我到学会后的第一首诗是就任会长时的感言，其中有“吟哦从俊杰，管理尚方圆”，指我在管理上将会崇尚规矩，没有规矩不成方圆，所以出台了一系列制度。第一项得到顺利执行的是离岗制度。三个离岗同事成了执行制度的模范，这里要感谢他们对学会新班子工作的支持。第二项落实的就是会长值班制度，会长们上班从每周一天变为两天，我是一周上班一天，有事大家随叫随到。接着就是财务制度、离京请假报告制度、考勤考核制度、人员聘用制度等，所有这些制度都得到了贯彻，这些都是大家期待的。大家并不希望一盘散沙，并不希望没人管，特别希望规范地管。所以机关“笑容多了、走廊静了”，相互融洽了、不吵了。

第二，我们做了一点学会会员急难愁盼的事。“急难愁盼”是中央这几年用的一个词，即急事、难事、愁事、盼望的事。比如，会员希望会员证及时发放，希望《中华诗词学会通讯》能够期期送达，特困会员希望能够得到会费减免，“百岁诗翁”希望能够享有荣誉，来信来电希望能够及时得到答复处理……这些方面这一年来大家都做得很好，服务意识渐浓、会员满意度上升。我在外面听到了不少关于学会变化的好话，特别是江苏“百岁诗翁”这件事情的办理，树立了我们学会新风貌的一个坐标。

第三，我们做了一些地方学会希望和欢迎的事。其一是理顺了跟地方学会的关系。中华诗词学会和地方诗词学（协）会是什么关系？新班子经过了认真的考虑。过去我们的想法是我们和他们没有直属的领导关系，各管各的事，我们也不对下面发号施令。但实际上中华诗词学会具有“全国性”，各省、自治区、直辖市的学会具有“地方性”。我们不是领导机构，但人家也把我们当成上级学会。如果人家把我们当成上级，我们不履行职责，人家也会认为中华诗词学会没有尽到应尽的责任。所以我们经过考虑，还是把“全国性”三个字的担子挑起来。我看了一下学会章程，我们具有引领、指导全体会员和广大诗词爱好者的职责。全国性的社团对地方性的社团应该义不容辞地承担起协调、指导的责任。这里就要解决一个合法性的问题——你凭什么指导、协调？我们的章程对单位会员规定了好几条义务，比如服从领导、缴纳会费、执行学会的决议等。于是在征得各省、自治区、直辖市的诗词学（协）会同意的基础上，我们办理地方学会作为单位会员的入会手续，而且对单位会员跟原来的团体会员做了严格的区分。我们原来叫“团体会员”，无论你什么层次都可以加入，结果我们有 260 个团体会员。这次为了理顺跟地方的关系，省、自治区、直辖市这一级，再加上港、澳、台诗词组织，它们是我们的单位会员。另外，国家部委机关成熟一个发展一个，可能是各部委形成一个综合的诗词组织，也可能是某个部委的诗词协会成为我们的单位会员。这样我们就解决了一个承担全国性学会依照章程指导、协调地方学会的合法性问题。其二是建立了会长会议制度。上次在云南玉溪召开了第一次全国诗词学会会长联席会议，年底还应该再召开一次。其三是我们建立了工作联动平台——网站。今后，我们还要以发文件的方式，比如通知、简报、意见等，来丰富我们对单位会员的指导和协调手段。网站目前的形势很好，省一级学会 28 家网站，市级协会 118 家网站，县区级协会 134 家网站，与我们的网站实现了互通互联（数字截至本文 12 月 18 日编发时）。我们要把它办成中华诗词学会的“电视台”“广播站”，并强化它的办事功能。例如，投稿、申请入会、培训等。另外就是强化常态工作机制，到地方调研、座谈，跟他们合办合作诗词活动。合办就是由我们主办他们协办、承办，合作是我们办的事请他们跟我们配合——比如“诗词示范乡”验收工作，他们都配合得很好——这是常态的工作机制。另外，在各种会议上的讲话也是指导地方学（协）会的一个方式。

当然我们一开始就明确，尽管我们有指导、协调、统筹的职能，但是对地方的人事安排我们绝不插手、绝不干预。地方的人事由他们自己去安排。

第四，我们做了一些领导同志嘱托交代的事。马凯同志要求我们要把诗词当事业，黄坤明同志在学会“五代会”的批示当中要求我们繁荣发展诗词、推动文化建设。另外还有一些老领导对我们提出了希望和要求。所以我们制定了《“十四五”时期中华诗词发展规划》(以下简称《规划》)，我们想出了“千方百计调动千军万马、激发千家万户”的工作思路，成立了10多个专业委员会，出现了越来越多的地方和单位积极主动、踊跃参与的局面。我们紧跟党的重大活动推出了《百年诗颂》，也开始逐步推动诗词“入史”等。

一年来我们为什么能做成一些事

一是全体员工尽心尽责。刚才我们听了何江同志代表办公室、石达丽同志代表组织联络部、李建春同志代表理论评论部、黄小甜同志代表诗教培训部、武立胜同志代表网络信息部、宋彩霞同志代表杂志社所做的工作总结。所有这些部门都是尽心尽力的，可以说很多同志不分节假日在工作，比如把会员证拿回家去审批、填写，在家里整理会员名单，旅行途中把信息上传至网站、制作推送微信公众号，在家里起草学会文件、稿件，发通知，修改集体创作的诗稿。会长之间沟通联系工作经常是在晚上、在节假日，等等，我就不细说了。

大家在汇报中有很多精彩观点或事例，比如办公室提出“大局意识、服务意识、‘两任’（任劳任怨）意识、认真意识”“高一个层次想问题，低一个层次抓落实”。组织联络部把能够合并的快递合并起来寄，以求少花钱多办事。理论评论部讲到工作标准关系到学会形象，提出“摆正站位，为历史存正气；提高境界，为世人弘美德；正派做人，为学会留清名”。这些话都能成为我们全体会员、全体机关人员工作的座右铭。网络信息部提到实现网站由“建起来”向“用起来”、由“可以用”向“更好用”转变，当好学会对外宣传的“广播站”和“电视台”、信息发布的“检查站”和“总阀门”。杂志社讲到编辑的职业操守，比如公平公正，不用人情稿、交换稿。

二是领导班子勠力同心。我们学会全体会长群策群力，各负其责，相互支持。集体领导机制形成了，稍微大一点事情都是集体研究决定的，没有人擅自行事。包括现在的会长出差都是统一安排的，即使接到“点对点”的邀请，也是要报告审批的。会长会议能做到畅所欲言，因为我们严格规定会议研究情况对外只能讲结果、不能讲过程。我听说有些比较高层的机关研究人事，刚研究完外面就知道结果了，就知道谁同意谁不同意，这就使得会上不便发表不同意见。而我们的会长会议能做到畅所欲言。今后请你们监督，如果会长当中有谁告诉你他支持你、某人不同意你，你可以考虑他的党性和德行。这样的人你不要跟他交往。

常务副会长诗银同志每天都在动脑子谋划工作安排、谋划贯彻落实、谋划解决出现的问题，胸有一盘棋，工作很扎实。

三是地方学会密切配合。他们对中华诗词学会工作很支持，关注学会、尊重学会、爱护学会。目前看，贯彻落实学会要求最快的是河北省诗词协会，对学会的部署、要求、讲话，他们马上就转发学习，安排去做。我们的《规划》发布之后，他们很快出台了实施意见。北京诗词学会、湖北省中华诗词学会、江苏省诗词协会、浙江省诗词与楹联学会、山东诗词学会、安徽省诗词学会、深圳市诗词学会包括长青诗社等，很多地方包括市一级诗词学（协）会对我们的工作安排都是反应很快的，他们同中华诗词学会的联系十分频繁主动。“诗词示范乡”创建工作最能体现地方的支持和联动。大部分地方学会工作很努力。

这是一年来我们工作有所起色的重要原因。“有为”才能“有位”。中华诗词学会只有更加出色地工作，地方学会才能越来越关注、尊重、配合、支持我们。今后我们要大力推动工作的联动，形成发展诗词事业的全国“大合唱”。我们将创新工作机制，创新单位会员管理制度，情况会更好。

四是兄弟单位鼎力相助。跟我们有关的中华诗词研究院、《诗刊》社、中国楹联学会、中国诗歌网、中国国家图书馆，还有中国书籍出版社等，对我们的工作都很支持。

五是领导同志指导支持。国务院老领导、部队老领导、部委老领导、作协的领导和社团管理部门的同志等，经常悉心指导我们的工作，热情出席我们的诗词活动，给了我们信心和力量。

我们之所以能够做成一些事，一个最根本原因，在于我们坚定地贯彻落实习近平新时代中国特色社会主义思想，特别是对文艺工作的要求，具有服从党对社团领导的高度自觉。

一年来我们想做还没有做成的事

学会机关风气还有不尽如人意之事。我归纳了这样几条，大家可以在今年年底的作风建设培训班上展开讨论。奉献精神有待加强，还要少点斤斤计较；服务意识有待加强，还要少点盛气凌人、拖沓推诿；言行文明有待加强，还要少点发火粗暴、家长里短。我特别不喜欢说人家的过错，议人家的短处，看长处是最好。我们走廊静多了，将来还要再静一点。

工作计划还有未付诸实施之事。比如诗词“入史”，到底怎么做？我说过我们要把“入史”的呼吁变成“入史”的行动。现在经过一段时间的摸索，找了几个切入点。第一，争取社科规划项目，包括国家的和教育部的，要有当代诗词研究。只要当代诗词研究入了社科研究规划，专家学者们就有了研究动力。第二，推动当代文学史研究权威在他们的著作中增加诗词内容。现在新诗、小说、散文、报告文学都有，唯独没有诗词，所以我们要请他们座谈讨论。我们可以提供科研经费。第三，请出版单位共同推动，形成共识。没有当代诗词内容的当代文学史是不完整、不全面的。由于工作头绪太多，加上疫情反复，这些工作还没有启动。

集中培训也是计划想做的，培训计划已经制订，但碰到了经费问题。参加一次培训班，学费路费食宿费要四五千元。我问了几个省，他们都认为学员自费有困难。浙江经济职业技术学院成立了中华诗词文化学院，还办了《中华诗教》杂志。我去座谈调研过，这两个阵地怎么用，一直没有可行方案。

另外，我们想推动几个省级诗词组织存在问题的解决，看来困难不小。这里不便细说，要继续纳入议事日程。

会员还有抱怨之事。诗作没有发表就抱怨我们不公，赠送诗集却没有收到我们的回复就说我们不懂礼貌，过去几年积累下来的会员证没有及时办理招致的抱怨也有些，等等。这是需要我们加以改进的。

2022 年我们要着力推动之事

下一年，我们要在《规划》的指导下工作，为推动《规划》实施而工作。这里请每个会长按照分工拿出落实《规划》的工作思路，争取在年底的作风建设培训班上进行交流讨论，把工作具体落实到人。请会长们到《规划》的“五项目标”“九项工程”当中去找，找出自己分管的事。机关每个部门把《规划》从头到尾读一遍，属于你们的把它们勾出来，拿出推动落实的举措。

诗词精品创作要有具体措施。比如“华夏诗词奖”怎么能成为全国诗词创作精品评选？聂绀弩诗词研究基金会的《当代诗坛百家文库》怎么能成为精品集？湖南每年编两本书——《诗国前沿》，能不能把它们作为全国性的精品诗词汇编来做？还有，我们可以不可以提倡各个省每年编一本自己的精品集？没有抓手，推动精品创作就会成为一句空话。

诗词评论与研究要有明显成效。怎么才能做到有明显成效呢？我们要考虑怎么用好现有的刊物，用好现在的网站。当代评论和研究名家怎么发挥他们的作用，怎么培训新的研究和评论人员，都需要进一步思考。

诗教质量提升要有可行动作。“诗词示范乡”，是我们多年来创造的品牌，要用好品牌，提升品牌，拿出一些实际措施来。比如已经授予的几百个诗词之乡，怎么样通过“回头看”加以检查监督，有效避免牌子一挂万事大吉。可以不可以再搞个什么载体，推动这些地方的品牌继续提升。

诗词人才队伍打造要有实际安排。人才队伍包括创作队伍、评论队伍、编辑队伍、管理队伍、网络队伍、师资队伍，这些都是诗词队伍的构成。我们在《规划》中写的很多事情，不光是我们要操作，最主要的是各地方要操作，要考虑怎么才能让各地都行动起来。

诗词出版与传播要各尽其职。一个是我们自身要加强，另外各单位会员每年也都要制订诗词出版与传播计划。要形成全国出版与传播的“大合唱”，才能收到比较好的效果。

诗词组织建设要注重艺风艺德。一方面没有成立诗词组织的要推动建立，特别是没有成立诗词组织的地级市，明年应当有显著进展。有条件的县一级也要尽量成立。山东淄博的诗词组织已经建到乡镇。江苏淮安的很多乡镇不光有诗词组织，而且都有出版物。这是硬件建设。另一方面就是软件建设，即艺德艺风。我们诗词界有文人相轻、相互攻击的，有过分计较名利的，还有政治意识淡薄、政治态度不端正的。所以，各地要把艺德艺风建设摆在诗词队伍建设的首位。

诗词工作联动要更加协调紧密。我们要建立新的工作机制，需要地方一致行动的，我们就明确下通知提要求，使得我们的工作协调和工作联动更加紧密。比如诗教质量提升工作，就需要包括省一级的诗词组织协调一致来行动。

学会领导成员和会员的学习要有所加强。学会网站要成为一个重要的学习平台，学会每年要为单位会员指定学习材料，一些我们觉得比较好的论著可以推荐，可以指导阅读。比如，中宣部每年都搞一批阅读书单，推荐重点书目，我们可以不可以做？

诗词网站功能作用要不断完善。明年的工作要重点从四个方面展开，一个是推动精品诗词创作，二是推动诗词“入史”，三是启动中华诗词“申遗”，四是推动诗词传播。

一年来，我们做了一些工作，但还有很多工作没有做；我们取得了一些成绩，但有些工作推进力度还不够。新的一年，我们要以习近平新时代中国特色社会主义思想为指导，以传承和发展中华诗词、参与文化强国建设为己任，以《规划》为思路，更加努力地学习，更加热情地工作，更加紧密地团结，更加严格地律己，争取第二个“一年”收成更好！

建设风清气正的诗词组织*

各位领导、各位诗友：

我是在外地工作的扬州人，到扬州的次数非常多。但与诗词有关的活动，我回忆了一下，今天是第五次。第一次是多年前应邀参加扬州市诗词协会组织的一个朗诵会；第二次是 2019 年 5 月参加扬州诗词节；第三次是 2020 年 9 月我的《诗咏运河》新书发布会；第四次是今年 7 月疫情前夕与部分诗协领导的早餐会。这次是专程调研，扬州市诗词协会做了精心的安排，而且得到了市委、市政府领导的重视和支持。特别是江苏省诗词协会蒋定之会长专门请盛克勤副会长到扬州来，请徐崇先副会长到淮安去，让我非常感动。今天一天的活动丰富多彩，先是参观，然后座谈。参观给我感性认识，座谈给我理性认识，使我越发加深了对扬州诗词工作的了解。

今年 7 月下旬发生的新冠肺炎疫情，对扬州来说是个不幸，但不幸当中也有幸，所谓“愤怒出诗人”，在你们这次抗疫诗词征集活动中得到了体现。扬州市诗词协会主动策划，全国诗友响应，数以万计的诗词飞向扬州，你们昼夜编发微刊。并且市诗协还和市书

---

* 本文是作者 2021 年 12 月 11 日在扬州市诗词协会调研时的讲话，扬州市诗词协会根据录音整理。

协密切配合，把部分诗词变成书法，给艰苦的抗疫斗争以精神支持，后续工作现在还在继续。这在中国抗疫史上、在扬州文化史上，都是浓墨重彩的一笔。扬州市诗协和书协的主动作为精神有目共睹。

有鉴于此，江苏省诗协专门让扬州市诗协在省诗协常务理事会上发言，这对扬州诗协是一个充分的肯定，也是鼓励。这次活动让全社会感受到了诗词的作用，也让你们尝到了诗词工作的甜头。可以说，这次策划全国各地“诗援扬州”，是扬州市诗协工作的一个转折点，是翻开工作新篇章的一个标志。通过这次活动，扬州市诗协锻炼了队伍、明确了方向、打开了思路、增强了信心，也启动了新的征程。你们现在一系列的工作思路、工作安排和工作建议，都是在为“诗援扬州”增添新的光彩。

刚才五位会长、两位文联老主席、两位诗友，一共九位同志发了言，很有代表性。大家从不同的角度谈了扬州诗词工作最近以来发生的重要变化，讲得很精彩。今天我围绕建设风清气正的诗词组织，讲点思考和想法，供大家参考。

我这里讲的诗词组织，是指经过民政部门注册登记的诗词学会、诗词协会，这些诗词组织是一个地区诗人词家和诗词爱好者的社会团体。我国的社会团体是社会组织的一种，社会组织是个更大的概念，它包括社团组织、基金会、社会服务机构三大类。对社团组织，国家有严格的法律规定，要经过批准注册登记；有明确的性质界定，即非营利性；有清晰的业务范围，对诗词协会来说就是诗词；有共同的规范约束，即学会章程；有固定的主管部门，文联、作协或其他机构；有一定的社会责任，即团结引领会员及广大诗词爱好者；有严肃的政治要求——接受中国共产党的领导。

我们的诗词组织，包括市一级的诗词组织，就是这样的社会团体。诗词组织一经成立，就要遵守这些规则，把它建设好。那么，好的诗词组织是什么样的呢？刚才克勤会长讲到，要履行以下职能：凝聚整合、组织引导、社会推广、保障服务，等等，讲得非常好。要成为一个好的诗词组织，风清气正是一个重要标准。风不清气不正，那就离好的诗词组织相差十万八千里。

建设风清气正的诗词组织的意义

我们为什么要建设一个风清气正的诗词组织？至少出于三大需要。

第一，发展诗词的需要。要想推动一个地方诗词的繁荣与发展，这个地方的诗词组织就一定要风清气正。风不清气不正人心不顺，那就是一盘散沙，没有凝聚力，没有团结性，就没有战斗力，诗词的发展就无从谈起。

第二，优化环境的需要。这个环境指的是我们的诗词工作环境、诗词发展环境。你说，如果风不清气不正，在这样一种环境里去创作，去开展诗词工作，谁有动力，谁有精神啊？谁会去好好干事？没有！这种环境只能给我们窝囊气，只能让我们下决心远离这样的组织。

第三，提升影响的需要。一个诗词组织要想越来越多地吸引会员，越来越多地受到社会的重视，越来越多地受到党委、政府的支持，一定要有影响力。没有影响力，一切都无从谈起。所以，诗词组织必须要做到风清气正。

风清气正的诗词组织的主要标志

一个风清气正的诗词组织有哪些标志呢？我想，至少应该有五个方面。

一是方向正确。诗词组织必须坚持正确的方向，这里所说的方向主要是指以下三点。

政治方向。我们必须增强“四个意识”、坚定“四个自信”、做到“两个维护”，跟党中央保持一致。刚才扬州的同志提到民间诗社的导向问题，也应该引起我们的重视。这个意见很好。我觉得，我们市诗词协会应该支持、引导民间自发的诗词组织，把他们吸引过来。吸引不过来，我们也要给予他们指导和帮助。

创作导向。诗词为谁写、写什么、怎么写，这就是创作导向。正确的创作导向可以浓缩为九个字：为人民、正能量、出精品。刚才大家发言时谈到，我们应该更加自觉地面向大众、扎根人民，诗人要有大爱，诗词要提炼精神、表达思想、振奋人心，这些讲的都是创作导向。

用人倾向。一定不能搞团团伙伙、拉帮结派；一定不能任人唯亲、排斥异己；一定不能顺我者昌、逆我者亡。

二是人际和谐。一个风清气正的诗词组织，一定是一个人际关系非常和谐的组织。什么叫和谐？和谐有哪些表现呢？

第一，团结友爱。坚决不能搬弄是非、制造矛盾；坚决不能背后议论、相互攻击；坚决不能当面一套、背后一套。因为这些都不是团结友爱，都是团结友爱的大敌。

第二，相互学习。每个人都有自己的长处，每个人当然也有自己的短处，人际和谐就是多看别人的长处、少看别人的短处；就是不能文人相轻，不能自以为是。有些作者刚愎自用：我的诗，一个字都不能改；改一个字，都要经我同意，改后发表了，他还要找你责问，这就叫作刚愎自用。当代诗人都应该虚怀若谷，不要把自己看成是李白、杜甫。每个人都要有自知之明，看到自己的弱点；每个人都要虚心好学，看到人家的优点。在大学工作的同志，他们功底深厚，精通历史，精通理论；而那些在社区的同志呢，天天置身于街区小巷、市井社会，他们写的东西生活味儿很浓。所以应该相互学习。即使被称为“老干体”的作品，也有它的必然性：从中华诗词的复兴历程看，它是一个十分自然的阶段；从个人学诗过程看，也是难以避免的“小学阶段”，不经过这一阶段，怎么能有后来的提高呢？一些领导干部退休之后开始学习写诗，现在高手有的是！

第三，互帮互助。在诗词创作上，在诗词研究上，在诗词鉴赏上，都要做到互帮互助，坚决不能相互拆台、相互挖坑。

三是服务热情。诗词组织是一个公益性的服务机构，不是一个官僚机构，服务是它的本质属性。诗词组织的工作人员、领导班子成员，都是公仆，都是为会员、为诗词爱好者、为社会服务的。服务，就要热情。

第一，服务会员热情。扬州的同志刚才提到要把诗词协会办成诗友的家，成为诗人的家园，说得很到位。讲到家园，目前扬州市诗协办公的地方很小，有待完善。但要看到，家园有两种：物质家园对民族来说就是国土，对诗协来说就是办公场所、活动场所。没有物质家园的民族只能颠沛流离，但光有物质家园还不够，还必须有精神家园。这个精神家园就是民族的文化，我们诗人的精神家园就是风清气正的诗词组织。组织要是风不清气不正，没人把你当家园。家园是精神的港湾，是调节人的精神世界、让人得到温暖的地方。我们首先要把精神家园建好，这就要做到服务会员热情。

第二，服务基层热情。刚才克勤会长提到诗词组织的延伸，要建立健全诗词组织。扬州的同志也谈到服务企业，在为企业服务的过程中，加深企业对诗词文化的理解，扩大他们的诗词队伍，激发他们慷慨支持诗词事业的爱心。我希望你们发挥市诗协的推动协调作用，把扬州境内各个市、县、区、乡镇（街道）的诗词组织都建立和发展起来。昨天我在淮安区，看到他们的每个乡镇都有诗词组织，都有出版物，都有经费，非常难得。山东淄博专门开了一个诗词组织建设现场会，就是推广到乡镇、街道。

第三，服务大众热情。扬州的刘勇刚副会长是大学教授，他刚才谈到，一个知识分子要有服务社会的意识，我觉得讲得很好。诗词的服务功能，是我们一直忽视的一个功能。长期以来，诗词主要是表现自我，在自己的圈子里相互欣赏，没有走出这个圈子，没有走向大众，没有走向社会。你冷落了大众，大众就必然冷落你；你冷落了社会，社会就要冷落你。就像中央强调的，领导干部只有把群众当亲人，群众才能把你当亲人；你把群众放在心中最高位置，群众才能把你放在心中最高位置。这对我们诗词组织来讲也是一样的，诗词要想得到社会和大众的重视，我们自己首先要重视社会和大众。你的诗词内容和他没关系，他就不会重视你的诗词。所以，我们一定要写大众、写市井、写社会。这次我们一项大赛的一等奖就给了一首写补鞋匠的诗，这也是一个导向。我们要写环卫工人，要写外卖小哥，要写田间劳作，要写科学家、教师、医护人员、服务员、军人，等等，不要总是对着小楼感叹，对着山水感叹，对着飞鸟感叹。当然，它们都是恒久的诗咏对象，要继续写，我只是说不能总写它们，一定要瞄准时代、社会和人民大众，特别是新生事物，为新时代服务，为人民大众服务。

四是办事公正。这个非常重要。我平时给领导干部讲课多，对领导干部来说，第一是为民，第二就是公正。待将来为民成了我们的自觉行动了，那么第一就是公正。对诗词协会来说，就是用稿公正、评奖公正、评价公正。我们评价一位诗人、评价一件作品都要公正。我们有时为了照顾一个人获奖，就把整个评奖的威信搞没了。我们对一个人的评价不公正，诗协马上就失去了威信。为什么？因为你办事不公。你看我们扬州有位做保洁工作的女工在那里写诗，市诗协马上把她作为典型推出来，人们便一下子对我们诗词组织肃然起敬了。

五是对己严格。诗词组织是公共服务机构，所以，我们要讲奉献不计回报，讲吃苦不图享受，讲廉洁不贪小利，讲格局不斤斤计较。在有的地方，都是退休之人了，还计较自己的诗在诗集里的排位，就是作品发表时排的位置。其实，就是把你摆在第一，又能怎么样啊？有些微刊跟我约稿，微刊发来后我一眼看不到自己的诗在哪儿。为什么？人家有人家的排版规矩，比如按五绝、七绝、五律、七律、小令、中调、长调、散曲的顺序，人家就是这么排的，不能因为我是会长，就把我摆在第一个。所以说不要斤斤计较，一个有斤斤计较心胸的人还能写成美丽的诗？我看可能写不出来，就算写出来也是假的，实属当面一套、心里想的又是一套，这样的诗人不是一个合格的诗人。讲纪律不随心所欲，是会员就要尽会员的责任，是学会领导就要尽学会的领导责任。我多次讲过，我们当了会长，写诗就不是第一位的，主要是组织诗词活动。你在会长、副会长的位置上，根本不去想学会的工作，甚至开会都不来，就只想写自己的诗；如果是这样的话，一个非常高雅的爱好，就变成了自私的标志。所以，我们做会长的一定要热心支持协会的工作，参与各种活动，努力尽到自己的责任。

建设风清气正的诗词组织的举措

我们如何来保障风清气正，或者说，采取什么措施来保障风清气正？

第一，党建引领。这既是党对我们的要求，也是我们风清气正的正道。要健全党支部，定期过组织生活，严格要求党员像个党员的样子，发挥党员的先锋模范作用。

第二，会长带头。要求会员做到的，我们首先做到；要求会员不做的，我们首先不做。一个诗词组织能不能风清气正，首先看领导班子的一班人是不是风清气正，而在一班人当中，首先看“一把手”，你是不是风清气正。现在，扬州市诗协通过理事会选举产生了新的领导班子，扬州诗词界能不能始终保持风清气正，首先看你们一班人。我上任以后，首先统一领导班子的思想，要想学会风气正，我们会长们就得正。会长开会，什么意见都可以发表，但是有一条，会后不允许泄露讨论过程，谁要是这样做，要加以追究。我把这一纪律告诉学会机关全体人员，我说凡是泄露讨论过程、向你讨好卖乖、出卖发表不同意见的人，你就可以判断他的党性和人格都有问题，道德有问题。实际上，在一班人当中，除了少数居心叵测的人，没有一个人愿意把这个班子搞坏。所以，扬州市诗协关键看王群会长。“一把手”首先要身先士卒。

第三，制度约束。要靠制度管人管事，把已有的制度清理清理，拾遗补缺，逐步完善，适应新的需要。

第四，政治培训。将来，你们慢慢有条件了，一定要把专题培训搞好。我刚上任就提出以“两讲两树”开创中华诗词学会工作的新局面。“两讲”就是讲政治、讲团结，“两树”就是树正气、树形象。接着请中共北京铁路局委员会党校支持，闭门三天举办“中华诗词学会‘两讲两树’专题培训班”，效果非常好。一些同志说，我们退休这么多年来，没有再进过这样的培训班，也没有听过这么多的报告，还要对照检查、表态发言，好像又回到了在职时光。本月29日至31日，我们还要举办中华诗词学会作风建设专题培训班，专门查找作风的问题。

第五，狠刹不正之风。对不良风气，要根据其程度，引导劝说，批评教育。一定要这样做，不能让歪风邪气抬头，一抬头，就容易导致泛滥。

我今天讲的建设风清气正的诗词组织，是我对你们的希望，也是中华诗词学会建设的目标，我们一起共勉。

为绿色发展服务的诗词盛宴*

各位嘉宾、各位朋友：

今天是第四届“中国·白帝城”国际诗歌节暨绿色发展·消费扶贫大会隆重开幕的日子，我首先表示热烈的祝贺。由于工作安排时间冲突我不能到场，只能以视频方式与大家见面，有点遗憾但也很高兴。

中国是诗的国度，奉节是诗的故园，是历代诗人心向神往的地方，李白、杜甫、陆游、刘禹锡、王十朋等诗词名家在奉节留下了千古名篇；奉节也是当代诗人创作优秀诗词的重要地方，历届“中国·白帝城”国际诗词大赛，都涌现了大量优秀诗词作品。多年来，奉节县委、县政府高度重视优秀传统文化特别是诗词文化的传承和发扬，并在2017年获得中华诗词学会授予“中华诗城”美称，这是全国唯一一个以“诗城”命名的城市，是奉节人民的骄傲。

“中国·白帝城”国际诗歌节已连续举办了四届，每届都有不同的特色和新意。本届诗歌节是更多元、更时尚、更年轻的“戴着眼

* 本文是作者2021年12月14日视频祝贺第四届“中国·白帝城”国际诗歌节暨绿色发展·消费扶贫大会开幕式上的讲话。

镜、吃着脐橙、赏着诗词”的特殊的诗词盛宴，我相信，一定会给全球的观众朋友们带来不一样的视觉体验。我也希望未能亲临奉节的全球各地的朋友们和广大诗词爱好者，将来一定要走进奉节，亲身感受奉节深厚的诗词文化底蕴，领略奉节的壮美风光。

最后，预祝本届“中国·白帝城”国际诗歌节暨绿色发展·消费扶贫大会圆满成功，也祝奉节的明天越来越好！

强化乡村诗词工作*

今天，我们在北京湖北大厦四楼大别山厅，参加中国襄阳·孟浩然新田园诗论坛暨中华诗词学会乡村诗词工作委员会成立大会，别有一番风味。反复无常的新冠肺炎疫情使我们不能按原定计划到湖北襄阳这座历史悠久的城市与会，但疫情阻挡不了我们的诗心和工作责任心，于是就有了以线上线下相结合的方式如期举办这次活动。对襄阳市委、市政府高度重视和支持诗词事业的行为，我代表中华诗词学会表示敬意、表示感谢！

襄阳是唐代田园诗的杰出代表孟浩然的故乡。中国的田园诗是由东晋大诗人陶渊明开创的，他的“采菊东篱下，悠然见南山”等诗句诗篇，一直为人们所传颂。所谓田园诗，就是歌咏田园生活的诗，它以乡村风光、农事劳作和日常生活为题材，是一种非常接地气的诗体。盛唐的王维、孟浩然并称“王孟”，把田园诗推向了高峰，田园诗和边塞诗成为盛唐两大诗派。中华诗词学会和湖北省中华诗词学会以襄阳为基地，以孟浩然为名号，举办田园诗大赛、田

---

* 本文是作者 2021 年 12 月 18 日在中国襄阳·孟浩然新田园诗论坛暨中华诗词学会乡村诗词工作委员会成立大会上的讲话。

园诗论坛，目的就是继承先贤的优秀文化传统，推动新时代田园诗，进而推动中华诗词的繁荣发展。当我们酝酿筹建乡村诗词工作委员会时，能立刻想到依托湖北及襄阳，便是顺理成章、水到渠成的事了。

成立乡村诗词工作委员会，是中华诗词学会为繁荣发展诗词事业而做出的一个带有战略性的举措。我国 960 多万平方公里的神州大地，人之所至，不属城市，便是乡村；我国 14 亿多人口，不居城市，便住乡村。如何把城市和乡村的诗词工作都开展起来，我们便产生了分别成立专业委员会的想法。2021 年 12 月 5 日，中华诗词学会城镇诗词工作委员会宣告成立，时隔 13 天，我们今天又见证了中华诗词学会乡村诗词工作委员会的成立。这是中华诗词学会迄今为止成立的第 18 个专业委员会中仅有的两个区域专业委员会。事业是需要机构和专人去推动的，城镇诗词工作委员会专门推动城镇诗词工作，乡村诗词工作委员会专门推动乡村诗词工作，从而实现诗词工作机构在人口和区域上的全覆盖。

那么，乡村诗词工作委员会的职责和任务是什么呢？

第一，推动乡村诗词的创作。乡村诗词，顾名思义，是以乡村为题材的诗词。在当前创作的海量诗词中，以乡村为题材的诗词在数量上相对不足。这个情况其他艺术门类也大体如此，如关于农村的电影、曲艺相对也少。原因很容易找到：生活在乡村的诗人少，居住在城镇的诗人深入乡村生活少，而诗词来源于生活，没有生活哪来诗词？因此排在乡村诗词工作委员会的第一位的任务是推动乡村诗词的创作。今天的乡村诗词可以归入田园诗的范畴，但绝不能停留在古代田园诗上，因为今天的乡村与陶渊明、“王孟”时代的乡村有天壤之别；今天的田园诗应当体现新时代乡村翻天覆地的变化。

习近平总书记12月14日在中国文联十一大、中国作协十大开幕式上的讲话中引用艾青的话说："每一个时代的文学，都有新的写法"。如果今天的田园诗读起来和古代田园诗的味道一样，那么作者肯定活错了时代。诗人要像总书记所要求的那样，"要有学习前人的礼敬之心，更要有超越前人的竞胜之心，增强自我突破的勇气，抵制照搬跟风、克隆山寨，迈向更加广阔的创作天地"①。新时代田园诗应当写什么、怎么写、写成什么样，我们期待这次新田园诗论坛给予深入的探讨，拿出与新时代合拍的成果。新时代的特点就是守正创新。

第二，推动乡村诗词的普及。准确地说，是推动诗词在乡村的普及，这就要加大乡村诗教工作的力度。相对而言，乡村诗教工作是整个诗教工作的薄弱环节，这是由城乡之间历史形成的差别决定的。这就需要我们按照中央的工作要求，"补短板、强弱项"，对乡村诗教这块"短板"和"弱项"用心去"补"、逐渐去"强"。乡村诗词工作委员会要把这项工作作为重中之重。制定目标，编辑选本，策划载体，制定可行措施，组织动员各级诗词组织努力工作，让越来越多的乡村人口喜欢诗词、学习诗词、朗诵诗词，成为他们的生活内容，以陶冶情操、提高素质。

第三，推动乡村诗词队伍发展。乡村诗词工作需要城镇诗词工作者扶持和支持，但城镇诗词工作者下乡是临时的、流动的、没有保证的，只有把乡村诗词工作者队伍建立并培养起来，才是长期的、稳定的、有保证的。所谓诗词工作者，是指诗词活动组织者、教学者、朗诵者、编导者、创作者，等等。乡村诗词工作的一个重要方

---

① 习近平：《在中国文联十一大、中国作协十大开幕式上的讲话》（2021年12月14日），人民出版社2021年版，第11页。

面，就是在广大乡村发现和培养诗词工作者队伍。

第四，推动诗词下乡活动。所谓诗词活动，是指诗词采风创作活动、诗词朗诵演唱活动、诗词书画展览活动、“诗词示范乡”创建活动，等等。宣传文化科技等部门多年来坚持不懈组织文化、科技、卫生“三下乡”活动，我们既可以单独开展诗词下乡活动，也可以争取把它纳入“三下乡”活动，诗词本来就是文化的重要组成部分。通过组织诗词下乡活动，可以收到在乡村普及诗词、培养乡村诗词队伍、丰富乡村精神生活等多方面效果。

以上关于乡村诗词工作委员会的工作只是我的一些初步想法，乡村诗词工作委员会可以进一步讨论完善。但可以肯定，说起来容易做起来难。乡村很多地方的人口多为老人和孩子，青壮年大多进城打工了，加上经济文化条件有限，开展乡村诗词工作的难度可以想见。但正因为困难，才需要我们，才有我们发挥作用的天地。乡村诗词工作委员会既然成立起来，就要有所作为。怎么开展乡村诗词工作呢？最重要的是推动并依靠各级宣传文化教育部门开展乡村诗词工作。我曾援引过云南省诗词学会孔祥庚副会长的三句话：我们诗词组织要“主动争取党委、政府领导，主动服务党委、政府工作，主动把诗词工作转化为党委、政府工作”。这是一条重要经验，关键在于“主动”二字。我们要主动作为，争取把乡村诗词工作纳入当地文化工作计划。乡村诗词工作的落脚点是村，如果能把村第一书记的作用发挥出来，这项工作是有希望的。当然，乡村诗词工作也要实事求是，能做多少就做多少。

最后，请大家牢记总书记的最新讲话：“文化兴则国家兴，文化强则民族强。当代中国，江山壮丽，人民豪迈，前程远大。时代为我国文艺繁荣发展提供了前所未有的广阔舞台。推动社会主义文艺繁荣发展、建设社会主义文化强国，广大文艺工作者义不容辞、重任在肩、大有作为。”[①] 习近平总书记在中国文联十一大、中国作协十大开幕式上的重要讲话，深刻阐明了新时代新征程上文艺工作肩负的重大使命，科学回答了事关文艺事业长远发展的一系列重大问题，为做好文艺工作提供了根本遵循。我们诗词界要认真学习领会，抓好贯彻落实。

---

① 习近平:《在中国文联十一大、中国作协十大开幕式上的讲话》（2021 年 12 月 14 日），人民出版社 2021 年版，第 4 页。

当诗词工作的排头兵*

今天，我们在这里以诗词朗诵音乐会的方式纪念毛主席诞辰128周年，同时举行中华诗词学会部委机关诗词工作委员会成立仪式。毛主席是伟大的马克思主义者，是伟大的无产阶级革命家、战略家和理论家，是中国共产党和中国人民的伟大领袖，他为我们党和人民军队的创建和发展，为中国各族人民解放事业的胜利，为中华人民共和国的缔造和我国社会主义事业的发展，建立了不可磨灭的功勋。今天，我们对毛主席的最好纪念，就是要在以习近平同志为核心的党中央的领导下，推进新时代中国特色社会主义伟大事业，沿着从站起来、富起来到强起来的历史进程，朝着党的第二个百年奋斗目标，为把我国建设成为社会主义现代化强国，实现中华民族伟大复兴的中国梦而努力奋斗！

对中国当代文学、对我们诗词界来说，毛主席诗词是中华诗词发展史上一座巍峨的、永远让人敬仰的高峰。中华诗词，在新文化运动乃至新中国成立之后，得以继续传承以至发展到今天这样的大

---

* 本文是作者2021年12月26日在纪念毛泽东主席诞辰诗词朗诵音乐会暨中华诗词学会部委机关诗词工作委员会成立仪式上的讲话。

好局面，毛主席诗词无疑是最强大的支撑和最强劲的动力。我们这一代人是背诵毛主席诗词、欣赏毛主席诗词的毛体书法长大的。中华诗词学会的当前和今后一个时期的工作重点，就是响应习近平总书记大力弘扬中华优秀传统文化的战略思路和繁荣发展中国特色社会主义文化的战略部署，学习毛主席诗词展露的“以诗情拥抱时代，以天下作为己任，以乐观对待困苦，以豪迈塑造精神，以艺术创造意境，以发奋用好时间”的品格，弘扬诗词文化，推动诗词传播，壮大诗词队伍，指导诗词组织，繁荣诗词创作，打造诗词精品，在建设社会主义文化强国中贡献诗词力量。

为了做好这些工作，这一年来，我们制定了《“十四五”时期中华诗词发展规划》，我们主办或参与了多项全国性诗词创作大赛，我们组织创作了《百年诗颂》这部歌颂党的百年奋斗的辉煌史诗，我们进一步完善了创建“诗词示范乡”“诗教示范单位”的实践活动，我们建立了全国各省、自治区、直辖市诗词组织工作联动机制，我们力求更高质量地办好公开刊物《中华诗词》杂志和内部刊物《中华诗词学会通讯》，我们改版升级了中华诗词学会网站，设计制作中华诗词学会标志（logo），我们以“两讲两树”加强了学会机关建设和管理。特别是，我们确立了“千方百计调动千军万马、激发千家万户”投身和支持诗词事业的工作思路。在中华诗词学会名下成立若干专业委员会、每个专业委员会依托1个至2个有条件的正规组织作为支撑和后盾，就是这条思路的载体之一。上午，我们在北京喜剧院成立了出版传媒工作委员会；现在，我们在中国妇女儿童博物馆为部委机关诗词工作委员会揭牌。

部委机关具有相当好的诗词工作基础。很多机关干部，包括一批部长级、司局级领导干部，都具有自己的业余爱好，而诗词书画就是最常见的爱好，因为这种爱好不需要什么场地，不需要多大成本，也不需要像打乒乓球、打桥牌、掼蛋那样需要搭档而受制于人数，只要自己有诗心、肯钻研、能坚持就行。这次党和国家机构改革以前，我就是中央国家机关书法家协会副主席。写诗词比学书法更不讲究条件，只要有纸笔就行，现在只要一部手机在手就可以写遍天下，坐公交地铁上下班、坐飞机高铁出差、散步逛公园……随时随地都能写诗。所以，部委机关不少干部多年坚持写诗，越写越好；有的领导干部在任时无暇顾及，一退休就写诗，而且出手不凡。

部委机关干部具有写诗的独特优势。一是教育背景普遍较好。现在在岗的，都是全日制高校培养出来的本科生，而且硕士生、博士生比例相当高。近十多来年公务员招考，能进国家部委机关工作的，多为十里挑一、百里挑一“挑”出来的。二是视野普遍比较开阔。因为处在位势最高层级的中央国家机关，部委机关干部能够放眼全国，长城内外、大江南北、高山险壑、城市乡村，无不尽收眼底。三是游历普遍比较丰富。因工作需要，部委机关干部到各地考察调研、督促检查、出席会议，等等，虽然比较辛苦，但也见多识广，诗咏对象丰富多彩。四是学习交流条件普遍比较优越。因为工作场所位于京城，周围人才济济，知名学府多多，资源丰富，信息畅通，常得风气之先。因为这些因素，部委机关干部写诗，具有得天独厚的优势。当然，我也知道，部委机关干部普遍工作繁忙，有的忙到经常不能按时下班。

部委领导普遍重视机关干部文化生活，打造文化机关。诗词就是他们重视的领域之一。还在我与诗词写作没有任何交集之前，一些部委机关就成立了诗词组织。例如，国务院办公厅有海棠诗社，出有诗刊——《海棠诗社》；外交部成立专门的朗诵团队，有诗集问世;国家发改委诗词协会已成立10余年，有自己的诗刊——《诗苑》;国务院参事室内设在编的中华诗词研究院，成立以来就是中华诗词学会的重要合作伙伴。部委之间经常联合组织开展诗词活动。

所有这些，就是我们今天成立中华诗词学会部委机关诗词工作委员会的坚实基础。成立的目的，首先是把各部委机关的诗词组织、诗人词家和诗词爱好者更密切地组织协调起来。其次是把部委机关的诗词工作作为一个整体和中华诗词学会紧密联系起来。我们的工作委员会就是一个社团内部的业余诗词组织；我们的活动仅限于诗词活动；我们的思想遵循就是习近平总书记关于文艺工作的一系列重要讲话精神，特别是在中国文联十一大、中国作协十大开幕式上的重要讲话精神；我们的目的就是通过部委机关诗词工作委员会的工作，让越来越多的机关干部喜欢诗词、学习诗词、创作诗词、朗诵和演唱诗词，借以提高机关干部个人的诗词文化素质，活跃机关干部的业余文化生活，加入繁荣发展中华诗词事业的“千军万马、千家万户”，为在2035年把我国建成中国特色社会主义文化强国尽我们部委机关干部的一份力量。

希望部委机关诗词工作委员会大力推动在其他部委成立诗词组织；举办诗词欣赏创作培训班，吸引更多机关干部写诗词；在一些重要时间节点组织诗词创作活动；争取每年出一本部委机关诗词集。我们期待部委机关诗词工作委员会卓有成效的工作！也期待大家取得丰硕的诗词创作成果，为诗词文化百花园增光添彩，当全国诗词工作的排头兵！

把总书记重要讲话精神落实在学会作风建设中*

同志们：

去年这个时候，我们举办了“两讲两树”培训班，效果很好，去年存在的大部分问题，现在不复存在。员工满意度、社会影响力、学会美誉度都大大提升。诗人更想入会、地方更想密接、各界更想加盟。但以高标准来要求，机关作风还有点小问题。所以，我们在中共北京铁路局委员会党校的支持下举办了中华诗词学会作风建设专题培训班。

为期两天的作风建设培训班即将结束。我们听取了李晓东同志的辅导，学习了习近平总书记在中国文联十一大、中国作协十大开幕式上的重要讲话，围绕如何用总书记的重要讲话精神指导机关作风建设展开了热烈讨论，进行了述职，查摆了问题，拿出了整改措施。会长们联系各自分管工作就如何以习近平总书记讲话精神为动力，推动《“十四五”时期中华诗词发展规划》一步步落实提出了工作打算。大家还听取了国家档案局档案馆（室）业务副司长丁德胜

* 本文是作者2021年12月30日在中华诗词学会作风建设培训班上的讲话，秦军同志根据录音整理。

的《机关档案工作》、中国书法院原常务副院长李胜洪的《中国书法申遗之路》讲座。培训班圆满完成了各项任务，收到了预期效果。下面，我讲几个问题。

机关作风建设的文化担当

这是我们学习了习近平总书记的重要讲话之后需要加深认识的问题。在中国特色社会主义新时代，文艺工作者肩负着“举旗帜、聚民心、育新人、兴文化、展形象”的使命任务。中华诗词是中国文艺和中华文化的重要组成部分，广大诗人词家是文艺工作队伍的重要组成部分，文艺工作者的使命任务中有我们一份。机关作风建设的目标，就是要建成能够承担这个文化重任的机关。

承担文化重任，中华诗词就要实现三个追求：这就是紧跟时代、书写人民、守正创新。

紧跟时代，就是要从时代的脉搏中感悟艺术的脉动，把艺术创造向着亿万人民的伟大奋斗敞开，向着丰富多彩的社会生活敞开，从时代之变、中国之进、人民之呼中提炼主题，萃取题材，展现中华历史之美、山河之美、文化之美，抒写中国人民奋斗之志、创造之力、发展之果，全方位全景式展现新时代的精神气象。

书写人民，就是要让人民成为作品的主角，要对人民创造历史的伟大进程给予最热情的赞颂，对一切为中华民族伟大复兴奋斗的拼搏者、一切为人民牺牲奉献的英雄们给予最深情的褒扬。这就要坚持以人民为中心的创作导向，把人民放在心中最高位置，把人民满意不满意作为检验艺术的最高标准，创作更多满足人民文化需求和增强人民精神力量的优秀作品，让文艺的百花园永远为人民绽放。

守正创新，就是要有学习前人的礼敬之心，更要有超越前人的竞胜之心，增强自我突破的勇气，抵制照搬跟风、克隆山寨，迈向更加广阔的创作天地。要把握传承和创新的关系，学古不泥古、破法不悖法，让中华优秀传统文化成为文艺创新的重要源泉。创新是文艺的生命。

中华诗词学会机关作风建设，就要以中华诗词的价值追求为追求。

机关作风建设的基本元素

这就是机关成员的自我修养。自我修养是指一个人按照一定要求，进行自我教育和自我塑造，实现自我完善的过程。自我修养的主体是自我，即自己树立修养的目标、自己寻找自己的缺点、自己进行对自己的改造，等等。因此，自我修养建立在个人高度的自觉性、主动性和创造性的基础上。没有这“自觉性、主动性、创造性”，就没有自我修养。自我修养的方式包括自我教育、自我锻炼和自我改造等各个过程。自我修养的内容主要是：思想政治修养、道德修养、文化修养、审美修养、心理修养。

为什么要进行自我修养？理由很多，这里只说三点。

第一，处理好个人与他人的关系需要进行自我修养。如果没有这种关系，就不需要自我修养。问题在于不存在这样一个不和任何人发生任何关系的人。无论什么人，总是生活在社会中，坐地铁，随地吐痰不行；购物，插队不行；散步，随意撞人不行……可见没有自我修养，自己和他人就时时处处会发生冲突。无论什么人，总是生活在一定组织中，如党团组织、政府组织、军事组织、教育组织、企业组织、社会团体。即使个体经营户，也是在社区中经营，处在社区组织中。因此，任何人都要遵守所在组织的要求：经济活动，不能贪污受贿；上班，不能迟到早退；开会，不能大声喧哗；垃圾，要严格分类……可见，没有自我修养，就与所在组织格格不入。

第二，履行职责需要自我修养。共产党员要践行宗旨，政府官员要当好公仆，军人要服从命令，企业要保质保量，社团组织要为会员服务，等等。如果没有自我修养，就无法履行职责。我们文艺工作者担负着“举旗帜、聚民心、育新人、兴文化、展形象”的使命任务，承担着“成风化人”的职责。而立德树人的人，必先立已；铸魂培根的人，必先铸已。因此，文艺工作者的自身修养不只是个人私事，文艺行风的好坏会影响整个文化领域乃至社会生活的生态。文学家、艺术家是有社会影响力的，一举一动都会对社会产生影响。所以，大家要珍惜自己的社会影响，认真严肃地考虑自己一举一动的社会效果。习近平总书记要求，广大文艺工作者坚持弘扬正道，在追求德艺双馨中成就人生价值。坚守艺术理想，追求德艺双馨，努力以高尚的操守和文质兼美的作品，为历史存正气、为世人弘美德、为自身留清名。

第三，组织的作风建设需要自我修养去实现。组织为了作风建设，采取了许多措施，如制定规章制度、表扬批评、设立作风建设奖、专题培训班，等等。所有这些都属于他律，他律是外在约束。他律起不起作用、起多大作用，取决于自律及其自律程度。自律是内在自觉。外因通过内因起作用，他律只有转化为自律才有效果。对于一个对表扬不需要、批评不在乎的人来说，外在的组织批评教育不起作用；对于一个对奖励不奖励无所谓的人来说，作风建设奖就不起作用。所以，在一个组织内，个人的自我修养是机关作风的基本元素。构成组织的元素不健全，这个组织就无法树立优良作风，正如一个人胰岛细胞出了问题，血糖就会不正常一样。

怎么进行自我修养？就是自我学习、自我磨炼、自我改造。

自我学习是增加营养。在 2020 年工作总结和 2021 年工作部署会上，我曾提出大家要扩大学习范围，不要只看诗词或文学，要读点哲学、历史、伦理学、美学、语言学、修辞学、政治学、社会学，等等，要学点中国文学史、中国诗歌史，等等。特别是要学习时事政治，学习习近平新时代中国特色社会主义思想，特别是关于文艺工作的系列重要讲话。不学习功底不深、眼界不阔、格局不高。只知道斤斤计较，不懂得文明礼貌，动不动吵吵闹闹，时常愤愤不平。

自我磨炼是提高素养。磨炼的含义是什么呢？只要想想刀是怎么磨快的、钢铁是怎样炼成的、功夫是怎么练出来的、中风偏瘫之后是怎么康复的就明白了。自我磨炼一要自觉，二要吃苦，三要坚持，一点点增加、一天天积累，素养就逐步提高了。

自我改造是重塑修养。改造什么？改造自己的不良动机、不当目标、不善心理、不正确的认识、不端正的态度、不恰当的方式，等等。

只要每个机关成员的自我修养加强了，机关作风想差一点都不可能。

机关作风建设要强化的事项

第一，办事效率要继续提高。曾经一个时期以来，因为办事效率不高，新会员办理入会手续长达数月，甚至数年；现在组织联络部清理了全部积压手续，做到新会员入会一个月内基本办结。以往诗词活动结束后，报道几天出不来；现在当天就能用网站和微信公众号同时推送。过去网站连续多日没有新内容，现在天天更新，每天能上多条，节假日也不例外。过去，网站就是一张孤网，现在，截至12月15日，全国各地社团联网已达430家，其中包括省级学（协）会29家，市级学（协）会151家，县级学（协）会250家。而这一切，就是在近两个月左右突击完成的，网络信息部和技术团队付出了极大的努力。《“十四五”时期中华诗词发展规划》《百年诗颂》的组稿、审稿、出版、组织首发式、征集书法作品及布展等，还有其他大赛，理论评论部连续“作战”。这些都显示了学会机关的工作速度与效率。成为学会办事效率标杆的，则是为江苏宿迁老诗人办理“百岁诗翁”授予事项。这是学会机关作风建设要始终瞄准的标杆。

办事效率要继续提高。请记住两句话：钱，迟付早付，迟早都要付，迟付不如早付；事，迟办早办，迟早都要办，迟办不如早办。

第二，部门之间要更好地协作。职能制各有分工，但会扯皮，甚至无人负责。例如《中华诗词学会通讯》超印、退寄没有具体部门具体人负责，一度出现一些问题。又如，作品是否获奖由理论评论部负责，获奖者领奖事项由办公室负责，在电话通知过程中，由于办公室不知道评奖过程，往往被问得哑口无言，因此被获奖者误认为骗子。为了解决这个问题，我们采取项目制，就是一个项目，例如大赛评奖、颁奖由理论评论部全部完成；培训招生、实施、结业式，由诗教培训部完成；一本书的策划、约稿、编审、发行座谈会，由理论评论部负责等，但无论什么事情，都需要其他部门的配合。这就是以项目制为主，职能制配合。总的说来，项目制执行顺利，职能制配合积极，特别是办公室，几乎没有一个项目不需要办公室配合的。我这里希望，项目制要更加负责，职能制要更好地发挥职能作用。我倡导在我们机关推行“首问负责制”。这是很多年以前一些地方为了避免推诿扯皮、改善营商环境而提出来的。内容十分简单：会员来电办事，谁接电话谁就督办到底；客人来访，谁第一个见到，谁就把他带到所要找的部门或个人。

第三，工作要进一步提高标准。有人谈到了他的部门领导提出的工作标准：你随时走人，不用交接，别人可以接着干。什么都要干得清清爽爽、记得明明白白。要么不干，干就要干好。诗教工作标准要进一步提高。报道要核准新闻事件的每一个细节。微信和网站发布的信息要减少文字差错。写诗要精益求精。《中华诗词学会通讯》寄送会员要越送越准，反映没有收到的要及时补送。杂志要坚持用稿标准，越办越好。培训质量要越来越高。《中华通韵》在使用中发现的问题，要注意收集，推动《中华通韵》完善修改。对同事、部下、会员的态度要越来越好。这里我要求：杜绝会长训斥主任，杜绝主任训斥部员。原因一是响鼓不用重锤敲；二是都是60岁左右的人了，不该是任何人的训斥对象。有事好商量，有话耐心说。提高学会会议装备水平，购置小型会议音响设备，配置手麦、胸麦、翻页笔。加强和改善机关文书档案工作等。

同志们，我就讲这些。最后我再次强调，习近平总书记在中国文联十一大、中国作协十大开幕式上的重要讲话，大家一定认真学习领会，落实在诗词工作和诗词创作中。我刚才所讲，有的部分几乎原封不动地用了讲话原文，直接转化为我们的机关作风建设的目标和要求。期待这次培训班的能量能不断释放，效果能清晰显现。

同舟共济 奋勇前行 乐于奉献*

今天我们召开2022年工作安排会议，各个部门交流了工作打算，简短而又实在。诗银常务副会长对学会全年工作做了具体周详的安排，这是他在假期里用心梳理和谋划的，要一条条落实好。这里，我讲三句话：同舟共济、奋勇前行、乐于奉献。

同舟共济

“同舟共济”本义是坐一条船，共同渡河（济，渡河），后比喻利害相同，应该同心协力，共渡难关。

我为什么提出同舟共济？这是因为，大家从各个地方、各个行业、各个岗位来到这里，组成学会机关这个共同体，成为人生的一段重要历程。但一段时间以来，我们在同舟共济方面出现过一些问题，所以我一上任就提出以“两讲两树”开创学会工作新局面。“两讲两树”就是讲政治、讲团结，树正气、树形象。经过大家共同努

---

* 本文是作者2022年2月21日在中华诗词学会2022年工作安排会议上的讲话，张存寿、秦军同志根据录音整理。

力，“两讲两树”给学会工作带来了新局面。全国诗词界对我们的变化欢欣鼓舞，上级主管部门——中国作协让我们到会上介绍党建工作，最近学会又获得了国家社会科学基金优秀社科学术社团奖励性补助。但是，这个局面的时间还不长，还比较嫩弱，很容易受伤；有些多年形成的心理和情感芥蒂还有点“韧性”或“耐力”，没有完全消失，还很容易发作；过去一些不当言行留下的痕迹还没有完全抹去，需要进一步修复。对此，我用同舟共济这个大家熟知的成语来进一步统一思想，巩固成果，继续努力。

有许许多多个理由需要我们同舟共济。这里我讲四点。

树立学会形象需要我们同舟共济。在一年前“两讲两树”培训班结业式上，我提出，学会作为整体，一定要树立公平公正形象、精诚服务形象、踏实工作形象、严于律己形象。作为个人，我们要树立自己的“人格形象”，树立我们的“诗人形象”，树立我们作为“公共服务人员”的形象，树立我们作为“特殊群体人”的形象，这就是党员的形象、军人的形象、学会领导的形象。只要每一个人的形象好了，学会的整体形象自然就好了。所以，个人形象是学会形象的基础。假如有一个人的形象出了问题，学会形象就会受影响。这就是我们需要同舟共济的理由。

建设舒心环境需要我们同舟共济。这里说的环境是指我们学会的工作氛围。环境是与每个人关系最为密切的重大问题，在一个极不和谐甚至钩心斗角的环境里，心态怎么能健康、积极、向上呢？一旦把环境建设好了，我们的积极性、创造性、愉悦度都会大大提升。而建设一个好环境，不是一个人两个人能做到的，需要每个人共同出力，这就是同舟共济。

发展诗词事业需要我们同舟共济。学会的使命是推动发展中华诗词事业。正是因为要发展事业，我们才成立了5个机关部门，成立了近20个专业委员会，必要的时候还要设立一些代办处，密切了和单位会员也就是各省、自治区、直辖市诗词学（协）会的联动，制定了《“十四五”时期中华诗词发展规划》。发展中华诗词事业就是一条大船，每个人都要在船上同向而行、划桨助推。所以同舟共济非常重要，如果做不到同舟共济，发展诗词事业只能是一句空话。

应对工作困难需要我们同舟共济。任何工作出现困难都是必然的，不可能一帆风顺。而且随着我们的事业向前发展，本来没有想到的困难都可能出现。只要勠力同心，一切困难都可以克服。因此，越是困难，越要同舟共济，心往一处想，劲往一处使，这是克服困难的必要条件。

总之。我们有一千个理由要同舟共济。怎么做到同舟共济呢？

首先，同舟共济就要护舟。我们每个在船上的人都不能去做破坏船的事情；如果船出了进水问题，谁看到谁就要把它堵上，使这条船始终能够安然无恙，能够抗风斗浪，能够开足马力前行。“五代会”以来，为了维护这条船大家已经尽了很大的努力，取得了明显的成效，需要持续努力。

其次，同舟共济就要同心。同心才能同向，同心才能共济。如果每个人都有自己的小算盘，都有自己的私心，都有自己的歪念、邪念，是不可能做到同舟共济的。所以我们的心一定要往一处使，做到同心同德。

最后，同舟共济就要共济。同心讲的是思想，共济讲的是行动，是指共同度过、共同成事、共同挽救。比如，全年工作安排的落实需要我们同舟共济，在工作中互相支持、互相帮助，部门与部门、人与人之间都要如此。哪里工作遇到困难，我们就要伸出援手，加以帮助；工作出现了差错、形象出现了问题，需要我们共同应对，把不利局面变成有利局面，把影响消除在萌芽状态，而不能袖手旁观，不能站在一旁看热闹、看笑话，更不能落井下石。这就是共济。

奋勇前行

奋勇前行的含义是永不满足，继续前进。一年来，我们在各方面取得了明显的进步，事业上取得了一些成绩，各个部门的工作都有了极大改观，但是我们不要满足，要制定出更高的标准，继续向前走。

奋勇前行的关键是奋发努力，勇往直前。人总是要有一点精神的。党的百年奋斗靠的是伟大建党精神，我们要大力弘扬这种精神。奋发努力、勇往直前首先是一种精神状态，树立这种精神状态，才能把它落实到我们的工作当中，见诸我们的行动之中。

奋勇前行的目标是新航程、新建树、新局面，就是要开拓我们中华诗词学会自身工作和中华诗词全国发展的新航程、新建树、新局面。

具体来说，奋勇前行的着力点要放在以下几个方面。

在拥抱时代、服务人民上奋勇前行。总书记希望广大文艺工作者心系民族复兴伟业，热忱描绘新时代新征程的恢宏气象。当代中国，江山壮丽，人民豪迈，前程远大。时代为我国诗词繁荣发展提供了前所未有的广阔舞台。我们要紧跟时代步伐，从时代的脉搏中感悟艺术的脉动，把艺术创造向着亿万人民的伟大奋斗敞开，向着丰富多彩的社会生活敞开，从时代之变、中国之进、人民之呼中提炼主题、萃取题材，展现中华历史之美、山河之美、文化之美，抒写中国人民奋斗之志、创造之力、发展之果，全方位全景式展现新时代的精神气象。我们正在开展的“诗颂冬奥会”“诗颂新时代——喜迎二十大”，就是拥抱时代、服务人民的实际行动。

在激励精品创作上奋勇前行。习近平总书记指出，衡量一个时代的文艺成就最终要看作品，衡量文学家、艺术家的人生价值也要看作品。没有优秀作品，其他事情搞得再热闹、再花哨，那也只是表面文章。精品之所以“精”，就在于其思想精深、艺术精湛、制作精良。怎么才能出作品呢？总书记要求深入生活，生活就是人民，人民就是生活。广大文艺工作者只有深入人民群众、了解人民的辛勤劳动、感知人民的喜怒哀乐，才能洞悉生活本质，才能把握时代脉动，才能领悟人民心声，才能使文艺创作具有深沉的力量和隽永的魅力。

在组织评论研究上奋勇前行。诗词评论和诗词研究工作比起创作来算是一个短板，也是一个弱项。我们早就提出来要强化这方面的工作，要拿出实实在在的措施。比如，现有的评论刊物如何把评论做得更好，我们的网站能不能成为一个诗词评论的重要阵地，等等。特别重要的是，要走出文艺批评的新路子，使评论工作真正起到肯定优点、批评不足、指导阅读的作用，也能够引导作者进一步提高创作水平。

在提升诗教质量上奋勇前行。希望诗教培训部努力去做，特别是已经被我们命名的单位，一定要在今年依靠当地诗词学（协）会的配合来一次“回头看”，看完之后我们还可以给其发一个新的牌子。这项工作的目的是巩固品牌，用好品牌，为促进诗词的普及运用发挥更好的作用。

在诗词组织建设上奋勇前行。组织建设方面，单位会员、个人会员、专业委员会建设已经取得了明显的进展，对诗词组织的指导也得到进一步规范。今后工作的重点是进一步加强诗词组织的思想作风建设，带动、促进全国各级诗词组织实现风清气正的建设目标。就像我在作风建设培训班上提出的那样，把习近平总书记重要讲话精神落实在中华诗词学会作风建设中。

在整体发展、系统推进上奋勇前行。在全国诗词学会会长联席会议上，我们提出“健全诗词工作联动机制，构建中华诗词新发展格局”。我们建立了会长会议制度，把我们的官网作为联动平台，现在看来效果不错。2022 年春节省一级的诗词学（协）会大部分都有行动，这就表明了我们各级诗词组织真的把自己当作一个诗人之家。现在各地的诗词组织不断推出紧跟时代的诗词作品，还出了不少好书，也说明了诗词事业的发展进步。我们的网站也很受重视，每天都有各地报来的大量信息，都希望能在网站上发一发，这也说明我们官网作为工作联动平台的作用越来越大。

在扩大培训规模上奋勇前行。培训是我们的重要工作，包括培训创作队伍、培训评论队伍、培训诗词编辑、培训诗词组织人员、培训诗词教师队伍，等等。一方面我们要巩固、扩大现有的培训形式，做大做强；另一方面还要借助地方的力量，与地方合作开展培训工作。另外还要积极开展网络培训，努力把网络打造成为一般诗词爱好者学习的平台和园地。

在提高服务会员水平上奋勇前行。一年来我们非常重视“服务”二字，努力改善服务态度，提高服务效率。例如会员证办理注意快捷，《中华诗词学会通讯》杂志收不到的及时补寄，百岁诗人给予“百岁诗翁”的称号，丰富官网内容让会员和诗词爱好者使用方便，网站和微刊大量报道会员及各地的书讯、活动，等等，这些服务工作受到会员们和各地学（协）会的欢迎。为会员做好服务是我们最重要的工作，现在我们的服务方式和服务渠道还比较传统、比较单一，今后我们要努力开拓一些新的服务渠道，网上可以开一个反映会员呼声的意见箱，多听听大家的意见，进一步改进工作，提高服务水平。

在提升《中华诗词》质量上奋勇前行。《中华诗词》连续多年都是全国发行量最高的诗词专业杂志，在上次的博览会上被专业社团认定为优秀期刊。2022年杂志订阅量有了很大增长。杂志发表的作品质量越高，就会有越来越多的读者订阅；反之作品质量每况愈下，杂志的订阅量就会越来越少。所以我们一定要十分重视提升杂志质量，要朝着中文核心期刊的目标努力，要在杂志上多发表精品诗词，不断提高杂志的“含金量”。

在推动当代诗词“入史”上奋勇前行。可以考虑成立当代诗词“入史”工作委员会，编辑出版当代诗词集，修订《当代诗词史》，推动当代诗词进入社科基金课题，推动相关高校招收当代诗词方向的研究生、开设当代诗词研究课程，等等。我们已经有了很多的想法，安排了很多的项目，我相信到今年年底我们回过头再来总结的时候，当代诗词“入史”工作一定会有所进展。

在提高学会机关运行效率上奋勇前行。组织好学会各项重大活动，搞好文字综合工作，写好学会大事记，完善学会档案工作，改善办公条件，等等。办公室已经提出了具体的工作计划。总的一条原则是少花钱多办事，最终目标就是要提高工作效率，保证机关顺畅运行。

乐于奉献

完成好今年工作，诗银常务副会长提出5个方面搞好引导服务来保障12项重点工作，讲得很好。我这里希望我们要树立乐于奉献的精神境界。

如何才能做到乐于奉献呢？我提出“三个不计较”。

一是不计较名利。所有的名利都不是计较来的，都是水到渠成得来的。同样我们诗词作者要出名，也不是自己计较来的，是靠自己的作品。只要我们不计较名利，很多事情我们都想通了。

二是不计较他人。凡事总和别人比，心里就会不平衡，觉得自己吃亏。如果每个人都能用乐于奉献这个尺子来看自己的工作，就会少一些负面情绪，多一点坦然。

三是不计较苦累。我们学会有的岗位，春节假期工作没有中断过，如网站报道、微刊稿件审阅制作、新闻报道写作、启动“诗颂冬奥会”创作、会员证制作，等等。做这些工作的同志都没有计较苦累；一计较，工作的乐趣、愉快的心情就都没有了。但学会要考虑给予他们适当奖励。

归根到底，乐于奉献要求我们加强自身修养。让我们牢记习近平总书记的话：“文艺承担着成风化人的职责。”“立德树人的人，必先立己；铸魂培根的人，必先铸己。”“文艺工作者的自身修养不只是个人私事，文艺行风的好坏会影响整个文化领域乃至社会生活的生态。文学家、艺术家是有社会影响力的，一举一动都会对社会产生影响……一个文艺工作者如果品行不端，人民不会接受，时代也不会接受！不自重就得不到尊重！”[①]每个人都要向总书记所要求的那样讲品位、讲格调、讲责任，自觉遵守法律、遵循公序良俗。

① 习近平:《在中国文联十一大、中国作协十大开幕式上的讲话》(2021年12月14日)，人民出版社2021年版，第14—16页。

强化诗词用词的时代性*

诗词创作，一个常见的问题，就是用词。用得好就有诗味，否则诗不像诗。所以，老师们经常提醒初学者，写诗要少搬成语，少用口号，少用专业术语，如政治术语、科技术语，少用直白的词，因为诗要含蓄，等等。对此，我深以为然。

但是，诗词要反映时代生活，书写时代变迁，体现时代风貌，就必须使用时代特点鲜明的词。否则，诗词就无法反映和体现时代。但是一用这些词，就有可能被认为不是诗的语言。于是作者就变着法子把“高铁”化作“巨龙”，把“公报”化作“宏音”，等等。没有办法！我们已经形成了固定的“诗词审美图式”，诗词用词只有迁就这种“图式”，才有可能被认可（关于“图式”，可参阅我的《狡黠的心灵——主体认识图式概论》一书）。

这种诗词审美图式，是我们在长期阅读欣赏我国古代诗词的过程中形成的。我们从小就学古诗、背古诗，特别是唐诗宋词；我们学写诗词的范本就是唐诗宋词。久而久之，我们便形成了以古代诗

---

* 本文是作者公开发表于《中华诗词》2022 年第 2 期的文章，这里作者略有增补。

词特别是以唐诗宋词为参照的诗词审美图式。我们用这种图式来阅读当代诗词，诗词“代沟”的产生就十分自然了，恰如一个老父亲以自己年轻时的节衣缩食、含辛茹苦为参照，对孩子的生活花费这也看不惯、那也不顺眼一样。

我们要承认并设法消除诗词“代沟”，否则便无法实现诗词用词的时代性。消除诗词“代沟”的办法，不是要抛弃业已形成的诗词审美图式，而是要优化；更不是不要学习古代诗词，而是要学活，或者叫活学。古代诗词传承至今、经久不衰的原因之一，在于它们反映了作者所处的时代。我用搜韵网搜索了古代交通工具、古代兵器、古代酒器、古代四大发明，得到一个惊喜的发现：所有代表那些时代的劳动创造、科技成果、战斗生活的先进物件，大都反映在诗词中，而且直接使用物件的本名，没有做任何“诗化”处理。

关于古代交通工具的名称，古诗里比比皆是。比如独轮车，北齐卢询祖：“支机一片石，缓转独轮车。”元初耶律铸：“独轮车辗岩边月，十角牛耕陇上云。”而清代李必恒的两句诗中就有舟车橇樺四种交通工具：“舟车绎络纷水陆，橇樺杂沓周陵阿。”据说大禹出行，陆行乘车，水行乘船，泥行坐橇，山行用樺。樺类似木屐，登山时起防滑作用。

古代兵器谱中名列前十的刀、剑、矛、枪、戈、戟、斧钺、弓弩、鞭、锏，诗词都有使用。关于矛、戟，《诗经·秦风·无衣》写道：“王于兴师，修我矛戟，与子偕作。”杜甫《峡口》诗云：“时清关失险，世乱戟如林。”关于斧钺，曹操《短歌行》有记：“后见赦原。赐之斧钺。得使征伐。为仲尼所称。”杜牧《郡斋独酌》中的两句诗一下子出现多种兵器：“犀甲吴兵斗弓弩，蛇矛燕戟驰锋铓。岂知三载几百战，钩车不得望其墙。”其中除了弓弩，还涉及蛇矛、燕戟、钩车多种兵器，而犀甲则是犀牛皮制的铠甲。犀甲一词，早在《楚辞·九歌·国殇》中就有了：“操吴戈兮被犀甲，车错毂兮短兵接。”

古代四大发明的造纸术、指南针、火药的名称，直接入诗。例如，南宋彭龟年《寄黄商伯兼简詹元善》写道：“滔滔迷所往，莫望指南针。”文天祥则化用了指南针一词：“臣心一片磁针石，不指南方不肯休。”就连指南针的前身“司南”也早已被直接“裸用”在古诗中，如南梁任昉《奉和登》记有：“奔鲸吐华浪，司南动轻枻。”关于印刷术，唐代发明了雕版印刷，宋代毕昇发明了活字印刷。我在搜韵网输入“印刷”二字检索，出现了清代阮元的诗：“去年洛阳纸，棕墨新印刷。”“纸”和“印刷”都已入诗，只是出现时间太晚，于是我又输入“刻板”二字继续检索，以期找到更早的诗词，结果发现，北宋释遵式《为檀越写弥陀经正信偈发愿文》中就有：“我以诚信心，刻板并印造。阿弥陀经卷，及以正信偈。”接着，我又输入“刻印”检索，看到北宋杨亿的《酬谢光丞四丈见庆新命之什》亦有：“武夷归路苦迢遥，延阁官曹正寂寥。彩凤衔书俄锡命，黄金刻印便悬腰。”可惜，这诗中的“刻印”，并不是印刷之“刻印”，是指“刻制印章”。我虽然没有找到与印刷相关的刻印，但发现古人把官员腰间挂着用黄金刻制的印信也直接写入诗中，成为诗的语言，说明诗的语言是没有定规的。

我所谓的学活古诗，或者活学古诗，是说我们学习古诗，不要拘泥于它们用过哪些具体词语，而是要总结它们用词的共性特点或一般规律，那就是用词要有时代特色；更不能以古诗的用词为标准来判定当代词语是不是诗的语言。古诗能用“骡驮车”，今诗为什么不能用“电动车”？古诗能用“指南针”，今诗为什么不能用“定位图”？古诗能用“多宝塔”，今诗为什么不能用“空间站”？古诗能用“火车”（用于火攻的木制战车），今诗为什么不能用“坦克”？古诗能用“云梯”，今诗为什么不能用“塔吊”？等等。正因为古诗用词具有当时的时代特色，今天我们才能够通过诗词研究古代的制度、科技、战争、生活、风俗等。如果我们禁用时代新词，后人还能通过诗词研究我们的今天吗？

一些评论家和诗人批评当今一些诗词“语言陈旧老套”，原因在于“重复古人、重复他人、重复自己”，甚至胡适当年就已发过类似议论。这些批评是有道理的，应当用心体会，努力避免。我这里要说的，诗词“语言陈旧”的更深层原因，在于诗词审美图式的固化。要强化诗词用词的时代性，就一定要优化诗词审美图式。

我们欣喜地看到，近年来，《中华诗词》杂志以及很多地方的报刊和新媒体，发表了不少具有时代标记的新鲜词汇的诗词作品，也得到了广大作者的认可。“诗的语言”正在与时俱进，读者对“诗的语言”的理解和接受也在与时俱进。

关于“新词入诗”致扬州诗友们的信

王群会长并扬州各位诗友:

清晨，我正在阅读古人励志诗，看到微信发来了你们的“新词入诗”征稿启事，眼睛为之一亮。这个征稿主题很有创意，也很有意义。

新词入诗，应该是诗词界有识之士的共识，早有论及；毛泽东、朱德、陈毅等老一代革命家诗人早有创作范例；当下许多拥抱时代的诗人亦有大量诗作。只因长期形成的“诗词审美图式”的韧性使然，入诗的新词还不时遭遇微词，我在写诗的实践中就遇到过这词那词不能入诗的指点，从而引发了我那篇《强化诗词用词的时代性》的思考。发表之后，反响不小，转发转载不少，都是正面的。没有想到，扬州诗词协会竟然策划“新词入诗”的专题征稿创作活动，这让我喜出望外。这项活动对于进一步激发诗人的新词意识，推动诗词创作拥抱时代，反映当代社会生活与时代进步，创新诗词创作，发挥诗词在中国特色社会主义新时代的重要作用，很有意义。

在征稿启事的引言中，焦长春先生对诗词的新词做了深一步思考，很有真知灼见，有助于深化对“新词”的认识和运用。只是对新词的界定需要进一步斟酌和完善。

在我看来，新词是指当代社会生活中广泛使用的词语，如新事物、新产品、新气象等。因此，自己生造的、只有自己理解的词不是新词。最好不要以清代以前诗词中是否用过为参照，这要去检测，很不方便。也不以绝大部分诗友认可为依据，因为有的诗友对新词不认可，同时也很难判断一个词是多数还是少数认可。更不要看新词是正能量还是负能量，因为诗词有可能是讽刺或贬斥负能量的，这样一来，负能量的新词就会出现在诗词中。也不要规定新词的数量，因为诗人可以只写一个新事物，新词只能出现一次；此外规定新词数量可能引发新词堆砌。

怎么办？可以规定，用新词要遵循诗词的优雅特点，整首诗词应当是正能量的。

以上意见仅供参考。最后祝活动圆满成功！征集活动结束后，可以写一些研究论文。

周文彰

2022 年 5 月 19 日星期四

于北京寓所

关于“新词入诗”给潍坊诗友们的信

顺敏会长并潍坊各位诗友：

你们好！

扬州的“新词入诗”征集结果还没有出来，潍坊的“新词入诗”诗集就不声不响地发布了，让我感到十分惊喜。就任会长16个月来，我通过你们的微信公众号感到，潍坊诗词创作十分活跃，尤以散曲给我印象最深；潍坊诗词学会的微信公众号每天一期，此外还有《诗词每篇》，加起来一天超过一期，这是很少有的。潍坊的诗词进校园活动也颇有建树。潍坊诗人的时代感、使命感、集体荣誉感十分明显。潍坊诗词服务中心服务大局的意识很强，对中华诗词学会和省学（协）会的工作安排很重视、很配合。这次你们集体进行“新词入诗”的创作探索，是潍坊诗词界昂扬向上的整体精神状态的生动反映。

收到你们的《新词入诗作品专辑》，我随即转发几位同事一起鉴赏，听取他们的意见和建议，从而激发我再次思考“新词入诗”的有关问题。

毫无疑问，任何时代的诗词都应当有那个时代的特色。如果时代在变，而诗词从内容到形式却一成不变，这种诗词是没有什么意义的。所以，唐诗不像《诗经》之诗才为唐诗，宋词不像唐诗才为宋词，元曲不像宋词才为元曲……毛主席诗词的独特风格就在于它反映了时代风云。我们身处一个科技、经济、政治、社会生活等各个方面都在日新月异的时代，而写出来的诗词如果除“古色古香”之外没有任何时代气息，这合乎“文章合为时而著，歌诗合为事而作”的古训吗？这种诗词还有价值吗？

诗词的时代气息何来？毫无疑问取决于作者的艺术素养尤其是创作理念，包括作者的创作目的、讴歌对象的选择和创作手法的运用，也就是取决于作者对“为谁写、写什么、怎么写”这些问题的自觉意识，其中就涉及要不要使用时代新词的问题。其实，这不应当成为问题，因为不用新词，每一时代出现的新事物，比如新发现、新发明、新现象、新生活等，就只能在诗词描写对象之外了。这肯定不合乎诗词的本性和发展要求。

诗词使用新词，解决了要不要用、能不能用的问题之后，关键就看用的是不是得当。所谓得当，就是合乎诗词的艺术要求、审美要求。诗词是艺术，而且是极其特殊的艺术。这就是为什么写小说的写不了诗词、搞书画的不敢轻易问津诗词的道理所在，反之亦然。无论用什么新词，都要在“艺术”二字上狠下功夫。“得当”也就是“艺术”的意思。

我既不是诗词理论家，也不是诗词创作高手。我说的只是我个人读诗与写诗的感悟。新词要使用“得当”“艺术”，关键在于：第一，新词在诗词中要用得自然、顺畅，读来不感到突兀、别扭。第二，新词在诗词中要配之以优雅的上下文，新词配上雅语，新词就雅；新词如配俗语，新词就俗；新词一旦用俗，诗词就成了口水诗。一句话，新词要放在优雅的语境中才能成为“诗的语言”。第三，新词在诗词中要能够创造意境。意境是诗词的灵魂，没有意境的文字就不是诗词。总之，用新词，包括用任何词，都要合乎诗词的审美要求。

我写《强化诗词用词的时代性》一文，首要目的是希望我们的“诗词审美图式”要与时俱进，一是对新词要宽容，不要排斥；二是对新词入诗要自觉，养成一种“新词意识”。要不要用新词，关键看诗词描写对象的需要、看反映时代的需要、看诗词艺术的需要。

因此，我们绝不能为用新词而用新词。“新词入诗”征集活动容易产生这样的结果，这是事先没有想到的。因此，征集活动要在诗的优雅上把好关，确保征集诗词合乎诗词的本质属性。我们更不能让新词充斥全诗，即使优美的词汇也怕堆砌，更何况许多新词本身谈不上优美，要靠我们用得优美才能优美，换句话说，要靠我们用得与“优美”浑然天成。因此，切忌在一首诗中同时使用很多新词，有一两个就可以了。我们也不能凡是新词就用，有些新词包括一些网络新词，它们本身的内涵就既不优雅也不具中性，用起来要特别慎重，甚至就不能入诗。

你们这次《新词入诗作品专辑》中有一些好诗，读来让人情不自禁地叫好。这是我和中华诗词学会几位同事的共识；也有一些诗在艺术上提炼不够，在意境上着力不够，主要是时间仓促了一点。你们内部能不能坐下来对这些诗品品，推动修改；也可以请高手点点，大家悟悟。在诗词整体水平参差不齐的情况下，哪怕只有一首，也会招致诟病，甚至会成为倡导“新词入诗”之过，成为“新词入诗”征集活动之过。

以上文字，不当之处，请顺敏会长和潍坊各位诗友纠正与完善。

端午节·第四届中华诗人节即将来临，顺向你们致以节日的问候！祝吉祥平安！

周文彰

2022年5月31日星期二

于北京居家办公中

专委会要在繁荣发展中华诗词中大显身手*

各位会长、各位主任、同志们：

今天我们召开专委会主任会议，中华诗词学会会长们参加，这是中华诗词学会35年来的第一次。这个会去年年底就想召开了，目的在于通过相互交流、相互鞭策、明确要求，把各专委会工作都开展起来、拓展开来。疫情还在兴风作浪，但不能再延期了，因为第一个专委会女子诗词工作委员会是2021年3月8日重新组建挂牌的，到本月正好一周年。在专委会启动组建一周年之际召开专委会主任会议，有一种仪式感。这也是学会第一次启用网络视频会议系统，线上线下同步开会。

刚才各位主任的发言，都是有备而来，有的经过精心准备，既介绍了已经开展的工作，又交流了今年的工作计划，使我倍感高兴，深受鼓舞和启发。借此机会，我围绕专委会如何在繁荣发展中华诗词中大显身手，讲四个问题。

一项战略安排

成立若干专委会，作为中华诗词学会的二级机构，是“五代会”

---

* 本文为作者2022年3月27日在中华诗词学会专委会主任会议上的讲话，秦军同志根据录音整理。

后学会新领导班子的一个战略考虑。战略是从全局考虑实现全局目标的谋划或规划，战术是指导和完成某项任务的方法。战略谋划来源于战略思维，即从全局、长远和根本上考虑问题的思维。

我们的初心和目标，是推动中华诗词的繁荣发展。怎么坚持这个初心、趋近这个目标呢？就要有战略谋划。制定《“十四五”时期中华诗词发展规划》是战略谋划的产物，规划并逐步成立若干专委会也是战略谋划的结果。

第一，通过专委会把社会各界吸引于繁荣发展中华诗词的远大目标。现在，部委机关、企业家、高校、书画界、演艺界、出版传媒、体育、青年、女子、少数民族、残疾人、诗教、散曲、现当代诗词研究、城镇、乡村等诗词工作委员会都已经成立，创作、评论、朗诵、吟诵、联赋工作委员会已筹组完成，等待合适时机正式成立。这 21 个专委会的成立，有效地凝聚了社会各界人士。

第二，通过专委会把千军万马集聚成繁荣发展中华诗词的强大队伍。每一个界别、每一个领域，都拥有人数众多的诗人词家和诗词爱好者，各专委会如同一个纵横交错的巨大网络，把他们集聚成一支非常壮观的诗词队伍，再通过聘请本专业、本系统的领导和知名专家学者担任名誉主任、顾问、主任、副主任、委员，作为专委会的中坚力量。例如，散曲工作委员会成立时，全国散曲作者仅有二三千人，今天已经发展到二三万人。

第三，通过专委会把千家万户凝结成繁荣发展中华诗词的有力同盟。大部分专业委员会都依托相关有条件的单位和部门，清华大学、中国地质大学、北京体育大学、上海大学、中国残疾人事业新闻宣传促进会、中国出版集团、央视数字书画频道、晋唐书画院等，都是我们有关专委会的依托单位，有的专委会还依托一些地方，如云南、湖北、福建、四川。这些单位和地方就是我们所讲的“千家万户”，它们对诗词工作提供了多方面支持。例如，中国残疾人事业新闻宣传促进会为残疾人诗词工作委员会提供人员、场地和经费，订阅《中华诗词》杂志100份赠送“仁美诗词”微刊的残疾人作者；福建莆田学院支持我们成立了海峡诗词研究院；出版传媒工作委员会秘书长秦雅南个人独家赞助学会出版《百年诗颂》及其相关活动。演艺界诗词工作委员会得到中国广播电视社会组织联合会的支持，和法律界展开合作，今后还要和更多界别合作。诗教委员会把学会设立的“中华诗教深圳示范基地”搞得有声有色。

第四，通过专委会把学会骨干锻压成繁荣发展中华诗词的四梁八柱。专委会主任都是学会常务理事，不是常务理事的发展为常务理事，过了任职年龄的聘为学会顾问。每一个副会长都分管1个至2个专委会。这些重担使学会骨干都有舞台能独当一面，成为繁荣发展中华诗词的四梁八柱。代雨东、杨文生两位副会长，分别分管企业家和演艺界诗词工作委员会，他们的企业也就成了两个工作委员会的坚强后盾。

如果把中华诗词学会比作火车，专委会就是车轮；如果把中华诗词学会比作飞机，专委会就是机翼。大家一起发力，中华诗词学会的工作就会高速前进。

多方比翼齐飞

那么，成立专委会这一战略安排正确与否呢？实践是检验真理的唯一标准，实效是衡量战略谋划的试金石。通过诗词界的辐射和社会影响，通过我的亲眼所见、亲身体验，通过刚才10多位专委会主任的介绍和成效，足以证明，这一战略安排切合繁荣发展中华诗词的客观需要，产生了“千方百计调动千军万马、激发千家万户”，比翼齐飞，推动中华诗词发展的实际效果。

第一，专委会的成立仪式都是一场重要诗词活动。女子诗词工作委员会的成立仪式就是中华女子诗词大会的启动仪式，去年年底中华女子诗词大会圆满落幕，今年将要举办第二届中华女子诗词大会。青年诗词工作委员会成立，启动了第五届全国高校“爱江山杯”中华通韵诗词创作大赛。这次大赛全国共有 81 所高校参加，出版了作品集，收录了 342 人的诗词作品。企业家诗词工作委员会在北京饭店举办成立仪式，同时是一场高规格的诗词朗诵音乐会，迄今他们已举办了 5 场诗词朗诵音乐会。现当代诗词研究工作委员会是在第二届当代诗词作家研讨会上成立的。书画界诗词工作委员会成立仪式是在山西河津市举行的，全国名家诗词书画展同时举办，今年将举办迎接党的二十大诗词书画展。部委机关诗词工作委员会在毛主席生日那天成立，成立仪式就是毛泽东诗词朗诵会。

第二，专委会的微信公众号都成了推动诗词创作的重要园地。微信公众号被称为“微刊”，散曲工作委员会《九州散曲》微信公众号已发 157 期，563 个链接，30170 左右首作品。高校诗词工作委员会出了 8 期，女子诗词工作委员会出了 31 期，残疾人诗词工作委员会共出了 160 期，其中微刊“仁美诗词”出了 75 期。各个专委会的工作群也成了激发诗词创作和研究的“加油站”。

第三，专委会都动员和凝聚起自己的诗词队伍。截至本月，残疾人诗词工作委员会已经在全国找到残疾人诗词作者近 300 人，湖北、河北、湖南省也成立了残疾人诗词工作委员会，吉林、内蒙古、北京成立了仁美诗词写作小组。《首届中国残疾人诗词征文优秀作品集》已完成选稿工作，即将出版。乡村诗词工作委员会吸引了一大批诗人词家致力于新田园诗的创作和研究，参与“孟浩然新田园诗论坛”。学会和体育诗词工作委员会一起，以冬奥会和冬残奥会为契机，组织起全国范围的创作大军，形成了前所未有的“体育诗词”创作热。

第四，专委会都利用自身优势为中华诗词学会工作服务。出版诗词传媒工作委员会主任张朝阳是从事融媒体业务的，对我们学会工作的报道，一次就在11家媒体上推出，包括人民日报、新华社、光明日报、学习强国、腾讯等旗下的融媒体，报道的传播范围广、影响大。书画界诗词工作委员会主任王平是央视数字书画频道董事局主席，副主任王荣生是《书法导报》总编，他们都拿出宝贵的时段和版面，宣传报道学会活动，这在他们的频道和报纸上是从未有过的。光明日报社领导、外文局领导参与了出版传媒工作委员会的筹备工作，但囿于有关规定，不能出任专委会领导，但都在宣传报道上尽力支持。

九皋兰叶茂盛

这个标题来自唐诗“九皋兰叶茂，八月露华清”，作者孙顾。这两句诗的意思，结合《诗经·鹤鸣》原意，可以理解为，水边兰叶茂盛，仲秋露水清明。中华诗词是中华优秀传统文化中一块花繁叶茂的园地，我借用这句诗，是期望在新时代这块肥沃的土壤上我们应该通过卓有成效的工作使中华诗词更加繁茂。为此，我对各专委会工作提以下几点要求。

第一，要开展丰富多彩的诗词活动。各专委会首先要把本系统、本界别的诗词爱好者摸清底数并吸引到专委会活动中来，演艺、出版、书画、部委机关等，都是有明确界限的，要抓紧摸清诗词爱好者人数，造册登记，这是一项基础性工作，值得去做。同时，各专委会要大力开展诗词活动，比如诗词普及活动、创作活动、研究活动、吟诵活动、雅集活动、采风活动、学习活动、交流活动、传播活动、培训活动、联谊活动……活动是专委会的生命；没有活动，专委会就名存实亡了。

第二，诗词活动半径要向全国拓展。中华诗词学会是全国性的诗词组织，它的二级机构当然也是全国性的。活动范围不仅仅是本单位、本城市，而是要覆盖全国。比如，高校、企业、青年、女子、书画……都是全国范围内的。城镇诗词工作委员会举办的诗词大赛征集协办城市，很快得到200个城市的响应，一下子就走向全国，做法很好。体育诗词工作委员会支持不同地方成立创作基地，并纳入学会诗教示范单位建设总体规划，成熟一个批复一个。少数民族诗词工作委员会举办“五十六个民族唱响新时代”诗词朗诵演唱会，诗词工作将与新疆、西藏、宁夏等民族地区联动。

第三，拓展要在广度深度上同时发力。广度是指活动（工作）的地域覆盖范围、人群覆盖范围、诗词艺术门类涵盖范围（创作、评论、普及等）。深度涉及活动质量、扎实程度、实际效果、影响程度。因此，诗词活动同样忌讳形式主义、表面文章；诗词创作不求数量，但求质量，努力出精品力作；评论和理论研究要追求科学性，追求深刻性，追求学术性。聂绀弩诗词研究基金会在全国范围内挑选诗词年度人物，湖南省诗词协会编辑《诗国前沿》，意在推动精品创作。希望有更多的专委会也这么做。

第四，所有工作都要加强宣传报道。而且宣传要“破圈”，不仅仅是在诗词界传播。有的界别有专业媒体，比如体育报刊、文化报刊、教育报刊、出版新闻报刊、农业报刊……我们的活动报道和诗词作品要多争取上这些专业媒体。中华诗词学会网站、微刊，大家要充分利用，把向学会推送信息形成习惯。出版传媒工作委员会主任的融媒体、书画界诗词工作委员会主任的央视数字书画频道、副主任的《书法导报》，各工作委员会都要学会如何利用。王平主任刚才提出要办一个关于诗词的周播栏目，非常好，会后好好落实。

捧着一颗心来

“捧着一颗心来，不带半根草去”。这副对联出自陶行知先生。1929 年 6 月6 日，陶行知创办了江苏淮安市新安小学并兼任名誉校长。这句话是 1930 年 4 月 30 日陶行知为正处于极端困难条件下仍然坚持办学的师生回信中说的。这句话送给各位主任也是合适的。

各位主任无论是否在职，都是兼职，没有报酬，只有担子，都是“捧着一颗心来，不带半根草去”。心是带来了，是献给中华诗词事业的。现在，我们要讨论，这颗心，如何修炼成适合中华诗词事业需要的心、适合中华诗词学会专委会工作的心。

第一，坚定不移的政治之心。习近平总书记在中国文联十一大、中国作协十大开幕式上的讲话要求，与党同心同德、与人民同向同行，围绕中心、服务大局。这就是政治之心的内涵。一定要端正诗词工作的政治方向，坚持以人民为中心的创作导向，弘扬真善美，提供正能量。各个专委会都要“两讲两树”——讲政治、讲团结，树正气、树形象，成为风清气正的诗词组织。

第二，积极主动的工作之心。前面说过，成立若干专委会，是繁荣发展中华诗词的战略安排。安排的目的能否实现，就看各个专委会的工作如何。因此，每一位主任要积极工作，不能持消极态度；要主动工作，不能被动应付；要创造性地工作，不能思维僵化、墨守成规，没有思路、没有办法。一个专委会就是一个舞台，可以大显身手，展示本领和才华，实现人生价值。

积极主动创造性地工作的前提，是要有责任心、事业心；要有进行战略谋划的能力，又有实现工作目标的办法。一句话，要想干事、能干事、干成事，愿意担当作为，善作善成。

在专委会中，有几个与学会职能部门是重合的，这就是创作、评论、散曲、诗教委员会以及现当代诗词研究工作委员会。要处理好学会和专委会的关系。一是学会的部（办），是学会的内设机构，是学会的职能部门，承担学会这方面的日常工作；专委会是学会的职能部门工作的拓展和延伸，承担职能部门做不了也做不好的事情。二是学会的部（办）与专委会不是领导与被领导的关系，是相互支持和配合的关系。专委会的上级领导是分管学会领导和学会领导班子。因此，专委会除了学会管理规定开列的负面清单外，应当创造性地开展工作。

第三，大度仁爱的宽容之心。专委会主任，是领导岗位。领导需要大度；大度是一种格局。格局就是指一个人的胸襟、眼光、胆识等心理要素的内在布局。格局大，是说有宽广的胸襟、宽阔的眼界、深刻的思维，高端大气上档次，否则就是格局小。人们常说，格局决定结局，态度决定高度，思路决定出路。我们不能决定自己身体的高度，但是能决定自己所站的高度。要不计较名利、不计较他人、不计较苦累。专委会是一个开放的机构，要广揽人才，以极大的热情把本系统、本界别的优秀人才吸纳进来，越多越好。领导班子成员要分工协作，调动和发挥每一个人的工作积极性。主任要“学会弹钢琴”，十个指头都要动，把抓创作、带队伍、培养人才、开展活动、宣传报道等各方面工作都开展好。

第四，“不带半根草去”之心。这就是无私奉献，廉洁自律，绝不“以诗谋私”，也不“以私谋诗”。

同志们，中华诗词正处在前所未有的新时代，也出现了前所未有的发展新局面。作为全国性诗词组织，中华诗词学会正在新的征程上继承创新，开拓进取。这既为专委会工作创造了条件，也对专委会工作提出了要求。希望所有专委会按照今天的会议精神，召开班子会议，巩固成绩，找出差距，修订计划，开足马力，奋勇前进，不忘初心、牢记使命，不负时代、不负人民。

《唐诗三百首》及中华诗词的当代发展*

谈到《唐诗三百首》，就要说到一句老话：中国是诗的国度。

（一）

为什么说中国是诗的国度呢？两个主要理由：一是诗歌历史悠久。《诗经》是我国最早的一部诗歌总集，收集的诗歌从西周初年即公元前11世纪开始。所以中国诗歌发展到今天已有3000多年的历史。二是诗歌体量庞大，出了很多著名诗人，其中不乏名扬世界的诗人；也出了大量的经典作品，许多诗歌对后世影响深远。所以，中国被称作诗的国度。

唐朝是中国诗歌的巅峰，是当时文学的杰出代表，当然也是中华文明的亮丽风景。1705年3月，康熙第五次南巡时，安排江宁织造曹寅组织编辑《全唐诗》。《全唐诗》的编辑与刻印都是在我家乡扬州进行的，耗时一年零五个月完成，共编为900卷，共收诗近5

---

* 本文为作者2022年央视“4·23世界读书日”会客厅“开卷品书香”专题准备的谈话稿。

万首，作者约2200余人。后人不断查遗补漏，现存唐诗已知共计五万五千余首，诗人三千七八百位。这还不包括1992年夏天，在湖南长沙唐窑出土瓷器上所题的几百首唐诗。

这么多唐诗一般人怎么读啊？于是，唐代孙季良（著名诗人贺知章的门生），开始编纂唐诗选本《正声集》，这是第一个唐人选唐诗的集子。至辛亥革命前，1200余年间，据说每两年即有一本唐诗选本问世。在如此众多的选本中，我们今天谈论的这本《唐诗三百首》流传最广、影响最大，成为最经典的选本之一，屡印不止。

这本书的编者叫蘅塘退士（1711—1778），清朝进士，原名孙洙，号蘅塘，晚号退士，江苏无锡人。乾隆二十八年（1763）春开始选编，一年完成。

这个书名，有的说来源民谚“熟读唐诗三百首，不会吟诗也会吟”，有的说取自“诗三百”，即《诗经》，因为《诗经》共收入诗歌311篇，取其整数曰“诗三百”。当然，说有了《唐诗三百首》，才有了“熟读唐诗三百首，不会吟诗也会吟”之说，这肯定有误，因为蘅塘退士在序言中就写着，“谚云：熟读唐诗三百首，不会吟诗也会吟。请以是编验之。”也就是说，这句话在《唐诗三百首》以前，就已经作为民谚流行了。

这本书为什么这么受人喜欢？第一，编选的目标明确，有精准的读者群，这就是“为家塾课本，俾童而习之，白首亦莫能废”，可谓老少咸宜。第二，选诗标准适合大众口味，专选“唐诗中脍炙人口之作”，而且“择其尤要者”，而《千家诗》“随手掇拾，工拙莫辨”，且“唐宋人又杂出”。第三，编排体例便于阅读和背诵，就是按照诗的体裁编排，卷一，五言古诗；卷二、卷三，七言古诗；卷四，五言律诗；卷五，七言律诗；卷六，五言绝句、七言绝句，乐府诗穿插排列，不像《千家诗》只有绝句和律诗二体。这三点理由都是根据《唐诗三百首》的原序概括出来的。

《唐诗三百首》共选入唐代诗人77位，计313首诗，其中五言古诗33首，七言古诗28首，五律80首，七律53首，五绝29首，七绝51首，乐府39首，诸诗配有注释和评点。这些数字我自已数过，又请中华诗词学会同事数了，应该是准确的，而网上说法不一。在数量上，杜甫诗最多，38首，王维诗29首，李白诗27首，李商隐诗22首。唐代诗坛名家白居易、陈子昂、王维、孟浩然、高适、岑参、韩愈、柳宗元、元稹、刘禹锡、李贺、杜牧等都有。

《唐诗三百首》有几种注释本流行，如清章燮的《唐诗三百首注疏》，清李盘的《注释唐诗三百首》，陈婉俊的《唐诗三百首补注》等。今人也编写了很多《唐诗三百首》，包括小朋友可以阅读的插图版、汉语拼音注音版。今天我们推荐的是《唐诗三百首详析》，是由人民文学出版社编辑部注析的蘅塘退士的《唐诗三百首》。

（二）

中华诗词是一个专有概念，也是一个很大的概念，包括古体诗、近体诗（格律诗）、词赋和散曲。唐诗只是中华诗词发展到唐朝的一个时代的成就。唐诗、宋词、元曲是中华诗词的三大标志性成就、三颗璀璨的明珠。

中华诗词的魅力来源于它的以下特点。

第一，严格的韵律。严就严在，除了古体诗、赋，有严格的句数和字数限制；有严格的押韵要求，韵有韵书，《平水韵》《中华新韵》《中华通韵》，可以遵循任何一种，但无论用哪一种，都不能出韵、混韵，还有《词林正韵》《中原音韵》等；有严格的平仄规定；律诗，第三句和第四句叫颔联，第五句和第六句叫颈联，这两联必须对仗。有的词牌，也有规定必须对仗的地方。严格的韵律是诗词读起来抑扬高下、朗朗上口，具有韵律美。因此，初学诗词者，千万不能把四句五言诗、七言诗随意冠之为“五绝”或“七绝”，把八句五言诗、七言诗随意冠之为“五律”或“七律”。

第二，凝练的语言。一首诗词，16个字（如《十六字令》）、20个字（五绝），28个字（七绝）、40个字（五律）、56个字（七律），就能表达内在感情、反映外部事物，易记易背、好吟好诵。如毛泽东《十六字令》：“山，快马加鞭未下鞍。惊回首，离天三尺三。”孟浩然《春晓》：“春眠不觉晓，处处闻啼鸟。夜来风雨声，花落知多少。”

第三，充沛的情感。好的诗词都是充满情感的，因而能够吸引人、感染人、打动人、教化人。如李白的“举头望明月，低头思故乡”，勾起了多少人的思乡情；岑参的“白发悲花落，青云羡鸟飞”，激起了多少人的情感共鸣；罗隐的《蜂》句“采得百花成蜜后，为谁辛苦为谁甜？”引发了多少人的感慨！

第四，丰富的意象。诗词是通过凝练的语言，创造丰富的意象来表达内在情感、反映外部事物的，所以，诗中有画。例如，读到王湾《次北固山下》句“潮平两岸阔，风正一帆悬”，柳宗元的《江雪》：“千山鸟飞绝，万径人踪灭。孤舟蓑笠翁，独钓寒江雪”，我们脑海里立刻升腾起相应的动人画面。

第五，明确的主题。凡是优美的诗词，都有明确的主题，如讴歌什么、鞭挞什么；提倡什么，反对什么，等等。张俞《蚕妇》：“昨日入城市，归来泪满巾。遍身罗绮者，不是养蚕人”，如同梅尧臣

《陶者》"陶尽门前土，屋上无片瓦。十指不沾泥，鳞鳞居大厦"一样，表达对世道的不公。而李白《赠孟浩然》"吾爱孟夫子，风流天下闻"，则鲜明地表达了他对孟浩然的喜爱。

由于上述特点，诗词在中国历史上，在社会生活中，发挥着独特的作用，具有独特的价值。关于它的作用和价值，我们至少可以领略到如下几点。

诗词具有表达功能。可以抒情、言志、议政、喻理。抒情，就是抒发亲情、乡亲、友情、爱情、民族情、爱国情，等等。抒情，是说诗词成为一种情感方式。如李白《送友人》："浮云游子意，落日故人情。"言志，就是用诗词表达诗人的某种志向和愿望。元代王冕《墨梅》："不要人夸好颜色，只留清气满乾坤。"议政，就是议论政治、议论政策、议论形势，等等。最著名的议政诗要算唐代章碣的《焚书坑》了："竹帛烟销帝业虚，关河空锁祖龙居。坑灰未冷山东乱，刘项原来不读书。"喻理，即通过诗词说明一个道理。如白居易的"野火烧不尽，春风吹又生"，苏东坡的"不识庐山真面目，只缘身在此山中"，都包含着深刻的道理。

诗词具有反映功能。反映自然风光，如王维的"明月松间照，清泉石上流"；反映社会生活（劳动状况、生活水平、风俗习惯、社会制度等），如李白的"由来征战地，不见有人还"。所以，我们通过古人诗词去研究当时的自然环境、社会状况、人物境遇，等等。例如，一些研究苏轼的论著，很多是通过研究他的诗词而获得大量史书所没有的资料的。

诗词具有服务功能。例如，服务于小说，帮助烘托主题、刻画人物、提炼要义，等等。最著名的就是《红楼梦》《三国演义》。电视剧《三国演义》主题歌就是杨慎的《临江仙·滚滚长江东逝水》，让观众受到震撼，难以忘怀。例如，服务于演艺，2022 北京冬奥会开幕式中蕴含的“诗意一幕”，赢得网友称赞：李白《北风行》中“燕山雪花大如席”成真了；闭幕式中，“折柳送客”的诗意更是让国人感受到文化自信的力量。例如，服务于书法，多数书法作品就是抄写诗词。诗词被越来越多地用于美化环境、装饰厅堂、建设公园，以提高公园文化含量，增强对游客的吸引力。文艺“为社会主义服务、为人民服务”，当然包含对诗词的要求，我们进一步增强诗词的服务意识，让诗词服务于时代、服务于社会、服务于大众。

诗词具有审美价值。诗词的语言美、韵律美、意境美、整齐美、错综美，等等，这方面人们谈得最多，有人还提到内涵美、德操美，情感美，哲理美……诗词给人以各种美的享受，有利于培养人的审美能力，提高审美情趣，优化心理结构。习近平总书记说得好：“学诗可以情飞扬、志高昂、人灵秀。”①

诗词具有教化功能。道德教化、礼仪教化、耕读教化……诗词的教化作用不是通过说教、训导，而是优美的文字、真挚的情感、活生生的意象，产生陶冶和引导作用的。唐代颜真卿的《劝学》应该属于这种类型：“三更灯火五更鸡，正是男儿读书时。黑发不知勤学早，白首方悔读书迟。”这首诗跨越时空，为历朝历代所传颂，今天读来也是满满的正能量。

孔子所说的“兴观群怨”，就是对诗词功能的提炼。他说：“诗，可以兴，可以观，可以群，可以怨。迩之事父，远之事君，多识于鸟兽草木之名。”这段话是说《诗经》的各种作用：诗可以激发情志、

① 习近平：《在中央党校建校 80 周年庆祝大会暨 2013 年春季学期开学典礼上的讲话》（2013 年 3 月 1 日），人民出版社 2013 年版，第 9 页。

观察社会、交往朋友、表达不平，甚至可以事君事父，可识鸟兽虫鱼之名，这是对诗歌功能的高度概括和赞颂。因此，在孔子看来，一个人“不学诗，无以言；不学礼，无以立”，意思是说，不学《诗经》，在社会交往中就不会说话；不学礼，在社会上做人做事，就不能立足。

正因为具有这些特点和功能，中华诗词才能为人们所喜爱，千古流传。中华诗词是中华民族的伟大创造，是中华民族的精神标志之一。中华诗词应该申报世界非物质文化遗产。全社会，尤其是各级宣传文化部门和政府部门应当给中华诗词以更多的关心和支持！

（三）

中华民族伟大复兴必然要求中华诗词的复兴。

当前，中华诗词正处在前所未有的发展时机。习近平总书记大力推动弘扬中国优秀传统文化、大量引用中华诗词名篇名句、带头做诗填词，为中华诗词复兴吹响了“进军号”；人民对美好生活的向往为中华诗词复兴发出了由衷的期盼。美好生活就是充满诗情画意的生活；我国在 2035 年建成文化强国的目标，为中华诗词复兴下达了任务，拓展了空间。中华诗词应当为建设文化强国做出应有的贡献。

这些年，神州大地渐渐地掀起了一股诗词热潮，而且一浪高于一浪。诗词学习、诗词欣赏、诗词朗诵、诗词演唱、诗词创作、诗词环境建设等，已经成为一种社会时尚。央视的“中国诗词大会”起了很大的推动作用。

诗词创作。在写诗词的人中，有专业的、业余的；退休的、在职的；老年人、年轻人，还有中小学生；军人、公安民警、市区居民、打工的、种田的；健全人、残疾兄弟姐妹，等等，有人估计有300万人。名为“诗词中国”的大赛活动，对应于以背诵为特色的“中国诗词大会”，目的在于推动诗词创作，已经连续举办了五届。中国自强模范、山东优秀企业家王勇拄着双拐自主创业，痴迷于诗词，并且用各种方式资助残疾兄弟姐妹的诗词创作。中华诗词学会残疾人诗词工作委员会通过诗友之间的沟通、全国诗词征稿等方式，已在全国寻找到200多位克服身残的巨大障碍在写诗词的人。全国每天创作的诗词数以万计，从数量上说，几天就是一部“全唐诗”。现在，诗词的繁荣发展已经不需要在数量上下功夫，而是要在质量上大提高，从“高原”走向“高峰”。

诗词园地。传统的媒体即报纸、杂志很多很多，有的有公开刊号，大量的是内部出版物，有人说计有600多种。在东部发达地区，有的市每个乡镇都有一本诗词刊物。微信公众号——人们称作“微刊”——更是不计其数，同时还大量利用“今日头条”“抖音”“人民日报”融媒体等，来发表诗词作品。

诗词普及。学生课本增加了中华诗词的篇幅；各级诗词组织开展了诗词“六进”活动，让诗词进校园、进机关、进社区、进农村、进企业、进景区；诗词朗诵、诗词演唱、诗词公园、诗词碑廊……让诗词走进生活，贴近大众。诗词普及活动真可谓如火如荼。“中国诗词大会”上有位8岁的小朋友王恒屹挑战“飞花令”，能够背诵出580多首诗，被网友称为“中华小诗库”。

诗词组织。省一级诗词组织早已全覆盖，绝大部分地市都有，相当一部分县（市）也有。东部沿海省份，不少乡镇都建立了诗词组织。

中华诗词学会成立于 1987 年，35 年来，始终以推动中华诗词繁荣发展为己任。2001 年制定了《二十一世纪初期中华诗词发展纲要》，2021 年发布了《“十四五”时期中华诗词发展规划》，成立了 21 个诗词工作委员会，以千方百计调动千军万马、激发千家万户，投身中华诗词发展大业。

中华诗词的传承创新和新诗的活跃，共同构成了一幅当代中国诗歌的繁荣景象，在社会生活的各方面必将产生越来越大的作用和影响。

端正诗词价值观*

这次由中华诗词学会、中华诗词研究院、《诗刊》社共同主办的中华诗词学术论坛，我本想到荆门参加，但因新冠肺炎疫情尚未消停，只能在北京湖北大厦以线上与线下相结合的方式参加了。荆门市委、市政府，湖北省中华诗词学会，荆门聂绀弩诗词研究基金会精心筹备了这次论坛，各地代表精心准备了论文，汇聚荆门，实现了“以文会友”的目标。希望这次论坛的成果能够为今后中华诗词的发展提供更多的学术指导。无论是诗词创作、诗词研究、诗词评论，还是诗词各项工作，要想越做越好，都需要开展研究，使实践上升为理论，用理论指导实践。

聂绀弩是我国著名诗人、作家、古典文学研究家。2013 年 1 月，以聂绀弩命名的诗词研究基金会在聂绀弩家乡荆门市成立，这是一件很有远见的创意。近十年来，在荆门市历届党政领导的支持下，湖北省荆门聂绀弩诗词研究基金会联合中华诗词学会、中华诗词研究院、《诗刊》社等单位，举办了一系列重大活动，例如海峡两岸中华诗词论坛、中华诗词学术论坛、“聂绀弩杯”年度诗坛人物评选

---

* 本文是作者 2022 年 6 月 10 日在中华诗词学术论坛上的讲话。

等，这些活动很有影响力和推动力。这次中华诗词学术论坛再次展示了基金会的作用和贡献。

利用论坛给我的机会，我讲讲端正诗词价值观这个问题。

（一）

人的行为是受价值观支配的；无论个人是否意识到，实际情形就是如此。

所谓价值观，就是人们对于事物之利害、善恶、美丑的总的看法和根本观点。一个事物是有利还是有害，一个行为是善意还是恶意，一幅画是美还是丑，这就是在判断事物对人的价值。这种判断就是价值判断，价值判断总是对一个具体事物的价值判断。一旦有了价值判断，人们的价值选择就顺理成章了。比如有利就做，不利不做;善意的就支持，恶意的就阻止;美的就接受，丑的就拒绝;等等。

人对某个具体事物的价值判断，总是在一定价值观的统领下做出的，即在他关于事物价值的总的看法和根本观点的统领下做出的，这就是价值观的巨大作用。价值观不同，对同一个事物所做的价值判断就完全相反。例如，农民分了地主的地，革命者说“好得很”，旧制度的卫道士说“糟得很”，因为他们的价值观不同。革命者认为，凡是有利于推翻旧制度的行为都是好的；这是他们的价值观。旧制度的卫道士认为，凡是动摇旧秩序的行为都是糟的；这是他们的价值观。可见，价值观的背后是利益、是立场。

就这样，价值观决定着人们的价值判断，价值判断决定着人们的价值选择，价值选择就是人们行为的起点了。所以说，人的行为是受价值观支配的。

价值观没有抽象的，而总是具体的。价值观总是具体地表现为利害观、善恶观、美丑观。我今天所讲的诗词价值观，就是价值观在诗词价值问题上的具体化。

（二）

所谓诗词价值观，就是关于诗词有没有价值以及价值大小的总体看法和根本观点。对诗词的价值判断，人们通常从两个维度来进行：一是看诗词本身的品质，一是看诗词对社会生活的意义。

判断诗词的品质，就是看诗词好不好。这是关于诗词文本价值的判断。例如，诗词语言是美还是不美，诗词境界是宽还是窄，诗词意义是大还是小，诗里的新词是好还是不好，等等。对一首诗的美与不美的判断，属于具体的价值判断，而支配一个人对诗词做出价值判断的，则是他的诗词价值观。例如，对新词入诗之所以感到不合适，是因为这些同志认为：凡是古代诗词里没有出现过的词汇，读起来就没有诗的味道，因此就不是“诗的语言”。这是我们长期阅读古代诗词特别是唐诗宋词而形成的“诗词审美图式”起作用的缘故。这是我在《强化诗词用词的时代性》一文里的看法。在这里，我把“诗词审美图式”换作“诗词价值观”也是合适的，尽管这两个概念并不完全等同。这是因为古代诗词特别是唐诗宋词的词汇，如“烟柳”“斜阳”“西楼”“凭栏”“流水”“碧波”等，在人们头脑里形成了“诗词模板”或“诗词格式”，成为诗词价值观的内在构成，它反过来成为人们评价每一首诗词的尺度或标准。面对一首诗词，这把“尺子”自动承担起“衡量”的职责，与它相合的词汇顺利过关，给予“诗的语言”的好评，反之则给予“不是诗的语言”

的差评。所以，扫除新词入诗的障碍，关键在于全体诗词读者要优化自己的诗词价值观。

价值是一个关系范畴，它与“事实”不同。事实是独立于人的客观存在，与人无关。价值却总是某一个事物对某个具体人的价值，价值是在与人结成的关系中获得评价的，一个处于孤立状态的事物无从判断它的价值。同样道理，人们评价一首诗词是不是好，也是在一定关系中进行的，即是说，是人们把这首诗词与自己头脑中的“诗词模板”相比照才做出评价的，而我前面已经讲过，这个“诗词模板”就是人们大量阅读古代诗词特别是唐诗宋词后在头脑中积淀而成的。所以，前面所说的“关系”，看起来是接受评价的诗词（哲学上称作“客体”）与评价者（主体）的关系，背后是这首诗词和唐诗宋词的关系。

（三）

人们对诗词的价值判断，除了评价诗词本身的优劣，还有第二个维度，就是评价诗词对社会生活的意义。这种评价是人们把诗词与社会生活结成一种价值关系，让诗词超越自身而走进社会、走进现实、走进大众，从而看其社会价值如何。这是关于诗词社会价值的判断。

对诗词社会价值的评价，显然是与对诗词文本价值的评价密不可分的。因为，只有文本价值为正的诗词才可能具有社会价值，文本价值为负的诗词就谈不上什么社会价值，或许换个说法更合适：文本价值为负的诗词，只能产生负面的社会价值。研究诗词，我们既要关注其文本价值，更要关注其社会价值。

对诗词社会价值的评价，不是伴随着诗词的出现而出现的。在一个漫长的历史时期内，我们的先祖只是写诗抒发感情、表达愿望，而没有自觉的价值意识。甚至直到今天，诗人对自己的诗词也未必都有清醒的价值意识。因为我推测，要是意识到自己的诗词会招致嗤之以鼻甚至“口诛笔伐”，诗人就不会把那些诗词随意发表了（当然故意以此炒作自己者例外）：我甚至推测，诗人在自己构思和写作诗词时未必都考虑把社会影响或社会效益作为自己的努力目标；而且，处在这种盲目创作状态的诗人不是个别，可能是相当大的一个体量。这种状况正是我今天强调要端正诗词价值观的主要原因。

没有清醒自觉的诗词价值观，就没有诗词创作的追求。因为诗词价值观首先就是一种价值追求。例如，没有“语不惊人死不休”的诗词价值观，就不会对自己的作品反复锤炼打磨，而是马虎了事、得过且过；没有“让人读了能触动心灵”的诗词价值观，就不会在主题和意境上狠下功夫。诗词创作要想有自觉的追求，就要树立正确的诗词价值观。

没有清醒自觉的诗词价值观，就没有自我完善、自我把控的艺术水平。因为诗词价值观又是一种价值标准。一旦确立了正确的诗词价值观，诗词创作自然就会以此为标准去衡量，达不到标准的继续修改。自己感到把不准的，就会请高手审读把关，给予帮助。可见，诗词创作要想有明晰的价值标准，就要树立正确的诗词价值观。

没有清醒自觉的诗词价值观，就没有持续的诗词创作动力。因为诗词价值观还是一种价值动力。有了它，就有“不到长城非好汉”的志向，就有“咬定青山不放松”的韧劲，就有不达目标不罢休的倔强。因此，诗词创作要想昂扬向上、持之以恒、不懈追求，就要树立正确的诗词价值观。

诗词价值观的重要性和必要性远远不限于诗词创作，而且关系到诗人的整个为人处世。一个诗人，头脑如果没有被正确的诗词价值观所占领，其他不正确的追求、不正当的动机、不可理喻的念头，就会乘虚而入。例如，在少数地方，诗词组织之间互不相容、相互拆台。在有的诗词组织内部，主要是领导班子和学会机关内部，拉帮结派、争名夺利、动辄告状，相互瞧不起。还有的人不把精力放在诗词的研究和创作上，而是专找别人的毛病，什么语言的杀伤力大就用什么语言去对待。如果有了正确的诗词价值观，这些现象还会有吗？诗词当然需要批评，但无论是动机、情绪、口气、行文，都应当与人为善。诗词批评是文艺批评的重要分支，是中华诗词学会正在大力推动的一项工作，而且要形成一个专业，目前还很不够。我希望诗词界按照文艺批评的目的和规则大力开展诗词批评。但这一定需要批评者和被批评者都具有正确的诗词价值观的统领。

总之一句话，端正诗词价值观，是实践的需要、时代的需要，诗词事业的需要，也是诗人的个人需要。建设风清气正的诗词组织、树立和维护诗人形象、创作优秀诗词作品、繁荣发展诗词事业、充分发挥诗词的社会价值，都需要我们用心端正诗词价值观。

（四）

我们倡导的诗词价值观是一种什么样的价值观，这是我们今天要讨论的重点问题。不把这个问题弄明白，诗词价值观就只能停留在口号阶段。希望各地组织讨论，希望大家一起思考，逐步形成共识。

总体来说，我们所倡导的诗词价值观是社会主义核心价值观与诗词艺术实践相结合的产物。关于诗词艺术领域的实践及其要求，习近平总书记关于文艺工作的系列重要讲话，特别是2014年10月

《在文艺工作座谈会上的讲话》、2021 年 12 月《在中国文联十一大、中国作协十大开幕式上的讲话》，做出了明确而全面的论述。这些重要论述就是我们所要构建的诗词价值观的依据和内涵。

从政治站位上说，我们要树立“坚持与时代同步伐”的诗词价值观。诗人和诗词要“承担记录新时代、书写新时代、讴歌新时代的使命，勇于回答时代课题，从当代中国的伟大创造中发现创作的主题、捕捉创新的灵感，深刻反映我们这个时代的历史巨变，描绘我们这个时代的精神图谱，为时代画像、为时代立传、为时代明德”[①]。让诗词成为时代的号角。为此，诗人要努力成为“时代风气的先觉者、先行者、先倡者”。

从创作导向上说，我们要树立“坚持以人民为中心”的诗词价值观。我们要把满足人民精神文化需求作为诗词和诗词工作的出发点和落脚点，把人民作为诗词表现的主体，把人民作为诗词审美的鉴赏家和评判者，把为人民服务作为诗词工作者的天职。不能热衷于“为艺术而艺术”，不能只写一己悲欢、杯水风波，脱离大众、脱离现实。真正做到以人民为中心，诗词艺术才能发挥最大正能量。

从诗词题材上说，我们要树立“从当代中国的伟大创造中发现创作的主题、捕捉创新的灵感”的诗词价值观。诗人要从时代之变、中国之进、人民之呼中提炼主题、萃取题材，展现中华历史之美、山河之美、文化之美，抒写中国人民奋斗之志、创造之力、发展之果，全方位全景式展现新时代的精神气象。而不能“是非不分、善恶不辨、

① 2019 年 3 月 4 日，作者参加全国政协文艺界、社科界联组会议上的讲话。

以丑为美，过度渲染社会阴暗面”[①]。我们要通过诗词作品，“书写和记录人民的伟大实践、时代的进步要求，彰显信仰之美、崇高之美，弘扬中国精神、凝聚中国力量，鼓舞全国各族人民朝气蓬勃迈向未来”[②]。

从诗词质量上说，我们要树立创作优秀作品的诗词价值观。优秀作品就是“有正能量、有感染力，能够温润心灵、启迪心智，传得开、留得下，为人民群众所喜爱”的诗词作品，是思想性、艺术性、观赏性俱佳的诗词作品。总书记指出，能不能写出优秀作品，最根本的决定于是否能为人民抒写、为人民抒情、为人民抒怀。

从创作态度上说，我们要树立“守正创新”的诗词价值观。诗词与其他文学体裁的最大不同，在于它有一套严格的韵律要求，这是古人在长期的诗词创作中形成并沿袭下来的。我们写的如果不合，就不是中华诗词了。因此，我们必须“守正”。然而，“创新是文艺的生命”。这就要求我们把创新精神贯穿诗词创作全过程，在题材、语言、手法、意境等方面努力创新。有人对我说，如果把你的诗跟唐诗放在一起，别人找不出来，就是好诗。这个说法是值得讨论的。模仿能力再强也是模仿，不是创作。作家柳青说，“一个写作者，当他完全摆脱模仿的时候，他才开始成为真正的作家”“每一个时代的文学，都有新的写法”。[③]总书记强调，我们要有学习前人的礼敬之

---

① 习近平:《在文艺工作座谈会上的讲话》(2014 年 10 月 15 日)，人民出版社 2015 年版，第 9 页。

② 习近平:《在文艺工作座谈会上的讲话》(2014 年 10 月 15 日)，人民出版社 2015 年版，第 6 页。

③ 习近平:《在中国文联十一大、中国作协十大开幕式上的讲话》(2021 年 12 月 14 日)，人民出版社 2021 年版，第 11 页。

心，更要有超越前人的竞胜之心，增强自我突破的勇气，抵制照搬跟风、克隆山寨，迈向更加广阔的创作天地。

从个人素养上说，我们要树立“讲品位，重艺德”的诗词价值观。诗人应当努力“为历史存正气，为世人弘美德，为自身留清名，努力以高尚的职业操守、良好的社会形象、文质兼美的优秀作品赢得人民喜爱和欢迎”。诗词和其他文艺作品一样，是给人以价值引导、精神引领、审美启迪的，艺术家自身的思想水平、业务水平、道德水平是根本。文艺工作者要自觉坚守艺术理想，不断提高学养、涵养、修养，加强思想积累、知识储备、文化修养、艺术训练，努力做到“笼天地于形内，挫万物于笔端”。诗人除了要有好的专业素养，还要有高尚的人格修为，有“铁肩担道义”的社会责任感。这样才能“以德服人、以文化人”。

总之，诗词价值观是涉及诗词文本价值、诗词社会价值和诗人个人价值相统一的价值观。

诗词价值观是一个重要的理论课题，需要诗词界持续深化研究，不断完善。我今天只是发挥一个抛砖引玉的作用。我阐发诗词价值观这个概念，是为了便于我们今后的自身修养有一个明确焦点和简明提法，这就是端正诗词价值观。而对于推动诗人们端正诗词价值观最重要的外部因素，除了大的社会环境，就是诗词组织必须风清气正，诗词组织领导班子必须率先垂范。

附 录

“十四五”时期中华诗词发展规划

《中共中央关于制定国民经济和社会发展第十四个五年规划和二〇三五年远景目标的建议》，明确提出到2035年建成社会主义文化强国的宏伟目标，明确了“十四五”时期文化建设的指导思想、基本思路、重点任务。中华诗词学会作为全国性的诗词专业社会组织，肩负“团结、引领全体会员和广大诗词爱好者”弘扬传统、普及经典、创新发展的重任，因此，组织制定“十四五”时期中华诗词发展规划，明确主攻方向和工作重点，制定相应措施，对于加强中华诗词学会自身建设、组织动员全体会员和广大诗词爱好者高质量地创作和普及诗词、指导单位会员开展诗词工作并为其他相关单位和组织开展诗词活动提供参考，更好发挥中华诗词在建设文化强国中的作用，很有必要。

一、指导思想

以习近平新时代中国特色社会主义思想为指导，贯彻落实习近平总书记关于党的宣传思想工作的重要论述，特别是习近平总书记文艺工作重要论述，坚持为人民服务、为社会主义服务的根本方向，自觉把诗词文化建设融入国家文化战略，紧紧围绕满足人民精神需求、服务国家发展大局，繁荣发展中华诗词，大力推动中华诗词的普及与应用，大力推动中华诗词的创作与评论，秉持诗词与时代同行的理念，用优秀的诗词作品构筑中国精神、中国价值、中国力量，为实现中华民族伟大复兴中国梦增光添彩。

二、主要目标

（一）开创诗词工作服务国家大局的新境界。强化和拓展诗词的社会功能，为国家发展全局凝心聚力、激发正能量。大力讴歌党和国家的重大决策、重要活动、建设成就、时代楷模，等等。大力弘扬以爱国主义为核心的民族精神和以改革创新为核心的时代精神，推动社会主义核心价值观落地生根，为全面建设社会主义现代化国家做出积极贡献。

（二）创造诗词事业满足人民需求的新气象。坚持以人民为中心的诗词创作导向，把满足人民文化需求和增强人民精神力量相统一作为诗词工作的出发点和落脚点，把人民作为诗词表现的主体，把人民作为诗词审美的鉴赏家和评判者。加强诗教工作，大力普及和推广诗词，让诗词走进生活、深入百姓，充分发挥诗词在美化生活、涵养人生、凝聚力量等方面的作用。

（三）构建诗词创作紧贴时代发展的新局面。笔墨当随时代。我们正处在中国特色社会主义新时代。全体会员和广大诗词爱好者要热情拥抱时代，密切关注时代，用心倾听时代呼声。诗词创作要切准时代脉搏、紧跟时代步伐、反映时代要求、记录时代生活，努力让诗词展示时代风貌，引领时代风气，成为时代前进的号角。

（四）营造风清气正的诗词创作发展新环境。全体会员和广大诗词爱好者要相互学习、相互尊重，谦虚谨慎、善于听取不同意见，杜绝“文人相轻”现象；发扬团结友爱，相互支持、相互帮助的精神，杜绝闹分裂、拉山头、搞“小圈子”现象；树立正确的世界观、人生观、价值观，努力创作诗词精品，杜绝低俗、庸俗、恶俗的作品，杜绝抄袭、模仿、拼凑而成的作品。

（五）形成诗词人才队伍新结构。发展诗词事业，关键在人。要大力发现人才、培养人才、使用人才，特别是要在青少年中大力培养诗词人才，逐步改善诗词人才队伍年龄构成偏高、诗词组织领导成员年龄偏大的状况。积极探索诗词人才培养新途径，发现诗词人才培养新规律，总结诗词人才培养新经验，建立诗词人才脱颖而出的新机制。努力提高诗词人才队伍综合素质，适应新时代诗词发展对人才队伍的客观需求。

三、重点工程

“十四五”时期，实现诗词工作的上述主要目标，需要重点实施“九大工程”，即诗词精品创作工程、诗词评论与研究工程、诗教质量提升工程、诗词人才队伍建设工程、诗词出版与传播工程、诗词组织建设工程、诗词工作联动工程、学会领导成员和会员学习提高工程、诗词网站联动共享工程。

第一项　诗词精品创作工程

精品力作，是中华诗词繁荣发展的重要标志，是中华诗词从“高原”迈向“高峰”的必然要求。要把精品力作作为中华诗词创作的不懈追求，作为“十四五”时期中华诗词发展规划的一号工程。

（一）明确诗词精品力作标准。习近平总书记在文艺工作座谈会上的重要讲话，对包括诗词在内的优秀文艺作品提出了明确标准。根据这些标准，诗词精品力作，是融思想性、艺术性、观赏性于一体的优秀诗词作品，是有筋骨、有道德、有温度的优秀诗词作品，是能够启迪思想、温润心灵、陶冶情操的优秀诗词作品，是有正能量、有感染力，传得开、留得下，为人民群众所喜爱的优秀作品，是传播当代中国价值观念、体现中华文化精神、反映中国人审美追求的优秀诗词作品。

（二）加强精品力作创作。全体会员和广大诗词爱好者要牢固树立创作是中心任务，作品是立身之本的理念，把创作精品力作当作自己的神圣使命和责任担当。要深入生活、扎根人民，不断增强自己的脚力、眼力、脑力、笔力，记录新时代、书写新时代、讴歌新时代，努力创作出更多优秀作品。

（三）激发诗词创作活力。各单位会员要把组织诗词精品创作作为中心工作，依托诗词大赛、诗词采风创作和主题征稿、雅集等活动，丰富创作题材、鼓舞创作热情，提供创作契机，促进精品创作。积极推动重大题材的诗词创作活动，努力形成整体构思、分章创作、系统集成的诗词长篇精品。鼓励和支持全体会员和广大诗词爱好者以十年磨一剑的毅力创作诗词精品。

（四）规范诗词评审工作。要建立科学的评审指标体系，规范评审工作。要制定评审标准、公开评审流程。2021 年底前，陆续制定《全国诗词大赛评审标准和细则》《全国诗词大赛评审人员守则》等相关规范，确保诗词评审工作的严肃性、公正性和规范性。

（五）办好中华诗人节，创办“中华诗词创作大会”。充分发挥中华诗人节（每年端午节）在团结、动员、激励诗人词家发展中华诗词事业的积极作用。各单位会员要以创作诗词、吟诵诗词、集中表彰优秀诗人词家、优秀诗词组织、优秀诗词报刊（含微刊）、诗词精品力作等形式过好中华诗人节。争取和省级以上电视台联合举办“中华诗词创作大会”、吟诵大会、诗歌晚会等各种形式的诗词活动。融合传统和新兴传播方式，全面展示诗词精品力作及其文化魅力。

（六）建立精品创作奖励机制。推动各地建立精品创作奖励机制。按每年在市级、省级和国家级文学报纸杂志上发表作品数量和质量给予相应奖励。对在省市和国家级诗词大赛中获奖的作者，要按获奖等级给予相应奖励。奖励方式由各地根据实际情况确定。要争取在本地报刊、广播电视及自媒体对获奖者及其获奖作品予以宣传。鼓励有条件的学会每年出版会员诗词精品集。提倡使用《中华通韵》创作诗词。

第二项　诗词评论与研究工程

诗词理论研究要着眼于基础性、系统性和长远性，着力学科建设、注重研究方法、创新诗词理论，积极开展诗词评论，指导诗词创作。

（一）发挥专业研究机构的引领作用。高等院校和专门研究机构力量雄厚、成果丰硕，是诗词评论与研究的主力军。要重视学习、推广和运用它们的研究成果，充分发挥它们的引领和带动作用，使诗词评论与研究工作取得明显进展。

（二）加强学会与专业研究机构的合作。中华诗词学会与清华大学、北京大学、上海大学、中国地质大学、首都师范大学、华中科技大学、西安交通大学、浙江经济职业技术学院（中华诗词文化学院）等高校的研究合作，要在具体项目上落细落实。各地诗词学（协）会要和本地高等院校建立起经常性的交流合作关系。中华诗词学会要进一步深化与中华诗词研究院、《诗刊》社、中国国家图书馆、湖北省荆门聂绀弩诗词研究基金会、北京诗词学会等诗词组织的合作关系。充分发挥中华诗词创作专业委员会、评论与研究专业委员会的作用。

（三）高质量办好与宣传文旅等部门联合举办的研讨会。各单位会员要主动争取当地宣传、文旅等部门的支持，开展当地诗词历史名人与名著、诗词创作流派与影响、现当代诗词作家与作品，边塞诗、田园诗、山水诗等专题学术研讨会。中华诗词学会要继续办好每年一届的学术研讨会，每两年一届的中华诗词学术论坛暨“聂绀弩杯”年度诗坛人物发布。组织好“华夏诗词奖”“沈鹏诗书画奖”作品征集等诗词创作活动。

（四）推动当代诗词研究成为哲学社会科学规划研究课题。中华诗词学会要尽早建立与全国哲学社会科学规划办公室和教育部社会科学司等部门的联系，各单位会员要尽早建立与当地哲学社会科学规划办公室与教育部门的联系，推动当代诗词研究进入哲学社会科学规划研究课题。

（五）加快当代诗词“入史”进程。邀请当代文学史研究界权威专家，召开当代诗词“入史”工作座谈会，认真讨论《当代文学史》增写当代诗词内容的有关问题，统一认识、付诸行动。中华诗词学会、《诗刊》社、上海大学中华诗词创作研究院、湖北省荆门聂绀弩诗词研究基金会等相关单位联合做好协调和服务保障工作。持续出版《当代诗坛百家文库》等图书，夯实“入史”的文献基础。

（六）加强诗词评论工作。贯彻落实中央宣传部等五部门联合印发的《关于加强新时代文艺评论工作的指导意见》，着力补足诗词评论工作短板。诗词评论要把好方向，发扬批评精神，褒优贬劣、激浊扬清。褒贬都要实事求是，恰如其分，秉持善意，努力做到褒而不媚，贬而不伤，发挥好诗词评论在指导创作、鼓励精品、提高审美、引领风尚等方面的作用。

第三项　诗教质量提升工程

诗教是中华诗词经典的普及活动。开展国民诗教、社会诗教、校园诗教，建设“诗词之乡”“诗教示范单位”，是诗教普及活动的有效方式。要继续广泛深入地开展诗教活动，提高诗教质量。

（一）广泛开展诗词“六进”活动。推动诗词进校园、进机关、进农村、进企业、进社区、进景区，努力在更大范围激发群众学诗词、爱诗词、写诗词的热情。质量是诗教活动的生命线；要深化诗教认识，总结诗教经验，出台诗教措施，改进诗教方法，提高诗教质量，推进诗教健康有序发展。

（二）提高“诗词之乡”建设质量。申报“诗词之乡”（村、镇、县、市、州）、“诗教示范单位”（学校）的，应是本地区、本行业诗词创作的引领者、示范者。每年由中华诗词学会验收认定的“诗词之乡”数量控制在30个以内，其中地级市(地区、州、盟)1个至2个，县（市、区、旗）不超过10个；“诗教示范单位”控制在120个以内。各省(自治区、直辖市)诗词学（协）会认定的“诗词之乡”“诗教示范单位”也要提高标准，管控数量。

（三）促进各地“诗词之乡”建设协调发展。重点扶持诗教开展相对落后的地区，争取这些省、自治区、直辖市1年至2年内推出1个以上“诗词之乡”或“诗教示范单位”，促进这些地区的诗教活动。地市级所属县级“诗词之乡”已达20%的区县，要严格控制规模增长，不再批准“满堂红”地级市“诗词之市”。

（四）拓展诗教工作思路。把诗教工作与红色文化教育基地建设结合起来，建设以“红色”为基色的“诗词之乡”“诗教示范单位”。把诗教工作与教育改革尤其是与教育部发布的新课本教学结合起来，推出学校实用诗词读本，开展诗词吟诵、歌唱、表演等活动，诗词教学建议结合中华通韵进行。着力提高教师特别是语文教师的诗词鉴赏能力、创作能力和教学能力。把诗教工作与文化旅游建设结合起来，提升旅游文化品位。

（五）建立“诗词之乡”退出机制。已被认定为“诗词之乡”的地方，要巩固、用好、提升品牌。由中华诗词学会批准的地级市(地区、州、盟)、县（市、区、旗）“诗词之乡”，每年要向中华诗词学会书面报告品牌的巩固、利用和提升情况。省（自治区、直辖市）诗词学（协）会每年要对下级市(地区、州、盟)、县（市、区、旗）诗词之乡进行督查检查，中华诗词学会会同当地诗词学（协）会进行抽查。对工作乏力、退步明显的要予以摘牌。

（六）召开“全国诗教工作会议”。会议召开次数根据需要而定。必要时召开“建设诗词之乡工作现场会”，以树立样板、总结经验、交流工作，推动诗教活动扎实有效开展。各省(自治区、直辖市)诗词学会推动诗教工作的方式自定。

第四项　诗词人才队伍建设工程

诗词人才队伍建设工程是中华诗词事业的培根固本工程。要发现和大力培养诗词事业领军人才、骨干人才、青年人才，发现和大力培养创作人才、评论人才、教学人才、网络人才、组织活动人才，形成结构合理的诗词人才体系，为中华诗词事业可持续发展提供有力支撑。

（一）建立百人导师队伍。中华诗词学会会同各省(自治区、直辖市)诗词学（协）会，共同选拔百名诗品好、人品好，具有较高诗词创作能力或诗词理论水平，在诗词界具有较高威望和广泛影响的诗词创作、评论、教学人才，组成中华诗词导师团。中华诗词学会每年开设两期诗词函授班，一期高级面授研修班，一期十大导师创作班和十大导师理论班。

（二）建立县以上讲师队伍。建立县以上诗词讲师队伍，储备诗词教育教师人才。县和地级市的诗词讲师，由省(自治区、直辖市)诗词学（协）会发给《××省(自治区、直辖市)诗词学会讲师聘书》;省(自治区、直辖市)诗词学（协）会和副省级城市的诗词讲师，由中华诗词学会发给《中华诗词学会讲师聘书》。此聘书可作为参加相应地区诗词讲学活动的资格证书，优先参加中华诗词学会设立在各地的诗词创作研究基地的相关活动，并享受优惠待遇。

（三）建立千人优秀人才队伍。面向社会，采取推荐、自荐、寻访等形式，遴选出在诗词创作、评论、教学、组织活动等方面具有较高水平的诗词人才，组成中华诗词骨干队伍。中华诗词学会将为入选人员颁发《中华诗词优秀人才聘书》。持证者享有优先参加网络教学、各种培训班、学术研讨会、笔会、采风活动的待遇。

（四）大力培养青少年人才。抓住中小学语文教材增加诗词内容的机遇，在中小学中培养和发现诗词创作人才。积极推动将诗词创作纳入中小学语文课程，积极推动诗词创作成为高校汉语言文学及相关专业本科生选修课、研究生必修课。发挥好中华诗词学会青年诗词工作委员会、高校诗词工作委员会的作用，在高校中培养和发现青年诗词创作人才。中华诗词学会的“青春诗会”要进一步提升教学水平，提高培养质量。《中华诗词》杂志要关注青少年的诗词作品。对残疾人中涌现出来的诗词人才，要倍加爱护、格外关照，中华诗词学会残疾人诗词工作委员会要持续激励和帮助他们。

（五）建立人才培养体系。鼓励县以上诗词学会（协）都开展本地的诗词培训活动。把网络培训、集中培训、函授培训等多种形式组合起来，把各地学会力量、院校力量、社会力量等组织起来，建立健全培养诗词人才的社会网络。

（六）建立辐射社会的教育模式。立足中华诗词学会的人才优势，探索辐射社会的诗词教育模式。进一步深化与国家图书馆讲学合作，每年推出专题讲座和“围炉诗话”等固定讲座。深入推进与全国政协、国家教育部的合作，探讨诗词教育传播的有效路径。依托北京高校创办中华诗词文化学院，用好上海大学中华诗词创作研究院、浙江经济职业技术学院中华诗词文化学院，设立固定的诗词培训机构。各省（自治区、直辖市）诗词学（协）会应探讨在省会（首府）所在地的图书馆、高校等机构，开设诗词讲堂。

第五项　诗词出版与传播工程

诗词作品的出版与传播，是诗词发展自身、服务社会的重要工作，必须加大力度，进一步做好。

（一）强化精品意识，提高刊物质量。诗词刊物要通过集体培训和自我学习提高编辑业务水平，严格编辑流程，创新编辑思路，减少编辑错误，提高质量和水平。《中华诗词》杂志要秉持拥抱时代、情系人民、知古倡今、求正容变的办刊方针，积极联系海内外诗词名家，悉心培育扶植青年诗人和基层作者，同时在提升质量、力推精品等方面继续努力，始终成为全国最有影响、最受欢迎的诗词专业刊物。《中华诗词》杂志坚持办好一年一度的“青春诗会”和“金秋笔会”。做好“刘征青年诗人奖”等奖项的评选工作。

（二）实现诗词传播的多样性。要用好网站、微信公众号、手机视频等网络媒体传播诗词作品，办好各学会自己的品牌媒体。各类媒体都要坚持政治导向和艺术导向相统一，向读者奉献有高度、有深度、能动人、具美感的诗词作品。杜绝传播政治倾向有问题、艺术品位不高的作品。在选题、编辑、制作等环节，都要精益求精。

（三）推动诗词书籍出版工作。各单位会员可根据自身条件，遴选优秀诗词作品结集出版，也可筹集资金，有计划地推出个人诗词专集系列，展示本地优秀诗人的创作风貌和整体形象。深圳市长青诗社有可供参考的经验。中华诗词学会计划在 2025 年编辑出版《“十四五”期间中华诗词精品选》《“十四五”期间中华诗词论文选》。有条件的单位会员也应有所计划，汇集会员优秀创作成果和专家学者优秀研究成果。

（四）发掘整理并出版诗词历史遗产。中华诗词学会牵头组织“中华诗词历史遗产整理出版工程”，推动各地系统地发掘、整理和出版古代诗词作品和诗论。这项工程由各省(自治区、直辖市)诗词学（协）会负责实施，在调查摸底的基础上制订实施方案，并负责推动纳入本地文化建设规划，争取财政支持。这一工程，山东诗词学会已经启动，有经验可供借鉴。对于整理和出版近现代本地著名诗人的诗词和诗论作品，也可参照这一思路。

第六项　诗词组织建设工程

诗词组织是诗词创作活动、普及活动、诗教工作等诗词活动的组织者。坚强有力的诗词组织是诗词繁荣发展的组织保障。因此，要大力加强各级诗词组织建设。

（一）建立健全诗词组织体系。加快完善中华诗词学会和各省(自治区、直辖市)诗词学（协）会的关系。以各省(自治区、直辖市)名称冠名的诗词学（协）会，且经民政部门批准、有明确主管单位、年检合格，是中华诗词学会的单位会员，依照《中华诗词学会章程》的规定完善组织关系、建立工作机制。各单位会员要推动尚未成立诗词组织的地级市(地区、州、盟)建立诗词学（协）会，力争在2022年底实现全覆盖。推动有条件的县（市、区、旗）成立诗词学（协）会。副省级城市诗词学（协）会要处理好与本省诗词学（协）会的关系，接受本省诗词学（协）会的工作指导和工作协调。

（二）把政治建设摆在组织建设首位。中华诗词学会及其单位会员，都是中国共产党领导下的社会组织，必须以习近平新时代中国特色社会主义思想为指导，增强“四个意识”、坚定“四个自信”、做到“两个维护”。要自觉做到“两讲两树”，即“讲政治、讲团结，树正气、树形象”。

（三）以党建引领学会组织建设。各单位会员要按照国家社团管理规定建立健全党的组织，加强党的组织建设，以党建引领学会组织建设。坚持“三会一课”制度，充分发挥党支部的战斗堡垒作用和党员的先锋模范作用。

（四）加强思想作风和职业道德建设。确保中华诗词学会及其单位会员的领导班子成员政治可靠、思想进步、作风优良、德艺双馨。制定从业道德公约。坚持以人民为中心、诗词为人民服务的创作导向，做到有信念、有觉悟、有担当、有业绩、有贡献。高扬主旋律，唱响正气歌，自觉肩负培根铸魂、凝心聚力的历史使命。

（五）强化法制观念，完善学会制度建设。学会各项活动，都要遵守国家有关法律规定和制度要求。学会内部要制定必要的规章制度，通过规章制度管事、管人、管学会。各单位会员要按照程序规范、流程简便、质效相益、责权分明的要求，对现有制度加以梳理，查漏补缺，进一步建立健全各项制度。规范换届选举和离任离岗制度，按时进行学会换届工作。完善员工聘用制度、工作考核和测评制度、领导班子成员值班坐班制度、财务管理和审计制度等。

第七项　诗词工作联动工程

推动中华诗词的繁荣发展是一项系统工程，依靠中华诗词学会及其单位会员协调各方、主动作为，依靠各地党政领导和主管部门主责主抓、大力推动，依靠热爱中华诗词的社会机构和各界人士积极参与、倾情奉献，依靠全体会员和广大诗词爱好者主动担当、发奋努力。

（一）构建中华诗词事业“整体联动、系统推进”的新发展格局。鼓励基础雄厚地区优先发展，带动基础薄弱地区加快发展。加强单位会员之间的协作与交流，鼓励有条件的单位会员牵头，建立以推动诗词事业发展为目的的诗词工作联动机制。建立全国诗词学会会长联席会议制度，每年召开 1 次至 2 次会长会议，以交流工作、推广经验、促进合作，实现全国诗词的协调联动发展。

（二）建立学会与相关单位诗词工作协调机制。诗词学会要主动作为，争取领导支持。建立学会和当地党委、政府有关部门的工作联系，主动请示汇报工作，争取把诗词工作纳入当地宣传文化工作议程。建立学会与书画、朗诵、演艺等社会组织的协作机制，借力扩大诗词工作力量。主动参与当地文化建设。组织冬奥会专题诗词创作，参与浙江诗路文化带建设，声援抗疫、抗洪抢险、抗震救灾等重大战役，配合当地“文明城市”“卫生城市”等“创城”工作。

（三）通过专业委员会组织动员全社会参与诗词工作。本着千方百计调动千军万马、激发千家万户投身诗词事业的工作思路，中华诗词学会计划成立20余个专业委员会。每个专业委员会严格按照国家关于社团管理的有关规定，依托一个有条件的单位或组织，成熟一个成立一个，在中华诗词学会的领导下开展工作。每年召开1次至2次专业委员会主任会议，交流、研究、安排工作。

（四）通力合作启动中华诗词“申遗”工作。2022年启动中华诗词“申遗”工作。中华诗词学会组织成立申遗专家组，按要求和标准做好“申遗”各项工作，启动“申遗”程序。通过上下联动，多方协作，各地诗词学会同心协力配合，使中华诗词这一传统文化瑰宝早日“申遗”成功。

第八项　学会领导成员和会员学习提高工程

加强对学会领导成员的思想教育和学习管理。充分利用现有资源，用好新兴媒体，拓展学习交流渠道，提供学习机会，不断提高学会领导成员政治思想素质和业务水平。同时，重视会员的学习提高工作。

（一）组织学习党的创新理论。建立健全学习制度，定期组织学会领导成员进行政治理论学习，做到政治不褪色，思想不下岗，组织不失联。特别是要认真学习习近平新时代中国特色社会主义思想、党的重要会议精神、时势政策，学习党史、新中国史、改革开放史、社会主义发展史。为强化组织意识，推动学习，各单位会员领导班子每年可集中培训一次。

（二）开展诗词业务知识培训。要采取请进来或走出去的形式，组织学会领导成员定期开展业务知识培训。学习历代经典诗词、诗论诗话，学习当代诗人优秀作品和理论著述。提倡内部点评探讨，互相学习，把业务培训当成学会的重点工作。

（三）通过多种渠道为会员学习提供便利。中华诗词学会网站、单位会员网站要不断更新和丰富内容满足会员学习需要。《中华诗词学会会员通讯》和单位会员面向全体会员的报刊，要提供需要会员了解的有关信息。每年适当开展诗词业务知识竞赛，以赛代学，激发会员学习兴趣，促进会员诗词创作水平和鉴赏水平提高。竞赛次数、规模视实际情况而定。

（四）线上线下培训相结合，以线上培训为主。会员人数多、地域分布广，线下培训难以满足需求。可采取线上线下培训相结合、以线上培训为主的方式开展会员培训。中华诗词学会网站要定期开设专题讲座、丰富网络课程、开办网络培训班等。

第九项　诗词网站联动共享工程

建立诗词网络联动工程，是贯彻落实国家“互联网+”战略部署的实际行动，是顺应时代的必然要求。要提高网络意识，加强网络建设，把中华诗词学会网站建成工作联动平台、信息发布平台、诗词学习平台、诗人服务平台、诗教展示平台、档案存储平台。

（一）实现网站联动共享。中华诗词学会网站已经改版升级上线，要与各省（自治区、直辖市）诗词学（协）会共享网站链接，由中华诗词学会网络信息部提供技术支持，并且将不断改善和丰富，形成中华诗词学会和各地诗词网站整体联动的格局。各单位会员要配备网站专门管理人员，以建立起全国诗词学会网站专业队伍。

（二）充分发挥网站主体功能。加强信息发布功能，充分利用网站发布会议、研讨、采风、赛事等诗词动态，及时推出诗词创作成果，实现诗词信息共享的及时高效。完善线上办事功能，在网上进行会员入会申请、诗乡诗教示范单位申报、诗词刊物和诗词赛事作品投稿，简化办事程序，提高办事效率。强化网上阅读学习功能，实现古今中外诗、词、书、画、曲、联、赋等中华优秀传统文化产品一站式浏览，开展在线教学、格律检测。拓展网上资料查询功能，建立会员档案库、诗词作品库。完善诗乡诗教地图，链接诗乡诗教示范单位、诗词之家信息，实现相关资料快捷查询。

（三）加强诗词宣传报道工作。要提高对诗词宣传报道工作的认识，切实加强诗词宣传报道工作。利用各种传统媒体和新媒体及时宣传报道诗词活动、诗词作品、诗词组织、诗词人物。一切宣传报道都要客观、真实、及时。

（四）严把网络信息发布关。提高政治意识和网络安全意识，制定信息审核和发布制度，避免因文字、图片等不当或失误，造成不良影响。对出现的问题及时妥善处理。

实现“十四五”时期中华诗词发展规划，繁荣发展中华诗词，使命光荣，意义重大。中华诗词学会要团结带领各单位会员、全体会员和广大诗词爱好者，讴歌时代，服务人民，辛勤耕耘，让中华诗词在祖国文艺百花园中绽放出更加绚丽的光彩，为建成社会主义文化强国谱写壮美篇章。

以“两讲两树”为引领，开启中华诗词学会工作新征程*

朔风阵阵催人紧，明月高悬照诗心。2020年12月28日到30日，中华诗词学会在中共北京铁路局委员会党校这座思想熔炉，举办了为期三天的“两讲两树”专题培训班。这是中华诗词学会成立33年来第一个集中培训班。

为什么培训？开宗明义——政治培训

周文彰会长在开班动员和结业总结时反复强调的“四为四问”，贯穿培训始终。学会领导班子到全体机关人员从一开始就十分明确：这次培训班，是为提高政治素质而办，每个人要问问自己：一言一行从政治上考虑了吗？是为增强学会团结而办，要问问自己：一举一动从团结的愿望出发了吗？是为实现风清气正而办，要问问自己：身上有不正之风或不良风气吗？是为树立良好形象而办，要问问自

* 本文作者张存寿，中华诗词学会秘书长。这是他为中华诗词学会“两讲两树”专题培训班而写的报道，原载于《中华诗词》2021年第2期、《中华诗词学会通讯》2021年第1期。

己：工作中形象端正吗？

“讲政治、讲团结，树正气、树形象”，作为中华诗词学会新一届领导班子的领导方略，周文彰会长在11月30日第一次全体会长会议上，就已明确提出，广而告之。接着，通过组织学习讨论统一思想，制定服务基层工作纪律，规范有关工作制度，谋划机构调整等几个动作，步步跟进，扎实推进。学会上下，围绕“两讲两树”，建设“政治高强、精诚团结、风清气正、艺术精湛、率先垂范”的领导班子和学会机关的目标逐步聚焦。一个月后的这次集中培训，既是对“两讲两树”的系统深化，又是对全面建设的系统谋划，更是重整行囊再出发的号角。

学什么？规定动作——学《讲话》，学规矩

重温再读一系列重要讲话、文件，是这次培训班的首要环节。大家静下心来，认真通读了毛泽东同志《在延安文艺座谈会上的讲话》、习近平总书记《在文艺工作座谈会上的讲话》、中共中央《关于新形势下党内政治生活的若干准则》、党的十九届五中全会精神、中央领导关于学会换届的重要批示精神以及中国作协领导的讲话精神、学会章程等十多篇共十几万字的规定内容。周文彰会长围绕《用习近平文艺工作座谈会讲话精神指导诗词工作》做了专题授课辅导；中央党校（国家行政学院）马克思主义学院张占斌教授《构建国内国际双循环相互促进的新发展格局》授课辅导；中纪委宣传部原常务副部长杨小平围绕“社会团体的政治纪律和廉洁自律”授课辅导；中国作协社联部丰玉波处长围绕“社团工作的规定和要求”做了辅导交流。学员们白天听、学、记，晚上读、思、写，从早到

晚，时间安排得满满当当，有的同志半夜还在做笔记、准备发言提纲。范诗银常务副会长在主持授课时称：这是一次党性觉悟、为人良知、诗人之心的唤醒，是修炼党心、凝练诗心、回归初心的培训。

怎样学？端正学风——反思和交流

这次培训班安排了开班式、结业式、四次专题课，成立了班委会，配备了两名班主任，会长、常务副会长任正副班长，制定了培训纪律，印发了秩序册，完全按照党校培训规范进行。中共北京铁路局委员会党校为这次培训班提供了正规、精细、专门的服务保障。大家带着问题学习、对照自己反思，从学习文件中找答案，从授课辅导中找共鸣，从讨论交流中受启发。两次小组讨论，学会领导分组参加，带头发言，全体学员发言踊跃，解剖自己，人人都撰写了1000字以上的学习体会，5名学会领导和小组代表在大会交流发言。不少同志谈道：这次专题培训，着眼点准、立足点高、针对性强，对于统一思想、纠正问题、明确方向、鼓舞士气，既有现实意义，又有长远意义。个人很受触动、很受启发、很有收获。许多同志说，这次专题培训，时机好、方式好、效果好，是一次很好的头脑风暴、精神充电、党性洗礼和能力加油。是一次“重回学生时代”的培训，找到了青年学生的感觉。

通过学习，大家明白了很多道理，懂得了很多规矩，清楚了很多要求。这里的“很多”是过去所不清晰甚至是闻所未闻的。学习结束时，学员们纷纷以诗人的语言感慨这次“回炉之旅”，发出自己的心声：“起伏歌声震壁池，人人端坐竞雄姿。莫非误入军营里，铁路青年课上时”“京南照水寸心青，初服沉香留月庭”“无意鱼圆翻竹绿，有风吹亮满天星”“莫道小楼天地窄，长空朗月照初心”“夜深犹有读书人，一点心灯自绝尘”“手握戈壁之砂纸，打磨思想之锈丘”“诸事如今微网呼，高扬旋律岂含糊”“三天新火神魂热，一夜罡风耳目清”“从此修得松柏志，不教病疫腐诗肠”“诗心独对初心写，不忘人民峰自高”“碧甲银龙六十载，依然明月绿梢头”“经验胸中皆口授，文章纸上要躬行”“雪松抱节欲成林，要我来修慎独心”“恍然当日当年事，充电加油我又来”“吟肩或可担天下，负笈还望到此门”“诗心亦应常调理，莫待病急医乱投”“保持务必初心在，还是当年老作风”。

怎样干？找准定位——重振作风，重塑队伍，谋划发展

“学习的目的全在于应用。”周文彰会长明确要求，“让‘两讲两树’体现在中华诗词学会2021年各项工作中”，以“讲政治”作为学会工作的引领，以“讲团结”作为学会工作的保障，以“树正气”作为学会工作的特色，以“树形象”作为学会工作的亮点。新年度工作要以“两讲两树”为统领，以改革为动力，坚持继承和创新的统一。培训期间，先后召开了2次全体会长会议，2次驻会会长会议，会长们认真思考准备，发言都有独到之处，为新一年的工作提供了很多真知灼见，机关同志们在讨论中也对学会建设积极建言献策，提出许多宝贵建议。

按照“科学、精干、经济、高效”的原则，经过逐个谈话、述职考核、民主测评，机关机构和人员重组调整正在稳步进行；学会领导工作制度、机关人员聘用办法、学会网络信息部职责及信息发布管理规定、学会财务制度、学会领导和机关人员出京请示报告制

度、学会考勤制度等八项制度陆续出台，逐步实现学会管理的制度之治；制订和发布年度计划，实行学会工作的有序安排；研究和制定五年规划，明确未来五年的奋斗目标；调整、重组、新建青年、女子、部委机关、军旅、企业家、高校诗词工作委员会等一批专业委员会，利用和提升地方平台，争取学会与地方的适度对接，调动千军万马来投入诗词发展工作，发挥各方面的积极性；加强和密切同业合作，集成中华诗词发展的多轮推动。

带着沉甸甸的收获，捧回自己的初心，学员们告别为期三天的培训，肩负起推动中华诗词的传承繁荣的重任，踏上中华诗词学会工作的新征程。

新举措 新局面 新目标*

各位常务理事：

根据《中华诗词学会章程》（以下简称《章程》）有关规定，我受周文彰会长委托，代表会长会议，向常务理事会报告一年来中华诗词学会领导班子在工作和建设上所采取的新举措，形成的新局面，认识我们面临的新挑战，明确我们的新任务、新目标。

新举措

中华诗词学会五代会闭幕以后，我们在继承中华诗词学会成立以来所形成的好传统的基础上，根据学会工作和建设所处的新形势，建立了新的会长会议制度。一是全体会长会议，每半年召开一次，会长、常务副会长、驻会顾问、副会长、秘书长全都参加，研究决定诗词发展工作和学会管理重大事项。二是驻会会长会议。一般每月第一周召开，会长、常务副会长、驻会顾问、副会长、秘书

* 本文作者范诗银，中华诗词学会常务副会长。这是他于 2021 年 12 月 30 日在中华诗词学会五届三次常务理事会上所做的报告。

长参加；其余三周，视工作需要召开。驻会会长会议研究决定机关日常管理、负责全体会长会议精神的贯彻落实工作。学会领导班子以积极进取的姿态，着眼建好驻会群体，使其负起日常工作的责任；理顺工作关系，在《章程》框架内形成对全国诗词工作的有效指导；适应形势发展需要，推动诗词创作和诗教的深化提升，主要采取了以下十个方面的措施。

一是思想教育、制度保障、组织措施并举强化驻会人员队伍建设。

在思想教育上，2020 年 12 月 28 日至 30 日，在中共北京铁路局委员会党校举办了为期三天的“两讲两树”即“讲政治、讲团结，树正气、树形象”专题培训班。强调讲政治，把准政治方向，提高政治站位，懂规矩、守纪律，树立“四个意识”、坚定“四个自信”、做到“两个维护”；强调讲团结，从学会领导做起，不搞团团伙伙，不搞拉帮结派，不说影响团结的话，不做影响团结的事，把团结作为学会工作的基础；强调树正气，建立一个风清气正的学会领导班子、驻会机关、杂志编辑部，不以诗谋私、以私谋诗，不让歪风邪气有任何市场；强调树形象，树立竭诚服务、公平公正、廉洁自律、谦虚谨慎的形象。在制度保障上，经过充分调查研究和反复讨论，依据学会章程和有关政策规定，制定了《中华诗词学会关于服务基层工作纪律的若干规定》《学会领导工作制度》《机关人员聘用办法》《关于设立专业委员会的若干规定》《网络信息部职责及信息发布管理规定》《财务制度》《学会考勤制度》《学会领导和机关人员出京请示报告制度》等八项制度。这些规章制度的制定和实施，对机关秩序、形象等发挥了约束和重塑作用。在组织措施上，周文彰会长与 20 多名学会驻会工作人员和《中华诗词》杂志社人员逐一进行个别谈话，听取情况，做思想工作。组织所有工作人员述职，进行民主评议。在此基础上重组了机关部门，把原来的9个部门合并为5个：办公室、组织联络部、诗教培训部、理论评论部、网络信息部。对驻会人员实行了轮岗。

二是以《百年诗颂》引领诗词创作。依据中国共产党百年史进行史诗创作，既是对党史的学习，也是对所有创作人员的思想政治教育。周会长对建党百年史实分四大阶段进行了框架设计，各阶段主编开列条目，转换为诗词创作题目。学会安排学会所有253名理事和83名顾问，每人分配两个题目进行创作，还邀请了部分知名诗人和辞赋作者，撰写重点章节和重点题目。这一活动，对中国共产党以理想信念凝聚精英，以造福人民唤起百姓，以实事求是顺应时势，以百折不挠走出困境，以自我革命焕发生机有了更为深入的理解，增进了“学史明理、学史增信、学史崇德、学史力行”的效果，也是对专题创作的有益实践与探讨。

三是制定《“十四五”时期中华诗词发展规划》(以下简称《规划》）指导今后五年诗词事业发展。以习近平总书记系列重要文艺讲话精神为指引，以自觉把诗词文化建设融入国家文化战略为主线，紧紧围绕丰富人民精神世界、满足人民精神需求、增强人民精神力量为切入点，为实现中华民族伟大复兴的中国梦增光添彩，确定制定《规划》。为制定好这个规划，学会召开了专门座谈研讨会，邀请北京大学、清华大学、中华诗词研究院等单位的20多位学者专家，就制定一个什么样的规划，为什么要制定这样一个规划，怎样制定规划等进行了广泛讨论。经过近10个月的研究论证，确定了9个大方面的内容。这个规划对今后五年的诗词事业将发挥“路线图”式的引领指导作用。

四是设立专业委员会拓开诗词运作大局面。驻会领导班子本着“千方百计调动千军万马、激发千家万户”的思路，经过认真调查研究，决定将原有 6 个专业委员会扩展为 20 个左右，依托可信赖的正式组织和可信赖的人员，成型一个试运行一个，然后集中提交年度常务理事会研究确定，按程序上报。在试运行期间，积极探讨研究问题，认真做好有关工作。发挥所聘请兼职人员在各自工作领域的优势，做好学会本体不好做、做不来的事情。已成立了女子、青年、残疾人等 19 个专业委员会，9 月以前成立的已得到中国作协的批准认可。成立较早的女子、残疾人、青年、少数民族、散曲、现当代诗词研究等几个专委会，认真谋划设计，发挥本系统优势，积极开展活动，扩大了中华诗词学会的影响。

五是以新名称高标准深化提升诗教工作。1995 年以来开展的诗词之乡（市、州）和诗教先进单位创建活动，有力地推进了中华诗词事业的发展。根据国家有关政策规定和中华诗词事业发展形势需要，经民政部社管部门同意，决定将这项创建活动改称建设活动，出台《关于诗教示范单位建设的意见》，包括建设诗词曲示范市（县、乡、村），建设诗教示范学校（单位），建设诗词曲创作研究传承示范基地、诗教示范基地，建设中华诗城。从新的名称的影响到具体标准和要求，对全国诗教工作都有新的提升。同时，开展“中华诗城”“中华诗词创作研究示范基地”“中华诗教示范基地”建设活动。

六是培训常态化上层次。围绕培训常态化，函授班由一年一招生改为半年一招生，循环进行。在学会网站上开办公共课程，内容上包括诗词创作与评论培训、诗词组织建设培训等方面，力求做到全方位培训。探讨与上海大学等高等院校开设诗词创作、教学、评论等方面的资格培训。围绕培训上层次，继续办好每年一期的诗词创作高级面授班。新开设“中华诗词学会十大导师诗词曲创作、评论研学班”，从全国挑选75岁以下有成就的20名知名人士为导师，每名导师招收5名学员，学制2年，结业后推荐进入当地诗词组织，进入中华诗词学会优秀人才库。各地也都组织了一些规模不等的培训，网上培训活跃。山东诗词学会分片培训，走出了新路子，效果很好。

七是强化网站信息作用。着眼跟上时代节拍，引领诗词发展，适应网络功能的更快更广，学会网站在强化学习功能基础上，改版升级，扩容上线，扩展融媒体功能，及时发布信息，提高更新速度，吸引诗词爱好者，让所有单位会员都有一块展示的阵地，所有个人会员都有机会在这个网上留下自己的作品，所有诗词爱好者都能通过学会网站留给社会美好的记忆。认真办好学会微信公众号，搞好网络作品的审查把关，对学会机关部门、专业委员会微信公众号发布信息，从质量和数量两个方面加强管理。开发办公软件，为各部门办公现代化提供技术支持。加强宣传，及时报道，牵引诗词界“动”起来。

八是把《中华诗词》和学会《通讯》这两扇窗户擦得更亮。《中华诗词》调整办刊方针，明确为“拥抱时代，情系人民，知古倡今，求正容变”。在今年第28届北京国际图书博览会上被评为精品期刊，发行量有增长。悉心培育扶植青年诗人和基层作者，线上线下结合，坚持办好一年一度的“青春诗会”和“金秋笔会”以及发行会，做好“刘征青年诗人奖”等奖项的评选工作。《中华诗词学会通讯》（以下简称《通讯》）增加工作指导、经验交流的时效性，“函授专刊”注重通过诗词作品批改评论，提高指导水平和教学水平。

九是下力气把组织基础搞坚实。重视组织建设，特别是摸清会员底数和新会员发展工作。采取逐个联系的方法，摸清会员队伍现状，减去已故的、失联的会员，从全部4万多名会员中确定了能联系上的会员22000多人。修改会员登记表，重新设计会员证，使其更实用和美观。加班加点，认真审核资料，积极发展会员，发展进程由以前的三个月缩短为一个月。对省级及部分副省级诗词学（协）会作为单位会员资格逐个进行了审核，予以重新认定。加强与港澳台及海外诗词组织的联系，“联络线路图”已基本就绪。

十是突出党的教育和建设。春节过后，召开了中华诗词学会学党史明责任动员大会，周文彰会长进行动员讲话和党史学习专题讲课辅导，引导大家要用党的奋斗历程和伟大成就鼓舞斗志、明确方向，用党的光荣传统和优良作风坚定信念、凝聚力量，用党的实践创造和历史经验启迪智慧、砥砺品格。又分别引导学习了习近平总书记在中国共产党成立100周年大会、党的十九届六中全会上的重要讲话。年底，专门办班，请中国作协社联部领导专题辅导学习习近平总书记在中国文联十一大、中国作协十大开幕式上的重要讲话。还组织学会驻会人员到河北正定塔元庄、西柏坡中共中央旧址、华北人民政府旧址、涉县八路军一二九师驻地，进行了“红色之旅”专题党日教育活动。聆听红色故事，重走红色道路，学习红色精神，创作红色诗词。设立五人党支部，坚持“三会一课”制度，设立党建园地，强调党员要带头“两讲两树”，带头维护学会团结，带头完成任务，发挥党支部的战斗堡垒作用和党员的先锋模范作用。

新局面

“五代会”以来，中华诗词学会在外界感观和自我感觉上，可用

“焕然一新”来概括。形象的说法如以下两条：一条是“文彰会长像一团火，把30多年的老炉子烤红了”。一条是学会“与社会近了，工作活了，笑容多了，走廊静了”。

一是形成了以党建带动全面建设的局面。一年来，两次组织党建专题报告，周文彰会长三次讲党课，200多人创作《百年诗颂》，参与社会以及各专业委员会成立20多场次规模不等的歌颂党的百年伟业诗词演诵活动。其中，不少工作委员会组织的演诵活动思想性、艺术性都可圈可点。及时组织学习文件，召开民主生活会，在中国作协党建推进会议上介绍我们的做法等，学会党的建设得到全面加强，有力地主导带动了学会全面建设，也得到了中国作协的肯定。河北省诗词协会与中华诗词学会共同组织的“红色之旅”专题党日活动，内容丰富，组织严密，收到了很好的效果。

二是形成了动员千军万马的局面。19个专业委员会的相继成立，还有几个专业委员会或筹划就位或大体成型，涵盖了女子、残疾人、青年、企业家、少数民族五大群体，高校、演艺、书画、体育、出版传媒、部委机关、城镇、乡村等八个界别，散曲、联赋、现当代诗词研究等三种诗词文学样式，创作、评论、诗教等三大诗词主体内容。特别是京外的玉溪、上海大学、深圳、正蓝旗、莆田、湖北、重庆、四川、湖南等地，为专业委员会的设立付出了辛苦劳动；湖北、河北、湖南等地还成立了残疾人诗词工作委员会。召开了省和部分副省级城市诗词学（协）会会长联席会议，与中华诗词学会全体会长会议成员一起，发挥集体智慧，共同谋划推动全国诗词事业的发展。学会网站已与27个省153个市250多个县诗词组织联网共享信息。在《章程》框架内，中华诗词的触角多了，伸展的范围宽了，距离远了，联系更紧密了。玉溪中华诗人节、元上都散曲文化节、浙江诗路、妈祖文化采风活动，都组织严密，收到了较好效果。

三是形成了围绕主题集体创作研究的局面。继《百年诗颂》集体创作之后，56个民族唱响新时代，声援扬州、西安抗疫等集体创作也收到了好的效果。光明日报诗歌大赛，“诗词中国”及首届全国女子诗词大赛，残疾人优秀诗词征集和“一日一诗集”核心价值观日历创作活动，华夏诗词奖、沈鹏诗书画奖、“金莲花杯”全国散曲大赛，“聂绀弩杯”大学生诗词邀请赛和年度人物发布，湖北孟浩然田园诗词大赛、论坛及鄂州诗会，广东深圳杯、河南美景杯、中国地质大学“爱江山杯”，重庆白帝城杯、湖南汾酒杯、洛阳牡丹杯海峡两岸诗词大赛，安徽省太白楼诗词学会的《诗赞安徽“中国好人”》等活动都有声有色。抓住了疫情间隙，浙江诗路、山东诗词、杭州拱墅区基层诗词建设调研，国家图书馆学津堂传统诗词和全国政协委员学习群革命领袖诗词学习讲座，丽水生态诗研讨会，陕西毛主席《沁园春·雪》词学术研讨会等得到了成功举办。

四是形成了快速高质量干工作的局面。及时发布信息，发布新闻通稿。网站改版升级上线，每日都有内容更新，吸引力不断增强，单日访问量突破12万次。新闻宣传报道体现了新闻性，学会各种活动30余次，当天活动当天报道，前所未有。加班加点，突击办理了积压入会申请3417人，新发展1585名会员。入会会费收取、会员证办理、各类邮件处理，速度快，无积压。特别是“百岁诗翁”徐一慈先生从递交入会申请到把会员证、荣誉证、生日贺信寄到老人手中仅仅3天，这在以前是不可想象的。加强了财务管理，完成了财务审计。申请中宣部国家社科基金优秀社科学术社团奖励性补助基金获得通过，得到两年共40万元奖励性补助，这在学会历史上是第一次。

五是形成了和谐团结的局面。学会领导班子，包括全体会长、驻会顾问、秘书长，形成了坚强、团结、和谐的领导集体。副秘书长、各部门领导，以认真负责的态度，勤劳扎实的工作，积极搞好本部门的业务建设和工作。每个办公室和杂志社的同志，都能认真努力地做好本职工作。特别是一些突击性的工作，加班加点，任劳任怨，按时保质地完成了任务。互助、团结、包容的内部关系得到了巩固，愉悦、轻松、和谐的工作生活气氛已然形成。

新挑战

2022 年，我们将迎来学会成立 35 周年。我们也将在 35 年叠加起来的高点上，发现新的增长点，谋求新的进步与发展。这是新的机遇，更是新的挑战。新的一年，我们要在《规划》的指导下工作，为推动《规划》实施而工作。《规划》的“五项目标”“九项工程”要靠我们引领和协调各单位会员一起，认认真真组织，扎扎实实工作，一点一点推进，一项一项落实。为此要注意以下几点。

一是要紧紧跟上时代步伐。我们正处在伟大的中国特色社会主义新时代。我们党带领着全国人民，正在为中华民族伟大复兴的中国梦的实现而砥砺前行。我们诗人们应认识、融入并不负这个伟大的新时代，用我们的诗词歌赋，记录、书写、讴歌这个伟大的新时代，为其前进、发展、繁荣、昌盛做出我们应有的贡献，做有信仰、有情怀、有担当的新时代文艺工作者。当前，诗、词、曲、赋、联组成的大诗歌局面已然形成。一批优秀的诗词家，已经构筑起了诗词的“高原”。我们理应在这样的“高原”上，让中华诗词矗立起“高峰”作品和“高峰”人物，为这个伟大的新时代谱写最美好的篇章。这是我们面临的最大的挑战。

二是要合规可控地用好社会力量。历史上诗人结社无疑结成了一个圈子。中华诗词学会和社会上规模不等的诗词学（协）会、诗社等诗词组织，也无疑是一个圈子。圈子的好处是圈了一块“阵地”，但也容易束缚自己。于是就有了“破圈”。就中华诗词学会来说，“破圈”所面临的主要问题就是如何用好社会力量的问题。依据学会《章程》和民政部社会组织管理有关规定，我们已设立了20来个专业委员会，下一步还可以考虑设立一些代表机构。设在学会的各专业委员会和设在学会外的学会代表机构，既要信任他们，放手让他们开展工作，又要纳入规章制度管辖之内，合规可控地开展工作，防止发生问题，无疑是一个严峻的挑战。我们必须予以重视，认真按照民政部有关规定办，认真落实有关制度规定。不打“擦边球”，更不做明知不对却心存侥幸的事情。

三是要以开创性思维指导开拓性工作。要把“对我国古典诗词这一优秀的文化遗产，不仅要努力加以抢救和研究，还要不断创新”做得更好，需要我们有开创性的思维，并以此来指导开拓性的工作。如中华诗词“入史”，不仅仅是个理论问题，更为重要的是个实践问题，要尽快组织力量写起来。如中华诗词“申遗”，在了解有关标准、程序前提下，从基础性工作入手尽快做起来。如推出诗词精品，不仅要组织好每一次采风，每一次主题创作，每一期刊物编辑，还要探索新的模式和方法。我们已接受教育部委托及教育部语言文字信息管理司资金支持，发挥我们在开展《中华通韵》研究和推广方面的基础和优势，撰写教育部语言文字规范标准丛书选题《〈中华通韵〉解读》，由语文出版社出版，线上线下同步销售，为社会大众及学校师生服务。同时编好《中华通韵纪事》。

四是要扎扎实实地干好每一项工作。社会团体就是社会团体。被社会所认可，在社会上有地位，主要靠自己去争取，靠工作来确立。我们必须认认真真地对待每一项工作，扎扎实实地干好每一件事情。要积极严格地做好会员发展工作，保持可持续、有后劲。积极组织好以诗词征集、专题、采风等形式的诗词创作活动和诗词学术活动，推出好诗人、好诗词、好学术成果。适应新模式，坚持高标准，推进诗词示范市（县、乡、村）诗教示范学校（单位）建设。用好社会和学会师资力量，不断扩大培训规模。经营好网站，使之内容好、更新快、读者多。《中华诗词》以及学会《通讯》，要增强为读者服务，为学会服务，为中华诗词事业服务的意识，不断提高办刊质量，不断扩大影响。学会领导和办公室人员，要为各个单位完成工作任务创造条件，加强协调，搞好服务保障。

五是要持之以恒地抓好思想作风建设。中华诗词学会30多年来越发展越好，一条重要原因，就是重视思想作风建设。自觉奉献、弘扬正气、扎实工作、团结协作，一直是我们学会思想作风建设的主旋律。中华诗词学会是为中华诗词事业而存在的，这种存在需要奉献精神。中华诗词是正雅之声，浩然正气是其精髓所在。弘扬中华诗词文化传统，需要扎扎实实的工作来支撑。中华诗词是人民大众的，具有广泛的社会基础，需要大家都来关注，齐心协力地来做弘扬传承的工作。中华诗词学会是全国性诗词组织，既要引领协调单位会员和个人会员，又要服务好单位会员和个人会员。学会将采取有效的措施，持之以恒地“两讲两树”，强化带头意识、服务意识。每个驻会人员，每个专委会工作人员，都应以中华诗词事业为重，以良好的思想作风去做好每一项工作。

同志们，我们有信心在周文彰会长带领下，认真学习习近平总书记关于弘扬中华优秀传统文化系列重要论述和在文联十一大、作协十大开幕式上的讲话，贯彻落实中国作协有关要求，在各省、自治区、直辖市诗词组织的支持下，在社会各界的关照下，不辜负会员和全国诗友们的希望，把我们的各项工作做好，把我们学会自身建设搞好，把中华诗词事业不断推向前进。

中华诗词学会五代会后的八大新突破*

中华诗词学会第五次全国会员代表大会于 2020 年 11 月 30 日召开后，新一届领导班子在周文彰会长的带领下，以新理念、新举措推动中华诗词繁荣发展，全国诗词事业出现了欣欣向荣的新局面。归结起来，在八个方面实现了新突破。

通过“两讲两树”，机关风气形象新突破

中华诗词学会五代会后，新一届领导班子决定以开展“两讲两树”（讲政治、讲团结，树正气、树形象）增强中华诗词学会活力，树立新风气。周文彰会长提出，建设“政治高强、精诚团结、风清气正、艺术精湛、率先垂范”的学会工作人员队伍，坚持以党的建设带动学会全面建设，发挥党支部的战斗堡垒作用，扎实做好具体工作，不断把中华诗词事业推向前进。通过开展“两讲两树”活动，学会机关形成了风清气正、团结共事的良好新局面：一是健全了党支部，党员模范作用和支部核心作用得到了发挥。二是推动内部改

* 本文作者赵汝周，四川省诗词协会诗词理论研究工作委员会主任。

革，增强工作活力。将学会内设机构由 9 个调整为 5 个，集中力量便于工作；对学会机关工作人员实行轮岗，激发了大家工作的新鲜感和活力。三是完善了财务制度、会长值班制度、离京请假报告制度、考勤考核制度、人员聘用制度等，推行科学化、规范化和制度化管理。四是担起“全国性”社会团体的责任；与各省、自治区、直辖市诗词学会理顺关系、密切联系，通过会议、文件、简报、网站、微信公众号、工作联动等方式，加强对单位会员的指导和协调，共同推动中华诗词繁荣发展。

制定发展规划，工作目标导向新突破

组织力量、深入调研、聚集多方智慧，制定了《“十四五”时期中华诗词发展规划》(以下简称《规划》)。《规划》并于 2021 年 3 月启动后，学会多次召开会议，广泛征求社会各界意见建议，并于 2021 年 10 月 9 日正式对外公布。《规划》反映了广大会员和诗友及相关单位的共同愿望，反响强烈，好评如潮。

据悉，这是中华诗词学会成立 35 年来首次发布五年发展规划，也是中华诗词学会第五届领导班子上任后推出的一项重要举措。《规划》以习近平新时代中国特色社会主义思想为指导，贯彻落实习近平总书记关于党的宣传思想工作的重要论述，特别是关于文艺工作的系列重要讲话，把“开创诗词工作服务国家大局的新境界、创造诗词事业满足人民需求的新气象、构建诗词创作紧贴时代发展的新局面、营造风清气正的诗词创作发展新环境、形成诗词人才队伍新结构”作为发展的主要目标；实施“九大工程”，即诗词精品创作工程、诗词评论与研究工程、诗教质量提升工程、诗词人才队伍建设工程、诗词出版与传播工程、诗词组织建设工程、诗词工作联动工程、学会领导成员和会员学习提高工程、诗词网站联动共享工程。同时，提出了具体措施和办法。

建立专委会，诗词工作格局新突破

任何事业的发展都必须依靠强有力的组织作保障，中华诗词学会正是基于“千方百计调动千军万马，激发千家万户”的工作理念，加强诗词专委会工作。截至目前，已建立部委机关、企业、高校、书画、演艺、出版传媒、体育、青年、女子、少数民族、残疾人、诗教、散曲、现当代诗词研究、城镇、乡村等诗词工作委员会，还有创作、评论、朗诵、吟诵、联赋工作委员会已筹组完成，等待合适时机正式成立。这些专委会的成立，为中华诗词繁荣发展注入了强大组织力量，已成为推动中华诗词繁荣发展的重要组织保障。许多专委会成立时间虽短，但在发挥组织动员方面做出了显著成绩，女子、残疾人、散曲工作委员会工作活跃，成绩显著。现当代诗词研究工作委员会与湖南省诗词协会合作主办，湖南省诗词协会当代诗词精品研究中心和上海大学中华诗词创作研究院承办，于 2021 年 6 月举办了“当代诗词精品创作与探索研讨会”。《诗国前沿》杂志遴选精品的六大标准“格高、意新、情真、词工、味厚、时宜”，得到了与会专家的一致认同，为更好地办好诗词创作平台做出了贡献。中华诗词学会城镇诗词工作委员会为迎接党的二十大召开，牵头组织全国 215 个城镇诗词学（协）会、诗社等，立足精品，着眼城镇，举办“百城杯”全国诗词大奖赛，吟唱城镇建设发展辉煌成就，以诗词之美展现城市都会的政治、经济、文化、历史、科技、新知、生态、景观及小镇古巷风情、节俗、人物、故事，抒发诗人的家国情怀。2022 年 5 月 14 日，由中华诗词学会高校诗词工作委员会、散曲工作委员会、现当代诗词研究工作委员会、创作工作委员会（筹）等联合四川省人民政府文史研究馆、四川师范大学主办的“当代诗词曲创作与批评高端论坛”，在成都金河宾馆以线上线下相结合的方式举行。与会的著名诗人、专家学者就“律词观念的现代词学意义”“传统诗词曲原理的当代传承与发展”“当代诗词曲在当代的新变体——中华诵”“诗词曲生长的文化语境与创作指归”“当代词曲音乐创作及演唱”“当代古体诗词在网络与新媒体时代的传播与推广”“评点鉴赏与当代诗词传播”“书法与诗词传播”“旧体诗怎样入史”等进行了深入研讨。

建立会长联席会议制度，全国诗词工作联动机制新突破

首次全国单位会员会长联席会议于 2021 年 6 月 15 日在云南玉溪召开。会议要求，抓实学会基本建设，做好队伍、组织、业务和思想建设；发挥学会社会作用，做好诗词普及、创作、运用、整理工作；紧扣中心工作、参与文化建设，营造浓厚的诗词氛围；创新学会工作，持续开展活动，用好全国诗词工作联动平台等举措，为中华诗词注入新活力。

中华诗词学会旨在通过单位会员会长联席会议，形成相互交流、相互学习、相互促进的氛围，推动全国诗词工作联动，构建中华诗词新发展格局。首次会长联席会议的召开及其效果，展现了全国诗词工作联动机制的必要性和重要性。

围绕中心服务大局，重大活动诗词发声新突破

中华诗词学会新一届领导班子重视强化和拓展诗词的社会功能，坚持把“围绕中心、服务大局”作为工作重点，为国家发展全局凝心聚力、激发正能量。通过大力讴歌党和国家的重大决策、重要活动、建设成就、时代楷模等，大力弘扬以爱国主义为核心的民族精神和以改革创新为核心的时代精神，推动社会主义核心价值观落地生根，为全面建设社会主义现代化国家做出积极贡献。比如，为庆祝中国共产党成立100周年，中华诗词学会发起了以歌颂中国共产党为主题的诗词创作活动。全国诗词名家和广大诗词爱好者积极响应，以高度的政治责任感和饱满的创作热情，认真阅读党史、研读资料、谋篇布局、遣词造句，创作了1000余首主题鲜明、格调高雅、感情真挚的诗词曲赋作品。精选出优秀诗词作品464首，编辑出版了《百年诗颂》和《百年诗颂》(加注版)诗词作品集。该书以中国共产党发展壮大的历史进程为主线，分设“波澜壮阔”“万象更新”“翻天覆地”“走向富强”4个篇章，全面反映了中国共产党波澜壮阔的百年发展伟大历程。《百年诗颂》堪称一部系统构思、集体创作的大型政治抒情诗，它的出版是中华诗词界自觉运用诗词服务于党的重大庆典和重要活动的一次成功尝试，标志着中华诗词界发挥和拓展诗词的服务功能进入了自觉时期。再比如，在北京冬季奥运会举办期间，中华诗词学会组织全国诗词名家和广大诗词爱好者，以“诗颂冬奥会”为主题创作诗词，诗颂体育健儿为国争光的感人事迹，通过中华学会网站和微信公众号发表，共发表7期。再如，支持江苏省扬州市、陕西省西安市、上海市等地抗击疫情的斗争，组织创作抗疫诗词，以诗人情怀为抗击疫情提供精神力量。

推动诗词“入史”，工作思路新突破

中华诗词学会新一届领导班子高度重视中华诗词“入史”工作，将其摆在突出位置，安排部署。2022年1月11日，由中华诗词学会、中国当代文学研究会、《诗刊》社、《中华辞赋》杂志社联合主办，在北京中国现代文学馆召开推动中华诗词进入中国当代文学史编纂工作会议。中华诗词学会会长、原国家行政学院副院长周文彰主持会议。中国当代文学研究会会长白烨，《诗刊》社主编李少君出席。中国当代文学研究会副会长陈福民、贺绍俊，中华诗词学会副会长、北京大学中文系教授钱志熙，中国作协创研部主任、评论家何向阳，中国作协创研部原主任、评论家胡平，作家出版社编审、评论家唐晓渡，鲁迅文学院原副院长、学者王彬，北京外国语大学教授、诗歌翻译家汪剑钊，中央民族大学文学院教授、评论家敬文东，北京第二外国语学院教授、评论家李林荣等，围绕中华诗词如何写入现当代文学史进行了深入讨论。与会专家一致表示，中华诗词作为中华优秀传统文化的精粹，现当代以来一直在不断发展，诗词创作日趋活跃。尤其是改革开放以来，中华诗词发展迅猛，创作队伍达数百万之众，每天创作的诗词数以万计，诗词报刊不计其数。这样一个现象级的文学存在却一直未能进入文学史，这是难以置信的。会议在深入研讨中形成共识，认为中华诗词在现当代文学的繁荣发展中发挥了重要作用，应当在现当代文学史上占有一席之地。推动诗词进入现当代文学史是开创中华诗词和中国文学史新格局的重要举措，具有深远的价值和意义。会议认真分析了“入史”工作的重点和难点，并研究探讨了符合实际、切实可行的工作方案和推进步骤。与会者的发言摘要先后在中国诗歌网、中华诗词学会官网发表，并被大量转发。

2022 年 3 月 4 日，全国政协委员、民进中央委员、中国美术出版总社原总编辑林阳提交了关于推动“当代诗词入史”的提案，建议将“当代诗词入史”作为重点工程，并由国家出版基金资助《中华当代诗词文库》出版。林阳表示，自党的十八大以来，中华优秀传统文化得到了空前发展。中华诗词遇到了一个前所未有的发展机遇，被称为诗词界的“黄金时代”。但由于一些原因，中华诗词在中国文化事业蓬勃发展的今天，依然徘徊在主流文学之外，没有大型的中华诗词文库类出版物出版。面对全国数以千万的诗词爱好者、数以百万的诗词创作队伍和不断涌现的优秀诗人和优秀作品，“当代诗词入史”非常重要。中华诗词学会已向国家社科办提出把现当代诗词研究纳入国家社科基金资助项目的建议，以引导和激励现当代诗词“入史”工作。

加强网络平台建设，宣传交流工作新突破

为适应互联网云技术迅猛发展的形势，进一步拓展中华诗词的传播路径和传播速度，加快中华诗词繁荣发展，推动诗词创作，学会对网站进行了全新改版升级，并于 2021 年 9 月 5 日举行了隆重而简朴的上线仪式。学会新网站开辟了首页、诗坛讯息、诗词速递、学会简介、经典博览、诗教在线、诗韵家风、会员档案、诗书画苑、赛事纵横、诗乡诗教、学会期刊、中华通韵、贴心服务、网站互联等栏目。网站将用诗词记录新时代，讴歌新生活，围绕中心，服务社会、服务人民大众的诗意生活，为传承中华民族优秀传统文化做出新的贡献。同时，还指导建设省级学（协）会网站 28 家、市级学

（协）会网站118家和县区级学（协）会网站134家，全部与中华诗词学会网站实现了互通互联。中华诗词学会把网站作为全国诗词工作的联动平台来使用。

周文彰会长提出“破圈”理念，即无论是诗词描写对象、诗词传播范围，还是诗词宣传工作，都要“破圈”，即不能只是写一己悲欢，作品不能只是在诗人之间传播，不能把诗词宣传工作局限在诗词界范围内。中华诗词学会机关安排了新闻宣传专职人员，建起了远程会议系统，配置了录像、照相、投影、音响等相关设备。因为疫情，第一次专委会主任会议就是在线上召开的，效果很好。诗词宣传工作还广泛争取大众传媒（包括传统媒体和新媒体）的支持。

强化诗词人才培训工作，诗词队伍建设新突破

新一届中华诗词学会领导班子把加强诗词人才队伍建设，作为发展诗词事业的基础性工作，制定措施，落实行动，努力提高诗词人才队伍综合素质，适应新时代诗词发展对人才队伍的客观需求。中华诗词学会提出，要大力发现人才、培养人才、使用人才，特别是要在青少年中大力培养诗词人才，逐步改善诗词人才队伍年龄构成偏高、诗词组织领导成员年龄偏大的状况。学会开办诗词一年制函授班，开设中华诗词研修班（高级班）、中华诗词进修班（普通班）；举办二年制首届十大导师高级研学班。通过这些措施，激发了年轻诗词爱好者的学习热情，极大提升了诗词爱好者的理论素养和诗词创作水平。目前正在筹建中华诗词网络学院，借助现代科技实现大规模培训诗词人才的目标。

绽放诗词的光彩*

编者按:

日前，中华诗词学会公布了《“十四五”时期中华诗词发展规划》（以下简称《规划》）。《规划》指出要自觉把诗词文化建设融入国家文化发展战略，紧紧围绕满足人民精神需求、服务国家发展大局，繁荣发展中华诗词，大力推动中华诗词的普及与应用，用优秀的诗词作品构筑中国精神、中国价值、中国力量，为实现中华民族伟大复兴中国梦增光添彩。中华诗词传承3000多年，是中华优秀传统文化的瑰宝，也彰显着中华文化的自信。本报记者日前就中华诗词的发展创新专访了十二届全国政协委员、中华诗词学会会长周文彰。

在建设文化强国中有所作为

学术家园:《“十四五”时期中华诗词发展规划》发布了，中华诗词学会为什么会牵头制定这样一个规划?

周文彰:《规划》是新时代感召的产物。中华诗词发展至今，正

* 本文原载于2021年11月15日《人民政协报》，记者谢颖采写。

处在一个前所未有的伟大时代，这就是中国特色社会主义新时代。在这个新时代，我国已全面建成小康社会，正意气风发地行进在全面建设社会主义现代化国家新征程上。在建设文化强国过程中，诗词界作为文化战线的一支重要力量，应当而且能够有所作为。

中华诗词作为一个专有名词，特指中国传统诗词，也就是旧体诗，包括古诗、律绝、词曲、辞赋等。2020 年 11 月 30 日，中华诗词学会第五届全国会员代表大会完成了换届任务，新一届学会领导班子走马上任，恰逢党的十九届五中全会通过了《中共中央关于制定国民经济和社会发展第十四个五年规划和二〇三五年远景目标的建议》，极大地激发了我们干事创业的积极性。中华诗词学会作为一个全国性的专业诗词组织，肩负着“团结、引领全体会员和广大诗词爱好者”弘扬传统、普及经典、创新发展的重任。因此，组织制定“十四五”时期中华诗词发展规划，明确主攻方向和工作重点，谋划相应措施，对于加强中华诗词学会自身建设、组织动员全体会员和广大诗词爱好者高质量地创作和普及诗词、指导单位会员开展诗词工作并为其他相关单位和组织开展诗词活动提供参考，更好发挥中华诗词在建设文化强国中的作用，就显得很有必要。

值得一提的是,2001 年 3 月，中华诗词学会曾经制定过《二十一世纪初期中华诗词发展纲要》，我们这次的《规划》是前辈们工作的继续。

学术家园:《规划》制定了“五大目标”和“九大工程”，对于创作、普及、人才队伍、出版传播等多个方面均有详细措施，在您看来，它对中华诗词的发展会产生什么样的作用?

周文彰：规划是一个目标、一种计划、一套举措、一种提醒（即指它会不时提醒人们注意规划实施情况），能够凝心聚力。在我看来，《规划》的作用可以定位为："指导"、"协调"和"参考"。第一是诗词事业发展的方向性指导；第二是诗词创作普及的原则性指导；第三是学会诗词工作的思路性指导；第四是诗词相关单位的协调性参考，包括诗词教学培训单位（高等院校、中小学、培训机构）、诗词研究单位（高校、社科院、咨询单位设立的研究机构）、各级宣传文化部门，等等。要发挥好《规划》的指导协调作用，诗词相关单位在工作上要相互配合、相互借鉴、相互促进，形成合力，我们特别仰仗于宣传文化部门发挥领导、主导和支持作用。

《规划》发布后，各省、自治区、直辖市诗词学（协）会和广大会员反响热烈，很多会员和诗词爱好者写了大量诗词表达了他们欢欣鼓舞的心情，许多诗词学（协）会领导人表示要好好组织学习讨论，结合本地实际落实。

以精品向高峰迈进

学术家园：诗词精品创作是《规划》的一号工程，对于目前诗词创作状况，您怎么看？

周文彰：几千年来，诗词流淌在中国人的血液里，直至今日，依然熏陶着我们的道德素养和审美情趣，从这个角度来说，诗词已是一种大众文化。现在，我们每天都会产生数以万计的诗词作品，创作形势喜人，但也存在一些不足。我曾总结诗词创作上还存在"四多四少"：一是老同志多，青年人少。这是就总体而言的，当然，近些年，爱好和创作诗词的中小学生、大学生人数日益增多。中华诗词学会举办的"青春诗会"连续办了18届，今年有300多人踊跃投稿。可见中青年创作队伍正在日益扩大。但是总体上看，现在还是老同志居多。

二是一般作品多，诗词精品少。首先包括我本人创作的作品在内，我也有近千首诗词，但做得好的，也没有几首。习近平总书记在文艺工作座谈会上讲的“有数量缺质量，有‘高原’缺‘高峰’”这句话，用来描述我们的诗词创作，我觉得也是适用的。

三是有感而发多，系统创作少。我们的诗人创作，大多数都是有感而发，有计划成体系地围绕一个主题进行创作还不太多。有感而发也能产生流传千古的好诗词，比如李白、杜甫大部分诗词都是有感而发的，如果去系统地创作某一首诗，会产生不同的影响。

四是抒发个人感情多，反映社会生活少。习近平总书记在讲文艺创作情况时谈到“只写一己悲欢、杯水风波”的现象，在诗词创作中也是存在的。当然，对诗人自己的经历或遭遇进行情感表达，这是诗词创作的一个重要题材，也是诗词所大量表现的内容。我自己也写了不少这样的诗。但是如果只写这些，就容易使我们的作品脱离大众，脱离现实。关键是不能“只写”。

学术家园：如何推动诗词创作水平提升，向高峰迈进？

周文彰：由于诗词创作的数量已经十分可观，我们的功夫不需要花在增加量上，而要重点提高诗词的质量。精品力作，是中华诗词繁荣发展的重要标志，是中华诗词从“高原”迈向“高峰”的必然要求。越是精品，各种功能越强、作用越大。为此，在《规划》中，我们提出要以习近平总书记在文艺工作座谈会上的重要讲话来明确精品力作的标准，牢固树立创作是中心任务、作品是立身之本的理念，把创作精品力作当作自己的神圣使命和责任担当。要深入生活、扎根人民，不断增强自己的脚力、眼力、脑力、笔力，记录新时代、书写新时代、讴歌新时代，努力创作出更多优秀作品。此外，还要在规范诗词评审工作、建立精品创作奖励机制等方面多做工作，为创作提供良好的环境。

诗词“破圈”服务大众

学术家园：弘扬传统、普及经典是中华诗词学会的重要任务。随着新媒体的发展，像中华诗词大会这样的传统文化传播屡屡掀起热潮。如何让诗词更加走进大众，融入生活？

周文彰：我们诗词界迫切需要“破圈”。首先是诗词创作的“破圈”，不仅表达自己，更要服务人民、服务社会。诗词除了有表达、反映的功能外，还有服务功能。在建设文化强国的征程上，我们要进一步强化诗词的服务意识，更加自觉地发挥和拓展诗词的服务功能。一方面要更加自觉地坚持以人民为中心的创作导向，把满足人民精神文化需求作为文艺工作的出发点和落脚点；另一方面要更加自觉地服务于党和政府的中心工作，大力弘扬以爱国主义为核心的民族精神和以改革创新为核心的时代精神，为党和国家的发展全局凝心聚力，激发正能量。

其次，诗词的宣传交流要“破圈”。现在我们很多诗词是写给同行看，在同行圈子里交流，当代诗词走向大众远远不够。所以《规划》也提出要开展国民诗教、社会诗教、校园诗教，建设“诗词示范市”（县、区、乡、镇）、“诗教示范单位（学校）”，继续广泛深入地开展诗教活动，提高诗教质量。同时，运用出版、新老媒体等多种传播方式，推动诗词走向大众。

学术家园：中华诗词既要传承，也要在传承的基础上创新发展，结合《规划》谈谈您对诗词创新发展的看法。

周文彰：诗词是中华优秀传统文化的瑰宝，我们传承诗词，要学习它的艺术内涵和形式，并在此基础上创新发展。我们既不能停留在唐诗宋词那个时代的内容上，而要反映当代生活；也不能用古代诗词语言为标准来衡量当代诗词的语言。比如小楼、明月、斜阳、烟柳、凭栏，是我们熟悉的古代诗词语言和意象，而面对今天如此层出不穷的新生事物、丰富多彩的日常生活、高速发展的社会实践，比如飞机、高铁、互联网、人工智能、火箭军、空间站、外卖小哥、法治……诗词如何表达？这要求我们从古代诗词语言范式中突破出来，容忍当代新生词语进入诗词，创新表达，并且形成当代诗词审美范式。中华诗词传到我们这一代，要在进一步发挥其时代价值和社会作用方面做出新探索，让中华诗词在祖国文艺百花园中绽放出更加绚丽的光彩，为建成社会主义文化强国谱写壮美篇章。

发挥中华诗词在建设文化强国中的作用*

“在诗词词汇方面，如何评价当代新词在诗词中的运用，比如互联网、汽车、高铁、机器人、现代化等词汇能不能入诗？在诗词功能方面，诗词在当代到底可以发挥哪些社会作用，怎样发挥好这些功能？在诗词意境方面，反映当代社会、经济、政治生活的诗词，怎么样才能有意境、才算有意境？……诸如此类的问题，如不在理论上加以明确、加以突破，就会严重制约诗词创作、影响诗词评价。”谈及诗词创作的现状，中华诗词学会会长周文彰抛出了他近期的所思所想。近日，周文彰就诗词创作、传播、作用、诗教等问题，在北京接受了记者的专访。

诗词从小众走向大众

所谓中华诗词，指中国传统诗词，也就是格律诗词，即绝句、律诗、词、曲，还包括古风、赋，不包括新诗。中华诗词源远流长，从《诗经》《楚辞》到唐诗、宋词、元曲，已经3000多年，但人们

---

* 本文原载于2021年7月22日《中国文化报》，记者党云峰采写。

学习、创作、吟诵诗词，用歌舞表演诗词的热情，日益高涨，这既是中华诗词的魅力所在，更是中华文化自信的突出表现。在新形势下，如何进一步推动中华诗词事业向前迈进，取得更好成绩，是摆在诗词界面前的重要课题。

古人云:“文章合为时而著，歌诗合为事而作。”在周文彰看来，人民群众的事业和生活、顺境和逆境、梦想和期望、爱和恨、存在和死亡，人类生活的一切方面，都应当在诗词作品中找到启迪。这就要求诗人深入生活，深入社会，拥抱时代。诗人是塑造美的人，诗人的人生也应当是美的。因此，诗人除了要有较好的专业素养，还要有较好的人格修为，有铁肩担道义的社会责任。

诗词在相当长的时间里是“小众文学”。诗词作为中华优秀传统文化的重要组成部分，不能锁定在一个小天地里。因此，中华诗词学会的工作思路就是千方百计调动千军万马、激发千家万户，投入诗词事业，推动诗词繁荣。例如，通过成立演艺界诗词工作委员会，让中华诗词插上舞台艺术的翅膀，飞得更高、传得更远。诗词一经朗诵、演唱和表演，就变得形象直观、轻松活泼、生动有趣，更富有欣赏价值，进一步强化了诗词的感染力，提高了传播力和影响力。

如今，诗词组织、诗词数量、诗词刊物、学习背诵诗词者不计其数，中华诗词正在从“小众文学”走向“大众文学”。目前中华诗词学会在全国有 4 万多名会员，全国写诗词的估计有近 400 万人。全国省市两级、绝大部分县市都有诗词组织，形成了整体联动、系统发展的诗词发展格局。“中国诗词大会”“诗词中国”等影响广泛的群众性诗词背诵和创作活动引发热烈反响。中华诗词被纳入很多家庭的幼儿教育，不少年轻人开始学习创作中华诗词。因此，还用“小众文化”来看待中华诗词已经明显不合时宜了。

当前，诗词在社会上的影响越来越大，这一方面得益于各级诗词组织有力度的工作；另一方面也得益于国家宏观环境的巨大变化。2021 年是建党百年，全国各地涌现出难以数计的歌颂党的诗词。中华诗词学会策划了以歌颂中国共产党为主题的《百年诗颂》，全国诗人热烈响应。中华诗词学会和各省市诗词学（协）会通过各项机制，推动全国各地的诗词创作、诗词普及、诗词培训、诗词宣传工作、创建“中华诗词之乡”的联动，形成中华诗词整体发展、系统推进的新发展格局，向建党 100 周年献礼，为全面建设社会主义现代化国家献礼。

近年来，党中央、国务院大力推动中华优秀传统文化的传承和创新，很多地方的党委、政府非常重视诗词工作，把创建“省级诗词之乡”“中华诗词之乡”等纳入政府工作计划。浙江省委、省政府精心编制四条“诗路建设”的“三年行动计划”，正在实施，总投资将达 3000 多亿元，成为浙江文旅融合、经济社会发展的重大工程。中华诗词的地位越来越高，发展形势非常喜人。

推动现当代诗词“入史”

虽然诗词发展形势很好，但现当代文学研究界对现当代诗词的关注却严重不相匹配。今年 6 月成立中华诗词学会现当代诗词研究工作委员会就是为了推动和引导改变这种状况。由《中华诗词》杂志社编写的《当代诗词史》已于近日由中国书籍出版社出版发行，但比起对古代诗词的研究来，现当代诗词研究明显乏力。在知网进行主题搜索，可以看到对古代诗词研究的热闹与对当代诗词研究的冷清，形成巨大反差。

在现当代文学史相关著述中，人们很少读到现当代诗词的内容，这是非常奇怪的现象。周文彰指出："我们应当形成这样的共识，现当代诗词应当而且必须'入史'。具有3000多年历史的中华诗词在当代的繁荣程度，决定了没有中华诗词的进入，现当代文学史就是不完整的历史，甚至是有缺陷的历史；现当代诗词的创作队伍、创作成果和广泛影响，使它有资格'入史'。而且退一步说，'入史'不'入史'，不仅跟诗词水平有关，而且更与诗词事实相关——水平高与不高，都有个'史'的问题。中国文学史难道是从文学繁荣的唐宋写起的吗？"

值得注意的是，关于诗词的创作与评价，自古至今已经形成了一套成熟的理论，这套理论发挥了重要作用，并且还将发挥重要作用。但历史的车轮已经驶入21世纪，中国特色社会主义已经进入新时代，诗词理论也应当与时俱进。唐诗宋词的巨大成就所产生的巨大影响，使今人形成了一些固定的观念和标准，制约着当代诗词创作和诗词评论，需要加以突破。

诗词创作还存在"求正容变"的问题。周文彰进一步解释："求正，要遵循诗词在历史进程中形成的固有格律和写作规范。容变，时代在变，语言也在变，古代一些字的读音在平水韵中是押韵的，但用今天的普通话来读就非常别扭，不随时代变化就会出现新问题。因此在中华诗词学会内部我倡导大家带头用《中华通韵》创作诗词。当然，用平水韵、中华新韵、中华通韵都是可以的，只是强调提倡使用《中华通韵》。"

据悉，2019年3月，国家语委语言文字规范标准审定委员会审定通过《中华通韵》，并从同年11月1日起实施。该规范的实施不会取代旧韵书，在尊重个人选择，"知古倡今、双轨并行"的原则下，与当前使用的旧韵书并存。

创作优秀作品是硬道理

让中华诗词大放异彩，就要努力创作无愧于时代的优秀作品。作品是硬道理，一个诗人的艺术成就最终看作品，一个民族的艺术创作水平最终看作品，一个时代的诗词发展与繁荣最终看作品。周文彰说："只有优秀作品才能感人，只有优秀作品才能传播，只有优秀作品才能传世。"广大诗人要把优秀作品作为每一首诗词的创作追求，作为诗意人生的毕生追求，努力创作出有正能量、有感染力，传得开、留得下，为人民群众所喜爱的诗词作品。要写出这样的优秀作品，广大诗人就要紧跟时代节拍，深入群众，深入生活。

写诗为什么，现在写什么，身后留什么？这既涉及个人价值，更关乎社会责任。习近平总书记指出："文艺是铸造灵魂的工程，文艺工作者是灵魂的工程师。"[①] 为社会、为大众、为时代源源不断创作"能够启迪思想、温润心灵、陶冶人生，能够扫除颓废萎靡之风"的诗词作品，既是诗人的社会责任，也是诗人的个人价值所在。周文彰认为："诗人要把为人民而写、满足人民需求作为诗词创作的目的，把写人民、表现人民生活作为诗词创作的内容，把接受人民评价作为诗词创作的一个标准，自觉与人民同呼吸、共命运、心连心，欢乐着人民的欢乐，忧患着人民的忧患，做人

---

① 习近平:《在文艺工作座谈会上的讲话》(2014 年 10 月 15 日)，人民出版社 2015 年版，第 23 页。

民的孺子牛。”

周文彰总结，目前在诗词创作上存在“四多四少”的现象：“一是老同志多，青年人少；二是一般作品多，诗词精品少；三是有感而发多，系统创作少；四是抒发个人感情多，反映社会生活少。”习近平总书记在讲文艺创作情况时谈到“只写一己悲欢、杯水风波”的现象，在诗词创作中也是存在的。当然，对诗人自己的经历或遭遇进行情感表达，这是诗词创作的一个重要题材，也是诗词所大量表现的内容。周文彰自己也写了不少这样的诗。但是如果只写这些，就容易使诗人的作品脱离大众，脱离现实。关键是不能“只写”。

诗词长期以来多半都是抒发个人感情的，或自娱自乐，或相互交流。这些年来诗词的社会影响力越来越大，大家这个意识也越来越强。周文彰提出应注重从以下五方面发挥诗词的社会作用：一是普及诗词，二是创作诗词，三是运用诗词，四是整理诗词，五是开展诗教。他说：“要让越来越多的人爱诗词、学诗词、诵诗词、写诗词，让中华诗词经典名篇得到普及，尤其是在已经获得‘中华诗词之乡’的地方，要做得更好。”

今后，中华诗词学会将和各省市诗词学（协）会一道，积极推动中华诗词“六进”，包括进校园、进机关、进社区、进农村、进企业、进景区，让诗词越来越广泛地走进大众、走进当代，融入生活、融入社会，在建设文化强国、坚定文化自信中，发挥诗词的光和热。

中华诗词的未来在青年

出生在江苏扬州宝应县、喝着运河水长大的周文彰，对家乡、对大运河怀有深厚的感情。2017年，周文彰被聘为世界运河历史文化城市合作组织顾问。由此，他萌生了诗咏运河的想法，以安放自己的运河乡愁以及身为顾问所肩负的责任。历时三年，周文彰完成了《诗咏运河》一书。书中歌咏了世界遗产运河、中国大运河沿线城市以及58处大运河世界遗产点，并配以周文彰的书法，以传统文化的特有方式，展现了大运河的魅力。

为让千年历史文脉“流动”起来，国家正在大力推进大运河文化带建设，加强生态环境保护和修复，抓好遗产保护传承。周文彰表示，各国都很重视运河旅游功能的开发，以文旅融合推动区域经济发展，提高运河沿线民众的获得感、幸福感，已然成为大运河文化传承的强大助力。

很多人对中华优秀传统文化的感知、中华民族认同感的形成，很大程度上是从小时候背诵古诗词开始的，其中满载着家国情怀、描绘着壮美山河、萦绕着思乡之情。不少青年人在儿童时代背诵过很多古典诗词作品，可是后来很多人把它丢了，有的甚至忘记了，非常可惜。周文彰注意到，比起我国这么多的青年人来说，现在参与中华诗词创作的人还相对较少，迫切需要更多的年轻人参与。另外，青年人也需要中华诗词。中华诗词是青年人的精神滋养。包括中华诗词在内的中华优秀传统文化，是中华民族的精神血脉，是中华民族的精神基因，所以对青年具有非常重要的价值。

“作为中国人，没有中华优秀传统文化的功底，总觉得缺点什么。要夯实文化根基，学习诗词是一个重要的渠道，也是一个重要的内容。中华诗词是中华优秀传统道德的诗意表达。在中国优秀传统文化的瑰宝当中，中华诗词对讲仁爱、重民本、守诚信、崇正义、尚和合、求大同的价值观，有着大量深入而有特色的注解，是涵养社会主义核心价值观的长效养料，在当代具有启智、教化、励志、交流、宣传等作用，有助于青年人提升思想境界和审美水平，具有极其重要的时代价值。”周文彰说，中华诗词蕴含意象之美、情感之美、境界之美和语言之美，能够潜移默化地滋养青年人的精神世界，对青年人审美教育和全面素质，具有积极意义。人们要想塑造好美好的心灵，创造美好的生活，中华诗词一定会有所帮助。

后　记

在我任职的所有岗位中，最让我有“本领恐慌”感的，是中华诗词学会会长岗位。不因别的，就是因为我没有坚实的诗词储备。

我学写诗词，始于 2005 年 6 月，那是因学书法所“逼”——书法界倡导写自作诗。而真正让写诗词进入我业余生活的，则是 2010 年以后的事了。

我学书法，始于 2003 年 3 月，那是因为工作所“逼”——从事宣传文化工作，不会书法有时候不方便；学书法有助于我能更多地融入文化艺术圈。

我就是这样因工作、因书法才学诗词的。没有童子功，也没有家学渊源，属于纯粹的业余爱好。这种底子，当诗词学会的会长，我能不感到“本领恐慌”吗?!

这让我始终保持清醒的头脑：凡是艺术性强的诗词工作，我不参与。例如，我可以当诗词大赛组委会主任，但不当诗词大赛评委会主任或评委；可以当诗词培训班班长，但不当诗词培训班教师。

好在会长主要是一个管理岗位。而对于管理，我向来愿意花时间、动脑筋、想办法，而且到任何管理岗位都没有过渡期、适应期，一上任就能进入角色、展开工作。

这次当会长也是如此。2020 年 11 月 30 日上午当选，下午就发表《讲政治 讲团结 树正气 树形象 开启学会工作新征程》的“施政”讲话。不到两个月，我依靠集体领导，八个规章制度出台，“两讲两树”专题培训班举办，内设机构整合，人员述职评议轮岗，成套工作方案形成，出现了人心和畅、团结友爱、风清气正的新气象。2021 年春节一过，学会工作重点立刻由忙“家务”转入忙“业务”，全方位开展诗词工作：组织全国性的《百年诗颂》创作、研究制定《“十四五”时期中华诗词发展规划》、推动诗词“入史”工作、高质量办好“中华诗人节”等常规诗词活动、陆续筹建成立 22 个诗词专业委员会，以千方百计调动千军万马、激发千家万户投身中华诗词发展事业（其中，举行成立仪式的专委会 18 个。因疫情影响，其他 4 个专委会的成立仪式一直无法确定，故而本书中关于专委会的数字不尽一致）。同时，网站改版升级，微刊密集发布，加强诗词宣传工作，建立学会与各地诗词学（协）会联动机制、担负起学会对各地诗词学（协）会的指导协调责任，强化为会员服务意识、解决会员入会过程的服务质量问题，逐步加强培训工作。进入 2022 年，组织全国性的“诗颂冬奥会”“诗颂新时代，迎接二十大”诗词创作活动，启动学会机关学习提高工程……

这本书就是上述工作的实录，是我就任会长 18 个月来对如何当好会长、带好队伍、管好机关、做优服务、开展工作，以发挥出一个社会团体应有作用的思考与实践。存在问题和不足之处，恳请读者批评指正，特别是恳请各兄弟学会、协会，商会会长们给予指导和帮助！

这些思考和做法能够成书和大家见面，要归功于中央党校出版集团副董事长、大有书局（北京）有限公司总经理张作珍同志的厚爱，得益于责任编辑张媛媛女士一丝不苟的工作，同时也得益于把录音变成文字的同事、朋友和学生！付印前，我特请中华诗词学会常务副会长范诗银、副会长林峰、秘书长张存寿、理论评论部副主任李建春、网络信息部新闻主任秦军等几位同事通读书稿，捕捉差错。请中华诗词学会办公室副主任胡宁、《中华诗词》杂志编辑胡彭查对书中部分古诗词。在此我一并表示衷心感谢！

收入本书的一些文章及访谈，曾在《光明日报》《人民政协报》《中国文化报》《中国艺术报》等报纸、《中国诗词》《中华辞赋》《心潮诗词》等诗词专业杂志上发表过。新华网客户端、人民网、光明网、学习强国、文旅中国、今日头条、搜狐新闻、百度 App、微博、腾讯新闻、凤凰新闻等新媒体，或者首发或者转发过本书中的许多文章。上述媒体以及没有提及的其他许多媒体对中华诗词学会活动的宣传报道，使我心存感激，在此表示衷心感谢！

五年会长任期，开始觉得很长，不知不觉还剩下三年多点时间。怎么才能做更多更好一点呢？

我当继续深入思考、努力工作！

周文彰

2022 年 6 月 15 日星期三

于北京寓所